GOLDMANN

Buch

Die junge Molly James hat irisches Blut in den Adern, flammendrote Haare und ein hitziges Temperament. Nach dem Tod ihres Vaters ist die selbstbewußte Lady wild entschlossen, die Ranch der Familie allein weiterzuführen. Auch wenn sie sich dabei mit allen Mitteln gegen die Übergriffe von Sam Brannigan, ihrem nächsten Nachbarn und schlimmsten Feind, zur Wehr setzen muß. Bislang ist sie dem rauhbeinigen blonden Riesen zwar nur selten über den Weg gelaufen, aber sie hat geschworen, sich von ihm fernzuhalten. Doch je öfter sie ihm begegnet, und sei es auch nur zufällig, desto mehr fühlt sie sich auf unerklärliche Weise von ihm angezogen. Was sie natürlich maßlos ärgert...

Autorin

Kat Martin studierte an der University of California Geschichte und Anthropologie. »Ich war schon immer fasziniert von der Vergangenheit, von romantischen Liebesgeschichten und Schauspielern wie John Wayne, Clark Gable oder Errol Flynn.« Kat Martin lebt in Bakersfield, Kalifornien.

Bereits von Kat Martin im Goldmann Verlag erschienen:

Kreolisches Feuer. Roman (42054)
Der Pirat und die Wildkatze. Roman (42210)
Heißer Atem. Roman (42224)
Hungrige Herzen. Roman (42409)
Heißer als die Sonne. Roman (42781)
In den Fängen der Leidenschaft. Roman (42699)
Süße Rache. Roman (42826)

KAT MARTIN

Duell der Herzen

ROMAN

Aus dem amerikanischen Englisch
von Bettina Zeller

GOLDMANN VERLAG

Die Originalausgabe erschien unter dem Titel »Dueling Hearts«
bei Pageant Books, New York

Deutsche Erstveröffentlichung

Umwelthinweis:
Alle bedruckten Materialien dieses Taschenbuches
sind chlorfrei und umweltschonend.
Das Papier enthält Recycling-Anteile.

Der Goldmann Verlag
ist ein Unternehmen der Verlagsgruppe Bertelsmann

Umschlaggestaltung: Design Team München
Umschlagillustration: Schlück/Pellegrino, Garbsen
Satz: IBV Satz- und Datentechnik GmbH, Berlin
Druck: Elsnerdruck, Berlin
Verlagsnummer: 42623
Redaktion: Kattrin Stier/SK
Herstellung: Sebastian Strohmaier
Made in Germany
ISBN 3-442-42623-5

3 5 7 9 10 8 6 4

Im seligen Angedenken an meinen Vater,
der mir seine tiefe Liebe zum Wilden Westen vermittelt hat,
und an meine rothaarige Großmutter,
die wie Molly einen Rock aus Spaltleder besaß,
dessen stolze Besitzerin ich jetzt bin.

1. Kapitel

29. April 1875

Die erste Kugel zischte einfach über seinen Kopf hinweg. Die zweite schlug in einen Granitfelsen ein und ließ einen Regen aus Steinsplittern durch die frische Bergluft spritzen.

»Geht in Deckung!« rief Sam Brannigan, dessen tiefe Stimme über den Paß schallte. Behende schwang er sein steifes Bein über den Rücken seines Falben und zog – noch in der Bewegung – schon die Winchester aus der Gewehrtasche, die hinten am Sattel festgeschnürt war. Sam duckte sich, um nicht von einer zweiten Salve getroffen zu werden, und floh blitzschnell hinter die schützenden Felsblöcke. Dort spannte er den Hahn seines Gewehres und begann zu schießen, während sein Bruder Emmet und Buck Redding, der normalerweise das Ochsengespann führte, sich hinter den Felsen neben ihm versteckten. Die beiden reiterlosen Pferde und acht Ochsengespanne scharrten, vom Lärm der Auseinandersetzung aufgeschreckt, mit den Hufen im Staub.

»Was hältst du davon?« fragte Emmet. Die Gewehrschüsse kamen jetzt in unregelmäßigen Abständen, zwangen sie aber dennoch, in ihrem Versteck zu verharren. Die Ochsen zerrten an den schweren Geschirren, die man ihnen angelegt hatte, doch es war ganz offensichtlich, daß der Angriff den Männern und nicht den Tieren galt.

»Kann ich noch nicht sagen«, antwortete Sam. Eine Kugel, die ganz dicht über seinen Kopf hinwegpfiff, zwang ihn, sich tiefer zu ducken. Granitsplitter stoben durch die Luft. Der Schuß, der Buck Redding gegolten hatte, hatte seinen schwarzen Filzhut nur knapp verfehlt.

Vorsichtig reckte Sam den Kopf und ließ seinen Blick über die

Felsen schweifen, die den Paß säumten, doch den Angreifer konnte er nicht ausmachen. »Bei Gott, ich wünschte, ich würde denjenigen in die Finger kriegen, der uns diese Suppe eingebrockt hat. Nach der Art und Weise zu urteilen, wie die Kugeln abgefeuert werden, glaube ich, daß es sich nur um einen einzelnen Mann handelt, der nach jedem Schuß ein Stück weiter zieht. Ihr müßt mir Deckung geben. Ich werde außen herum laufen und mich ihm von hinten nähern.«

Emmet Brannigan nickte. Nachdem er sein rotes Halstuch zurechtgezupft hatte, stützte er sein Gewehr auf einer Felsspalte ab. Die Messingtrommel glitzerte im Sonnenlicht. Als Sam sich in Bewegung setzte, ertönten weitere Schüsse, so daß die drei Männer gezwungen waren, sich gegen den von der Sonne aufgeheizten Granit zu schmiegen.

Emmet warf seinem Bruder ein konspiratives Lächeln zu. »Glück gehabt. Wer immer der Dreckskerl auch sein mag, schießen kann er jedenfalls nicht sehr gut.«

Sams Miene verdüsterte sich, und sein Blick wanderte erneut über die Felskämme auf der anderen Seite des Passes. »Oder er ist vielleicht ein verdammt guter Schütze.« Da setzte er den abgetragenen Filzhut ab, dessen Band vom Schweiß der harten Arbeit im letzten Jahr zeugte, und fuhr sich mit der Hand durch das dunkelblonde Haar, um den Hut gleich wieder aufzusetzen und tief in die Stirn zu ziehen. »Fangt jetzt an zu schießen, aber versucht, nicht zu treffen. Ich will herausfinden, wer sich dort oben herumtreibt – und warum.«

Emmet, der es gewohnt war, den Befehlen seines Bruders nachzukommen, nickte und feuerte eine Runde ab. Dabei achtete er darauf, daß er direkt auf einen Punkt neben dem Ziel feuerte, ohne es zu treffen. So konnte er sichergehen, daß seine Schüsse nicht erwidert wurden. Als er sah, wie die schlanke Gestalt seines Bruders zwischen den Felsen herumlief, wie sein muskulöser Körper sich mit der Eleganz eines Reitpferdes bewegte, mußte Emmet lächeln. Allein die leichte Steifheit im Knie schmälerte die Grazie seiner Bewegungen. Sams blaukariertes

Hemd blitzte zwischen den Steinblöcken auf, und im Lauf seines Gewehres spiegelte sich die Sonne.

Emmet und Buck schossen unablässig, bis Sam in einem dichten Pinienwald untertauchte, der die Hänge der umliegenden Berge dunkelgrün färbte. Beide Männer hofften, daß Sam den Angreifer aufspürte, bevor ihr begrenzter Munitionsvorrat aufgebraucht war.

Auf dem Bauch liegend hielt Molly James mit angewinkelten Armen ihr Gewehr und preßte sich gegen die Granitfelsen. Eine Kugel schwirrte über ihren Kopf hinweg. Es hatte den Anschein, als zielten die Männer unter ihr nicht darauf ab, sie zu töten, doch das unablässige Gewehrfeuer zwang sie, an der Stelle zu verharren, wo sie lag. Und das ging ihr mächtig gegen den Strich, weil es nicht in ihren Plan paßte.

Von der Paßspitze aus hatte sie den bärtigen Mann sehen können, der zu ihrer Rechten durch den Wald schlich. Anscheinend wußte er, wo sie sich versteckt hielt, und näherte sich ihr in einem weiten Bogen, um ihren Rückzug zu vereiteln.

Molly fütterte vier weitere Patronen in das Magazin ihres Karabiners. Sie mußte weg und zwar schnell. Kugeln hin oder her, sie konnte nicht länger warten.

So atmete Molly tief durch, stand auf und feuerte zwei gutplazierte Schüsse ab. Ein Schauer aus Steinsplittern regnete auf die Köpfe der Männer herunter. Dann rutschte sie von ihrem Felsen herunter und suchte an einem anderen Ort Deckung. Molly verließ sich auf ihre Schnelligkeit, ihre Beweglichkeit und ihre Größe, die es ihr ermöglichte, sich durch die schmalsten Felsritzen zu zwängen. Die bequeme Männerkleidung, für die sie sich entschieden hatte, erleichterte ihr Manöver und bot eine gewisse Tarnung.

Molly lief um den Fels herum, weil sie hoffte, damit ihrem Verfolger den Weg abzuschneiden, blieb aber wie angewurzelt stehen, als ihr Blick auf ein Paar muskulöse Beine in Baumwollreithosen fiel. Mit klopfendem Herzen machte sie auf dem Absatz kehrt und wollte fliehen, aber die kräftigen Finger ihres Verfolgers erwischten ihren Hemdrücken und hielten sie fest.

Als sie herumwirbelte, um ihrem Gegner in die Augen zu schauen, hinderte der Schlapphut, den sie trug, sie daran, den blonden Mann richtig zu inspizieren. Sie sah nur seine schlanke Taille, konnte nur einen kurzen Blick auf seine tellergroßen Hände werfen, bevor ein stechender Schmerz durch ihr Kinn zuckte und sie rückwärts über einen am Boden liegenden Baumstamm fiel. Sie landete nur ein paar Fuß weiter im Dreck, drehte sich einmal und lehnte sich dann unter Schmerzen an den Baum. Nach Luft schnappend kämpfte sie gegen die kleinen Kreise an, die vor ihren Augen tanzten, bevor sie ohnmächtig wurde...

Sam Brannigan lief zu seinem Gegner hinüber. Nur eine Sekunde später stießen Emmet und Buck Redding schon zu ihm.

»Um Gottes willen, Sam!« rief Buck aus. »Das ist ja eine Frau!« Unmengen von glänzenden, flammendroten Haaren ergossen sich über die beiden Brüste, die sich unter dem weißen Baumwollhemd, das in Reithosen aus Stoff verstaut war, ganz deutlich abzeichneten. Ein breiter Ledergürtel brachte ihre schmale Taille zur Geltung.

Sam kniete sich neben die bewußtlose Frau und prüfte den Puls, der gleichmäßig am Ansatz ihres grazilen Halses schlug. »Als ich die Größe bemerkte, habe ich noch versucht, nicht mit voller Wucht zuzuschlagen, aber das hat anscheinend nichts genützt.«

»Ich glaube nicht«, stimmte Emmet zu. Er kniete sich neben seinen Bruder und zog den Schlapphut weg, der immer noch einen Großteil des femininen Gesichts verdeckte. Kaskaden roter Haare fielen aus dem Hut, unter dem Molly sie versteckt hatte.

Sam bestaunte die wilde Erscheinung der zierlichen jungen Frau in Reithosen. Ihre Haut wirkte samtweich und makellos, wenn man von den wenigen Sommersprossen absah, die die leicht nach oben gerichtete Nase schmückten. Der breite Mund mit den vollen, roten Lippen schien wie im Schlaf leise zu lächeln. Sie war hübsch, wenn auch nicht schön, zierlich, aber voll erblüht, ohne zerbrechlich oder winzig zu wirken. Sam schätzte, daß sie noch keine zwanzig Jahre alt war.

Bis jetzt war Sam noch nie einer Frau begegnet, die Männerkleidung trug; das war ein Anblick, der jeden Mann aus der Fassung brachte. Aber es war mehr als nur ihr Aussehen, das ihn faszinierte. Sie hatte etwas Besonderes an sich. Sie strahlte eine ungestüme Sinnlichkeit, eine bezwingende Tollkühnheit aus, die aus jeder ihrer Poren zu strömen schien. Als sein Blick von ihrem Mund zu den sinnlichen Kurven ihres Körpers wanderte, spürte Sam ein Ziehen in der Leistengegend.

»Zum Teufel noch mal, wer ist sie?« fragte er. Auf einmal beschlich ihn eine gewisse Gereiztheit, als er den Bluterguß auf ihrer makellosen Haut betrachtete. Noch nie hatte er eine Frau geschlagen, und jetzt kam er mit der Art und Weise, wie er gehandelt hatte, nicht gut zurecht. »Und warum hat sie, verdammt noch mal, auf uns geschossen? Buck, bring mir ein nasses Tuch, und zwar ein bißchen dalli. Ich möchte, daß das Mädchen aufwacht, und ich will ein paar Antworten.«

Buck nickte und verließ die anderen, um Sams Bitte nachzukommen.

»Ich könnte wetten, daß das Mädchen Molly James ist«, sagte Emmet. »Gibt hier in der Gegend nicht viele, die rötere Haare als die Jameses haben. Außerdem hat sie das richtige Alter. Ich habe gehört, daß Molly wieder auf die Lady Jay zurückgekehrt ist.«

Während Emmet ihren Karabiner aufhob, trug Sam das Mädchen unter eine schattenspendende Pinie. Ihren Kopf lehnte er gegen die harte Baumrinde, bevor er Buck das feuchte Tuch abnahm und es über ihre Stirn legte.

»Falls sie das James-Mädchen ist«, sagte er, »warum sollte sie denn auf uns schießen? Seit vielen Jahren benutzen wir diesen Paß, ohne jemals Schwierigkeiten gekriegt zu haben.«

Als sei das Stichwort gefallen, seufzte und stöhnte das Mädchen und schlug die großen, blauen Augen auf, die so rund waren, daß sie ihr einen verletzlichen Ausdruck verliehen.

»Sie!« Molly, die ihre Benommenheit abzuschütteln suchte, tastete nach ihrem Gewehr, das nicht mehr neben ihr lag. Wieder sah sie Sternchen und mußte sich deshalb zurücklehnen, bis der Schwächeanfall vorüber war. Dann strich sie ihre zerzauste Haarmähne aus dem Gesicht und beäugte die drei Männer, die neben ihr standen. Zum Teufel noch mal! Wie hatte ihr das nur passieren können? Während sie die Männer betrachtete, fiel ihr auf, daß sie eher besorgt denn gefährlich aussahen, was ihr die Lage ein wenig erleichterte. »Was haben Sie mit mir vor?« fragte sie forsch und hoffte dabei, daß man ihr ihre Verzagtheit nicht anmerkte.

»Ich denke, daß Sie jetzt erst mal an der Reihe sind, die Fragen zu beantworten, Mädchen«, sagte Sam. Wenn er wütend, nervös oder überrascht war, trat sein irischer Akzent deutlicher als gewöhnlich zu Tage, und die entwaffnende junge Frau, die mit ihren von dichten Wimpern umsäumten Augen zu ihm aufschaute, beschwor all diese Gefühle herauf – und nicht nur diese.

»Sind Sie Molly James?« fragte er.

Sie nickte und jammerte wieder, denn ihr Kinn schmerzte, als sie den Kopf bewegte. Sam fühlte sich auf der Stelle maßlos schuldig.

»Es tut mir leid, daß ich Ihnen weh getan habe. Hätte ich gewußt, daß Sie eine Frau sind...«

»Sie brauchen sich nicht zu entschuldigen, Mr. Brannigan. Wenn die Lage anders gewesen wäre, hätte ich Ihnen Schlimmeres zugefügt.«

Von der Ehrlichkeit des Mädchens überrascht, zog er eine blonde Augenbraue hoch. Seine Wut flammte wieder auf. »Vielleicht hätten Sie die Güte, Miss James, mich darüber aufzuklären, aus welchem Grund Sie auf uns geschossen haben.«

»Ich habe nicht *auf* Sie geschossen, Mr. Brannigan«, erwiderte Molly und setzte sich langsam wieder auf. »Wenn ich auf Sie geschossen hätte, wären Sie tot. Ich habe in *Ihre Richtung* geschossen. Ich wollte Ihnen eine Nachricht zukommen lassen.«

»Oh, wirklich, Miss James?« Sam war hin und her gerissen:

die Selbstsicherheit des Mädchens erheiterte ihn, während ihre Dreistigkeit ihn auf die Palme brachte. »Und wie soll die Botschaft lauten?«

»Daß dieser Paß zur Lady Jay gehört, und daß weder Sie, Mr. Brannigan, noch ein Mitglied Ihrer Familie ihn in Zukunft benutzen darf.«

Bis zu diesem Augenblick war Sam auf seine Selbstbeherrschung stolz gewesen. Doch jetzt spürte er, wie sein Blut vor Ärgernis in Wallung geriet. »Dieses Land gehört zur Cedar Creek Ranch, und zwar seit jeher. Mein Vater hat Ihrem Vater erlaubt, diesen Paß zu benutzen, um den Frieden zwischen den Familien nicht zu gefährden. Doch ich bin mir sicher, daß er seine Großzügigkeit vor seinem Tod noch bereut hat.« Sam klammerte sich so fest an seine Winchester, daß seine Handknöchel weiß hervortraten. Da er Zeit schinden wollte, um seine Selbstbeherrschung wiederzuerlangen, wandte er sich an den Ochsenführer.

»Schaff diese Baumstämme den Paß hoch, Buck. Unsere kleine *Nachbarin* hat uns lange genug aufgehalten.«

»Bin schon so gut wie weg, Boß«, sagte Redding. Der schwer beladene Karren hätte schon vor Stunden bei der Sägemühle, die einige Meilen entfernt war, eintreffen sollen.

Buck lief schnell zu dem hohen Gefährt, dessen Räder riesengroß waren, und kletterte hinauf. Die schwere Ladung war nur mit acht Ochsengespannen zu befördern, und das auch nur, wenn die Straße ziemlich eben war. Diese Baumstämme waren für die nahe liegende Stadt Truckee bestimmt. Holz, das zum Verladebahnhof transportiert werden mußte, wurde mit einer Wasserrutsche befördert, die sich den Osthang des Berges hinunterschlängelte.

»Emmet, es ist besser, wenn du ihn begleitest. Ich werde mich darum kümmern, daß Miss James sicher nach Hause kommt. Außerdem gehe ich davon aus, daß wir auf dem Weg... ein paar Dinge zu *besprechen* haben.«

Emmet mußte über die erzwungene Gelassenheit seines Bruders grinsen. Sam war stinkewütend und hatte alle Mühe, sein hitziges Temperament im Zaum zu halten. Allein die zierliche Gestalt der kleinen Lady und ihr offenkundiger Charme retteten sie vor dem Zornesausbruch, den Big Sam Brannigan mit aller Macht unterdrückte.

»Mr. Brannigan«, mischte Molly sich ein und blickte Sam unverwandt an. »Ich versichere Ihnen, daß ich nichts mit Ihnen zu *besprechen* habe. Ich glaube, daß dieses Stück Land zur Lady Jay gehört. Insofern habe ich Schritte eingeleitet, meinen Anspruch legal durchzusetzen. Bis das geregelt ist, können Sie die Hauptstraße benutzen und so Ihr Holz in die Sägemühle transportieren.«

Sam runzelte die Stirn. »Was verstehen Sie unter *legal durchsetzen*?« Er spürte, wie die Wut in ihm wieder hochkochte und sein Nacken die Farbe seines roten Kopfes annahm.

»Bis später dann auf der Ranch, Sam«, rief Emmet, als er auf seinen Braunen aufstieg. »Es sei denn, du meinst, daß du Hilfe brauchen wirst.«

Sam übersah das Grinsen seines Bruders absichtlich. Emmet befahl dem Pferd umzukehren und ritt Buck mit seinem langsamen Gespann hinterher. Das Zischen der Peitsche, die der Ochsenführer über die Köpfe der gewaltigen Tiere schnalzen ließ, und das Gefluche, das Bucks Markenzeichen war, waren noch auf dem Paß oben zu hören.

»Ich meine, Mr. Brannigan«, fuhr Molly fort, »daß ich es zu einem Prozeß kommen lasse, in dem ich dieses Stück Land als Teil der Lady Jay beanspruche. Ich glaube, daß ich gewinnen werde, weshalb ich vorschlage, daß Sie sich genauso gut jetzt schon daran gewöhnen können, eine andere Strecke einzuschlagen und einen großen Bogen um mein Land zu machen.«

»Ihr Land! *Ihr Land*!« Sam konnte sich kaum noch beherrschen. »Die Ranch gehörte schon meinem Vater, bevor Sie überhaupt in den Westen gekommen sind.«

Molly war die Ruhe in Person. »Mein Vater hat dieses Stück Land gekauft, als er die Lady Jay erstanden hat. So ist es in der Urkunde festgehalten.«

»Darin steht aber auch, daß dieser Paß zu Cedar Creek gehört, wie Sie sicher wissen. Von Anfang an war das der Kern der Streitfrage zwischen den Jameses und den Brannigans. Ihr Vater und meiner hatten eine Abmachung getroffen, die die beiderseitige Benutzung des Passes regelte. Das war die einfachste Lösung für dieses Problem.«

»Mein Vater ist tot, Mr. Brannigan. Jetzt gehört die Lady Jay mir. In Zukunft werden Sie alle Vereinbarungen, die die Ranch betreffen, mit mir machen müssen.«

Sam warf dem mutigen Rotschopf, der so ruhig neben ihm saß, einen Blick von der Seite zu. Ein Teil von ihm bewunderte die junge Frau, die so couragiert für ihre Überzeugungen einstand, aber gleichzeitig hätte er sie am liebsten durchgeschüttelt, weil sie entschlossen war, Schwierigkeiten zu machen.

»Ich hatte den Eindruck, daß die Lady Jay verkauft werden soll. Ich habe dem Anwalt Ihres Vaters sogar ein Angebot gemacht. Ist das hier ein Versuch, den Preis hochzutreiben?«

Mit übertriebener Gelassenheit spielte Molly mit einer Piniennadel herum. Das hier war also Sam Brannigan. Ihr ganzes Leben lang hatte sie von ihm gehört und ihn als Kind auch ein oder zwei Mal gesehen, obwohl sie sich daran kaum erinnern konnte. Doch jetzt, wo sie diesem gutaussehenden Riesen gegenüber saß, konnte sie nicht verstehen, daß sie ihn vergessen hatte. Selbst in einem Augenblick, wo er sich so beherrschen mußte, war er ein prächtiges Mannsbild. Er war gut zehn Zentimeter größer als sein Bruder Emmet, der auch schon ein stattlicher Mann war. Sam hatte einen vollen, blonden Haarschopf und haselnußbraune Augen, während Emmet dunkelbraunes Haar und einen dunklen Teint hatte. Während Sams Tirade war Emmet ruhig geblieben; und es hatte den Anschein, als betrachte er die ganze Angelegenheit eher von der amüsanten Seite. Ja, Emmet erinnerte Molly an einen großen, sanften Bären. Sam Brannigan hingegen war ein Löwe.

»Ich versichere Ihnen, Mr. Brannigan, daß ich keine Spielchen spiele. Ganz im Gegenteil, ich habe vor, die Lady Jay zu behalten. Auf diesem Land steht eine Menge Holz, und ich werde wieder ins Holzfällergeschäft einsteigen.«

Molly wußte eine ganze Menge über die Brannigans. Sie hatte es sich zur Aufgabe gemacht, über diese Familie Bescheid zu wissen. Ihr Vater hatte ihr immer wieder eingebläut: »Du mußt deine Feinde kennen und darfst sie niemals unterschätzen«. Für die Lady Jay hatte sie Pläne geschmiedet, und diese Pläne beinhalteten eine Auseinandersetzung mit den Brannigans, die seit jeher Rivalen der Jameses gewesen waren.

»*Sie* wollen die Lady Jay leiten?«

»So ist es, Sir.«

»Allein?«

»Ganz genau. Ich habe vor, fachkundige Hilfe anzuheuern, aber ich allein werde die Entscheidungen treffen.«

»Was, in Gottes Namen, bringt Sie auf die Idee, daß Sie so eine schwere Aufgabe bewältigen können?«

Mollys Blick fiel auf sein kantiges Kinn, auf seine geballten Fäuste. Den Hut hatte er in den Nacken geschoben, so daß sein dickes, blondes Haar voll zur Geltung kam. Nicht richtig blond, dachte sie insgeheim. Schon eher ein Goldton, der der Mähne eines Löwen glich. Ein sauber gestutzter Bart, der sein Kinn umspielte, und der Schnauzbart konnten die feinen Linien seiner leicht ausgeprägten Wangenknochen nicht verbergen.

»Ich *glaube* nicht, daß ich diese Aufgabe bewältigen kann, Mr. Brannigan. Ich *weiß*, daß ich es kann.« Um keinen Preis würde sie ihm gegenüber zugeben, daß sie genauso daran zweifelte wie er.

Sam hatte alle Mühe, ein herzhaftes Lachen zu unterdrücken, aber ein breites Grinsen konnte er sich doch nicht versagen. Er kämpfte gegen einen zweiten Heiterkeitsausbruch an, als er darüber nachdachte, daß diese Frau mit dem ungebändigten, flammendroten Haarschopf meinte, die Lady Jay leiten zu können – eine Ranch, die fast so groß wie Cedar Creek war.

»Sie können soviel lachen, wie Sie mögen, Mr. Brannigan. Das wird überhaupt nichts ändern.« Molly erhob sich langsam. Dabei hatte sie das Gefühl, daß jemand unablässig mit einem Hammer auf ihren Kopf schlug, doch sie mußte sich endlich auf den Weg machen.

»Sollten Sie sich weiter über dieses Thema unterhalten wollen, dann wenden Sie sich bitte an meinen Anwalt.« Ihr wurde wieder schwindelig. Entschlossen, nicht noch einmal ohnmächtig zu werden, schluckte sie schwer. Wenn sie in diesem Augenblick ihre Schwäche preisgab, würde sie das teuer zu stehen kommen. Aber ihr weiblicher Instinkt konnte die Kraft, die der Mann ausstrahlte, und seine Schönheit nicht verleugnen, geschweige denn die Schmetterlinge, die in ihrem Bauch flatterten.

Bevor sie einen Fuß vor den anderen setzen konnte, spürte sie, wie Sams große Hände sich um ihre Taille legten und sie umdrehten, so daß sie ihn anschauen mußte. Sie stemmte sich mit den Handflächen gegen seine blaukarierte Hemdbrust. Trotz des groben Stoffes konnte sie seine Stärke und Kraft spüren, seine angespannten Brustmuskeln unter ihren Fingerspitzen fühlen. Und es lief ihr kalt den Rücken hinunter.

»Sieht so aus, als habe ich fester zugeschlagen, als ich dachte«, sagte er.

Sie warf ihm ein klägliches Lächeln zu und trat einen Schritt zurück, doch eine Hand ließ sie auf seiner Brust liegen, um sich abzustützen.

»Jedes lohnende Unterfangen beinhaltet gewisse Risiken, Mr. Brannigan.« Sie fragte sich, was der Grund für seinen leicht steifen Gang war. Er schien seine Bewegungsfreiheit nicht einzuschränken, aber sie war trotzdem neugierig, was es damit auf sich hatte. Ich werde es schon noch herausfinden, sagte sie sich. Bevor die Sache geregelt war, wollte sie *alles* über Sam Brannigan in Erfahrung gebracht haben.

»Ich glaube, daß es besser ist, wenn ich jetzt auf die Ranch zurückkehre«, sagte sie. Auf ihrer Stirn glitzerten unzählige kleine Schweißperlen, und der nächste Schwindelanfall ließ auch nicht lange auf sich warten. Ihr Kinn schmerzte, und an ihrem Hinterkopf bildete sich eine Beule von der Größe eines Hühnereis.

»Ist Angelina da?« fragte Sam, voraufhin Molly ihm einen kritischen Blick zuwarf. Zweifellos wußten die Brannigans genauso viel über die Jameses, wie umgekehrt. Seit knapp zwanzig Jahren waren sie Nachbarn, falls man das Wort im weiteren Sinne verwendete.

»Heute hat sie ihren freien Tag. Sie besucht ihre Schwester in Truckee.«

»Was ist mit Joaquin?«

»Treibt die entlaufenen Rinder zusammen.«

»Wer, zum Teufel nochmal, ist dann auf der Ranch?« fragte Sam entgeistert.

»Nur ein paar neue Arbeitskräfte. Überhaupt, was geht Sie das an?« Sie wollte weg, aber die Vernunft gebot, daß sie ruhig blieb. Außerdem wollte sie sich nicht noch mehr blamieren, als sie es ohnehin schon getan hatte.

»Ich glaube, daß Sie eine leichte Gehirnerschütterung haben, und ich werde Sie nicht der Pflege von ein paar neuen Cowboys überlassen.« Obwohl er den Gentleman spielte, stöhnte er insgeheim auf und verfluchte den Tag, an dem er diesem störrischen Weibsbild begegnet war, so attraktiv sie auch sein mochte. »Ich werde Sie nach Cedar Creek bringen. Lee Chin kann sich solange um Sie kümmern, bis der Arzt sagt, daß Sie auf die Lady Jay zurückkehren können.«

Molly schob ihr Kinn vor, als wolle sie auf der Stelle widersprechen. Aber dann siegte ihr gesunder Menschenverstand, und sie nickte resigniert. Sam beäugte den Bluterguß, der ihr Kinn schmückte, und verfluchte sich aufs Neue. In seiner Wut hatte er nur auf die Kleidung geachtet, und jetzt mußte er dafür bezahlen. Verdammt! Eine Frau in Reithosen. Auf was für Ideen würde sie in Zukunft noch kommen?

»Wo ist Ihr Pferd?« Behutsam hob Sam das Mädchen hoch und lief den Berg hinunter. In seinen Armen fühlte sie sich so leicht und klein an, daß ihn ihr Wagemut zutiefst erstaunte. Für eine Frau ihrer Größe war es keine Kleinigkeit, drei ausgewachsene Männer anzugreifen.

»Er grast hinter diesen Felsen. Wenn ich ihn rufe, kommt er.«

Eine frische Brise wirbelte die Blätter zu seinen Füßen auf, die unter seinen Stiefeln knisterten, als er das Mädchen trug. Ein paar glänzende, rote Haarsträhnen wickelten sich um seinen Hals und strichen über seine Wange. Sam ignorierte sein steifes Bein und marschierte entschlossen weiter. An diese Unannehmlichkeit hatte er sich mittlerweile gewöhnt, und er war froh, daß er sich überhaupt bewegen konnte.

Gilgamesh, Sams großer Falbe, wartete geduldig im Schatten der Bäume, die geflochtenen Zügel hingen einfach herunter. Schon seit langem war es nicht mehr nötig, das große Pferd irgendwo anzubinden.

Das Mädchen steckte zwei Finger in den Mund und stieß einen schrillen Pfiff aus. Schwere Hufschläge ließen die Erde erbeben, und ein Wallach mit glänzendem, schwarzem Fell galoppierte auf die Lichtung. Mollys Pferd war ebenso groß wie Sams – gut ein Meter und fünfundsechzig.

Als Sam sich an die Größe der Frau in seinen Armen erinnerte, betrachtete er das Pferd überrascht, und er fragte sich, wie es dem Mädchen gelang, einen Fuß in den Steigbügel zu kriegen, die gerade mal bis zum Bauch des Pferdes reichten.

»Das ist El Trueno«, erzählte sie ihm voller Stolz. »›Donner‹. Ich bekam ihn, als er noch ein Fohlen war. Joaquin und ich haben ihn abgerichtet.«

»Das ist wirklich ein schönes Tier.« Sam ignorierte den verunsicherten Blick des Mädchens und lief schnurstracks zu seinem eigenen Pferd hinüber. Der Falbe wog einige hundert Pfund mehr als der Rappe. Gils dicker Hals, sein schwerer Kopf und der breite Rücken waren von Muskeln überzogen, und das Tier trug Sams Gewicht mühelos. Aber Gilgamesh und El Trueno waren, was die Höhe des Widerrists anbelangte, ebenbürtig. Ihres erstaunten Gesichtsausdruckes wohl bewußt, hob Sam seine leichte Last auf Gils Rücken.

»Warum kann ich nicht mein eigenes Pferd reiten?« fragte Molly gereizt.

»Ich möchte kein Risiko eingehen.« Er setzte sich hinter sie, verzichtete auf die Steigbügel und hielt sich nur am Sattelknauf fest. »Vielleicht werden Sie noch einmal ohnmächtig, fallen von Ihrem Pferd und lassen mich dann dafür ins Gefängnis sperren.« Ihre Empörung und aufrechte Haltung bemerkte er sehr wohl. Und auch die tanzenden Sonnenstrahlen auf ihrem flammendroten Haar und das Lächeln, das ihren hübschen Mund umspielte, übersah er nicht.

Der Ritt bis zur Cedar Creek Ranch war lang, vor allem wenn man so dicht neben einem Mann wie Big Sam Brannigan saß. Bei jedem Schritt, den das Pferd machte, spürte Molly Sams angespannte Brustmuskeln, die sich gegen ihren Rücken drängten. Dabei bemühte sie sich wahrlich um Distanz. Einen Arm hatte er um ihre Taille gelegt, doch er berührte sie nicht wirklich, sondern war nur als Sicherheit gedacht, falls sie vom Pferd fallen sollte.

Für Molly war es befremdlich, von einem Mann gehalten zu werden. Nicht einmal als Kind war sie von ihrem Vater in den Arm genommen oder an die Brust gedrückt worden. Seine Zuneigung hatte er gut zu verbergen gewußt. Natürlich hatte ihr Beau in Chicago sie hin und wieder geküßt, aber in die Arme genommen hatte er sie nie – wenigstens nicht für lange. Geküßt zu werden war keine unangenehme Erfahrung gewesen, aber leider auch nicht gerade das, was sie sich davon versprochen hatte.

Trueno, der hinter Sams Falben hertrabte, wieherte leise. Molly wußte, daß das Pferd ihnen bis ans Ende der Welt folgen würde. Sie liebte den großen, schwarzen Wallach. Er war ein beeindruckendes und stolzes Tier, und seine Treue wurde nur noch von Joaquin und Angelina, dem mexikanischen Ehepaar, übertroffen, das sie – seit sie im Alter von sieben Jahren die Mutter verloren hatte – praktisch großgezogen hatte.

Sie hatte nur einmal erlebt, wie ihr Vater seine Gefühle gezeigt hatte, und das war an dem Tag gewesen, als ihre Mutter gestorben war. »Du kannst es genauso gut gleich erfahren«, hatte er ihr gesagt, nachdem er zu ihr an den Pferch getreten war. »Deine Mutter ist von uns gegangen.« Dabei schaute er sie nicht einmal an. »Tot und von uns gegangen. Gerade so, als ob es sie nie gegeben hätte.« Und dann hatte er wie ein Kind geweint.

Auch Molly hatte geweint, tagelang, wie es ihr erschien. Bis ihr Vater in ihr Zimmer gestürmt war, sie bei den Armen gepackt und vom Bett gezogen hatte.

»Hör auf!« hatte er geschrien. »Ich kann es nicht mehr ertragen. Keine Minute länger!« Molly schniefte, wischte sich die Tränen aus den Augen und verbarg ihre Trauer. Und seitdem hatte sie nie wieder geweint.

Sam lenkte den Falben auf einen schmaleren Pfad, der nach Cedar Valley führte. »Seit wann sind Sie wieder auf der Ranch?« unterbrach er ihre traurigen Gedanken.

»Ungefähr seit zwei Monaten.«

»Es überrascht mich, daß wir uns nicht schon früher über den Weg gelaufen sind.«

»Ich hatte eine Menge zu tun. Die meisten Arbeiter haben gekündigt. Nun versuche ich, neue Männer anzuheuern, aber das ist nicht einfach.«

»Das kann ich mir vorstellen«, erwiderte Sam selbstgefällig. Natürlich wußte er, daß nur wenige Männer bereit waren, für eine Frau zu arbeiten.

Sie überquerten einen Bergbach, dessen leises Plätschern ihre angespannten Nerven beruhigte. Dieser Bach schlängelte sich auch durch das Gebiet der Lady Jay. Früher hatten sie und ihre Mutter dort Picknicks veranstaltet.

Molly erstarrte und rückte von Sams harter Brust ab, als das verschwommene Bild von Colleen James vor ihrem inneren Auge auftauchte. Im Gegensatz zu Molly, die rote Haare und einen blassen Teint hatte, war ihre Mutter dunkelhäutig gewesen und hatte blauschwarze Haare gehabt. Aber Molly hatte ihr die zierliche Statur und den üppigen Busen zu verdanken. Auch die runden, blauen Augen hatte sie von der Mutter geerbt.

Ihr Vater hatte die Mutter leidenschaftlich geliebt. Molly erinnerte sich wohl an seinen Beschützerinstinkt. Wann immer ihre Mutter ausreiten wollte, hatte er sich Sorgen gemacht.

»Es ist besser, wenn ich dich begleite«, hatte er dann vorgeschlagen. »Man kann nie wissen, was passiert. Außerdem können wir so die Zeit zusammen verbringen.«

Molly dachte oft an ihre Mutter und überlegte dann, wie anders ihr Leben verlaufen wäre, wenn ihre Mutter am Leben geblieben wäre – *wenn Shamus Brannigan sie nicht getötet hätte.*

Wie immer, wenn sie sich an den Verlust erinnerte, lief ihr ein eiskalter Schauer den Rücken hinunter.

»Ist Ihnen kalt?« störte Sam Brannigans tiefe Stimme die Ruhe, die im Wald herrschte. »Ich habe eine Jacke in meiner Satteltasche.«

»Nein. Nein, danke, es geht ohne.«

»Fühlen Sie sich besser?«

»Ja, viel besser. Ich habe gerade an vergangene Zeiten gedacht. Es ist schon Jahre her, seit ich durch diese Gegend gekommen bin. Erst als ich zurückkehrte, fiel mir auf, wie sehr ich sie vermißt habe.« Warum erzählte sie ihm das? Das ging ihn doch überhaupt nichts an. Außerdem war sie sich sicher, daß es ihn einen feuchten Kehricht interessierte. Wahrscheinlich konnte er sie ebenso wenig leiden wie sie ihn. Na ja, zumindest bemühte sie sich darum, ihn nicht ausstehen zu können.

»Sie sind zur Schule gegangen«, sagte er mit ruhiger Stimme. Offensichtlich wollte er mehr erfahren. »Im Osten, falls ich mich recht erinnere.«

»Ja. Mit dreizehn bin ich von zu Hause weg. Bis sechzehn war ich auf einem Internat in Chicago. Vater wollte, daß ich die beste Ausbildung erhalte.« An der Art und Weise, wie er plötzlich seine Haltung veränderte, konnte sie seinen Zweifel an ihren Worten ablesen. »Sie glauben das nicht, Mr. Brannigan?«

»Ich habe nur wenig von dem, was Ihr Vater gesagt oder getan hat, geglaubt, Miss James. Aber Sie und ich, wir sind Nachbarn, solange Sie auf der Lady Jay wohnen. Was zwischen unseren Familien vorgefallen ist, gehört der Vergangenheit an, und bereitet uns beiden schmerzliche Erinnerungen. Ich möchte jedenfalls lieber nicht darin wühlen.«

Molly sagte nichts. Sie konnte die Vergangenheit nicht so einfach abtun. Seit ihr Vater von einem schweren Baumstamm erschlagen worden war, der aus Versehen beim Fällen in die falsche Richtung gekippt war, hatte sie kaum Zeit gehabt, an anderes zu denken.

Sie wünschte, sie hätte um ihn weinen können.

Statt dessen hatte sie das Telegramm immer und immer wieder gelesen, ihre Sachen gepackt und war nach Westen gefahren. Schon vor drei Jahren, gleich nachdem sie die Schule beendet hatte, hatte sie den Entschluß gefaßt, auf die Lady Jay zurückzukehren. Aber ihr Vater hatte anderes im Sinn, und überredete sie, noch einen anderen Kurs, noch eine weitere Schule zu besuchen. »Du möchtest mich doch glücklich machen, nicht wahr?« hatte er geschrieben.

Und genau das war ihr Lebensziel, ganz egal, wie lange es auch dauerte. Aber es gelang ihr nie wirklich, ihn glücklich zu machen; jedenfalls hatte er es nie gezeigt. Vielleicht konnte sie ihre Fehler von früher ausbügeln, wenn es ihr gelang, die Lady Jay auf Vordermann zu bringen.

Der Falbe stolperte und warf sie gegen Sams Brust.

»Der Pfad ist ein wenig steil«, bemerkte er.

»Hier ist es wunderschön.« Molly ließ ihren Blick über die Landschaft schweifen. Hohe Pinien säumten den Pfad, der sich zwischen riesigen Granitfelsen durchschlängelte. »Ich glaube nicht, daß ich dieses Anblicks jemals müde werde.«

»Dann haben wir wenigstens eine Sache gemein.«

Sie lächelte. »Die Pinien habe ich schon immer geliebt. Für mich sind sie die Könige des Waldes.« Die Pinien hier im Westen waren doppelt so hoch wie die im Osten, und manche von ihnen erreichten eine Höhe von siebzig Metern.

»Ja, sie sind wirklich etwas ganz anderes. Ich hoffe, daß Sie sich daran erinnern, falls Sie verrückt genug sein sollten, wieder mit dem Holzfällen anzufangen.«

Molly sträubte sich. »Soll das eine Anspielung sein?«

»Ich spiele auf gar nichts an, Miss James. Ich glaube nur, daß es wichtig ist, gesunden Menschenverstand walten zu lassen.«

Mollys Mütchen kühlte sich ein wenig ab. Sie glaubte von ganzem Herzen, daß es richtig war, das Land zu erhalten, obwohl die meisten anderer Meinung waren. Zu ihrer Überraschung schien Sam Brannigan ihre Meinung zu teilen.

Ein Blaukehlchen, das auf einem Ast gesessen hatte, flatterte davon, woraufhin der Falbe seitwärts tänzelte. Ein muskulöser Arm schlang sich schützend um sie, und Molly mußte wieder lächeln. Offensichtlich hatte hier im Westen alles ganz andere Proportionen.

2. Kapitel

»Ich fühle mich schon viel besser«, sagte Molly, als Sam sie mit seinen großen, kräftigen Händen vom Pferd hob. »Ich denke wirklich, daß ich nach Hause gehen sollte.«

»Tut mir leid, Miss James. Sie haben diesen kleinen Krieg angezettelt, und ich werde ihn jetzt zu Ende bringen. Ich möchte, daß der Doktor einen Blick auf Sie wirft, und in der Zwischenzeit können wir uns unterhalten.«

Molly überhörte den Sarkasmus, der in Sams tiefer Stimme mitschwang, und begleitete ihn auf die weitläufige Veranda an der Vorderseite des Hauses. Das Haupthaus der Ranch war ein beeindruckendes, zweistöckiges Gebäude, das Sams Vater, Shamus Brannigan, vor vielen Jahren aus Holz errichtet hatte. Im oberen Stockwerk waren die Schlafzimmer untergebracht, von denen aus man einen herrlichen Ausblick auf den Hof hatte, während das Erdgeschoß mit seinen großen Fenstern vom Sonnenlicht durchflutet war.

Sam riß die schwere Holztür auf, und Molly trat geschwind in den großzügigen Wohnraum. Das hier war ganz offensichtlich das Haus eines Mannes, mit rustikalen Holzwänden und dicken Balken, die unter der Decke verliefen. Die Flure waren mit Stein ausgelegt, und eine breite Treppe verband die beiden Stockwerke. In diesem Haus roch es sogar nach Mann – ein rauchiger Pinienduft erfüllte die Luft. Als sie zusammen zur Ranch geritten waren, war ihr aufgefallen, daß Sam genauso roch.

Molly ließ sich von Sam durch den Raum führen. Ihr Kinn schmerzte nicht mehr, aber die Beule an ihrem Hinterkopf pulsierte immer noch heftig. Obwohl sie insgeheim das Durcheinander genoß, das ihre Schießerei hervorgerufen hatte, fragte sie sich langsam, ob ihr Unterfangen klug gewesen war. Nicht im Traum hatte sie damit gerechnet, daß Sam ein so vernünftiger Mann sein könnte. Er paßte überhaupt nicht in das Bild, das ihr Vater von den Brannigans gezeichnet hatte.

Sam brachte sie zu einer großen Ledercouch, die vor einem breiten Steinkamin stand. Nachdem sie sich gesetzt hatte, fiel ihr auf, daß der weitläufige Raum ihr eine gewisse Ehrfurcht einjagte. Aber andererseits hatte alles, was den Brannigans gehörte oder was sie taten, ihr in den vergangenen Jahren Ehrfurcht eingejagt – oder sie wütend gemacht.

Sam forderte sie auf, sich hinzulegen, zog ihr fachmännisch die Stiefel aus und deckte sie dann mit einer Navajo-Decke zu, die über die Sofalehne drapiert gewesen war.

»Lee Chin!« rief Sam Brannigan, und nur ein paar Sekunden später betrat ein Chinese mit einem langen, geflochtenen Zopf und laut klappernden Holzschuhen das Wohnzimmer.

»Ja, Mr. Sam?«

»Unser Gast, Miss James, hatte unglücklicherweise einen Unfall. Schicken Sie jemanden zu Doc Weston. In der Zwischenzeit wollen wir uns mit einem feuchten Tuch weiterhelfen.«

»Ja, Sir, Mr. Sam. Auf der Stelle.« Der Chinese verbeugte sich knapp und schlurfte aus dem Zimmer, kehrte aber schon kurz darauf mit dem feuchten Tuch zurück.

»Miss James und ich müssen uns über ein paar Dinge unterhalten, Lee. Wenn wir fertig sind, können Sie hier übernehmen.«

Lee Chin verneigte sich und verließ das Zimmer. Molly mußte lächeln, denn sie mochte den Mann auf der Stelle. Auf seinem Gesicht war ein beinah väterlicher Ausdruck aufgetaucht, als er den blauen Fleck gesehen hatte, der ihr Kinn zierte.

Sam half Molly dabei, ihre üppige Haarpracht hochzuheben, und legte das feuchte Tuch auf die Beule an ihrem Hinterkopf. Obwohl Sam groß und stark war, fürchtete Molly sich nicht vor ihm. Sein aufmerksames Verhalten verriet die Besorgnis, die er empfand. Sie wußte, daß die Schießerei ihn verärgert hatte, und trotzdem fühlte sie sich in seiner Gegenwart sicher und umhegt. Da er aber auch das Oberhaupt der Familie war, die die ihre vernichtet hatte, behagte ihr dieser Gedanke überhaupt nicht.

»Wissen Sie, Miss Molly«, begann Sam, »das, was sie heute getan haben, war ziemlich dumm. Sie hätten dabei getötet werden können.«

Molly setzte sich auf der Couch aufrecht hin. »Da stimme ich Ihnen voll und ganz zu, Mr. Brannigan.«

»Ist das Ihr Ernst?« fragte Sam verblüfft nach.

»Aber gewiß doch. Hätte ich gewußt, was für ein vernünftiger Gegenspieler Sie sind, wäre ich einfach hierher geritten und hätte meine Botschaft persönlich überbracht.«

Der respektvolle Ton, den sie anschlug, besänftigte Sams Zorn ein wenig. Ein leises Lächeln umspielte seine Lippen.

»Vielen Dank für das Kompliment, Miss James, aber ich fürchte, daß Sie Ihre Meinung ein wenig voreilig gebildet haben. Sie und ich wissen, daß der Weg zur Mühle zehn Meilen länger ist, wenn man die Straße benutzt. Meine Ochsen können das Holz nicht so weit schleppen.« Seine Augen verengten sich zu Schlitzen, und jede Spur von Humor war auf einmal aus seinem Gesicht verschwunden. »Ich habe vor, den Pfad auch weiterhin zu benutzen, so, wie wir es immer getan haben.«

Molly blieb unverzagt. Bis jetzt hatten die Brannigans sie wesentlich besser behandelt, als sie je erwartet hatte. Aber sie war natürlich nicht davon ausgegangen, daß der Mann ihren Forderungen gleich beim ersten Mal nachkam.

»In diesem Fall, Mr. Brannigan, will ich Ihnen einen Gefallen tun, da Sie sich heute als äußerst ritterlich erwiesen haben – wenn wir einmal davon absehen, daß Sie einer Frau einen Schlag aufs Kinn verpaßt haben. Sie können den Paß solange benutzen, bis der Fall vor Gericht entschieden wird. Doch dann erwarte ich, daß Sie dem Gesetz Folge leisten.«

Sams haselnußbraune Augen funkelten sie ungläubig an. »Sie geben mir die *Erlaubnis*, den Paß zu benutzen? Die *Erlaubnis*, meine eigene Straße zu benutzen?« Zuerst kicherte er nur, aber dann wurde sein kraftvoller Körper von einem Lachanfall durchgeschüttelt.

Molly entspannte sich auf der Couch und warf mit einer lässigen Geste ein paar rote Haarsträhnen über die Schulter. Schon vor langer Zeit hatte sie gelernt, ihre Gefühle unter Kontrolle zu halten, und diese Fähigkeit war ihr bei mehr als einer Gelegenheit zupaß gekommen.

Als Sam sich schließlich wieder im Griff hatte, sagte er: »Sie sind wirklich etwas Besonderes, Miss James. Sagen Sie mir, was Sie tun werden, falls Sie vor Gericht verlieren werden?«

»Ich werde nicht verlieren, Mr. Brannigan.«

Sams Kinnmuskel zuckte auf, als sein Zorn wieder die Oberhand gewann. »Wissen Sie, Miss James, Sie treiben es doch etwas zu weit. Die Cedar Creek Ranch und die Lady Jay benutzen diesen Paß nun schon seit vielen Jahren zusammen. Es gibt keinen Grund, warum wir das nicht auch in Zukunft so halten sollten. Sie besitzen ausreichend Land, auf dem Holz steht; warum drängt es Sie nun so, einen Streit vom Zaun zu brechen?«

Molly schob ihr Kinn vor und warf ihm einen wutentbrannten Blick zu. Sie zwang sich dazu, an die einsamen Jahre im fernen Internat zu denken, an die Vernachlässigung, an den Verlust ihrer Mutter und der Liebe, die sie ihr entgegengebracht hatte. »Ihr Vater hat meine Mutter umgebracht, Mr. Brannigan. Deshalb möchte ich, daß jede Verbindung zu Ihrer Familie ein und für alle Mal beendet wird. Ich möchte, was mir gehört, was mein Vater für mich aufgebaut hat – und zwar jeden Hektar!«

»Sie meinen, Sie wollen Rache.«

Molly fühlte sich plötzlich unwohl, als sie Sam Brannigans aufgebrachten Gesichtsausdruck bemerkte. »So könnte man es auch ausdrücken, ja.«

»Und was ist mit meinem Vater?« fragte er. »Mein Vater hat im Gefängnis mit dem Leben bezahlt, für ein Verbrechen, das er nicht begangen hat. Mein Vater ist gestorben, weil *Ihr* Vater ihn fälschlicherweise beschuldigt hat!« Seine Stimme strahlte eine tödliche Ruhe aus. »Aber im Gegensatz zu Ihnen, Miss James, lebe ich nicht in der Vergangenheit. Cedar Creek ist mein Leben, meine Heimat. Meine Brüder und ich haben schwer gearbeitet, um den Erfolg zu erzielen, den diese Ranch heute hat. Ich möchte mit Ihnen keine Schwierigkeiten. Was geschehen ist, war weder Ihre, noch meine Schuld.« Er atmete tief durch, um sich etwas zu beruhigen. »Aber wenn Schwierigkeiten das sind, was *Sie* wirklich wollen, dann, das schwöre ich bei Gott, werden Sie sie kriegen. Und zwar mehr, als Ihnen lieb sein dürfte!« Er ballte die Hand zur Faust. Sein Gesicht lief rot an, glich beinah dem Farbton von Mollys Haaren, und seine Nasenflügel bebten vor Wut.

»Lee Chin! Kommen Sie her und setzen Sie sich zu Miss James.« Dann richtete er seinen ernsten Blick auf Molly, die einen ersten Anflug von Angst verspürte, wie kleine Nadeln, die in ihrer Magengrube rumorten.

»Auf Wiedersehen, Miss James«, sagte Sam leise. Sein Tonfall zeugte nicht von dem Zorn, der in ihm wütete. Dann wandte er ihr seinen breiten Rücken zu und marschierte mit großen Schritten aus dem Zimmer. Mit einem lauten Knall flog die schwere Tür ins Schloß.

Sam band die Pferde vom Pfosten vor dem Haus los und führte sie entschlossen zum Pferch hinüber, wo er Gil und den großen Rappen des Mädchens zur Tränke brachte. Ihm war alles recht, solange er damit seine Wut lindern konnte. Das Letzte, was er wollte, war, die ganze alte Angelegenheit wieder auf den Tisch zu bringen. Die Jameses und die Brannigans. Es hatte Jahre gedauert, bis sich das Gerede in der Stadt gelegt hatte. Es hatte Jahre gedauert, bis seine Familie wieder in die Gesellschaft aufgenommen wurde. Emmet hatte eine Frau und zwei Kinder. Sams jüngster Bruder, Peter, schloß gerade ein Jurastudium in Harvard ab. Peter schmiedete Pläne und wollte Karriere in der Politik machen. Die Brannigans waren dabei, ein Imperium aufzubauen, und ein Imperium brauchte Führer. Peter, der über eine unbekümmerte Persönlichkeit, einen makellosen Lebenslauf und über ein hohes Maß an moralischer Integrität verfügte, war dazu auserkoren.

Nun hatte sein Bruder seinen ersten Fall: er mußte die Cedar Creek Ranch gegen die Landansprüche der Lady Jay vertreten. Wenn der Paß für den Abtransport des Holzes nicht so wichtig wäre, würde Sam den Forderungen des Mädchens nachgeben, nur um den Frieden zu wahren. Aber, zum Teufel noch mal, er war wichtig! Und außerdem gefiel es ihm nicht, daß eine Frau, die Hosen trug, ihm das Leben vergällte. Der Platz einer Frau war ihr Heim; sie sollte Kinder gebären, sich um ihren Ehemann kümmern – zumindest hatte er das bis jetzt immer geglaubt.

Seine Mutter hatte das für richtig gehalten. Lorna Brealorne Brannigan war die süßeste, sanfteste und freundlichste Frau gewesen, die Sam je gekannt hatte. Seinen Vater hatte sie auf einem Viehfrachtschiff kennengelernt, auf dem irische Emigranten nach Amerika gefahren waren. Sie hatten sich ineinander verliebt und geheiratet, sobald die lange, beschwerliche Fahrt ein Ende gehabt hatte. In den fünfziger Jahren hatte Shamus seine Frau nach Kalifornien gebracht, um dort nach Gold zu suchen. Und er hatte auch etwas gefunden. Nicht viel, aber genug, um ein Stück Land zu kaufen und die Cedar Creek Ranch zu gründen.

Sam war gerade zehn, als seine Mutter bei Peters Geburt starb. Bis dahin war es ihr gelungen, Sam einen Respekt gegenüber Frauen zu vermitteln, den er tief in seinem Herzen bewahrte. Er hielt sie für etwas Besonderes. Er konnte es nicht ertragen, wenn er eine Frau weinen sah, konnte es nicht ertragen, einer Frau weh zu tun. Und das war mit ein Grund, warum er nie geheiratet hatte. Bis jetzt hatte er noch nie eine Frau getroffen, der er treu bleiben konnte – schon gar nicht ein Leben lang. Und der Gedanke an Untreue, der beinhaltete, daß er ein nettes Mädchen anlog, war schuld daran, daß er Junggeselle geblieben war. Selbstverständlich hatte er Freundinnen, aber das ging nie so tief, als daß er ihnen die Ehe versprochen hätte. Auf diese Weise konnte er sie nicht verletzen.

Was ihn betraf, er hatte ja die Ranch, die ihn mehr als genug beanspruchte. Wann immer er sich einsam fühlte, stürzte er sich tiefer in die Arbeit. Außerdem waren da noch Emmet, seine Familie und Peter, um die er sich kümmern konnte. Auf keinen Fall brauchte er eine Frau, die ihn belastete.

Sam öffnete die Tür des Pferchs und führte den Falben hinein. Dann holte er den Rappen, achtete aber darauf, daß sie nicht beieinander standen. Es war sehr wohl möglich, daß Gil sich dem Gefährten im Pferch unsanft näherte, und Sam wollte nicht das Risiko eingehen, daß er seine Spuren auf dem glatten Fell von Mollys Pferd hinterließ.

Er mußte dem Geschmack des Mädchens, was Pferde betraf, Respekt zollen. Auch ihren Mut bewunderte er. Nur wenige Männer würden es wagen, sich mit einem Brannigan anzulegen. Molly James war in der Tat etwas ganz Besonderes. Sie hatte Colleens Augen und Figur – eine atemberaubende Figur – aber die Haare und die Dreistigkeit hatte sie von Malcolm James geerbt. Mal war ein rücksichtsloser und herrischer Tyrann gewesen. War Molly ebenso rücksichtslos wie er? Sie war eine Närrin – daran hatte Sam keinen Zweifel – und dumm genug, zu glauben, daß sie die Lady Jay führen konnte.

Dieser Gedanke beschwichtigte ihn ein wenig. Schon bald würde sie erkennen, wie sinnlos es war, die Arbeit eines Mannes erledigen zu wollen. Vielleicht würde sie dorthin zurückkehren, wo sie hergekommen war, und die Klage fallenlassen. Zumindest hoffte er das.

Seiner Meinung nach wären damit beide Parteien gut bedient.

Schon ein paar Stunden später verließ Molly die Cedar Creek Ranch, ohne auf das Eintreffen des Doktors zu warten. Sie hatte sich schlafend gestellt, und Lee Chin war in die Küche zurückgegangen, um sich dort um seine Aufgaben zu kümmern. Kaum, daß er verschwunden war, hatte sie sich aus der Vordertür geschlichen. Inzwischen war ihr nicht mehr schwindelig, und die Schmerzen am Hinterkopf hatten auch nachgelassen. Wenn sie sich beeilte, konnte sie noch vor Einbruch der Dunkelheit ihr Zuhause erreichen. Und um diese Zeit kehrte auch Joaquin zurück.

Molly führte True aus dem Pferch und schwang sich auf den Sattel, ohne die Steigbügel zu verwenden. Wenn ein Brannigan so aufsteigen konnte, dann konnte sie das auch. Ihr fiel auf, daß der Karabiner wieder in dem Holster verstaut war. Das zur Bedrohung, die sie darstellen wollte. Es war ganz offensichtlich, daß niemand sie ernst nahm. Sie mußte lächeln. Die sollten sich nur in Sicherheit wähnen, bis sie die Klageschrift zugestellt bekamen. Dann mußten sie sie ernst nehmen.

Mollys Blick schweifte durch den Pferch, in dem auch Sams Falbe stand. Aber der Mann war – Gott sei Dank – nirgendwo zu sehen. Die erste Runde hatte ihr gereicht!

Auch ihr Vater war ein großer, stattlicher Mann gewesen, hatte ungefähr die gleiche Statur wie Emmet gehabt. Die roten Haare hatte Molly von ihm geerbt – und auch das Temperament, auch wenn sie gelernt hatte, ihre Gefühle ziemlich gut unter Kontrolle zu halten. Obwohl sie sich niemals richtig nahegestanden hatten, wünschte Molly, daß ihr Vater hier wäre, um ihr zu zeigen, wie man die Lady Jay leitete. Ohne seine Unterstützung erforderte diese Aufgabe jedes Quentchen Willenskraft, das sie aufbringen konnte, und ein hohes Maß an Bestimmtheit, um die Ranch erfolgreich zu führen. Als sie aus dem Osten zurückgekehrt war, hatten die meisten Arbeiter ihren Job hingeschmissen, weil sie davon ausgegangen waren, daß das Land verkauft wurde. Nur Joaquin, Angelina und der alte Torger Johnson, der oben im Holzfällerlager lebte, waren geblieben. Seit ihrer Ankunft hatte Molly tagsüber jede Minute mit den beiden Männern verbracht, und sie war ihnen für ihr Wissen und ihre Hilfsbereitschaft dankbar.

Joaquin war ein *vaquero*. Es gab weit und breit niemanden, der sich besser um das Vieh kümmern konnte als er, aber von der Holzfällerei verstand er gar nichts, Torger hingegen kannte sich im Holzfällergeschäft besser aus, als jeder andere Mann auf dieser Erde. Aber er war leider kein Vormann und wollte es auch nicht werden. Seit ihrer Kindheit war er ihr ein guter Freund gewesen und hatte unzählige Stunden damit verbracht, ihr Dinge über den Wald und die Holzfällerei beizubringen. Nun dankte sie ihm seine Geduld. Ihr Wissen um die Fähigkeiten, die in der Welt der Männer zählten, gab ihr vielleicht die Chance, die sie so dringend brauchte.

Molly trieb True an. Sie ritt an dem Schuppen vorbei, trabte durch den Flußarm und verschwand in den Wäldern. Da sie sich in den Bergen gut auskannte, mußte sie sich nicht an die Wege halten. Bevor sie mit dreizehn ins Internat gekommen war, hatte sie jeden Quadratzentimeter, der zur Ranch gehörte, abgeritten. In den drei darauffolgenden Jahren hatte sie den Sommer auch auf der Ranch verlebt, aber dann hatte der Vater ihr nicht mehr erlaubt, nach Hause zu kommen. In ihren Briefen hatte Angelina angedeutet, daß der Vater wollte, daß sie sich voll und ganz auf das Lernen konzentrierte. Der Vater war immer viel zu beschäftigt gewesen, um selbst zu schreiben.

Nachdem sie über einen kahlen Bergkamm geritten waren, suchte True sich an diesem felsigen Abhang seinen Weg selbst. Molly konnte in der Ferne ein paar Männer erkennen, die sich um die Herde auf den Feldern kümmerten. Da sich der Horizont langsam rot färbte, mußten sie die Arbeit bald niederlegen. Mollys Gesicht zierte ein breites Grinsen. Der Himmel hatte fast genau die Farbe von Sam Brannigans Gesicht, als sie ihm gesagt hatte, daß sie den Paß für sich allein beanspruchte. Dieser Mann hatte wirklich Temperament. Andererseits spürte sie aber eine unterschwellige Sanftheit, mit der sie nicht gerechnet hatte.

Nach einem einstündigen Ritt gelangte sie zu dem Kiesweg, der zum Haupthaus führte. Anfänglich hatte die Ranch Vagabund geheißen, aber Mal James hatte sie dann zu Ehren seiner Frau Colleen James in Lady Jay umbenannt.

Zu ihrer Überraschung stand ein leerer Buggy vor dem Haus. Seit ihrer Rückkehr vor zwei Monaten hatte sie keine Besucher gehabt. Und nach dem heutigen Streit mit den Brannigans hatte sie kein Bedürfnis nach sozialen Kontakten. So ritt sie direkt zum Schuppen, sattelte True ab, striegelte ihn und wischte ihn trocken. Nachdem sie damit fertig war, marschierte sie zum Haus hinüber. In den Kleidern, die sie trug, konnte sie eigentlich niemanden empfangen, und außerdem waren die Kopfschmerzen wieder zurückgekehrt.

Angelina machte die Hintertür auf und begrüßte sie. »*Chica. Donde estuviste?* Du hast Besuch.« Angel legte ihre kräftige Hand unter Mollys Kinn, hob es hoch und inspizierte den blauen Fleck. »Was ist dir zugestoßen?«

»Ich... ich hatte einen Unfall«, antwortete sie ausweichend und wechselte sofort das Thema. »Warum bist du schon so früh zurück?« Angelina, die schon wieder hinter dem Herd stand, drehte ein Stück Teig von einem großen Klumpen ab, der auf dem Tisch neben dem Herd lag, und formte mit ihren dick gepolsterten Handflächen eine Tortilla.

»Ich bin drüben auf der Cedar Creek gewesen und habe unseren Nachbarn, Sam Brannigan, getroffen.« Molly beobachtete Angels Reaktion. Die dicken Halsfalten unter ihrem Doppelkinn kamen in Bewegung, als sie laut kicherte.

»Unser Nachbar ist ein Mann, nicht wahr, *chica*? Vielleicht hätte ich dich warnen sollen.«

Molly grinste. »Vielleicht wäre das wirklich besser gewesen. Ich fürchte, ich habe nicht gerade einen guten Eindruck hinterlassen. Ich habe ihm gesagt, daß wir vor Gericht um den Paß kämpfen werden.«

Angel gackerte und legte die Stirn in Falten. Dann wedelte sie mit einem dicken Finger vor Mollys Gesicht herum. »Ich habe dir gesagt, daß du diesen Unsinn lassen sollst. Die Vergangenheit ist vorbei. Laß sie ruhen. Sam Brannigan ist ein guter Mann.«

»Wer ist zu Besuch gekommen?« fragte Molly, die wieder das Thema wechseln wollte. Sie wußte ganz genau, was Angel von der Klage hielt. Die Frau, die ihr wie eine zweite Mutter war, hielt niemals mit ihrer Meinung hinterm Berg.

»Oh, *si*, das hätte ich ja fast vergessen. Dein Onkel Jason ist hier.«

»Onkel Jason? Ist Tante Vera auch da?« Doch die Antwort wartete sie gar nicht erst ab. Erfreut, ihre Tante und ihren neuen Onkel zu sehen, stürmte sie von der Küche in den Salon. Das Haus war wesentlich kleiner als Sams weitläufiges Haus auf der Cedar Creek, die Möbel aber feiner: Da standen Queen-Anne-Tischchen mit zarten Beinen, Chippendale-Stühle aus Mahagoni, ein Windsor-Schaukelstuhl, eine geschnitzte Walnußtruhe und ein Sofa, das mit einem Gobelin überzogen war. Anmutige Spitzenzierdecken, die ihre Mutter eigenhändig gefertigt hatte, waren auf den Tischen ausgebreitet.

Als Molly in den Salon gelaufen kam, erhob sich ein großer Mann, der ganz in Schwarz gekleidet war, vom Sofa. Als sein Blick auf ihr dreckiges Hemd und die Reithosen fiel, verschwand das Begrüßungslächeln, und der Mann blickte bestürzt drein.

Molly bemerkte sein Erstaunen und seine weit aufgerissenen Augen und unterdrückte ein Lachen. Warum erstaunte es die Männer so sehr, daß eine Frau zur Arbeit praktische Kleidung trug?

»Sie müssen Onkel Jason sein«, sagte sie mit kontrollierter Stimme. »Ich freue mich wirklich, Sie kennenzulernen. Tante Vera hat mir geschrieben und mir von Ihnen erzählt. Wo ist sie?« Sie streckte ihm ihre rauhe Hand entgegen und suchte das Zimmer nach dem Sommersprossengesicht ihrer Tante ab. Obwohl ihr Onkel von ihrer Aufmachung verwirrt zu sein schien, führte er galant ihre Hand an seine Lippen.

»Es ist mir eine Ehre, Sie endlich kennenzulernen, Miss James.«

»Bitte nennen Sie mich Molly«, schlug sie vor. »Wo ist Tante Vera? Ist sie nicht mitgekommen?« Sie konnte es nicht erwarten, ihre Tante zu sehen. Obwohl Tante Vera nie nach Kalifornien gekommen war, hatte sie Molly mehrmals in Mrs. Finchs Mädchenpensionat in Chicago besucht. Zwischen den beiden Frauen hatte sich zaghaft eine Freundschaft entwickelt, von der Molly hoffte, daß sie noch enger würde. Vor gut sechs Monaten hatte Molly einen Brief erhalten, in dem ihre unverheiratete Tante von ihrer bevorstehenden Hochzeit berichtete. Danach hatte sie nichts mehr von ihr gehört. Molly war davon ausgegangen, daß sie sich erst einmal an ihr neues Leben gewöhnen mußte und insofern viel zu beschäftigt gewesen war, um zu schreiben.

»Bitte, nehmen Sie Platz, Miss James«, sagte Jason Foley. Er hatte wieder die Fassung erlangt, aber auf seinem wohl geschnittenen Gesicht lag trotzdem noch ein ernster Ausdruck.

Auch sein Tonfall war ernst, so daß Molly auf der Stelle seinem Vorschlag nachkam.

»Es behagt mir gar nicht, der Überbringer trauriger Nachrichten zu sein, aber ich muß Ihnen sagen, daß Ihre Tante vor drei Wochen bei einem scheußlichen Unfall ums Leben gekommen ist. Ich hätte Ihnen ein Telegramm geschickt, aber da sie und ich schon beabsichtigt hatten, in den Westen zu reisen, hielt ich es für besser, Ihnen die Nachricht persönlich zu überbringen.«

Molly spürte, wie Verzweiflung in ihr aufkeimte. »Tante Vera ist tot?«

»Ja, leider.«

Molly faltete die Hände, damit sie nicht so zitterte. Ihr Onkel legte seine Hand auf ihre, um seiner Anteilnahme Ausdruck zu verleihen. Erst vor relativ kurzer Zeit hatte Molly die grazile Frau kennengelernt, die ihre Tante war.

Vera James Foley war die Schwester ihres Vaters gewesen und somit ihre letzte Blutsverwandte. Nun wo Tante Vera tot war, fühlte sich Molly James so einsam wie noch nie zuvor in ihrem Leben.

»Ich weiß, daß das ein harter Schlag für Sie ist«, sagte ihr Onkel. »Zuerst der Verlust Ihres Vaters – und jetzt das. Glauben Sie mir, auch ich habe sehr gelitten. Ihre Tante habe ich über alle Maßen geliebt. Unsere gemeinsame Zeit ist sehr kurz gewesen.«

Als Molly aufblickte, sah sie, daß Tränen die schwarzen Augen ihres Onkels zum Funkeln brachten. Sie wünschte, sie hätte es ihm gleichtun und ebenfalls weinen können, aber sie spürte nur eine große Benommenheit.

Erst jetzt fiel ihr der weiße, steife Kragen auf, der im harten Kontrast zu seiner dunklen Haut und seinem noch dunkleren, düsteren Anzug stand.

»Sind Sie... sind Sie ein Prediger?« fragte sie gelähmt.

»Gott, ja, hat Ihre Tante Ihnen das nicht erzählt?«

»Nein. Nein, das hat sie nicht. Wahrscheinlich fürchtete sie, daß mein Vater es herausfinden könnte. Er hätte die Ehe mit einem Protestanten nicht gutgeheißen. Die Jameses sind seit Generationen katholisch.«

»Als Ihre Tante und ich uns ineinander verliebt haben, ist sie zu meinem Glauben übergetreten, der mir auch geholfen hat, die Trauer über ihren Verlust zu ertragen.«

Er wandte sich ab und wischte sich eine Träne von der Wange. Molly beneidete ihn darum, daß er so offen trauern konnte. Statt dessen saß sie schweigend da und starrte ihre Hände an, die sie im Schoß gefaltet hatte. Obwohl der Pfarrer ein frommer Mann zu sein schien, hatte er etwas Seltsames an sich – etwas, das ihr gebot, sich vor ihm in acht zu nehmen.

»Wie ist sie gestorben?« fragte Molly leise nach. Einerseits wollte sie Bescheid wissen, aber auf der anderen Seite wünschte sie inständig, daß sie aufwachte und alles nur ein böser Traum gewesen war.

»In der Pension, in der wir wohnten, brach ein Feuer aus. Es war scheußlich. Scheußlich.« Er zog ein Taschentuch aus seiner Anzugjacke und wischte die Tränen aus den Augen. »Ich fürchte, es regt mich zu sehr auf, darüber zu sprechen.«

»Ich verstehe.« Seltsamerweise hatte Molly das Gefühl, daß seine Trauer nicht ganz so tief ging, wie er sie glauben machen wollte. Sie erhob sich von der Couch und hatte alle Mühe, den Schmerz, den die Beule ihr bereitete, und die Trauer, die sie empfand, zu überspielen. »Danke, daß Sie persönlich vorbeigekommen sind, um mir die Nachricht zu überbringen. Ich hoffe, daß Sie mit dem Gedanken spielen, noch eine Weile auf der Ranch zu bleiben. Ich weiß, daß meine Tante gewollt hätte, daß wir uns näher kennenlernen.« Die höflichen Worte, die ihr über die Lippen kamen, schienen von weit her zu kommen.

»Selbstverständlich werde ich bleiben. Jetzt, wo Ihre Tante tot ist, bin ich Ihr Vormund. Ich bin auch hierhergekommen, um Ihnen bei der Verwaltung Ihres Erbes behilflich zu sein. Wenn wir die Ranch erst einmal verkauft haben, werden wir zusammen in Richtung Osten aufbrechen.«

Mollys Kopf fuhr hoch. »Zusammen nach Osten gehen? Ich fürchte, ich verstehe nicht. Nachdem Sie und Vera geheiratet hatten, hat mein Vater Sie mit meiner Vormundschaft betraut, das weiß ich wohl. Aber ich habe es als rein formale Angelegenheit begriffen. Sicherlich gehen Sie nicht davon aus, daß ich die Lady Jay verkaufen werde?«

»Aber natürlich, meine Liebe. Eine andere Möglichkeit sehe ich nicht.« Er stand auf und schaute ihr ins Gesicht. Wieder fiel ihr auf, was für ein gutaussehender Mann Pfarrer Jason Foley doch war. Er war groß und besaß einen wohlproportionierten Körper. Seine ordentlichen Kleider saßen ausgezeichnet. Kurzes, schwarzes Haar, das frisch geschnitten und gewaschen war, umrahmte in Locken sein distinguiertes Gesicht, das von wenigen Falten geziert wurde. Nur die silbernen Schläfen verrieten sein wahres Alter. Trotz ihrer Verwirrung fiel ihr auf, was für ein seltsamer Gefährte er für ihre Tante gewesen sein mußte.

»Ich habe vor, die Lady Jay zu leiten«, antwortete Molly. Ihre Stimme schien immer noch von fern zu kommen.

»Molly, meine Liebe, das ist doch absurd. Eine junge Frau kann unmöglich eine so große Ranch führen. Ich fürchte, ich muß das verbieten.« In seinen forschenden Augen glimmte ein eigenwilliges Licht.

»Sie verstehen nicht, *Onkel* Jason«, erwiderte Molly, die langsam wütend wurde. »Sechzig Prozent der Lady Jay gehören mir. Da Tante Vera nicht mehr am Leben ist, nehme ich an, daß die anderen vierzig Ihnen gehören.«

»So ist es.«

»Dann dürfte Ihnen ja einleuchten, daß ich diejenige bin, die die Entscheidungen fällt. Und daß ich die Ranch leiten werde.« Im Testament ihres Vaters waren einige strenge Bedingungen festgehalten. Die Wichtigste besagte, daß sie innerhalb von zwei Jahren nach dem Tod ihres Vaters Profit machen mußte. Außerdem mußte sie in den nächsten vierundzwanzig Monaten auf der Ranch leben, solange sie nicht heiratete. Aber wie dem auch war, sie mußte Profit machen. Ihr Vater hatte nie geglaubt, daß es ihr ernst damit gewesen war, die Lady Jay zu behalten, aber er hatte ihr eine Chance eingeräumt. Und dafür würde sie ihm immer dankbar sein.

»Natürlich, meine Liebe. Obwohl ich Ihr Vormund bin, hatte ich nicht vor – –«

»Ich kann mir vorstellen, daß Sie aufgeregt und müde sind, Onkel Jason. Das bin ich auch«, unterbrach Molly ihn. »Wir beide haben einen langen Tag hinter uns. Falls Sie mich jetzt entschuldigen würden, werde ich mich zurückziehen. Angelina wird Ihnen Ihr Zimmer zeigen. Das Abendessen wird um sieben serviert, aber ich werde heute auf meinem Zimmer speisen.«

»Selbstverständlich.« Jason Foley verbeugte sich knapp. Sein Gesichtsausdruck war undurchdringlich. »Wir werden uns morgen früh weiter unterhalten.«

Zum ersten Mal in ihrem Leben fühlte Molly sich älter als neunzehn. Die Tatsache, daß die Ranch unter ihrer Leitung Profit abwerfen mußte, war eine schwierige Herausforderung, auf die sie sich freute. Probleme mit ihrem Onkel wollte sie hingegen um keinen Preis.

3. Kapitel

Molly war vor Sonnenaufgang aufgestanden. Sie mußte sich um die Lady Jay kümmern und war überhaupt nicht in der Stimmung, sich gleich am frühen Morgen auf eine neue Auseinandersetzung mit ihrem Onkel einzulassen. Die Behauptung, daß es auf der Ranch wenig Arbeitskräfte gab, wäre eine schlichte Untertreibung gewesen. Heute mußten die wenigen Männer, die ihr zur Verfügung standen, herumstreunende Tiere einfangen und sie mit Brandzeichen versehen. Und Molly war bereit, ihren Teil beizutragen und den Männern zu beweisen, daß auch sie hart arbeiten konnte.

Auf dem Pferd sitzend, nahm Molly den breitkrempigen Hut ab und wischte sich mit dem Handrücken den Schweiß von der Stirn. Es war fast Mittag. Da die Männer weit draußen arbeiteten, kam Angel mit einem Wagen voll Essen zu ihnen hinausgefahren. Obwohl Molly fast am Verhungern war, sah es so aus, als ob sie auf die Mahlzeit verzichten mußte.

Sie scheuchte True eine Anhöhe hinauf. Seit einer Stunde folgte sie einer Hufspur und abgeknickten Ästen. Einer der Bullen hatte sich von der Herde entfernt. Normalerweise hielten die Lockrufe der Färsen die Bullen davon ab, sich von den anderen Tieren zu trennen – es sei denn, es hatte einen Unfall gegeben. Darum ging Molly davon aus, daß dem Bullen etwas zugestoßen war. Gerade, als sie den Kopf einzog, um einem tiefhängenden Ast auszuweichen, und um ein paar Granitfelsen herumritt, hallte das leise Muhen des Tieres durch die Bergluft zu ihr hinüber. Mollys Herz schlug schneller. Das Muhen klang schwach und nervös. Der Bulle mußte gleich hinter dem nächsten Bergkamm stehen. Als sie den Hügel hinuntergaloppierte, sah sie, warum das Tier aufgeschreckt war. Satan, der Bulle, der ihre Herde anführte, steckte bis zum Genick in einer Schlammgrube fest.

Molly ritt mit True ganz dicht an den schweren Bullen heran, der voller Unbehagen brüllte. Erschöpft von dem Versuch, sich freizustrampeln, wartete er inzwischen geduldig auf den Tod. Treibende Schatten – wie Blätter in einem Strom – ließen Molly zum Himmel aufschauen. Über ihrem Kopf kreisten Geier und warteten darauf, daß der Bulle verendete. Das Tier schwenkte den Kopf hin und her und ließ ihn dann in den zähen, dunklen Schlamm fallen.

Der jungen Frau blieb nichts anderes übrig, als das steife Lasso an ihrem Sattelknauf zu befestigen und das andere Ende in die Luft zu schleudern, das über ihrem Kopf kreisend laut surrte. Molly konnte mit dem Lasso sehr gut umgehen, und das Seil legte sich nur Sekunden später um das Ohr des Bullen, der bis zur Nase im Schlamm versunken war. Satan protestierte nicht, aber Molly mußte das Lasso noch ein paar Mal werfen, bevor sie das Tier dazu bringen konnte, den Kopf soweit hochzurecken, daß sich die Schlinge um sein Genick legen konnte.

Sie trieb True an und zog sachte an dem Seil. Das Pferd, das an diese Arbeit gewöhnt war, lief langsam los. Der Bulle machte einen langen Hals, muhte lautstark und schwankte leicht, rührte sich aber nicht von der Stelle.

Mollys neue Taktik erforderte ein wenig Phantasie. Sie ritt mit dem Rappen um einen Baum. Das Lassoseil war immer noch am Sattelknauf befestigt. Wenn sie es um den Baum zog, wirkte er wie eine Art Hebel. True bewegte sich langsam vorwärts, und das Seil ratschte über die Baumrinde. Aber der Bulle rührte sich trotzdem nicht.

Da wußte Molly, daß sie sich noch etwas Besseres einfallen lassen mußte. Ihr Wille, diese Situation für sich zu entscheiden, war ungebrochen. So ließ sie die Zügel fallen, stieg vom Pferd und sprang in das Schlammloch. Schon nach dem ersten Schritt reichte ihr die klebrige Pampe bis zu den Knien, beim zweiten steckte sie bis zum Bauch im Schlamm, so daß sie sich unweigerlich fragen mußte, ob nun sie oder der Bulle als Fraß für die Geier enden würde. Behutsam, aber entschlossen mühte sie sich zu dem verängstigten Tier vor und legte dann das Seil um sein breites Hinterteil. Sie mußte es schaffen, und wenn es den ganzen Tag oder noch länger brauchte, bis sie den Bullen aus der Schlammgrube gerettet hatte.

Sam Brannigan, der auf seinem großen Falben über den Hügel zwischen dem Live Oak-Kamm und dem Cedar Valley ritt, vergaß vollkommen, wie hungrig er war. Um diese Jahreszeit trieb man das entlaufene Vieh zusammen, um es mit Brandzeichen zu versehen, und er arbeitete gern mit Cowboys zusammen, genoß das Hochgefühl, das sich bei harter, körperlicher Arbeit einstellte. Jetzt mußte einer Herde von Kälbern das doppelte C eingebrannt werden. Darum trieb er das Vieh, das auf seiner achttausend Morgen großen Ranch verstreut war, zusammen.

Ein kühler Luftzug verfing sich in Sams dickem, blonden Haar, das sich im Nacken kringelte. Das war an diesem heißen Tag eine willkommene Abwechslung. Aber der Wind trug auch den Ruf eines verängstigten Tiers zu ihm hinüber, das nicht mehr weit weg sein konnte. Seit einer guten halben Stunde suchte er jetzt schon nach diesem Tier, aus dessen Muhen er heraushören konnte, daß es in Schwierigkeiten steckte.

So trieb er den Falben an und ritt um einen Granitfelsen, der vor einem fast völlig ausgetrockneten Wasserloch stand. Und plötzlich konnte Sam den Bullen... und Molly James sehen. Schon nach einem kurzen Blick machte sich auf Sams Gesicht ein Grinsen breit. Nicht im Traum dachte er daran, das Mädchen im Stich zu lassen, aber für ein paar Minuten wollte er zuschauen, wie sie sich mit dem Tier abquälte, und den Anblick genießen.

Molly stellte sich hinter das schwere Tier und stemmte sich mit beiden Händen und der Schulter gegen sein Hinterteil.

»Zieh, True! So zieh doch!« befahl sie, und der schwarze Wallach folgte ihr aufs Wort. Das Seil wurde straff gespannt, der Sattel bewegte sich, und das große Pferd mühte sich wiehernd mit dem Gewicht des Bullen ab. Molly spürte, wie die Hinterbeine des Tieres zitterten und sich unter ihren Händen verkrampften.

Inzwischen hatte offensichtlich auch der Bulle begriffen, was Molly vorhatte. Seine rosafarbene Zunge hing ihm aus dem Maul; er verdrehte die Augen, so daß nur noch das Weiße zu sehen war, während er sich darum bemühte, die Beine zu bewegen. Ja, er bewegte sich sogar ein kleines Stück vorwärts, aber nur soviel, daß Molly das Gleichgewicht verlor und bis zu den Achselhöhlen im Schlamm versank.

»Zum Teufel mit dir, Satan!« fluchte sie und spuckte den Schlamm aus, der ihr in den Mund gelaufen war. Dann wischte sie den Modder von den Armen. »Ist das alles, was du zustande bringst? Du wirst hier draußen sterben, wenn du dich so anstellst!«

»Brauchen Sie Hilfe?« Sam Brannigan ritt zum Rand der Grube hinunter. In der Hand hielt er ein Lasso, dessen Schlinge über seinem Kopf kreiste.

Eigentlich wollte Molly das Angebot ablehnen, denn sie hatte keine Lust, in der Schuld eines Brannigan zu stehen. Ja, sie wollte weder seine Hilfe, noch die eines anderen. Aber das Leben des Bullen stand auf dem Spiel. Es gab Dinge, die wichtiger waren als ihr Familienstolz.

Sam wartete ihre Antwort gar nicht erst ab. Geschickt, wie er nun einmal war, warf er die Schlinge über den Kopf des gefangenen Tieres. Molly watete durch den Schlamm und zog das Seil bis zum Genick herunter. Als sie aufblickte, fiel ihr auf, daß Sam mit seinem Falben dieselbe Technik einsetzte, die sie mit True angewendet hatte. Wieder mußte der Baum als Hebel herhalten.

»Sieht aus, als ob er ziemlich geschwächt sei«, sagte Sam. »Falls das nicht hinhaut, werde ich zu Ihnen in den Schlamm steigen. Auf die eine oder andere Art werden wir ihn schon rauskriegen.«

Bei den Worten des großen Mannes spürte Molly eine gewisse Erleichterung. Er war entschlossen, ihr zu helfen, egal welchen Preis er dafür bezahlen mußte. Sein Verhalten überraschte sie. »Vielen Dank, Mr. Brannigan.« Mehr brachte sie nicht heraus.

Wieder stemmte sich Molly mit der Schulter gegen den Rumpf

des Tieres, und dieses Mal rührte sich der Bulle tatsächlich von der Stelle, weil True beim Ziehen von Sams Falben unterstützt wurde. Anfänglich bewegte das Rind sich nur zögernd, faßte dann aber Mut. Molly schob mit aller Kraft und trieb den Bullen damit soweit, daß er sich weiter wagte. Sie hingegen hatte nicht damit gerechnet, daß er so schnell aus der Schlammgrube freikommen würde, weil sie nicht daran glaubte, daß er noch über die nötige Kraft verfügte.

In der einen Sekunde preßte sie sich noch gegen das muskulöse Fleisch des Tieres, und in der nächsten ertrank sie schon im Schlamm. Den Mund voll zähflüssiger, übelriechender Pampe, ruderte sie wild mit den Armen, in der Hoffnung, so wieder das Gleichgewicht zu finden.

Sam lachte aus vollem Herzen, als Molly hustend und würgend den Kopf aus dem Schlammloch streckte. Mit abwesendem Blick, aber grinsend, machte er sich daran, den Bullen zu befreien und kümmerte sich dann um den Rappen und den Falben, als Molly aus dem Loch krabbelte.

Sie war von Kopf bis Fuß mit einer dicken Schlammschicht überzogen. Nur ihre großen, blauen Augen blitzten aus dem schwarzen Morast hervor.

»Sie finden das wohl ziemlich lustig, nicht wahr?« schimpfte sie. Ihre Gliedmaßen waren vom Schlamm schwer wie Blei – und sie dachte nur daran, daß sie Sam Brannigan umbringen wollte.

Als Sam sein Lasso aufgerollt hatte, wandte er sich ihr zu. Unter dem blonden Schnauzbart umspielte ein Lächeln seine Lippen. Seine Augen funkelten teuflisch. »Ja, so ist es in der Tat, Miss James.«

»Nun, ich finde das nicht spaßig!« Niedergeschlagen ließ Molly sich zu Boden fallen, wischte den Schlamm von ihrem Gesicht und den Kleidern ab. Dann begann sie, das schwarze Zeugs aus dem Pferdeschwanz zu drücken, der an ihrem Rücken herunterhing. Gegen ihren Willen mußte nun auch sie lachen. Zuerst kicherte sie nur, aber dann platzte es aus ihr heraus. Sie mußte so herzhaft lachen, daß ihr zierlicher Körper durchgeschüttelt wurde und sie Seitenstechen bekam. Sam lief zu ihr hinüber. Auch er lachte aus vollem Herzen und konnte offensichtlich gar nicht wieder aufhören.

»Wenigstens haben Sie Ihren Bullen gerettet«, erinnerte er sie und half ihr beim Aufstehen.

Als sie ausspuckte und sich die Augen rieb, wurde sie wieder von einem Lachanfall durchgeschüttelt. »*Wir* haben den Bullen gerettet, Mr. Brannigan. Und ich stehe in Ihrer Schuld. Wenn Sie mich jetzt entschuldigen würden, gehe ich ein Stück flußaufwärts und nehme ein Bad.« Ohne ein weiteres Wort zu verlieren, führte Molly True um den Felsen herum und watete, voll bekleidet, in den Fluß. Dann tauchte sie unter und ließ ihre Kleidung von der Strömung durchspülen. Kurz darauf tauchte sie wieder auf, holte Luft und tauchte gleich nochmal den Kopf unter Wasser.

Der Fluß war nicht tief. In der Mitte reichte ihr das Wasser gerade mal bis zur Taille. Molly löste das Band, das ihren Pferdeschwanz zusammenhielt, und ließ sich auf dem Rücken im Wasser treiben. Das Wasser spülte den Schlamm aus ihren Haaren, die Strömung drapirte einzelne Strähnen um ihr Gesicht. Zum Spaß tauchte sie noch ein paar Mal unter und watete dann zufrieden an das Ufer zurück, wo Sam wartete und zusah, wie sie aus dem Wasser stieg.

»Gott, tut das gut«, sagte sie zu ihm. Sie fühlte sich zehn Pfund leichter. Sam sagte kein Wort. »Ich fühle mich wie neugeboren.« Immer noch kein Kommentar. Da er so beharrlich schwieg, warf sie ihm einen Blick zu. Erstaunt mußte sie feststellen, daß Sam Brannigan sie lüstern anschaute. Der Ausdruck in seinen haselnußbraunen Augen, die heute einen leichten Grünton hatten, war ihr bei der letzten Begegnung nicht aufgefallen und jagte ihr jetzt einen Schauer den Rücken hinunter. Ihr Herz schlug schneller, und das Atmen fiel ihr auf einmal unsäglich schwer.

»Mr. Brannigan«, sagte Molly und kam langsam näher. Allmählich machte sie sich Sorgen, daß mit dem Mann irgend etwas nicht stimmte. »Geht es Ihnen nicht gut?«

Sam Brannigan hatte alle Mühe zu sprechen. Er wollte etwas sagen, traute seiner Stimme aber nicht. Zu sehen, wie Molly James ein Bad nahm, war wahrscheinlich die sinnlichste Zurschaustellung von Weiblichkeit, die er jemals erlebt hatte. Und daß sie voll bekleidet gewesen war, änderte daran überhaupt nichts. Die ohnehin schon eng anliegenden Reithosen klebten nun über den Rundungen ihres Gesäßes; das Hemd spannte sich straff über ihre üppigen Brüste, und unter dessen Stoff zeichneten sich die dunkler gefärbten Brustwarzen deutlich ab. Ihr offenes Haar fiel bis zur Taille hinab, und ihre runden, blauen Augen, die von einem dichten Wimpernkranz umsäumt waren, reflektierten die Farbe des Flusses. Winzige Wasserströme liefen an ihren zarten Wangen herunter.

Sam spürte ein Ziehen in der Leistengegend. Ihn dürstete es danach, diese atemberaubende Frau gleich hier am Ufer des Flusses zu nehmen.

»Mr. Brannigan?« sagte die sanfte Stimme, dieses Mal leicht beunruhigt.

Sam räusperte sich und wandte sich ab, entschlossen, seine Stimme und die Begierde, die er empfand, um jeden Preis in den Griff zu kriegen. »Es tut mir leid, Miss James«, entschuldigte er sich. Inzwischen hatte er sich wieder im Griff und konnte sich wieder zu ihr umdrehen. »Ich fürchte, ich bin in Gedanken abgeschweift.« Das Sprechen fiel ihm schwer. »Um diese Jahreszeit gibt es eine Menge Arbeit, die bewältigt werden will.«

»Das kann ich gut verstehen. Und ich möchte, daß Sie wissen, wie dankbar ich Ihnen für Ihre Hilfe mit dem Bullen bin. Ich glaube nicht, daß ich es allein geschafft hätte.«

Sam versuchte krampfhaft, ihr nur ins Gesicht zu schauen. Wenn er seinen Blick nur für eine Sekunde über ihren Körper schweifen ließ, würde er jegliche Kontrolle über sich verlieren. »Ich bin sicher, daß Sie es schon irgendwie geschafft hätten, Miss James«, erwiderte er ein bißchen zu barsch. »Es ist besser, wenn ich mich jetzt an die Arbeit mache.« Er stieg auf sein Pferd und wartete, bis auch Molly aufgestiegen war. Sie ging auf ihren Rappen zu, legte eine Hand auf den Knauf und schwang sich auf den Sattel, ohne die Steigbügel zu benutzen. Dann warf sie ihm einen triumphierenden Blick zu. Sam unterdrückte ein Grinsen. Doch Molly lächelte ihn siegessicher an. Offensichtlich freute sie sich darüber, daß er mitbekommen hatte, wie gut sie mit dem Pferd umgehen konnte.

»Ich habe auch noch einen langen Tag vor mir, Mr. Brannigan«, sagte sie, »aber ich möchte mich nochmals bei Ihnen bedanken.« Und damit ritt sie langsam davon.

»Noch eine Sache, Miss James«, rief er ihr hinterher.

Sie riß an den Zügeln und blieb stehen.

»Es geht mich ja nichts an, aber über kurz oder lang werden Sie sich mit dieser Art von Kleidung ein Menge Schwierigkeiten einhandeln. Ich rate Ihnen, wieder ein nettes, schlichtes Kleid anzuziehen. Es gibt ganz sicher jemanden, der Ihre Reithosen als Einladung auslegt, und dann werden Sie herausfinden, daß es viel schwieriger ist, mit diesen Cowboys fertigzuwerden, als mit Ihrem Bullen.«

Molly spürte, wie ihr das Blut in die Wangen stieg. »Sie haben ganz recht, Mr. Brannigan, das *geht* Sie wirklich nichts an. Aber zu Ihrer Information möchte ich Ihnen sagen, daß die meisten Männer eine Frau in einem netten, schlichten Kleid begehrenswerter finden, als eine, die dreckig und verschwitzt ist und Reithosen trägt.«

Nun mußte Sam wieder grinsen. Er betrachtete ihr rundes Hinterteil, das sich gegen den Sattel abhob, und die üppigen Kurven ihrer Brüste.

»Das, Miss James, sagt mir nur, daß Sie zwar mit einem Lasso umgehen können, aber – was die Männer betrifft – noch eine Menge zu lernen haben. Auf Wiedersehen, Miss James.« Er tippte kurz an den Rand seines Hutes, machte dann kehrt und ritt davon. Den ganzen langen Weg zurück zur Ranch mußte er kichern.

Molly trieb den großen Bullen ins Tal zurück, obwohl das eigentlich nicht erforderlich war. Satan freute sich darüber, daß er nicht mehr in der Schlammgrube festsaß, und rannte fröhlich zu seiner Herde zurück. Als Molly endlich das Lager erreichte, war Angelina schon wieder weggefahren und die Männer hatten sich nach der kurzen Pause erneut an die Arbeit gemacht. Nur Joaquin war noch in der Nähe und kam sofort angeritten. Als er sah, in welchem Zustand ihre Kleider und Haare waren, mußte er grinsen.

»Ich wußte ja, daß dein Hunger dich irgendwann hierherbringen würde, *hija*«, sagte er. Wie es seine Gewohnheit war, nannte er sie auch jetzt wieder ›Tochter‹. »Ich habe etwas Brot und Käse für dich aufbewahrt. Wenn du es in Zukunft noch öfter mit dem Satan aufnehmen willst, achtest du besser darauf, daß du bei Kräften bleibst.«

Molly machte sich dankbar über das Essen her. »Danke dir, *padrino*«, sagte sie. Weil ihr keine bessere Anrede einfiel, nannte sie ihn ›Patenonkel‹. Er und Angelina hatten sie praktisch großgezogen. Molly hatte mit Joaquin mehr Zeit als mit ihrem Vater verbracht.

Joaquin war ein *vaquero*, der Erstgeborene einer der ältesten Familien in Kalifornien. Früher einmal waren die Sanchez sehr wohlhabend gewesen, aber nachdem man hier Gold gefunden hatte, hatten die gierigen *Norte Americanos* die Sanchez-Familie und viele hundert andere von ihrem Land vertrieben.

Die Gerichtshöfe waren den Klagen der *Californios* nicht wohlgesonnen. Die weißen Amerikaner glaubten an ihre göttliche Mission. Die Siedler hatten jedes Recht, sich Land anzueignen und es damit zu Territorium der Vereinigten Staaten zu machen. Die Sanchez, und mit ihnen unzählige andere Californios, wurden umgesiedelt und waren gezwungen, jede Arbeit – falls sich ihnen diese Möglichkeit überhaupt bot – anzunehmen. Joaquin hatte länger als fünfzehn Jahre für Malcolm James gearbeitet und den Posten des *segundo*, des Stellvertreters, auf der Lady Jay innegehabt.

Joaquin lüftete seinen breitkrempigen Sombrero und fuhr sich mit der Hand durch die glänzenden Haare, die immer noch pechschwarz waren. Kritisch beäugte er Mollys feuchte Kleider und zerzauste Haarpracht. »Ich bin mir gar nicht so sicher, ob du oder *Satanas*, also wer von euch beiden gewonnen hat.«

»Ich glaube, daß Satan immer noch in der Schlammgrube hokken würde, wenn Sam Brannigan nicht zufällig aufgetaucht wäre«, erzählte sie ihm wahrheitsgemäß und biß ein Stück von dem mexikanischen Brot ab. »Zum Glück ist das der Fall gewesen.«

Joaquin lächelte ihr zu. Das blitzende Weiß seiner Zähne hob sich gegen sein dunkelhäutiges, wettergegerbtes Gesicht ab. »Das ist Señor Brannigans Eigenheit. Der kann Schwierigkeiten riechen, wie ein Hengst selbst noch bei Gegenwind die Fährte einer Mähre aufnehmen kann. Was hältst du von dem großen Gringo?«

»Groß ist er wirklich. Und scheint keinen schlechten Charakter zu haben, aber ich will mir nicht allzu voreilig eine Meinung über ihn bilden. Immerhin ist er ein Brannigan, und Papa hat immer gesagt, daß man denen nicht über den Weg trauen kann.«

»Ich habe dir schon ein paar Mal gesagt, daß das Urteil deines Vaters manchmal etwas getrübt war, vor allem wenn es unsere Nachbarn betraf. Ich hatte seit jeher den Eindruck, daß die Brannigans eine anständige Familie sind, obwohl ich das – solange dein Vater noch gelebt hat – niemals laut ausgesprochen hätte.« Joaquins Mähre riß an den Zügeln und fing an, mit den Hufen im Erdreich herumzuscharren. Das lange Stillstehen machte sie nervös. »Laß nicht zu, daß die Vergangenheit dich blind macht, wenn es um die Zukunft geht.«

Molly nickte verständnisvoll. Sowohl Joaquin als auch Angelina glaubten, daß es an der Zeit war, den ewigen Streit mit den Brannigans beizulegen, und Molly stimmte ihrem Urteil auch teilweise zu. Doch in ihr meldete sich noch eine andere Stimme zu Wort, die ihr sagte, daß sie erst dann ihren Frieden finden würde, wenn die Brannigans für die Einsamkeit und das Leid, das Molly erlitten hatte, bezahlten. Und außerdem – redete sie sich ein – konnte die Lady Jay zusätzliche Gewinne einstreichen, wenn der Paß und das angrenzende Land allein ihr gehörte.

»Eines Tages, und das werde ich noch erleben, wird die Gerechtigkeit ihren Lauf nehmen«, hatte ihr Vater immer gesagt. »Eines Tages werden sie für alles bezahlen.« Das Jahr, das Shamus Brannigan im Gefängnis verbracht hatte, bevor er gestorben war, reichte in Mal James' Augen nicht. Er hatte sich geschworen, daß er irgendwann einmal eine Möglichkeit finden würde, die Rechnung zu begleichen.

Mittlerweile war Mal James tot, und Molly hatte den James-Paß als Teil der Lady Jay beansprucht. An die Rechtmäßigkeit dieses Anspruches glaubte sie fest. Sie hatte einen Anwalt aus Sacramento mit der Sache betraut und wollte die Klage um jeden Preis gewinnen. Nachdem der Paß rechtmäßig ihr gehörte, würde sie entscheiden, was es mit den Brannigans auf sich hatte. Doch bis dahin gab es weitaus wichtigere Dinge, die sie bewältigen mußte.

»Ich muß mich wieder an die Arbeit machen«, sagte Joaquin und riß sie aus ihren Gedanken.

Molly nickte. »Ich werde zum Sugar Loaf-Gipfel hinüberreiten«, erzählte sie ihm. »In der Nähe des Flusses sollen sich noch ein paar entlaufene Tiere rumtreiben.«

»Si, hija.« Joaquin lächelte ihr wieder zu. Unzählige winzige Fältchen rahmten seine dunklen Augen ein. »Gib acht, daß du nicht wieder verloren gehst.«

Molly erwiderte sein Lächeln, winkte ihm zu und ritt zu dem Berg hinüber, der sich in der Ferne gegen den Himmel abzeichnete. Es würde noch ein paar Stunden dauern, bis die Abenddämmerung einsetzte.

Als Molly nach Hause ritt, hatte sie einen Bärenhunger. Heute hatte sie ein schönes Stück Arbeit erledigt, aber da sie die meiste Zeit über allein war, hatte sie viel Zeit zum Nachdenken. Obwohl sie sich auch den Kopf über ihren Vormund zerbrochen hatte, waren ihre Gedanken unablässig zu Sam Brannigan zurückgekehrt. Heute morgen hatte er mit seinen breiten Schultern und schmalen Hüften einfach viel zu gut ausgesehen. Sie konnte nicht vergessen, wie sich die Sonnenstrahlen in seinem goldenen Bart verfangen hatten, wie eine leichte Brise die blonden Haarspitzen, die unter seinem breitkrempigen Hut hervorgeschaut hatten, zerzaust hatte. Wenn sie nur an seine imposante Gestalt dachte, daran, wie gerade er auf dem Rücken seines großen Falben saß, stockte ihr der Atem. Es war ihr leider nicht gelungen, ihr Interesse vor Joaquin zu verbergen. Nicht einmal sich selbst konnte sie belügen.

Wie grausam kann einem das Schicksal doch mitspielen, dachte sie insgeheim. Ein Brannigan, der das Haupt der Familie war, die die ihre zerstört hatte, zog sie so stark an, wie es bis jetzt noch keinem anderen Mann gelungen war. Aber Sam Brannigan entsprach auch nicht dem Bild, das sie sich von ihm gemacht hatte. Bei ihm hatte sie eine Ehrlichkeit und Ernsthaftigkeit gespürt, die die wenigsten Männer hatten. Ihr Vater hatte Sam als bösen, berechnenden Mann beschrieben, als jemanden, der Schwierigkeiten machte und Frauen nachstellte. Obwohl Sam sieben Jahre jünger als ihre Mutter gewesen war, hatte er – laut Mal – Colleen nachgestellt, was Molly unerträglich fand. In ihrem Herzen bewahrte sie sich ein Bild von ihrer Mutter, dieser Frau, die so wunderschöne blaue Augen, eine zarte, dunkle Haut und ein bezauberndes Lächeln besaß. Stimmte es, daß Sam sie begehrt hatte? Eigentlich sah ihm das gar nicht ähnlich, aber Molly hatte nicht genug Erfahrung mit Männern gesammelt, um sich ihrer Meinung sicher zu sein.

Bis zum heutigen Tag hatte es nur einen Jungen gegeben, der in ihrem Leben einen besonderen Platz eingenommen hatte. Richard Anthony. Er war groß, hatte sandfarbenes Haar und war außerordentlich stattlich. Und außerdem hatte er ihr damals im Osten unaufhörlich den Hof gemacht. Ja, er hatte sie sogar gebeten, ihn zu heiraten und bei ihm in Chicago zu bleiben, wo er das Familienunternehmen leiten wollte. Aber Molly war die Lady

Jay wichtiger gewesen, und das hatte sie ihm auch klipp und klar gesagt.

Richard hatte nicht aufgegeben, obwohl Molly ihm mehrmals zu verstehen gegeben hatte, daß sein Werben zu nichts führen würde. Mit ihm hatte sie viele Stunden verbracht und sich sogar von ihm küssen lassen, doch es war ihm nie gelungen, diese Begeisterung zu schüren, die ein Blick in Sam Brannigans haselnußbraune Augen in ihr hervorrief. Richard Anthony war ein netter Junge, der sie anbetete. Sam Brannigan war ein Mann. Und zum ersten Mal in ihrem Leben erkannte Molly, daß sie eine erwachsene Frau war.

»*Por dios*«, fluchte sie auf Spanisch, das ihr genauso leicht von der Zunge ging wie ihre englische Muttersprache. Warum mußte ausgerechnet er es sein? Von all den Menschen auf Gottes grüner Erde mußte es gerade ein Brannigan sein, der sie so stark anzog. Molly versuchte sich einzureden, daß das in Wirklichkeit gar keine Rolle spielte. Einmal abgesehen von seinem eigenwilligen Benehmen am Flußufer, hatte er ihr bis jetzt kaum Beachtung geschenkt. Sie kannten einander kaum. Offensichtlich machte sie viel Wind um nichts. Und während sie so über die ganze Angelegenheit nachdachte, entschied sie, daß es besser war, alles so zu belassen, wie es war. Mit einem Brannigan wollte sie nichts zu tun haben, und mit Sam schon gar nichts.

4. Kapitel

Molly betrat das Haus durch die Küche. Wie gewöhnlich war Angel damit beschäftigt, aus Teig runde, flache Tortillas zu formen. Dabei bewegte sie ihre ausladend geformten Hüften und ihren prallen Busen im Takt. »*Ola, Chica. Que pasa?*«

»*Nada interessante*«, antwortete Molly, zupfte eine dampfende Tortilla aus dem Fladenberg, der unter einem Tuch lag, und stopfte sie in den Mund. »Heute bin ich deinem Freund

Brannigan begegnet. Er hat mir geholfen, den alten Satan aus einer Schlammgrube in der Nähe des Live Oak-Kamms zu ziehen.«

»Ach, dann ist ja *doch* etwas Interessantes passiert, irgend etwas Interessantes passiert immer, wenn Señor Sam in der Nähe ist.« Sie grinste wissend und rührte dann ein Chili verde um, das auf dem Herd köchelte. Ihre groben Hände bewegten sich mit einer Grazie, die man bei einer Frau ihrer Statur nicht vermutet hätte. »Señor Sam ist ein gutaussehender *hombre*, nicht wahr?«

»Das ist er wirklich.« Molly versuchte sich wenig beeindruckt zu geben, hatte dabei aber alle Mühe, das Bild des großen, blonden Mannes mit den breiten Schultern und dem hungrigen Blick aus dem Kopf zu kriegen. Was hat er wohl gedacht, fragte sie sich zum zehnten Mal an diesem Tag. Doch dann riß sie sich am Riemen und lenkte ihre Gedanken in eine andere Richtung. »Wie bist du heute mit Onkel Jason zurechtgekommen?«

Angelina verdrehte die Augen und schaute an die Decke hoch, als flehe sie stumm um Beistand. »Dein Onkel, das ist ein seltsamer Mann. Hat den ganzen Morgen lang die Bibel gelesen. Und hat mich mindestens fünfmal gefragt, wann du nach Hause kommst. Ich glaube, daß er dich bekehren will.«

Molly lachte laut heraus. »Da sei Gott vor.« Die Tür ging auf und im Türrahmen stand plötzlich der große, dunkelhaarige Pfarrer. Molly verstummte. Sein Blick fiel sofort auf ihre verschwitzten, verdreckten Kleider, und er rümpfte verächtlich die Nase, bevor er sie mit einer Geste zum Nähertreten aufforderte.

»Molly, meine Liebe, ich denke, es ist an der Zeit, daß wir uns unterhalten.«

Jetzt verdrehte Molly die Augen. Bevor sie ihm folgte, zwinkerte sie noch Angelina zu.

»Bitte, nehmen Sie Platz«, forderte er sie auf und zeigte auf das Sofa. Molly tat, wie ihr geheißen. Die Bibel lag aufgeschlagen auf dem kniehohen Rosenholztisch. »Ich weiß, daß sich die Ereignisse in den letzten Wochen überstürzt haben. Daß Sie Ihren Vater und Ihre Tante Vera in relativ kurzer Zeit verloren haben.

Aber Molly, meine Liebe, Sie müssen dennoch akzeptieren, was geschehen ist. Gott und ich stehen Ihnen zur Seite und helfen Ihnen, die schwere Last zu tragen.«

»Dafür bin ich dankbar, Onkel Jason, das bin ich wirklich, aber es geht mir gut. Ihren Tod nehme ich wohl hin, aber ich möchte die Trauer lieber hinter mir lassen.« Nervös spielte sie mit einer Strähne ihrer roten Haare herum. Insgeheim wünschte sie sich, daß sie sich über ein anderes Thema und nicht über die Trauerfälle in ihrer Familie unterhalten könnten. Sie wünschte sich auch, daß dieser seltsame und selbstgerechte Mann niemals in den Westen gekommen wäre. Dann richtete sie sich auf und blickte ihrem Onkel unverwandt in die Augen.

»Es tut mir leid, daß ich heute keine Zeit für Sie hatte, und hoffe, daß Sie das Leben hier auf der Ranch nicht als allzu langweilig empfinden. Aber ich muß die Ranch nun einmal leiten. Ich fürchte, daß das Vorrang vor allem anderen hat.«

»Aber genau darum geht es ja, meine Liebe.« Jason setzte sich zu ihr, nahm ihre Hand und tätschelte sie voller Sorge. »Eine Frau sollte sich über derlei Dinge nicht den Kopf zerbrechen. Eine Ranch zu leiten, ist die Aufgabe eines Mannes. Sie sollten an Heirat denken, an ein Heim und eine Familie.«

Molly erstarrte. Es irritierte sie, daß er so dicht neben ihr saß und ihre Hand tätschelte, als ob sie ein kleines Kind sei. Sie spürte, wie Wut in ihr aufkeimte, und hatte alle Mühe, ihre Erregung unter Kontrolle zu halten. Natürlich wußte sie, daß sie dem Mann ihrer Tante mit Respekt begegnen sollte, und außerdem war er ja auch noch ihr Vormund. »Ich möchte die Ranch leiten, Onkel Jason. Mir gefällt, was ich tue. Zum heiraten bin ich noch nicht alt genug. Und außerdem bin ich mit meiner momentanen Lage zufrieden.«

Das Gesicht ihres Onkels lief rot an. »Ich versuche, mit Ihnen geduldig zu sein, Molly. Ich bemühe mich darum, Verständnis zu zeigen. Aber ich bin auch Ihr Vormund. Ihr Vater hat Sie in meine Obhut gegeben. Und ich kann einfach nicht zulassen, daß Sie sich zum Narren machen. Das verbiete ich Ihnen! Schauen

Sie sich doch an!« Seine Augen fixierten sie, schienen einen dunkleren Farbton anzunehmen, während er sie taxierte. Da spürte Molly unterschwellig etwas, das sie nicht verstand.

»Sie sehen wie eine Heidin aus«, bellte er. »Ihr Haar hängt unordentlich herunter, und diese Kleider – sie sind nicht gebührlich. Das sind nicht die Kleider, die eine junge Frau tragen sollte. Man erwartet von Ihnen, daß Sie trauern. Was werden die Leute denken?«

Molly konnte sich kaum mehr beherrschen. »Es schert mich nicht, was die Leute denken. Ich habe einen Schrank voll ordentlicher Kleider. Aber in ihnen kann ich nicht Rindern das Brandzeichen einbrennen oder Holz in die Sägemühle bringen. Diese Ranch muß Profit abwerfen – das wissen Sie genauso gut wie ich. Bis mein Vater gestorben ist, war es jedenfalls immer so. Und was meine Trauerzeit anbelangt, ich habe seit jenem Tag, als meine Mutter gestorben ist, meinen Vater bedauert. Das ist, meiner Meinung nach, lang genug gewesen. Ich habe vor, mein Leben so zu gestalten, wie es mir richtig erscheint. Und ich werde auf gar keinen Fall zulassen, daß mich dumme Vorurteile daran hindern.«

»Molly, Sie werden lernen müssen, mir zu gehorchen. So oder so. Dieses Mal werde ich Ihren Ausbruch ungestraft hinnehmen, aber nächstes Mal müssen Sie sich schon beherrschen.«

Molly hielt an sich. Jason Foley konnte ihr in den nächsten zwei Jahren das Leben verdammt schwer machen – und selbst danach würde er noch ihr Partner sein. »In Ordnung, Onkel Jason. Wann immer ich mich im Haus aufhalte, werde ich ein Kleid tragen. Aber bei der Arbeit bin ich gezwungen, etwas Praktisches zu tragen. Mehr können Sie nicht verlangen.«

Jason warf ihr einen finsteren Blick zu. In seinen dunklen Augen glimmte ein gemeines Licht. »Ich denke, daß ich Ihren Vorschlag fürs Erste annehmen werde«, bot er ihr an. »Aber wir werden uns in Zukunft noch einmal über dieses Thema unterhalten.«

In diesem Augenblick kam Angelina in den Salon hereingeplatzt. Molly hätte sie vor Freude über diese Unterbrechung küssen können. Sie war sich nämlich gar nicht sicher, wie lange sie sich noch beherrschen konnte.

»Das Abendessen wird jeden Moment fertig sein, *chica*. Es ist besser, wenn du dich jetzt waschen gehst.«

Molly lächelte, weil sie wußte, daß die Frau gekommen war, um sie zu retten. Angel liebte Molly wie die Tochter, die sie nie gehabt hatte, und auch Molly brachte ihr eine ganz besonders tiefe Zuneigung entgegen. Und trotzdem war es nicht das gleiche, als wenn sie mit der Liebe einer Mutter aufgewachsen wäre.

»Wir kommen gleich, Angel«, sagte Molly zu ihr. Auf einmal fiel ihr ein, daß sich ihr Vater immer über Mollys enges Verhältnis zu Angel und Joaquin gewundert hatte.

Molly erhob sich vom Sofa und wandte sich an ihren Vormund. »Sie werden mich jetzt entschuldigen müssen, Onkel«, bat sie. »Ich möchte meine Arbeitskleidung gegen ein *anständiges* Kleid eintauschen.«

»Selbstverständlich, meine Liebe.« Seine Stimme klang vollkommen entspannt, so als habe es die Auseinandersetzung von eben nicht gegeben.

Um seiner Autorität Respekt zu zollen, senkte Molly den Kopf und verließ dann das Zimmer. Sie spürte, wie Jason Foleys unheimliche Augen sich in ihren Rücken bohrten, als sie den Flur hinunterschritt. Es fiel ihr nicht leicht zu verstehen, wieso ihre Tante Vera diesen Mann geheiratet hatte. Vielleicht war sie sehr einsam gewesen. Zwar sah er ganz gut aus, und er konnte sogar äußerst charmant sein, wenn er wollte, aber – mein Gott – was für ein Langweiler! Aber wie sie es auch betrachtete, die nächsten beiden Jahre mußte sie ihr Bestes geben, was gar nicht so einfach war, wenn man jemanden wie Jason Foley im Nacken hatte.

Sam Brannigan hatte gerade sein Frühstück, das aus Eiern, dikken Speckscheiben und selbstgemachten Brötchen bestand, verschlungen und erhob sich von dem schweren Eßzimmertisch.

»Möchten Sie noch etwas Kaffee, Mr. Sam?« fragte Lee Chin.

»Nein, vielen Dank, Lee.«

»Begleitest du uns, Sam?« rief Emmet, der in der Tür stand.

Sam warf seine Serviette auf den Tisch. »Ich komme gleich, Emmet. Werde mich später an die Bücher setzen. Der Tag ist viel zu schön, um am Schreibtisch zu sitzen.« Mit langen Schritten lief er zu seinem Bruder, der seinen Hut in Händen hielt.

»Da hast du aber verdammt recht«, stimmte Emmet ihm zu. Die beiden Brüder, die sich gut verstanden, marschierten zur Vordertür. In diesem Augenblick kam gerade ein Mann auf den Vorplatz geritten.

»Was meinst du, wer das ist?« fragte Emmet.

»Na, das werden wir gleich herausfinden«, erwiderte Sam.

Der Mann stieg von seinem Pferd, band das Tier am Pfosten fest und ging beinah verstohlen auf Sam zu. Er trug einen dunkelgrauen Anzug, eine kleine, runde Brille und eine Melone, die ein wenig zu klein für seinen Kopf zu sein schien.

»Ich suche Samuel, Emmet oder Peter Brannigan«, klärte der Mann sie auf.

»Ich bin Sam Brannigan.«

»Dann sind die hier für Sie.« Der Mann händigte Sam einen Stapel Papiere aus, lüftete den Hut und kehrte wortlos zu seinem Pferd zurück.

Auch ohne die offiziell aussehenden Dokumente zu lesen, wußte Sam, worum es sich drehte. Er mußte sich schwer zusammenreißen, sie nicht zusammenzuknüllen und wegzuwerfen.

»Was ist das?« fragte Emmet.

»Sieht so aus, als ob unsere kleine Nachbarin zu ihrem Wort steht. Sie hat wohl doch nicht von der Klage um den James-Paß abgelassen.«

»Zum Teufel noch mal! Diese Jameses haben uns ein Leben lang nichts als Schwierigkeiten gemacht.«

»Laß uns gehen«, schlug Sam vor und lief zu seinem Pferd hinüber. Die beiden Männer schwangen sich in ihre Sättel, aber Sam schlug eine andere Richtung ein.

»Kommst du nicht mit?«

»Ich werde später zu euch stoßen. Vorher muß ich mich noch mit Miss James unterhalten.«

Sam erkannte Mollys wohlgeformtes Hinterteil schon von weitem. Obwohl er stinkewütend war, hatte er alle Mühe, ein Lächeln zu unterdrücken. Auch heute trug sie wieder ihre Reithosen. Im Augenblick beugte sie sich über einen Futtertrog und versuchte, den Rest Korn aufzuschaufeln. Wie sie so gebückt dastand, war sie ein bezaubernder Anblick. Sam stieg leise vom Pferd ab, das er auf der Wiese neben dem Schuppen grasen ließ, und stapfte dann in Mollys Richtung. Kaum, daß er ein paar Schritte zurückgelegt hatte, trat einer der Rancharbeiter an den Trog. Das schiefe Grinsen auf seinem Gesicht verriet Sam, daß auch er sich über den Anblick freute. Doch im Gegensatz zu dem Rancher tat der Arbeiter das, womit Sam nur in Gedanken spielte – er legte die Hand auf Mollys Hintern und zwickte vorsichtig eine Backe.

Molly schlug sich den Kopf am Futtertrog an, als sie sich wie von der Tarantel gestochen aufrichtete. Ihr Gesicht lief blutrot an, als sie sah, wie der Mann selbstgefällig in sich hineingrinste. Eine Minute lang blieb ihr die Sprache weg. Mit geballten Fäusten stand sie aufrecht da und atmete flach.

»Möchten Sie, daß ich Ihre Ehre verteidige?« fragte Sam mit leicht amüsiertem Ton.

Molly warf ihm einen kurzen Blick zu. Bis jetzt hatte sie seine Anwesenheit nicht registriert. »Sie scheinen auch immer gerade dann aufzutauchen, wenn ich wie ein Dummkopf dastehe, nicht wahr?« Ohne auf eine Antwort zu warten, holte sie aus und schlug dem Arbeiter ins Gesicht. Ein roter Händeabdruck zeichnete sich auf seiner Wange ab, und jeder konnte sehen, daß dem Mann das Lachen vergangen war.

»Ich bin auf Sie angewiesen, Stevens«, sagte Molly zu ihrem Arbeiter. »Wenn das nicht der Fall wäre, wären Sie jetzt Ihren Job los. Aber fassen Sie mich nie wieder an, sonst werde ich lernen, auch ohne Sie zurechtzukommen. Jetzt steigen Sie auf Ihr Pferd und reiten zum Live Oak-Kamm hoch. Ich bin sicher, daß Joaquin eine Arbeit für Sie finden wird, die Sie von Ihren lüsternen Begierden ablenken wird.«

Der Cowboy stürmte von dannen, stieg auf sein Pferd, galoppierte aus dem Pferch. Molly, die immer noch vor Wut schnaubte, schaute ihm hinterher.

»›Ihre lüsternen Begierden‹?« fragte Sam nach, um sie zu nekken.

»Ich wäre Ihnen dankbar, wenn Sie sich hier raushalten würden, Mr. Brannigan.«

»Ich habe Sie ja davor gewarnt, diese Reithosen zu tragen.«

Molly errötete aufs Neue. »Was ich trage, geht Sie nichts an. Und was haben Sie hier überhaupt zu suchen?«

Jetzt, wo ihm wieder einfiel, weshalb er gekommen war, spürte er, wie die Wut in ihm hochkochte. »Heute Morgen ist mir Ihre Klage überstellt worden. Ich dachte, daß Sie sicherlich gern erfahren würden, daß Ihr kleiner Rachefeldzug wie geplant vonstatten geht.«

»Rachefeldzug würde ich es nicht nennen, Mr. Brannigan. Ich sehe es eher als überfällige Gerechtigkeit.«

»Gerechtigkeit, Miss James? Ist es *gerecht*, daß meine Familie für etwas bezahlen soll, das sich vor fast dreizehn Jahren ereignet hat? Ist es *gerecht*, daß Sie unschuldigen Leuten solche Schwierigkeiten machen?«

»Über diese Angelegenheit werde ich mich nicht mit Ihnen unterhalten, Mr. Brannigan. Das habe ich Ihnen schon einmal gesagt.«

»Und ich habe Ihnen schon einmal gesagt, Miss James, daß ich genau der Richtige bin, wenn es darum geht, daß Sie Probleme kriegen wollen. Ich warne Sie ein und für alle Mal, lassen Sie die Angelegenheit ruhen.«

Ohne ein Wort zu verlieren, machte Molly auf dem Absatz kehrt und spazierte in den Schuppen. Sams Augen klebten an ihren schwingenden Hüften, und ihm fiel auch wieder der reizende

Anblick ihres Hinterteils ein, als sie sich vor ein paar Minuten über den Trog gebeugt hatte. Obwohl der Cowboy eine Ohrfeige gekriegt hatte, beneidete Sam den Mann ein wenig.

Jason Foley hatte sich auf den harten Schaukelstuhl gesetzt, von dem aus er einen guten Blick in das Foyer werfen konnte. Mit leicht zittriger Hand schlug er die Bibel in seinem Schoß auf. Jede Auseinandersetzung mit seiner Nichte war katastrophal verlaufen – sowohl für ihn als auch für das Mädchen. Und das nahm Jason stärker mit, als er sich selbst eingestehen wollte. Vera hatte ihm erzählt, daß Molly eine wilde und entwaffnende Schönheit sei, aber er hatte nicht damit gerechnet, daß sie ihn so durcheinander bringen konnte.

Obwohl er es vor sich zu leugnen versuchte, begehrte ein Teil von ihm eine Frau wie Molly. Vielleicht hatte das etwas mit seiner Kindheit zu tun. Sein Vater war immer solchen Frauen verfallen, teuflischen Frauen, die mit ihm schliefen, obwohl er verheiratet war.

Jasons Mutter war eine wunderschöne, fromme und gottesfürchtige Frau gewesen, die Jason über alles geliebt hatte. Ein paar Jahre nach ihrem Tod, als Jason erwachsen geworden war, hatte er eine Frau wie sie geheiratet. Er und seine erste Frau Elizabeth waren ziemlich glücklich miteinander gewesen – wenn man einmal vom Ehebett absah. Dort war Elizabeth ihren Pflichten nachgekommen, mehr aber auch nicht. Die körperliche Liebe war ihr verhaßt, weil sie sie als dreckig empfand. Und so hatte Jason quälende Tage und Nächte verbracht, in denen er von wilden, sündigen Weibsbildern träumte, von solchen Frauen wie seiner Nichte, die er jetzt zu bekehren suchte.

Als Elizabeth Foley starb, war Jason am Boden zerstört gewesen. Er vermißte sie sehr und fühlte sich wegen seiner treulosen Phantasien schuldig. Ein paar Jahre später war er dann Vera begegnet, die ebenfalls sehr fromm war. Sie hatte sich auch etwas mehr für das Ehebett interessiert, aber es hatte ihn dennoch nach einer leidenschaftlichen Frau gelüstet, nach einer Frau, die wilde und verbotene Dinge mit seinem Körper anstellte. Sechs Monate nach ihrer Hochzeit war Vera gestorben, und wieder nagten Schuldgefühle an ihm. Und jetzt war da Molly James.

Foley blätterte die Bibel durch, suchte nach vertrauten Worten, die ihm Kraft spendeten und seine aufgewühlten Sinne beschwichtigten. Schließlich fand er eine passende Stelle: ›...denn sie ist nicht meine Frau und ich nicht ihr Gatte. Sie soll die Unkeuschheit, die sich in ihrem Gesicht spiegelt, ablegen, die Sünde, die zwischen ihren Brüsten ruht, sonst muß ich ihr die Kleider vom Leib reißen, sie entblößen und zur Schau stellen‹.

Die Frauen besaßen in der Tat eine teuflische Natur. Molly gehörte zu der Sorte Frauen, die fromme Männer vom gottesfürchtigen Weg abbrachten. Ja, sie gehörte zu jenen Frauen, gegen deren Zauber er sein ganzes Leben lang gebetet hatte. Ihr ausgeprägter Wille machte ihn rasend. Ihre Kleider waren frevelhaft.

Jedes Mal, wenn er das Mädchen in ihren Arbeitskleidern sah, mußte er gegen das Bedürfnis ankämpfen, diese anstößigen Beinkleider von ihrem aufregenden Körper zu reißen. Wann immer er an ihre ungewöhnliche Schönheit, an ihre wilde Sinnlichkeit dachte, spürte er, wie sein Glied vor Verlangen hart wurde. Dann verfluchte er die Teufelin, weil sie Macht über ihn hatte.

Gott mußte ihm beistehen, denn es war seine Aufgabe, ihre sündige Seele zu retten. Er war sich sicher, daß ihm das gelänge – schließlich war er einer der Auserwählten Gottes. Schon seit jeher hatte er die Macht gehabt, andere zu überzeugen – mit dieser Fähigkeit hatte Gott ihn ausgestattet. Er mußte sich Molly James' Starrköpfigkeit annehmen, ihr auf die eine oder andere Art den Weg der Besserung zeigen.

Jason dachte über die Umstände nach, die ihn auf die Lady Jay gebracht hatten, an Vera James, die er geheiratet hatte. Gott hatte ihm eine Möglichkeit beschert, seine mageren Finanzen aufzufrischen und mit seinem Lebenswerk fortzufahren. Und auf seine ganz besondere Weise hatte er Vera geliebt. Sie war eine gute Frau gewesen.

Aber der Herr wandelte auf seltsamen Wegen. Durch Veras

Tod war er in die Lage gekommen, mit seiner Arbeit fortfahren zu können. Das Erbe seiner verblichenen Gattin sicherte ihm die Rückkehr in den Osten, wo er hingehörte. Auf Long Island wollte er eine Kirche gründen und das Wort Gottes verbreiten.

Geld war der Schlüssel zu diesem Ziel.

Jason mußte Molly davon überzeugen, daß sie die Lady Jay verkaufte. Und dazu war ihm jedes Mittel recht.

Dankbar für Gottes Weisheit, die ihn zu Vera geführt hatte, blätterte er durch die hauchdünnen Seiten seiner Bibel. Er las Vers um Vers, suchte nach einer Botschaft, die sein Handeln leiten konnte. Daran, daß sein Streben am Ende von Erfolg gekrönt war, zweifelte er nicht, denn der Herr stand ihm zur Seite.

Im vergangenen Monat war es Molly gelungen, wenigstens ein paar Rancharbeiter anzuheuern, mit denen sie im Augenblick – wenn auch mehr schlecht als recht – zu Rande kam. In Zukunft allerdings war sie auf mehr Männer angewiesen, ohne eine Ahnung zu haben, wo sie die auftreiben sollte. Doch darüber wollte sie sich jetzt noch nicht den Kopf zerbrechen.

Sam, dem mehr Arbeiter zur Verfügung standen, als er brauchte, hatte ein paar Männer zur Lady Jay hinübergeschickt, die auf der Cedar Creek Ranch um Arbeit nachgefragt hatten. Sein Verhalten erstaunte Molly. Wahrscheinlich wollte er sie damit nur soweit bringen, daß sie die Klage zurückzog. Seit ihrer letzten Begegnung wußte er, daß sie es ernst meinte. Oder hatte seine Hilfe noch einen anderen Grund?

Sie wünschte wirklich, daß sie sich nicht jedes Mal, wenn er in der Nähe war, so närrisch aufführte. Es ging ihr ganz und gar gegen den Strich, daß er mitbekommen hatte, wie einer ihrer Arbeiter sie gedemütigt hatte. Was, um Himmels willen, dachte er jetzt von ihr? Jedes Mal, wenn sie sich daran erinnerte, wie er sie mit seinen haselnußbraunen Augen verschlungen hatte, begann ihr Herz laut zu pochen. Laut seufzend schob sie den Gedanken beiseite. Schließlich hatte sie Wichtigeres zu tun, als ihre Zeit damit zu verschwenden, an Sam Brannigan zu denken!

Sie mußte sich voll und ganz darauf konzentrieren, mit der Lady Jay Profit zu erzielen – und auch das Problem, das ihr seltsamer Onkel darstellte, wollte gelöst werden.

Mit Jason Foley verbrachte Molly so wenig Zeit wie nur möglich. Wann immer sie mit ihm zusammen war, trug sie dunkle Kleider und gab sich unterwürfig. Doch es war unvermeidbar, daß sie ihm hin und wieder in ihren Arbeitskleidern über den Weg lief. Da verwandelte sich sein Mund in eine blasse, dünne Linie, und jenes befremdliche Glimmen tauchte in seinen Augen auf. Tief im Herzen wünschte sie, daß er seine Vormundschaft nicht so ernst nehmen und in den Osten zurückkehren würde. Aber ihm gehörten immerhin vierzig Prozent der Lady Jay, was ihm das Recht einräumte, sich auf ihrem Land aufzuhalten. Indessen konnte sie nicht leugnen, daß ihr seine Anwesenheit auf der Ranch zuwider war.

Im Augenblick hatte die Wiederaufnahme der Holzfällerarbeiten Vorrang vor allem anderen, und das war bei Gott keine leichte Aufgabe. Holzfäller waren eine ganz besondere Brut. Einen Großteil von ihnen konnte man ohne Übertreibung als wilde, rücksichtslose Vagabunden beschreiben. Die meisten hatten keine Ehefrauen, keine Kinder, kein Heim. Für die Gefahr und Aufregung, die zur Arbeit in den Wäldern gehörte, lebten sie. Diese furchtlosen Brüder genossen es, mit dem Tod auf du und du zu stehen. Die Wälder in Kalifornien und im Nordwesten der Vereinigten Staaten forderten jeden Tag ein Menschenleben, aber Holz war ein kostbares Gut, und sowohl die Holzfäller wie auch die Waldbesitzer konnten sich eine goldene Nase in diesem Geschäft verdienen. Molly hatte vor, sich ein Stück vom Kuchen abzuschneiden.

Allerdings gab es da ein Problem: Die meisten Männer waren nicht bereit, für eine Frau zu arbeiten. Sie hatte schon mit dem Gedanken gespielt, sie unter dem Namen ihres Onkels anzuheuern, glaubte aber, daß sein frömmelndes Auftreten eher abschreckend wirkte. Wenn sie wenigstens einen Vorarbeiter und einen Ochsenführer mit eigenem Gespann kriegen könnte, würden die anderen auf die Dauer ihre Bedenken ablegen und auch für sie arbeiten.

Im *Truckee Republican* war ihr ein kurzer Artikel aufgefallen, der ein Holzfällertreffen in der Nähe von Sierraville ankündigte. Natürlich wußte sie, daß bei einem solchen Treffen unzählige Wettbewerbe durchgeführt wurden. Da wurde um die Wette gefällt, Masten hochgeklettert, gesägt und vieles mehr. Auf diesen feuchtfröhlichen Festen ging es immer ziemlich rüpelhaft zu, aber Molly war entschlossen, dorthin zu gehen, um eine Mannschaft anzuheuern.

Das Holzfällertreffen sollte am kommenden Tag stattfinden, und Molly hoffte, daß sie bis zum Abend genug Männer eingestellt hatte, um die Lady Jay in den kommenden zwei Jahren zu einem rentablen Unternehmen zu machen.

Sam Brannigan schwang seine langen, muskulösen Beine über den Bettrand. In dem Schlafzimmer war ein farbenfroher, geknüpfter Teppich ausgelegt.

»Sam«, hauchte Lillian Rose. In der Dunkelheit klang ihre kristallklare Stimme verlockend und beschwörend. »Komm doch ins Bett zurück, es ist noch früh.«

»Nach Sierraville ist es ein ganz schönes Stück zu reiten, und ich möchte nicht zu spät kommen.«

»Willst du wirklich nicht, daß ich dich begleite?« Sam spürte, wie sie mit ihrem Finger über sein Rückgrat fuhr. Eine blonde Haarsträhne liebkoste seine Schulter, als sie sich vorbeugte.

»Wir wissen doch beide, daß es dir dort nicht gefallen würde, Lilly. Feste unter freiem Himmel sind nicht gerade deine Sache.«

Lilly seufzte. »Nein. Ich denke, du hast recht.«

Sam spürte ihre sanften Lippen auf seinem Hals. Gestern Abend war sie überraschenderweise zu ihm auf die Ranch hinausgekommen, anstatt bei sich zu Hause in Truckee auf ihn zu warten. Sie hatte ihm erzählt, daß sie sich einsam gefühlt hatte. Und Sam war außerordentlich froh gewesen, sie zu sehen, denn er brauchte dringend weibliche Gesellschaft, um seine Not zu lindern. Das Bild des knackigen kleinen Rotschopfs, dem die Lady Jay gehörte, war ihm nicht aus dem Kopf gegangen, und hatte seine gereizten Nerven strapaziert.

»Werde ich dich am Samstag sehen?« fragte Lilly, die ihn immer noch mit ihren Lippen liebkoste.

Sam kicherte leise. »Wenn du so weitermachst, wirst du mich jetzt gleich noch mal *sehen.*« Obwohl es im Zimmer dunkel war, wußte Sam, daß sie lächelte. Doch sie wollte bestimmt nicht, daß er sie nochmal liebte, denn im Vergleich zu seinem Hunger konnte ihr sexueller Appetit nicht mithalten. Als sie gestern Abend zu ihm gekommen war, hatte er sie ohnehin schon überfordert. Andererseits wollte sie Kontrolle ausüben und genoß die Macht, die sie über Männer hatte.

Sam gefiel die lockere Beziehung, die zwischen ihnen bestand, und liebte es, sie zu lieben, ohne gleich Pflichten übernehmen zu müssen. Das Verhältnis, das sie inzwischen schon seit zwei Jahren hatten, kam beiden zupaß.

Er drehte sich um und küßte sie sanft auf den Mund. Seine große Hand umfing ihre weiche, leicht aufgerichtete Brust, während er mit dem Daumen ihre harte Knospe liebkoste. »Wenn du aufgestanden und angezogen bist, wird Lee Chin dir das Frühstück machen.«

»Du bist immer sehr aufmerksam, Liebling.«

»Und du, Lilly, bist immer so entgegenkommend.« Als Lilly sich wieder in die Decke kuschelte, hatte Sam schon seine Hosen und Stiefel angezogen. Nach einer Liebesnacht war er immer entspannt und in bester Stimmung. Und jetzt freute er sich schon auf den Tag, der vor ihm lag.

Molly stand an diesem Morgen sogar noch vor Angel auf. Sie sattelte True und ein Pferd für Torger Johnson und ritt zum Lager hinüber. Murrend hatte der alte Torger eingewilligt, Molly auf das Holzfällerfest zu begleiten. Außerdem wollte er ihr dabei behilflich sein, ein paar Arbeiter anzuheuern. Sie ritt über eine Anhöhe und dann auf einen Zedernhain zu. Vom Pferd aus konnte sie das menschenleere Lager und Torger ausmachen, der nur in lange Unterhosen gehüllt vor der Tränke stand und sich Wasser ins unrasierte Gesicht spritzte. Als er sie kommen sah, lief er verschämt ins Haus. Nur ein paar Minuten später kam er in Reithosen und einem roten Flanellhemd herausgetreten.

»Sie sollten sich schämen, Miss Molly«, rügte er sie mit seinem leichten norwegischen Akzent. »Man besucht doch keinen Mann, der noch nicht angezogen ist. Sie können sich wirklich nicht benehmen.«

Molly lachte nur.

»Nicht einmal ein paar Minuten Ruhe sind einem vergönnt«, knurrte Torger. »Sie sollten noch schlafen, so wie das andere Fräuleins in Ihrem Alter tun.«

»Aber Sie kennen mich doch, Torger.« Zu seinem Leidwesen lächelte sie ihn an.

»Ich brauche noch etwas Zeit, um mich zu rasieren, aber dann können wir uns auf den Weg machen.« Ohne ihre Antwort abzuwarten, lief er wieder zur Tränke hinüber, zog eine blinde Spiegelscherbe aus der Hosentasche und klappte sein Rasiermesser auf. Nachdem er sich rasiert hatte, tauchte er seinen ungekämmten, sandfarbenen Haarschopf ins Wasser und spülte gurgelnd die Seife ab.

Torgers Eltern waren aus Norwegen eingewandert und hatten in den Pinienwäldern von Maine Arbeit gefunden. Als die Wälder schließlich karger wurden, war Torger nach Westen gezogen. Seine Geschichte unterschied sich kaum von denen der anderen Holzfäller. Wo auch immer Wälder standen, da zogen die Männer hin. Nachdem Mollys Vater gestorben war, war Torger nur Mollys wegen geblieben. Doch die Holzfäller waren ein geselliger Menschenschlag, der die rüpelhafte Kameradschaft anderer zu schätzen wußte. Molly war sich wohl darüber im klaren, daß Torger nicht mehr lange bleiben würde, es sei denn, es gelang ihr, eine Mannschaft zu verpflichten.

Mollys Blick schweifte durch das stille, verlassen wirkende Lager. Normalerweise ging es hier laut und hektisch zu, doch jetzt drang kein Laut nach draußen. Molly seufzte. Irgendwie mußte sie es schaffen, ein paar Männer auf dem Fest zu überreden, für sie zu arbeiten. Der Gedanke, mit ihrem Onkel in den Osten zu ziehen, machte sie rasend. Lieber würde sie sich als Wäscherin verdingen! Voller Entschlossenheit schwang sie sich aufs Pferd und ritt durch den Pinienwald bis zu der Straße, die nach Sierraville führte.

5. Kapitel

Sierraville bekam Molly eigentlich gar nicht zu Gesicht. Nach einem dreistündigen Ritt ließ Torger die Straße links liegen und galoppierte auf eine Weide, die vor der Stadt lag.

Das Holzfällertreffen wurde auf der Jenkins Flat abgehalten, einer großen, grünen Weide, die von Pinien gesäumt war. Ein Fluß auf der einen Seite und ein zerklüfteter Berghang auf der anderen zäunten das Areal ein. Hinter dem provisorischen Staudamm waren Baumstämme aufgestapelt, die auf dem Wasserweg zur Sägemühle transportiert wurden.

Als Molly und Torger näher geritten kamen, schallte ihnen das Klirren der Äxte und das Summen der Sägen entgegen. Molly fiel auf, daß die wenigen Frauen, die anwesend waren, sich ein Stück abseits der Männer zusammengeschart hatten. Bierfässer standen im Schatten der Pinien, und auf den Tischen war das Essen ausgebreitet: Platten mit Rindfleisch und Hühnchen, Schüsseln mit Mais und Kartoffeln, Teller mit selbstgebackenem Brot, Kuchen und süßen Stückchen.

»Jedes Lager hat zum Fest etwas zu essen mitgebracht«, erzählte Torger Molly. »Für die Holzfäller ist das Essen genauso wichtig wie der Lohn.«

Molly, die wieder ihre Reithosen trug und die Haare zu einem Zopf zusammengebunden hatte, konnte sich eine Zeitlang unter die Männer mischen, ohne groß aufzufallen. Die Holzfäller hatten bei Sonnenaufgang mit dem Trinken begonnen, und ein Teil der Wettkämpfe war schon in vollem Gange.

»Oh, Torger, heute werde ich mich prächtig amüsieren!«

»Ich halte es immer noch für falsch, daß eine Frau Männerhosen trägt«, knurrte er. »Sie sind kein kleines Mädchen mehr. Eine Dame kleidet sich anders.«

»Torger, wie soll ich eine Mannschaft anheuern, wenn ich mich wie eine Dame kleide? Die Männer sagen dann auf alle Fälle nein, daß wissen Sie doch!«

»Die werden sowieso nein sagen«, lautete Torgers düstere Vorhersage.

»Das werden wir noch sehen.« Eigensinnig, wie sie nun einmal war, marschierte Molly schnurstracks zum Sägewettbewerb hinüber. Auf dem Weg dorthin sprach sie mehrere Männer an, stellte ihnen Fragen über die Teilnehmer und hielt Ausschau nach einem Vormann und einem Ochsenführer, die möglicherweise für sie arbeiten würden.

»Hallo, Miss James.« Sam Brannigans wohltönende Stimme ließ sie innehalten. Ihr Nachbar kam ihr entgegen und stellte sich zu ihr. Mollys Herz klopfte schneller, als sie dem gutaussehenden Mann ins Gesicht blickte.

»Guten Tag, Mr. Brannigan, was für eine Überraschung. Sie kennen Torger?«

»Natürlich.« Die beiden Männer gaben sich die Hand.

Sam fiel sofort ihre männliche Aufmachung auf. »Wie ich sehe, haben Sie nichts dazu gelernt.«

»Sie hört auf niemanden«, warf Torger mürrisch ein. Molly schaute mißmutig zu ihm auf.

»Wie ich Mr. Johnson gerade schon erklärt habe, bin ich hierher gekommen, um eine Mannschaft anzuheuern. Weiblichkeit interessiert mich im Augenblick überhaupt nicht.«

»Die da schon«, erwiderte Sam und zeigte auf die Männer, die ihr rundes Gesäß und ihre wohlgeformten Beine begutachteten. Er hatte das Mädchen im Auge behalten, seit sie auf die Weide geritten war, und es hatte ihn doch ziemlich überrascht, daß er wieder dieses Ziehen in der Leistengegend spürte. Nach der Nacht, die er mit Lillian Rose verbracht hatte, war er ruhig und zufrieden gewesen – aber nur solange, bis der starrköpfige Rotschopf aufgetaucht war.

»Ich wäre Ihnen wirklich dankbar, Mr. Brannigan, wenn Sie sich wegen meiner Kleidung nicht den Kopf zerbrechen würden«, erwiderte sie schlagfertig. »Anscheinend liegt Ihnen mehr daran als mir. Könnten wir uns jetzt einem anderen Thema zuwenden?«

»Wie es Ihnen beliebt, Miss James.«

Sie warf ihm einen verunsicherten Blick zu, als frage sie sich insgeheim, warum er ihren Wünschen entsprach. Warum ist sie nur so ganz anders als die anderen Frauen, fragte Sam sich. Sie war irgendwie besonders. Er wußte nicht genau, woran es lag, aber sie hatte immer eine ganz bestimmte Wirkung auf ihn und rief in ihm eine Mischung aus Belustigung, Frustration und Wut hervor. Seit dem Augenblick, in dem er sie wahrgenommen hatte, war er nicht mehr fähig gewesen, sich auf die Unterhaltungen zu konzentrieren, die er führte.

»Haben Sie schon mal einen Sägewettbewerb mitverfolgt?« fragte er.

»Nein, aber ich freue mich schon darauf.«

»Darf ich mich Ihnen anschließen?«

»Würde mein Einwand etwas an Ihrer Entscheidung ändern?«

»Wahrscheinlich nicht.« Er bedachte sie mit einem jungenhaften Lächeln.

Molly konnte gar nicht anders, als ihm auch zuzulächeln. »Sind wohl daran gewöhnt, Ihren Willen durchzusetzen?«

»Ja, ich denke schon.«

Sie schritten zu den Wettstreitern hinüber. Mollys Blick fiel auf zwei schwitzende Männer mit bloßem Oberkörper, zwischen denen ein Baumstamm lag. Ein zweites Team stand ein Stück weiter unten. Auch sie hatten einen Baumstamm zwischen sich und warteten voller Spannung darauf, daß der Startschuß fiel und sie loslegen konnten.

Die Zuschauer wurden mucksmäuschenstill und beäugten die beiden rivalisierenden Teams. Wie im Fieber sägten die Männer. Vor Anstrengung liefen ihnen Schweißbäche den Rücken hinunter. Ihre strammen Oberarmmuskeln spannten sich. Die beiden Männer, die ein Team bildeten, mußten sich voll und ganz auf den Sägerhythmus des Mitstreiters einlassen. Nicht nur die Kraft, sondern auch das Eingehen auf den anderen war wichtig, wenn man den Sieg erringen wollte.

Als die durchgesägte Baumhälfte zu Boden fiel, jubelten die Zuschauer den beiden Männern zu. Auch Molly ließ sich zu Freudenschreien hinreißen.

»Toll!« rief sie außer Atem. »Wirklich ganz toll!«

»Als Nächstes kommt der Mastenkletter-Wettbewerb«, sagte Sam. Ihr Enthusiasmus schien ihm zu gefallen. Molly fiel auf, daß er lächelte, als sie sich zusammen mit ihm durch die herumziehenden Männerhorden arbeitete.

Eine Zuschauermenge hatte sich um zwei große Bäume geschart, die ungefähr dreißig Meter hoch waren und deren Äste man abgesägt hatte. Am Fuß der Bäume legten zwei Wettbewerbsteilnehmer Steigeisen an.

Hier ging es darum, so schnell wie möglich zum Baumwipfel hochzuklettern und die Glocke zu läuten, die oben angebracht war, und dann wieder nach unten.

Wieder ertönte ein Schuß. Mollys Blut, das ohnehin schon erhitzt war, kam vor Aufregung in Wallung. Ein kleiner Mann in einem rotgestreiften Hemd trat gegen Jumbo Reilly an. Molly hatte noch nie einen Mann gesehen, der so groß und kräftig wie Reilly war. Er hatte dickes, braunes Haar, buschige Augenbrauen, die hochgezogen oder gerunzelt wurden, je nachdem, ob er gerade lächelte oder entnervt in die Menge schaute. Die Zuschauer waren davon überzeugt, daß der muskelbepackte Mann gewinnen würde.

Nachdem wieder der Startschuß gefallen war, kletterten die Männer wie von der Tarantel gestochen los, und Molly feuerte, ohne es sich groß zu überlegen, den kleineren Mann an.

»Früher bin ich einmal einer von den Besten gewesen«, flüsterte der alte Torger ihr voller Stolz ins Ohr. »Keiner konnte Torger Johnson schlagen.«

Molly grinste aufgeregt, ohne die beiden Wettstreiter aus den Augen zu lassen. Dann hörte sie, wie die Glocken angeschlagen wurden, und sah, daß die Männer schon auf dem Weg nach unten waren. Jumbo Reilly hatte gewonnen.

»Ich könnte wetten, daß Sie denen immer noch das Leben schwer machen könnten«, flüsterte Molly.

Bei diesem Lob strahlte Torger. Bald würde er seinen sechzigsten Geburtstag feiern, aber er konnte dennoch hervorragend mit der Säge und der Axt umgehen und war einer der Besten, wenn es darum ging, die Stämme flußabwärts zu treiben. Er hatte mit dem Gedanken gespielt, heute an einem der Wettbewerbe teilzunehmen, aber sein Rheumatismus hatte ihm einen Strich durch die Rechnung gemacht.

Zu seinem Entsetzen mußte er feststellen, daß Molly die ganze Aufmerksamkeit auf sich zog. Ein paar Männer fixierten lüstern ihre enganliegenden Beinkleider, was Torger wütend machte, obwohl er insgeheim damit gerechnet hatte, daß es so kommen würde. Und wenn er auch zu alt war, um an einem Wettbewerb teilzunehmen, so war er immer noch kräftig genug, um mit Männern, die nur halb so alt wie er waren, fertigzuwerden.

»Miss Molly, ich denke, wir sollten die ganze Sache vergessen«, riet er ihr, als er sah, daß der Kreis der Männer, die sich um sie geschart hatten, von Minute zu Minute größer wurde. Torger hoffte nur, daß Sams Gegenwart die Männer davon abhielt, handgreiflich zu werden.

»Seien Sie doch nicht so närrisch, Torger«, erwiderte Molly. »Wir sind doch gerade eben erst hier eingetroffen. Ich habe mich ja noch nicht einmal richtig umgesehen.«

Seufzend hielt Torger die Stellung. Sam schien die ganze Angelegenheit unterhaltsam zu finden.

»Entschuldigung.« Molly zupfte an Jumbo Reillys Hemd, als er an ihr vorbeikam.

»Ja?« Der Holzfäller drehte sich ihr zu und freute sich offenbar über das, was er sah. »Was kann ich für Sie tun, kleines Mädchen?«

»Soviel ich gehört habe, haben Sie bis vor kurzem mit einer Mannschaft in der Nähe von Tahoi City gearbeitet.«

»Und?« erwiderte Jumbo brüsk.

»Und ich würde Sie jetzt gern anheuern.«

Jumbo riß die Augen auf. Sam Brannigans Gesichtsausdruck verriet nichts, aber Molly glaubte in seinen haselnußbraunen Augen eine gewisse Überraschung sehen zu können.

»Mich anheuern!« brachte Jumbo kichernd hervor. »Mich anheuern! Wer, in Gottes Namen, sind Sie denn?«

»Mein Name ist Molly James, Mr. Reilly. Mir gehört die Lady Jay, und ich bin entschlossen, wieder ins Holzfällergeschäft einzusteigen.«

Jumbo hatte alle Mühe sich zu beherrschen. »Sie und wer noch?«

»Ein Teil der Ranch gehört meinem Onkel, aber Sie würden für mich arbeiten.«

Jumbos Gelächter schallte über die ganze Weide. Ein Großteil der umstehenden Männer stimmte in sein Lachen ein. Molly hätte am liebsten geschrien, und es kostete sie alle Kraft, in diesem Fall ruhig zu erscheinen.

»Tut mir leid, kleines Mädchen«, sagte Jumbo, als er sich endlich wieder eingekriegt hatte. »Bin nicht interessiert. Wenn Sie mich nun entschuldigen...«

»Ich werde Ihnen zehn Prozent mehr bezahlen, als jeder andere, und Sie kriegen ein eigenes Quartier.« Das war ein verlockendes und in Holzfällerkreisen ungewöhnliches Angebot.

»Tut mir leid. Bin nicht interessiert.« Er wollte weitergehen, aber sie stellte sich ihm in den Weg.

»Was muß ich tun, damit Sie für mich arbeiten?« wollte sie erfahren.

Jumbo Reilly warf ihr ein breites Grinsen zu. »Sie müssen mich schlagen und zwar beim Fällen. Und das wird nicht einmal

Sam Brannigan gelingen!« Die Männer lachten aus vollem Herzen und marschierten zum nächsten Stand hinüber, ohne ihren erbosten Blick zu registrieren.

Sam grinste. »Vielleicht kann sie dich schlagen, Jumbo! Ich jedenfalls hab' es vor!«

Als Molly Sams Worte vernahm, vergaß sie einen Moment lang ihr eigenes Anliegen. »Sie wollen beim Fällen gegen ihn antreten?«

»Was ist denn mit Ihnen los, Miss Molly? Wenn Sie davon überzeugt sind, daß Sie die Ranch führen können, wieso fällt es Ihnen dann schwer zu glauben, daß ich Jumbo Reilly schlagen kann?« Ohne eine Antwort abzuwarten, folgte Sam den Männern.

Jetzt war die junge Frau wirklich aufgeregt. Das würde ein Spektakel werden! Schnell lief sie Sam hinterher. Inzwischen setzte schon langsam die Abenddämmerung ein, und es dauerte nicht mehr lange, bis die Gewinner des heutigen Tages ermittelt wurden.

Als sie den Platz erreichten, wo der Wettbewerb stattfinden sollte, knöpfte Sam sein Hemd auf und zog es aus dem Hosenbund. Dann streifte er es ab, so daß sein blanker Oberkörper zu sehen war. Molly mußte schlucken, als ihr Blick über seine straffen Muskeln schweifte. Jumbo Reilly folgte seinem Beispiel. Sein breiter Brustkorb war ganz blaß, nur die Unterarme, der Nacken und das Gesicht waren von der Sonne gebräunt. Sams Haut hingegen hatte einen warmen Goldton angenommen, und während Molly ihn fasziniert anschaute, kam ihr der Verdacht, daß er am ganzen Körper so braun war. Verschämt schaute sie weg.

»Nun, Jumbo«, rief Sam seinem Gegner zu, »du glaubst also, daß du mich dieses Jahr schlagen wirst?«

»Seit fünf Jahren ist Sam der ungeschlagene Sieger in diesem Wettbewerb«, erklärte Torger Molly.

Erstaunt riß sie die Augen auf. »Er hat Jumbo Reilly geschlagen?«

»Jumbo ist erst einmal gegen ihn angetreten, und zwar im letzten Jahr. Sam hat gewonnen, aber Jumbo hat vor versammelter Menge geschworen, daß er in diesem Jahr den Sieg davontragen würde. Nach dem, was ich gehört habe, hat er viel geübt.«

»Holzfäller, auf die Plätze«, rief jemand. Bei diesem Wettbewerb ging es darum, den dicken, unteren Teil des Stammes mit dem Beil durchzuhacken. Sam schwang seine Axt ein paar Mal durch die Luft, warf der rothaarigen Frau neben Torger einen kurzen Blick zu und bereitete sich auf den Wettbewerb vor. Falls er irgendeinen Zweifel daran hegte, heute und hier zu gewinnen, wurde er im Keim erstickt, als er Molly James gewinnendes Lächeln sah.

»Fertig«, rief jemand, und gleich darauf ertönte der Startschuß. Molly stieß vor Aufregung einen Schrei aus, als sie zusah, wie die beiden Männer mit ihren schweren Äxten auf die Stämme einhieben. Kaum eine Minute später waren die Oberkörper der Wettstreiter von einem dünnen Schweißfilm überzogen. Gespannte Muskelstränge spielten über Sams sonnengebräunten Rücken. Mit zusammengebissenen Zähnen fällte er den Baum. Ein Teil der Männer feuerte Sam an, aber auch Jumbo verfügte über eine stattliche Zahl von Anhängern.

Eine Zeitlang lagen die beiden Männer gleich.

»Los, Sam, Sie werden es schaffen!« kreischte Molly begeistert. Sie konnte einfach nicht an sich halten. Als Sam ihren Zuruf hörte, mußte er grinsen und legte einen Zahn zu.

Als Sam seinen verschwitzten Arm in die Höhe warf, jubelte die Menge ihm zu, und Molly tanzte vor Begeisterung. Doch dann riß sie sich zusammen. Was, in aller Welt, war nur mit ihr los? Sie hätte eigentlich Jumbo unterstützen müssen, denn die Brannigans hatten schon genug Siege davon getragen. Ein wenig verunsichert beobachtete sie, wie Sam auf sie zugelaufen kam. Jumbo, der neben ihm herlief, streckte die Hand aus.

»Nächstes Jahr, Sam! Es gibt immer ein nächstes Jahr!«

Gutmütig, wie er nun einmal war, schüttelte Sam Jumbos Hand. »Ohne Miss James' Unterstützung hätte ich es niemals geschafft!«

Molly spürte, wie sie errötete, kämpfte aber gegen ihre Beschämung an. Schließlich hatte sie sich nur vom Jubel der anderen hinreißen lassen.

»Nun, Mr. Reilly«, wandte sie sich an Sams Gegner, weil sie hoffte, daß sie Sams Sieg zu ihrem Vorteil nutzen konnte. »Jetzt, wo Mr. Brannigan Sie geschlagen hat, werden Sie doch für mich arbeiten, oder?«

»Ihr Anliegen in Ehren, kleines Mädchen«, erwiderte Jumbo. »Ich wäre gewillt, für Sam hier zu arbeiten, denn er hat mich geschlagen, nicht Sie. Aber seien Sie nicht böse. Vielleicht können Sie ja nächstes Jahr an diesem Wettbewerb mitmachen!« Der große Mann brach in schallendes Gelächter aus, und seine kernigen Anhänger stimmten sofort ein. »Wenn Sie mich jetzt entschuldigen würden, ich muß mich auf einen anderen Wettbewerb vorbereiten. Und selbst wenn Sam einen Baumstamm drehen könnte, hätte er doch keine Chance, dieses Mal gegen mich zu gewinnen!« Da klopfte er Sam auf die Schulter und lief langsam weg.

»Warten Sie«, rief Molly ihm hinterher. »Wollen Sie damit sagen, daß Sie an dem Wettbewerb teilnehmen, wo die Baumstämme gerollt werden?«

»Ja, mein Fräulein. In den letzten beiden Jahren habe ich gewonnen.«

»Wie wäre es, wenn wir über den Ausgang eine kleine Wette abschließen?« fragte Molly unschuldig.

»Sie glauben doch wohl nicht, daß Billy Jakes mich schlagen kann?« fragte er ungläubig. Sam beobachtete die Szene vergnügt.

»Nein, das glaube ich nicht«, versicherte Molly ihm.

»Na, auf wen wollen Sie dann setzen?«

»Auf mich, Mr. Reilly. Falls ich gewinne, werden Sie für mich arbeiten.«

Wieder brach Reilly in schallendes Gelächter aus. »Sie? Sie wissen, wie man Stämme rollt?«

»Torger hat es mich gelehrt. Aber falls Sie sich vor einem Wettstreit mit mir fürchten, werde ich natürlich...«

»Mich fürchten?« Jumbo lief vor Wut blutrot an, und eine Sekunde lang glaubte Molly, daß sie zu weit gegangen war. »Ich soll mich vor einem kleinen Mädchen fürchten, das versucht, sich wie ein Mann zu benehmen? Da irren Sie sich aber gewaltig, Missy.«

»Bitte entschuldige uns, Jumbo.« Bevor Molly sich versah, hatte Sam sie am Arm gepackt und nicht allzu sanft beiseite gezerrt. »Es geht mich ja nichts an, Miss James –«

»Wenn es Sie nichts angeht, wieso wollen Sie mir dann immer wieder gute Ratschläge erteilen?«

Sam lächelte trocken. »Ich will es einmal so ausdrücken: obwohl Sie eine James sind, und obwohl Sie Klage gegen die Cedar Creek Ranch eingereicht haben, kann ich es nicht einfach so mitansehen, wie sich eine *Lady*« – das Wort hatte einen sarkastischen Unterton – »vor allen Holzfällern Seattles zum Narren macht.«

»Ich bin hierhergekommen, um eine Mannschaft anzuheuern, *Mr.* Brannigan. Und was immer dazu erforderlich ist, werde ich tun. Wenn Sie mich jetzt entschuldigen...« Sie boxte sich zu Jumbo durch und streckte ihm ihre zarte Hand entgegen. »Gehen Sie auf die Wette ein, Mr. Reilly?«

»Warten Sie mal. Was kriege ich, wenn Sie verlieren?«

Sie warf ihm einen verunsicherten Blick zu.

»Ich werde Ihnen etwas vorschlagen«, sagte er, bevor sie antworten konnte. »Wenn Sie gewinnen, werde ich für die Lady Jay arbeiten. Wenn Sie verlieren, bekomme ich einen Kuß. Wie klingt das?«

Molly hörte, wie Sam aufstöhnte, was ihr die Entscheidung abnahm. »So soll es sein, Mr. Reilly. Fangen wir an?«

Die Holzfäller jubelten vor Aufregung und begleiteten Molly und Jumbo zum Teich hinüber. Der kleinste Mann aus der Truppe borgte ihr seine Schuhe, die ihr trotzdem noch zu groß waren.

Inzwischen bereute Molly ihre Spontanität schon wieder. Wenn es darum ging, Baumstämme auf dem Wasser zu rollen, war sie verflixt gut, denn Torger hatte es ihr in den heißen Sommermonaten beigebracht, aber seit sie wieder nach Hause zurückgekehrt war, hatten sie das nur ein paar Mal gemacht. Molly verfügte über einen ausgezeichneten Gleichgewichtssinn, aber Jumbo Reilly war ein Experte. Nervös nagte sie an ihrer Unterlippe herum und fragte sich, welche Taktik sie anwenden sollte. Da kam ihr Torger Johnson zu Hilfe.

»Sie haben nur eine Chance, wenn Sie Ihr Gewicht gegen seins ausspielen. Dann schlägt er sich selbst. Sie haben nicht die Kraft, es wirklich mit ihm aufzunehmen, darum sollten Sie ihm das Gefühl geben, daß er am Gewinnen ist. Und dann verliert er.«

Molly lächelte Torger dankbar zu. Dann fiel ihr Blick auf Sam Brannigans gut geschnittenes Gesicht. Sie war sich nicht sicher, ob er besorgt oder belustigt aussah.

»Meine Damen und Herren, ich bitte um Ihre Aufmerksamkeit«, rief der Schiedsrichter. »Heute gibt es einen ganz besonderen Wettstreit. Jumbo Reilly, der Champion, wird gegen Molly James von der Lady Jay Ranch antreten.« Der Rest seiner Rede ging im tobenden Gelächter der Holzfäller unter.

»Sie haben immer noch Zeit, es sich zu überlegen«, lautete Sams ruhige Warnung. In seinen Augen glomm ein finsteres Licht. »Eigentlich erwartet niemand von Ihnen, daß Sie zu Ihrer Zusage stehen. Sagen Sie Jumbo einfach, daß es nicht Ihr Ernst war.« Da wußte sie, daß Sam ihr Verhalten ablehnte, und sie war versucht, ihm zuzustimmen.

»Ich weiß Ihre Besorgnis zu schätzen, Mr. Brannigan. Aber ich kann Ihnen versichern, daß ich allein auf mich aufpassen kann.« Mit gespielter Gelassenheit wandte Molly sich ab und spazierte stoisch über den Baumstamm.

»Es ist besser, wenn Sie Ihre hübschen, roten Lippen schon mal anfeuchten, kleines Mädchen«, höhnte Jumbo Reilly, der ihr folgte.

Durch sein enormes Gewicht neigte sich der Baumstamm gefährlich in eine Richtung. Molly wünschte sich insgeheim, es hätte eine andere Möglichkeit gegeben, um eine Mannschaft anzuheuern. Vielleicht ging das hier in die Hose, und dann konnte sie klitschnaß zur Lady Jay zurückreiten.

»Fertig«, rief der Schiedsrichter und feuerte die Pistole ab.

Molly hörte Jumbos dröhnendes Lachen und das Jubeln der Männer, als der dicke Baumstamm sich unter ihren Füßen zu drehen begann. Wann immer ihr schwerer Gegner sich bewegte, tauchte der Stamm unter die Wasseroberfläche und hüpfte ruckartig wieder nach oben. Bevor Molly wußte, wie ihr geschah, schnappte sie im kalten Wasser nach Luft. Um Gottes willen, das war noch schwieriger, als sie es sich ausgemalt hatte!

Prustend ergriff sie Jumbos weichgepolsterte Hand, der sie mühelos aus dem Wasser zog. Torgers Worte klangen ihr in den Ohren. *Dann schlägt er sich selbst.*

»Gilt die Wette immer noch, kleines Mädchen?« fragte ihr Gegner und schenkte ihr ein selbstgefälliges Grinsen, das sie erzürnte.

Sie hatte nur wenige Sekunden auf dem Stamm durchgehalten. Jetzt glaubte niemand mehr an sie, und sie würde ihre Mannschaft nicht kriegen. Da sah sie Sam Brannigan am Teichrand stehen, aber seinen Gesichtsausdruck konnte sie leider nicht lesen. Er hatte ihr Verhalten nicht gutgeheißen, das war mal klar, aber da war noch etwas anderes, worauf sie sich keinen Reim machen konnte.

»Die Wette gilt noch«, versicherte sie Jumbo.

Als der zweite Startschuß fiel, war Molly bereit. Sie konzentrierte sich voll und ganz auf das Holz unter ihren Füßen, schaltete jeden anderen Gedanken aus. Jumbo griff auf jeden Trick zurück, der ihm einfiel, und setzte seine Kraft und sein Körpergewicht rücksichtslos ein. Und dann endlich drehte er den Stamm genau so, wie sie es vorausberechnet hatte. Molly befolgte Torgers Ratschlag und reagierte entsprechend, so daß Reillys Gewicht gegen ihn arbeitete, und der Mann mit einem ohrenbetäubenden Platscher in den Teich fiel.

Die Menge schrie vor Begeisterung auf. Molly, die vor Freude auf dem Stamm auf und ab hüpfte, wäre fast auch noch ins Wasser geplumpst. Triumphierend blickte sie zu Sam Brannigan hinüber, der sichtlich erstaunt war, was sie maßlos freute.

Dann kletterte Jumbo wieder auf den Stamm.

Sein Gesicht, das bis jetzt jovial und freundlich gewirkt hatte, hatte sich in eine grellrote, wutverzerrte Fratze verwandelt. Ein kalter Schauer lief Molly den Rücken hinunter. Ihr Gegner strotzte geradezu vor Zorn, so daß Molly sich unweigerlich fragte, ob er sich überhaupt noch unter Kontrolle hatte.

»Sind Sie bereit, Miss James?« zischte er durch die zusammengebissenen Zähne.

Molly konnte nur nicken. Ihre Knie zitterten wie Espenlaub, obwohl der Startschuß noch nicht ertönt war. Als es schließlich soweit war, hatte sie Schwierigkeiten, sich zu konzentrieren und Jumbo Reilly nicht ins Gesicht zu schauen. Der Stamm hüpfte und drehte sich blitzschnell im Wasser, aber Molly konnte ihr Gleichgewicht halten. Und dann blickte sie ihrem Gegner ins Gesicht und landete nur eine Sekunde später im Teich.

Diesmal streckte er ihr nicht die Hand hin, um sie aus dem Wasser zu ziehen. Molly schwamm mit rauchendem Kopf ans Ufer, was ihr nicht leichtfiel. Jumbo, von seinen Anhängern umgeben, wartete dort schon auf sie. Sie fragte sich, wo Sam steckte, und sah ihn dann neben Torger stehen. Dabei hatte er ihr den Rücken zugedreht, so, als existiere sie überhaupt nicht, und unterhielt sich mit dem Holzfäller.

Doch im ersten Augenblick konnte sie nur daran denken, wie froh sie war, daß nun alles vorbei war. Sie schnürte die geborgten Schuhe auf, zog sie aus und stand barfuß da. Plötzlich legten sich zwei riesige Hände um ihre Taille. Als sie sich umdrehte, sah sie einen triumphierenden Reilly.

»Ich habe gewonnen, kleines Mädchen«, sagte Reilly, der sich jetzt wieder durch und durch jovial gab. »Was ist jetzt mit dem Kuß?«

Molly mußte schwer schlucken und schloß die Lider. Jumbos wülstige Lippen schienen sich über die ganze untere Gesichtshälfte zu legen. Sie waren warm und feucht, dabei aber nicht unangenehm. Sein Atem roch nach Tabak und Bier. Der Kuß schien nicht enden zu wollen, so daß sich der Rotschopf schließlich zur Wehr setzte, indem sie sich mit ihren kleinen Händen von seiner noch feuchten Hemdbrust wegzudrücken versuchte. Doch Jumbo ließ nicht locker, so daß sie sich schon langsam Sorgen machte, ob er sie jemals wieder loslassen würde. Und dann war sie plötzlich frei.

»Das reicht«, warnte Sam den Mann, den er am Oberarm gepackt hatte. »Die Lady hat ihre Wettschulden bezahlt.«

Einen Augenblick lang stand Reilly ganz reglos da. Molly fürchtete, daß es zwischen den beiden Männern zum Kampf kommen könnte. Doch dann ließ Sam ihn los, und Jumbo grinste und wandte sich den umstehenden Männern zu.

»Die Lady hat sich als verdammt guter Sportsmann erwiesen, und Baumstämme kann sie rollen, das muß man ihr schon lassen. Falls ihr Angebot immer noch gilt, wäre es mir eine Ehre, wenn ich für die Lady Jay arbeiten könnte!«

Die umstehenden Männer jubelten lautstark. Sam Brannigan schaute bewundernd zu Molly hinunter, die noch ganz benommen war. Sie wechselte noch ein paar Worte mit Reilly, trug ihm auf, eine Mannschaft anzuheuern und drängte ihn, sich sobald als möglich im Lager einzufinden. Dann schritt sie zusammen mit Sam zu den Pferden hinüber; Torger war schon vorausgegangen.

»Tja, Miss James, ich kann nicht gerade sagen, daß ich Ihre Methode gut finde, aber schließlich haben Sie Ihr Ziel erreicht, und dafür zolle ich Ihnen Respekt.« Sam kicherte leise. »Zuerst habe ich geglaubt, daß Sie tatsächlich gewinnen.«

Molly schenkte ihm ein geheimnisvolles Grinsen. »Oh, ich habe doch gewonnen, Mr. Brannigan. Meine Mannschaft hab' ich nun, nicht wahr? Und über eins sind wir uns doch im klaren – keine Mannschaft würde für einen Vorarbeiter arbeiten, der von einer Frau besiegt worden ist. Guten Tag, Mr. Brannigan.« Damit wandte sie sich ab und ging von dannen. Sam Brannigans schallendes Lachen konnte sie noch hören, als sie schon auf dem Rücken ihres Pferdes saß.

6. Kapitel

Als Molly an diesem Abend auf der Ranch eintraf, war sie zwar erschöpft, aber auch zufrieden. Sie hatte endlich eine Mannschaft. Torger war ins Holzfällerlager zurückgekehrt. Auf ihrem Heimritt hatte er sich unablässig über ihr ungeziemliches Auftreten ausgelassen, aber sie wußte, daß er sich insgeheim freute, daß sie sich im Wettstreit mit Jumbo so gut gehalten hatte. Und außerdem war er glücklich darüber, daß er im Lager bald nicht mehr allein sein würde.

Nachdem Molly True abgerieben hatte, fütterte sie ihn und lief dann zum Haus hinüber. Im stillen hoffte sie, daß sie sich noch umziehen konnte, bevor sie ihrem Onkel über den Weg lief, weil sie sonst wieder mit einem Rüffel rechnen konnte.

Als sie sich zum Essen an den Tisch setzte, lächelte er ihr freundlich zu. Molly blickte zur Decke und bedankte sich stumm, daß es ihr gelungen war, sich unbemerkt ins Haus zu schleichen. Mittlerweile fiel es ihr zusehends schwerer, vor ihrem Onkel die Dame des Hauses zu spielen.

»Nun, Molly, heute abend sehen Sie besonders hübsch aus.« Jasons wohlwollender Blick schweifte über ihr schlichtes, braunes Baumwollkleid, dessen Schmuck aus einem weißen Kragen und weißen Manschetten bestand. Die Haare hatte sie im Nakken zu einem Knoten aufgesteckt. Als er sie mit seinem eigenwilligen Lächeln lobte, fragte sie sich, was er wohl dachte.

»Vielen Dank, Onkel.«

Angel trat ins Eßzimmer und trug das Essen auf: dampfende Tamales, Frijoles, natürlich Tortillas und eine Platte mit feurig gewürzten Hähnchenteilen.

Der Pfarrer mußte schwer schlucken, als ihm das durchdringende Aroma der Chilis in die Nase stieg. »Meine liebe Mrs. Sanchez, jeden Abend kredenzen Sie uns die gleichen Speisen. Muß ich daraus schließen, daß Sie nur diese... mexikanischen Speisen zubereiten können?«

»Si, Señor Foley. Schmecken sie Ihnen nicht?« Angel schien am Boden zerstört zu sein.

»*Mir schmecken*? Sie belieben zu scherzen? Das hier ist die schlimmste Strafe, die mein Magen bisher über sich ergehen lassen mußte!«

Molly rutschte aufgebracht auf dem Stuhl hin und her. Wie konnte ihr Onkel es wagen, Angels Kochkünste zu kritisieren? Als Molly noch im Osten gelebt hatte, hatte sie gerade das mexikanische Essen vermißt.

»Morgen werde ich eine der Damen aus der Kirche fragen, ob sie zukünftig abends für uns kocht – natürlich nur mit Ihrer Erlaubnis, meine Liebe.« Jason wartete darauf, daß Molly seinen Vorschlag guthieß, aber sie wußte auch, daß ihr gar nichts anderes übrig blieb. Jeder Einwand von ihrer Seite würde sowieso von ihm abgeschmettert werden.

»Nur zu, Onkel«, erwiderte sie steif. Dieses Zugeständnis machte sie nur, um ihn bei Laune zu halten. Wenn sie es ihm überließ, alle Entscheidungen, die den Haushalt betrafen, zu fällen, war er vielleicht zu beschäftigt, um sich Gedanken darüber zu machen, was sie mit der Lady Jay vorhatte.

Angel knallte die Platte mit dem Hühnchen auf den Tisch, so daß ein wenig von der dicken, roten Soße auf das Tischtuch spritzte. Dann machte sie auf dem Absatz kehrt und lief mit erhobenem Haupt aus dem Zimmer. Molly nahm sich vor, sie nach dem Essen zu trösten.

»Molly, meine Liebe«, begann Jason, »heute sind ein paar Damen aus der Stadt hier vorbeigekommen. Anscheinend haben sie gehört, daß ein neuer Pfarrer im Tal ist, und so wollten sie mich willkommen heißen. Dabei erwähnten sie, daß kommenden Samstag ein Fest im Cardwell-Haus gefeiert wird, was ich für eine gute Gelegenheit halte, einige unserer Nachbarn kennenzulernen.«

Molly zog überrascht eine Augenbraue hoch. »Niemals hätte ich geglaubt, daß Sie eine Tanzveranstaltung gutheißen würden.«

»Ich bin Methodist und kein Baptist, Molly. Ich sehe nichts Falsches daran, wenn man an den Freuden, die Gott für uns bereithält, teilnimmt – solange man es in Maßen tut. Natürlich bin ich noch in Trauer, aber Sie, meine Liebe, haben lange genug getrauert, wie Sie ja aufs Nachdrücklichste hervorgehoben haben. Ich glaube, daß solch ein Fest Ihnen die Möglichkeit geben würde, ein paar junge Leute Ihres Alters kennenzulernen.«

Jason Foley inspizierte seine Nichte ganz genau. Und die Damen aus der Stadt waren genau zum richtigen Zeitpunkt vorbeigekommen. Wenn es ihm als Vormund nicht gelang, seine Nichte im Zaum zu halten und ihrer Wildheit Einhalt zu gebieten, dann würde das möglicherweise einem Ehemann gelingen. Seiner Meinung nach brauchte Molly James einen Gatten, der ihr sagte, welcher Platz ihr gebührte: Sie sollte Kinder gebären und sich um Heim und Herd kümmern. Dort gehörte sie hin.

Solch ein Vorhaben mußte selbstredend sorgfältig geplant werden. Der Mann mußte jemand sein, den Jason Foley manipulieren konnte. Außerdem mußte er von Molly verlangen, daß sie die Leitung der Ranch abgab. Am besten war es, wenn er jemanden fand, der von Molly verlangte, daß sie die Ranch sogar verkaufte. Auf diese Weise konnte er der Versuchung entgehen, die sie darstellte, und die mit jedem Tag schlimmer wurde.

Insofern war die Tanzveranstaltung genau der richtige Ort, auf dem Foley sein Vorhaben einfädeln konnte. Er mußte aus dem Leben dieser sündhaften Frau treten.

Auch Molly beschäftigte sich mit dieser Idee. Seit Jahren hatte sie nicht mehr getanzt – jedenfalls nicht mehr, seit sie Chicago verlassen hatte. Da der Tod ihres Vaters nun schon mehrere Monate zurücklag, dachte Molly nicht im Traum daran, sich dem gesellschaftlichen Druck noch länger auszusetzen. Wenn Jason Foley gewillt war, sie teilnehmen zu lassen, warum sollte sie die günstige Gelegenheit ungenutzt verstreichen lassen?

»Ich denke, daß Sie recht haben, Onkel. Vielleicht wäre es eine gute Idee, alte Bekanntschaften aufzufrischen. Es würde mich freuen, Sie am Samstagabend begleiten zu dürfen.«

Molly lächelte und wunderte sich über das selbstgefällige Grinsen ihres Onkels. Dieser Mann hatte einfach irgend etwas an sich, das alles, was er tat, in ein seltsames Licht rückte. Dennoch schüttelte Molly ihr Unbehagen ab und begann zu essen.

Der Samstag kam schneller als erwartet. Molly hatte die ganze Woche über hart gearbeitet und deshalb das Tanzfest vergessen. Erst als ihr Onkel sie am Samstagmorgen daran erinnerte, wurde sie aufgeregt.

Sie hörte früher als sonst auf zu arbeiten, badete und steckte mit Angels Unterstützung die Haare auf: Eine Lockenkrone zierte den Oberkopf, die Seitenpartien wurden straff zurückgekämmt und mit den perlenbesetzten Kämmen, die sie von ihrer Mutter geerbt hatte, festgehalten. Das restliche Haar wurde nur gebürstet und fiel auf den Rücken. Sie wählte ein blaues Abendkleid aus Seide, dessen Ton nur eine Idee dunkler als ihre Augenfarbe war, und ein Paar passende Ziegenlederpumps. Unter dem Kleid trug sie ein Spitzenhemdchen, ein Korsett und Unterröcke. Zum ersten Mal, seit sie in den Westen zurückgekehrt war, putzte sie sich heraus. Und da sie in den vergangenen Monaten schwer gearbeitet hatte, hatte sie einen lustigen Abend wohl verdient.

Der einzige Nachteil war die zweistündige Fahrt in die Stadt, die sie allein mit ihrem Onkel durchstehen mußte. Darauf freute sie sich nun überhaupt nicht. Wann immer sie zusammen waren, warf er ihr seltsame Blicke zu und saß – für ihren Geschmack – viel zu dicht neben ihr. Aber nachher würde sie vielleicht ein paar alte Schulfreunde wiedersehen, Menschen, mit denen sie seit Jahren nicht gesprochen hatte, was die unerträglich lange Kutschfahrt wieder wettmachte. Bis jetzt war sie nur in die Stadt gefahren, um Vorräte und Lebensmittel einzukaufen.

Doch Molly traf leicht entnervt auf dem Fest ein.

Zuerst war Jason sehr beredt gewesen, hatte mit ihr seine Zukunftspläne durchgesprochen, von der Kirche erzählt, die er bauen wollte. Doch dann war er schweigsam geworden und hatte zu brüten angefangen. Als sie endlich Truckee erreichten, war Molly erleichtert und stürmte voller Vorfreude in das Hotel.

Das Cardwell-Haus war ein zweistöckiges Gebäude auf der Front Street, direkt gegenüber der Bahnstation. Seit Molly sich erinnern konnte, fand hier samstagabends ein Tanzfest statt. Auf diesem Fest trafen sich die prominentesten Bürger von Truckee.

Jason half seiner Nichte von der Kutsche herunter. Der Pfarrer hatte sich über ihre Aufmachung leicht widerwillig geäußert, weil das Kleid für seinen Geschmack viel zu tief ausgeschnitten war. Es kostete ihn alle Mühe, nicht den zarten Brustansatz zu betrachten, den das Kleid so hervorragend zur Geltung brachte.

Nur wenige Minuten nach ihrer Ankunft hatten sich die Damen des Methodisten–Wohltätigkeitsvereins auf Jason Foley gestürzt, so daß Molly glücklicherweise auf sich allein gestellt war.

»Molly James!« Sadie Williams, die zwei Jahre jünger als sie und früher einmal ihre Busenfreundin gewesen war, kam herübergerannt, um sie zu begrüßen. Ihre hübschen Korkenzieherlocken wippten bei jedem Schritt.

»Sadie!« Molly umarmte ihre Freundin. Ihr Besuch hatte sich schon gelohnt. »Ich dachte, du wärst noch im Internat!«

»Bin erst vor ein paar Wochen zurückgekehrt«, berichtete Sadie. »Ich wollte schon immer mal auf der Ranch vorbeischauen, aber du weißt ja, wie ich es mit Besuchen halte.« Sadie drückte sie noch mal. »Oh, Molly, es ist so schön, dich zu sehen.«

»Ja, das finde ich auch. Du siehst so... so... erwachsen aus!«

Sadie schürzte ihre schön geschwungenen Lippen und strich ihr rosafarbenes Seidenkleid glatt. »Ich bin ja auch erwachsen, Molly. Und verlobt. Komm, ich werde dich meinem zukünftigen Gatten vorstellen.«

Molly folgte dem zierlichen Mädchen durch den Tanzsaal. Man hatte Tische und Stühle beiseite gerückt, so daß in der Mitte des Raumes eine große Tanzfläche entstanden war. Es gab eine Bowle, Platten mit kaltem Fleisch und Teller mit leckerem Kuchen. Die Band hatte gerade zu spielen begonnen, und der Tanzboden füllte sich langsam.

»Molly«, sagte Sadie, deren Wangen vor Aufregung glühten. »Das hier ist Clive Beasley, mein Verlobter. Clive, das ist Molly James.«

Molly streckte ihre zarte, behandschuhte Hand aus, die Clive galant an die Lippen führte. Sadies Verlobter war ein großer, dünner Mann, der Molly nur einen kurzen Blick schenkte, bevor er seine Aufmerksamkeit wieder voll und ganz auf seine Verlobte richtete, die er aus tiefstem Herzen anbetete.

»Als wir noch Kinder waren, ist Molly meine beste Freundin gewesen«, klärte Sadie ihn auf und verstummte dann abrupt, als ein gutaussehender, dunkelhaariger Mann näher kam.

»Du hast uns warten lassen, Clive.« Der fremde Mann betrachtete Molly interessiert. »Wo habt ihr denn dieses wunderschöne Wesen aufgetrieben?«

»Das ist eine Freundin von Sadie«, erklärte Clive hastig. Molly wunderte sich über die Macht, die der Fremde über andere zu haben schien. »Darf ich vorstellen, Molly James.«

»Miss James, mein Name ist Michael Locke. Es freut mich, Sie kennenzulernen. Dürfte ich Sie um das Vergnügen dieses Tanzes bitten?« Seine Frage klang eher wie ein Befehl, doch Molly hakte sich lächelnd bei ihm unter.

»Sind Sie neu in Truckee, Miss James?« fragte Locke, während er sie über die Tanzfläche wirbelte. Seine Tanzschritte waren zielsicher und bestimmt.

»Ganz im Gegenteil, Mr. Locke, ich habe fast mein ganzes Leben lang hier gelebt. Doch die vergangenen sechs Jahre habe ich im Internat verbracht.«

»Welch Unglück für uns hier«, sagte er und lächelte sie an. »Bleiben Sie jetzt für immer hier?«

»Gott, ja. Und Sie, Mr. Locke? Was hat Sie nach Truckee geführt?«

»Ich arbeite bei der Eisenbahn. Seit zwei Monaten wohne ich hier. Ich verhandle mit Ranchbesitzern über Landverkäufe. Wenn das erledigt ist, ziehe ich normalerweise weiter, aber jetzt, wo ich Sie getroffen habe, werde ich mir's vielleicht überlegen.«

Molly wußte nicht, ob seine Bemerkungen nur gewöhnliche Galanterie verrieten oder ob noch etwas anderes dahinter steckte. Er sah sehr gut aus, aber er hatte auch etwas an sich, das ihr nicht gefiel. Irgend etwas, das sie geradezu abschreckte. Er drückte sie ein wenig zu fest an sich, hatte den Arm ein bißchen zu eng um ihre Taille geschlungen.

»Möchten Sie ein Glas Punsch trinken oder ein bißchen frische Luft schnappen?« fragte er, als sich der Tanz dem Ende zuneigte.

»Ich befürchte, daß mein Onkel mich sucht«, log sie. Gerade als sie weggehen wollte, hörte sie ein tiefes, wohltönendes Lachen, das ihr bekannt vorkam. Als sie den Kopf drehte, sah sie Sam Brannigan in der Tür stehen. Im Innern jubelte sie und fürchtete gleichzeitig, daß die anderen ihre Freude registrierten. So wandte sie den Kopf ab, was ihr aber ziemlich schwerfiel.

»Möchten Sie nicht vielleicht doch noch einmal mit mir tanzen?« drängte Michael sie.

Sie wollte schon nein sagen, weil sie hoffte, daß Sam Brannigan sie zum Tanz auffordern würde, aber dann bemerkte sie die blonde Frau, die an seinem Arm hing. Diese Frau war groß, elegant und gertenschlank und hatte das schönste Gesicht, das Molly je gesehen hatte. Ihre zarte Haut hatte einen Farbton wie Perlen im Mondschein.

»Ich... ich denke, ein Tänzchen kann nicht schaden.« Molly ließ sich von Michael auf den Tanzboden führen und dankte insgeheim Gott, daß dieser gutaussehende Mann bei ihr war.

»Mir ist aufgefallen, daß Sie Mrs. Rose betrachtet haben«, sagte Michael.

»Mrs. Rose?«

»Gott, ja, Mrs. Lillian Rose, die Frau an Sam Brannigans Seite.«

Sich auf den Rhythmus des Liedes zu konzentrieren, fiel Molly ziemlich schwer. Zum Glück spielte die Band gerade einen langsamen Tanz. »Sie ist wunderschön. Es würde einem schwerfallen, sie nicht zur Kenntnis zu nehmen.« Ihr glänzendes, blondes Haar, das über dem zierlichen Hals auf dem Kopf drapiert war, hatte einen atemberaubenden Goldton. Molly bemühte sich um einen gelassenen Tonfall. »Ist ihr Ehemann auch hier? An einen Mr. Rose kann ich mich nicht erinnern, aber vielleicht habe ich ihn ja gesehen...«

»Zu Mr. Brannigans Glück ist Willard Rose tot.«

»Ich verstehe.« Und das war nicht einfach so dahin gesagt. Molly sah, wie der große, breitschultrige Sam Brannigan die elegante, verwitwete Blondine auf die Tanzfläche führte und bemerkte wohl, daß es niemals zwei Menschen gegeben hatte, die besser zusammenpaßten. Sams sonnengebräuntes Gesicht und goldener Bart ergänzten geradezu das blasse, aber strahlende Gesicht der Witwe. Und als sie tanzten, fiel Molly auf, wie perfekt sie aufeinander eingespielt waren. Lillian, die genau die passende Größe für Sam hatte, ließ ihn erst im richtigen Licht erscheinen. Einmal abgesehen von Sams leichtem Hinken schien das Paar über die Tanzfläche zu schweben.

Molly seufzte resigniert. In dem Augenblick, als Sam Brannigan hier aufgetaucht war, war ihre Freude über den Abend urplötzlich verlorengegangen.

»Guten Abend, Miss James.« Als Molly Sams tiefe Stimme hörte, zuckte sie zusammen. Sie hatte abwechselnd mit Clive und mit Michael getanzt und sich dann etwas abseits gestellt, um Luft zu schnappen. Während sie sich an ihrem Bowleglas festgehalten hatte, hatte sie sich gefragt, ob Sam sie überhaupt bemerkt hatte. Als sie ihm jetzt in die Augen schaute, pochte ihr Herz heftig, und sie verfluchte ihn für die Wirkung, die er jedes Mal auf sie hatte. In seinem dunkelbraunen Westernanzug und seinem weißen Hemd sah er umwerfend aus. Außerdem roch er so gut wie immer.

»Mr. Brannigan, ich habe Sie hereinkommen sehen. Schön, Sie wiederzusehen.« Wie unbedarft sie klang. Sie hätte wetten können, daß der hübschen Witwe eine charmantere Antwort eingefallen wäre.

»Sie sehen heute abend wunderschön aus«, sagte er, »obwohl

ich Sie zuerst gar nicht erkannt habe. Sonst treffe ich Sie ja nur in Hosen an.« Als sie sah, wie er vergnügt in sich hineinlächelte, stieg ihr die Hitze in die Wangen.

»Ich versichere Ihnen, Mr. Brannigan, daß ich ebenso weiblich wie alle anderen Frauen wirken kann – zumindest wann immer mir die Zeit dafür bleibt.«

Sams Augen wanderten von ihrer Lockenpracht bis zu den Fußspitzen, blieben allerdings ein wenig länger an den üppigen Kurven ihrer Brüste hängen. »Das bezweifle ich nicht im geringsten, Miss James.«

Molly lächelte schüchtern. Sie überlegte sich gerade eine passende Antwort, als die elegante Witwe in ihrem aprikotfarbenen Kleid zu ihnen hinübergerauscht kam.

»Sam, Liebling, ich habe dich überall gesucht.« Dann warf sie Molly einen Blick von der Seite zu. »Wer ist denn deine kleine Freundin, Liebling?«

Kleine Freundin. Molly konnte das anmaßende Verhalten der Frau nicht ausstehen und wünschte gleichzeitig, sich in einem dunklen Loch verkriechen zu können.

»Lillian, darf ich dir Miss James vorstellen. Molly ist die Besitzerin der Lady Jay.«

»Ach, wie nett«, erwiderte Mrs. Rose und entließ sie mit einem knappen Lächeln. »Sam, ich glaube, ich muß ein bißchen frische Luft schnappen. Würdest du mich nach draußen begleiten?«

Sam nickte zustimmend. »Wenn Sie uns entschuldigen würden, Miss James.«

Molly bemerkte sehr wohl, wie er wie selbstverständlich seine Hand auf ihre Hüfte legte, während Mrs. Rose äußerst grazil zur Tür schwebte.

»Jetzt hast du also die Witwe Rose kennengelernt«, flüsterte Sadie geheimnisvoll, als sie sich zu Molly neben den Tisch stellte, auf dem das Buffet ausgebreitet war. »Sie ist Sam Brannigans Geliebte, aber erwähne das um Gottes willen nie in der Öffentlichkeit. Dieses Thema ist in Truckee Tabu, weil sich jedermann vor

Richter Egan, Lillys Vater, fürchtet. Du erinnerst dich doch sicher an ihn. Er ist der kleine, kräftige Mann, der dort drüben steht.« Sie zeigte auf einen korpulenten Mann, der einen teuer aussehenden schwarzen Anzug trug. »Ihm gehört eine ganze Menge Land, und im Kongreß hat er großen Einfluß.«

Molly starrte den Mann wie gebannt an, aber sie war immer noch wie benommen von den Enthüllungen, in die Sadie sie eingeweiht hatte. Obwohl sie registrierte, daß Sadie sprach, verstand sie doch nicht, was ihre Freundin sagte.

Diese Frau war also Sams Geliebte. Seine *Geliebte*! Molly war schockiert. Alles, was ihr Vater über Sam Brannigan gesagt hatte, stimmte. Er war ein Schürzenjäger der schlimmsten Sorte. Da hatte er nun eine Affäre mit der wunderschönen Richtertochter und besaß nicht einmal den Anstand, sie zu heiraten. Wahrscheinlich hatte er auch ihrer Mutter nachgestellt, was ihr Vater ja vermutet hatte. Bei dieser Vorstellung wurde Molly übel.

»Ich glaube nicht, daß wir uns darüber unterhalten sollten, Sadie«, sagte sie, weil sie unbedingt das Thema wechseln wollte. Dabei hoffte sie inständig, daß es ihr gelungen war, ihre Gefühle zu verbergen.

»Du wußtest es natürlich schon, nicht wahr?« spekulierte Sadie. »Das sehe ich deinem Gesicht an. Du bist nicht im geringsten überrascht.«

Molly lächelte insgeheim. Sie hatte sich also nicht verraten. Nun wartete sie nur noch darauf, daß der Abend zu Ende ging, damit sie auf die Ranch zurückfahren und sich in Arbeit vergraben konnte. Vom ersten Augenblick an hatte sie sich von Sam angezogen gefühlt, was ein großer Fehler gewesen war. Gott, was für ein Dummchen war sie doch.

»Tanzen Sie mit mir?« Michael Locke streckte ihr seine Hand entgegen. Diesmal griff Molly dankbar zu. Sie ließ sich von ihm auf die Tanzfläche führen und lächelte Sadie wissend zu.

Sam Brannigan beobachtete, wie Molly James mit Michael Locke tanzte. Das war nicht das erste Mal, wie er sehr wohl bemerkte. Der Mann war ein waschechter Gauner, und Sam gefiel die Vorstellung gar nicht, daß sich eine Frau mit solch einem Mann einließ. Wenigstens redete er sich das ein. Wann immer er die beiden miteinander tanzen sah, brauste er innerlich auf und bekam zittrige Finger.

Heute abend sah der zierliche Rotschopf wirklich umwerfend aus – damit hatte Sam nun wirklich nicht gerechnet. Ihr Haar funkelte wie Rubine, und ihre vollen Brüste kamen durch den tiefen Ausschnitt voll zur Geltung. Sam mußte zugeben, daß sie in diesem Abendkleid noch verführerischer aussah als in den Reithosen. Insofern hatte sie damals recht gehabt. Nun, wenigstens genauso verführerisch, dachte er und kicherte leise in sich hinein.

Als er sie Lilly vorgestellt hatte, hatte die hübsche Witwe sie kaum eines Blickes gewürdigt. Er war sich sicher, daß Lilly ihre Existenz gerade mal registriert hatte, aber mehr nicht. Aber damit hatte er gerechnet. Lilly hielt heute abend Hof, wie das immer der Fall war, wenn sie irgendwo auftauchte. Die Männer in diesem Raum lagen ihr zu Füßen und bewunderten ihre vornehme und blasse Schönheit, als wäre sie eine Königin. Manchmal fragte Sam sich, ob sie das selbst auch glaubte.

Da Richter Egan und sein Vater eng befreundet gewesen waren, kannte er Lilly schon seit frühester Kindheit. Willard Rose hatte seine Ehefrau vergöttert. Am Rande der Stadt hatte er ihr ein viktorianisches Herrenhaus bauen lassen, in dem sie wohnte. Überhaupt hatte sie immer alles bekommen, was sie wollte.

Lilly hatte Willard, der ungefähr so alt wie ihr Vater gewesen war, nie geliebt; das hatte sie Sam gegenüber mehrmals erwähnt, aber das machte keinen großen Unterschied, weil Lilly noch niemals jemanden geliebt hatte.

Die Witwe Rose war auf eine ungezwungene Liaison aus, die nur dem Vergnügen diente, und das kam Sams Ansprüchen sehr entgegen. Also hielt sie ihr Liebesleben geheim, und die mächtige gesellschaftliche Position ihres Vaters erstickte Klatsch und Tratsch im Keim.

Nur ein einziges Mal hatten sie das Thema Heirat angeschnitten, weil Sams ehrenhafte Natur es erforderlich gemacht hatte. Doch Lilly hatte nur betörend gekichert und gesagt, daß er sich nicht wie ein Narr aufführen solle. Nachdem sie schon einmal verheiratet gewesen war, dachte sie nicht im Traum daran, sich ein zweites Mal an einen Mann zu binden.

Bei ihrer Antwort war Sam ein Stein vom Herzen gefallen, und von da an hatten sie ihre ungezwungene Affäre genauso weitergelebt wie eh und je.

»Sam«, hauchte Lilly, kam näher und fuhr mit ihrem schlanken Finger über seinen Bart. »Sei ein Schatz und hol mir noch ein Glas Punsch, ja?«

Doch Denny Boswell kam ihm zuvor und bot ihr seine Dienste an. »Es wäre mir eine Ehre, wenn ich Ihnen etwas zu trinken holen dürfte, Mrs. Rose.«

Sam lächelte nur, entschuldigte sich und ging davon. Er und Lilly hatten eine Vereinbarung getroffen, die gegenseitige Besitzansprüche untersagte. Keiner fragte den anderen, was er tat, selbst dann nicht, wenn sie die Stadt verließen, was bei beiden hin und wieder vorkam.

Molly lehnte sich an die rauhe Backsteinwand des Cardwell-Hauses. Sie war gottfroh, dem Lärm und der Hitze des Tanzfestes entkommen zu sein. Draußen war es immer noch angenehm warm, obwohl die Sonne schon vor Stunden untergegangen war. Hier auf der Veranda war es etwas kühler als drinnen, und die leichte Sommerbrise erfrischte sie. Die Veranda ging auf einen kleinen Bach hinaus, der hinter dem Hotel entlangfloß. Molly lauschte dem sanften, klaren Plätschern des Wassers, das sie an Lillian Roses Stimme erinnerte.

»Darf ich mich zu Ihnen gesellen?« Auch diesmal versagte der Zauber von Sams tiefer, wohltönender Stimme nicht, und Mollys Herz machte wie immer einen Satz. Die junge Frau blickte sich nach der Witwe um.

»Sie tanzt mit Ihrem Freund, Mr. Locke.« Er stützte sich mit den Händen auf dem Geländer ab und schaute auf den Bach hinunter.

Molly blieb stumm.

»Amüsieren Sie sich heute abend?«

»Ich denke schon.«

»Sie sind sich nicht sicher?« Er drehte sich zu ihr um und blickte ihr in die Augen. Der Mond tauchte seinen sauber getrimmten Bart und sein goldenes Haar in ein wunderschönes Licht. Molly fiel auf, daß er manchmal einem Wikinger ähnelte.

»Ich... ich habe soviel auf der Ranch zu tun«, erzählte sie ihm. »Ich hätte nicht kommen sollen.«

»Glauben Sie nicht, daß Sie ab und zu ein wenig Spaß haben sollten?«

Genau das hatte sie sich auch gesagt, aber Sam Brannigan in den Armen der schönen Lillian Rose zu sehen, kam nicht gerade ihrer Vorstellung von Spaß entgegen.

»Ich denke schon.«

»So unsicher wie heute abend habe ich Sie noch nie gesehen, Miss James.«

Seine Bemerkung machte sie nervös. »Sie haben recht, Mr. Brannigan. Ich glaube, ich bin einfach nur müde. Am liebsten möchte ich jetzt nach Hause. Wenn Sie mich entschuldigen würden...« Sie wollte an ihm vorbeirauschen, aber da packte er sie am Arm, und sie bekam eine Gänsehaut.

»Ich würde mich an Ihrer Stelle vor Locke in acht nehmen. Er hat mit dem anderen Geschlecht wesentlich mehr Erfahrung gesammelt als Sie. Es besteht die Gefahr, daß Sie sich auf etwas einlassen, was Ihnen dann schnell über den Kopf wächst.«

Molly spürte, wie sie aufbrauste. »Und woher wollen Sie wissen, wieviel Erfahrung ich habe, Mr. Brannigan? Wie üblich geht Sie das hier nichts an. Wie ich mit Mr. Locke umgehe, ist ganz allein meine Angelegenheit. Ich würde Ihnen vorschlagen, daß Sie sich eher um Mrs. Roses Ruf den Kopf zerbrechen als um meinen!« Als sie sich von ihm losriß und in den Saal stürmte, glaubte sie ihn lächeln zu sehen. Wie so oft hatte sie alle Mühe, sich zu beherrschen. Dieser Schurke! Der Ruf der Witwe schien ihn nicht im mindesten zu interessieren, was ging ihn dann der ihre an?

Ohne sich noch einmal umzudrehen, machte Molly sich auf die Suche nach ihrem Onkel und schwor gleichzeitig, sich Sam Brannigan ein und für alle Mal aus dem Kopf zu schlagen.

»Ich weiß, Reverend Foley, daß dem Mädchen nichts Besseres hätte passieren können, als Sie zum Vormund zu kriegen.«

Jason wurde voll und ganz von Harriet Lewison mit Beschlag belegt. Sie war die Gattin von J. L. Lewison, Truckees angesehenstem Ladenbesitzer. Außerdem war sie die Schwatzbase schlechthin, und obwohl Jason sie persönlich ablehnte, wollte er sie aushorchen. Je mehr er über seine Nichte in Erfahrung bringen konnte, desto besser.

Harriet verdrehte ihre grauen Augen. »Ihr Vater hat sie praktisch sich selbst überlassen, nachdem die arme Colleen ermordet worden ist.«

Damit hatte sie Foleys Neugier angestachelt. »Wissen Sie, Mrs. Lewison, ich möchte mich schon seit langem einmal über diese Angelegenheit unterhalten, war aber auf der Suche nach jemandem, der die Sache vertraulich behandelt. Könnten Sie mich vielleicht aufklären? Ich meine, daß es nur zu Mollys Vorteil wäre, wenn ich über jenen tragischen Vorfall richtig Bescheid wüßte.«

Harriet strahlte vor Freude. »Oh, Reverend, da stimme ich Ihnen voll und ganz zu.« Sie schaute sich um und zog den Reverend dann wieder beiseite. »Der traurige Vorfall ereignete sich, als Molly sieben war. Keiner kennt die ganze Geschichte richtig, weil jeder der beiden Männer sie unterschiedlich erzählt. Aber Malcolm James sagte aus, daß Shamus Brannigan Colleen aus dem Haus gelockt habe und zwar mit einer Nachricht, daß Molly verletzt sei. Molly war mit diesem Mexikaner weggegangen… Oh, wie heißt er noch gleich?«

»Sanchez?«

»Ja. Nun denn, wie dem auch sei, Colleen hielt die Nachricht für echt. Als sie bei der alten Hütte eintraf, wo sie Molly zu finden hoffte, erwartete Shamus sie. Und drängte sich ihr auf – ich möchte hier nicht ins Detail gehen. Es reicht, wenn ich erwähne, daß Colleens Körper nur teilweise bekleidet war, als der Sheriff eintraf... Nun, Mal kam zufällig vorbei, und während er mit Shamus kämpfte, um seine Frau zu retten, zog Shamus die Waffe, die losging und Mollys Mutter tötete.«

»Furchtbar«, sagte Jason kopfschüttelnd. Eine Locke seines dunklen Haars fiel ihm in die Stirn, und Mrs. Lewison war darüber so entzückt, daß sie rot anlief. Jason lächelte und dankte Gott für sein Aussehen, das ihm bis jetzt immer nützlich gewesen war. »Aber Sie erwähnten auch, daß es noch eine andere Geschichte gab?«

»Ja.« Wieder blickte Harriet sich nervös um. Nachdem sie sich versichert hatte, daß die Gäste zur Musik tanzten und niemand zu ihnen herübergelaufen kam, fuhr sie mit ihrer Geschichte fort. Jason fiel auf, wie sehr sie die Situation genoß.

»Shamus Brannigan sagte aus, daß Colleen James vorhatte, sich von Mal scheiden zu lassen. Daß er und sie ineinander verliebt waren. Als Mal die beiden dann erwischte, habe er sie vor Wut erschossen. Doch die Jury schenkte seiner Version keinen Glauben. Die Kugel stammte aus Shamus' Gewehr, und schließlich war Colleen Katholikin. Sie wissen ja, wie diese Katholiken zur Scheidung stehen. Und Mal war so gramgebeugt, daß es fast unmöglich war, ihm nicht zu glauben. Da es aber keine anderen Augenzeugen gegeben hatte, und die Nachricht, die Shamus anscheinend geschickt haben soll, niemals auftauchte, bekam die Jury auf einige Fragen keine Antwort. So wurde Shamus wegen Totschlags zu drei Jahren Gefängnis verurteilt, starb aber nach dem ersten Jahr an Fieber.«

Jason Foley seufzte, da er die Geschichte als beunruhigend empfand. Kein Wunder, daß Vera sich nie genauer darüber ausgelassen hatte. Und nun war es ihm auch kein Rätsel mehr, warum Molly sich so verhielt. »Ich bin Ihnen sehr dankbar, Mrs.

Lewison. Es ist besser, wenn man diese unangenehme Geschichte so schnell als möglich vergißt, aber ich meine, daß ich die gute Molly nun wesentlich besser verstehen kann.«

»Ja, das arme Kind war ziemlich mitgenommen. Nachdem Colleen tot war, hat Mal sich kaum mehr um sie gekümmert. Die meiste Zeit war sie allein im Haus, ohne Aufsicht. Und dann hat er sie in ein Internat geschickt. Sie ist erst vor kurzem zurückgekehrt – aber das wissen Sie ja selbst.«

»Vielen Dank, Mrs. Lewison.« Er führte ihre Wurstfinger an seine Lippen und grinste selbstgefällig, als er sah, daß seine Galanterie sie erschaudern ließ.

»Onkel Jason.« Mollys warme, kehlige Stimme riß ihn aus seinen Gedanken.

»Sie kennen Mrs. Lewison, meine Liebe.«

»Aber natürlich.« Sie nickte der grauhaarigen Frau zu und wandte sich dann wieder an ihren Onkel. »Ich bin etwas müde, Onkel Jason, und die Fahrt nach Hause wird ziemlich lang. Würde es Ihnen etwas ausmachen, wenn...?«

»Sie haben ganz recht, meine Liebe. Dann wollen wir uns verabschieden und uns auf den Weg machen.«

Sie nickte ihm zu und hakte sich bei ihm unter. Heute abend sah sie noch hübscher als gewöhnlich aus. Ihre flammendroten Locken umspielten ihr zauberhaft geschnittenes Gesicht. Jason verspürte ein Ziehen in der Leistengegend und verfluchte sie für die Wirkung, die sie auf ihn hatte. Nur wenige Frauen hatten ihn so sehr betört wie seine Nichte. Natürlich war er sich darüber im klaren, daß das an ihrem ungebändigten Naturell lag, an der Rücksichtslosigkeit, die unter der ruhigen Oberfläche hervorblitzte, und an der Unehrenhaftigkeit, die sie geerbt hatte. Es fiel ihm wirklich schwer, sich nicht vorzustellen, wie sie mit gespreizten Beinen unter ihm lag, das rote Haar wie ein Fächer auf dem Kissen ausgebreitet. Ihr Locken war teuflisch, und er mußte diese Bilder aus seinem Kopf verbannen.

Den ganzen Abend über hatte er sich mit Männern unterhalten, die potentiell als Ehemänner für Molly in Frage kommen könnten. Aber wenn er sich dann vorstellte, daß sie mit ihr zusammen waren, gefiel ihm seine Idee gar nicht mehr. Diese Frau ging ihm ins Blut, das wußte er ganz genau, aber er konnte trotzdem nichts dagegen unternehmen.

Sie war die zu Fleisch gewordene Versuchung, vom Teufel geschickt, und er mußte den Dämon exorzieren, der in ihm wütete. Mit gemischten Gefühlen begleitete er sie zur Tür.

7. Kapitel

In der folgenden Woche stürzte Molly sich in die Arbeit. Morgens, wenn es noch dunkel war, stand sie auf und ritt ins Lager oder half Joaquin und den Cowboys auf der Weide.

Mit den Holzfällern hatte sie kaum mehr etwas zu tun, weil sie fürchtete, daß es Jumbo Reilly die Arbeit erschwerte, wenn sie dort hereinschneite. Mit den Cowboys war das etwas einfacher. Sie arbeiteten für Joaquin, und Molly war eben eine Frau, der er erlaubt hatte, mitzukommen. Und ihr war es egal, was die Männer dachten. Ihr ging es nur darum, mit der Ranch schwarze Zahlen zu schreiben – und Sam Brannigan zu vergessen.

Heute wollte sie im Schuppen arbeiten. Joaquin und die Cowboys waren auf die Weiden geritten, und Angel besuchte wie jeden Donnerstag ihre Schwester. Jason Fowley war in die Stadt geritten, Gott sei Dank. Tag um Tag fiel ihr der Mann mehr auf die Nerven. Der einzige Mann, der sie noch schneller auf die Palme treiben konnte, war Sam.

Sie stellte sich vor, daß der Strohballen Sam Brannigans Rükken war, was sie anstachelte, schneller als gewöhnlich mit der Mistgabel zuzustechen. Als Molly von ihrer Arbeit aufblickte, stellte sie zu ihrer Überraschung fest, daß Sam auf seinem großen Falben zum Schuppen geritten kam. Unter dem breitkrempigen Hut konnte sie sein Gesicht nicht erkennen, aber die muskulöse Gestalt auf dem Pferderücken gehörte unverkennbar ihm.

Als Sam abstieg, stellte Molly die Mistgabel an die Schuppenwand und wischte sich mit dem Handrücken den Schweiß von der Stirn. Insgeheim wünschte sie, daß sie sich am Morgen frisiert hätte. Doch als sie an sich herunterblickte und ihr die ausgeblichenen Jeans und das leicht verdreckte Arbeitshemd auffielen, mußte sie leise lachen. Eine hübsche Frisur hätte an ihrem Erscheinen nur wenig geändert.

»Guten Tag, Miss James.« Wie gewöhnlich rümpfte er die Nase, als sein Blick auf ihre Hosen fiel. »Wie immer hart bei der Arbeit, was?«

»Was kann ich für Sie tun, Mr. Brannigan?« Obwohl sie einen geschäftsmäßigen Ton anschlug, rutschte Molly das Herz in die Hose, als Sam näher trat. Wie er so neben ihr stand, war sie aufs Neue von seiner stattlichen Größe und seinem guten Aussehen beeindruckt.

»Ach, nennen Sie mich doch bitte Sam. Schließlich sind wir Nachbarn. Und außerdem hoffe ich, daß wir irgendwann Freunde sein werden.«

»Das möchte ich doch stark bezweifeln, Mr. Brannigan«, klärte sie ihn auf und sprach ihn absichtlich mit dem Nachnamen an. »Ich kann mir gut vorstellen, daß sich Ihre Freundlichkeit legt, wenn Sie Ihr Holz nicht mehr über den Paß zur Mühle transportieren können.«

Sam versteifte sich. »Vielleicht sollten Sie nicht so hart arbeiten, Miss James. Offenbar leidet Ihre Laune darunter. Ich bin vorbeigeritten, um Ihnen Ihren Kamm zu bringen. Das ist doch Ihrer?«

Molly nahm den perlenbesetzten Kamm aus seiner Hand. »Gott, ja, das ist er. Wo haben Sie ihn denn gefunden?«

»Im Garten des Cardwell-Hauses. An jenem Abend ist mir aufgefallen, daß Sie solche Kämme tragen.«

Da regte sich Mollys Schuldbewußtsein. Es war sehr nett von ihm, den weiten Weg zu reiten, nur um ihr den Kamm zu bringen. »Danke. Sie gehörten meiner Mutter, und ich hatte schon gefürchtet, daß der eine für immer verloren sei. Diese Kämme bedeuten mir sehr viel. Vater war immer dagegen, daß ich sie trug. Ich glaube, der Verlust meiner Mutter schmerzte ihn immer noch zu sehr.«

»Da bin ich sicher«, erwiderte Sam. In seiner Antwort schwang ein Hauch Zynismus mit, den Molly sehr wohl hörte.

»Nachdem, was mir mein Vater erzählt hatte, hatten auch Sie ein Auge auf sie geworfen.« Molly ärgerte sich darüber, daß sie so unbedarft herumgeplappert hatte. Sams höfliches Verhalten schwand dahin. Er war auf einmal so wütend, daß Molly beinahe zusammenzuckte.

»Ihre Mutter war eine außergewöhnlich schöne und charmante Frau. Mit siebzehn bewunderte ich sie, wie viele andere Männer auch. Falls Ihr Vater irgend etwas anderes erzählt hat, hat er gelogen.«

Als er so ihren Vater beleidigte, wurde auch Molly wütend. »Mein Vater hat mir erzählt, daß Sie ein Schürzenjäger sind, Mr. Brannigan. Und ich glaube, daß er recht hatte.«

Sam betrachtete sie kalt. Seine haselnußbraunen Augen wirkten im Augenblick fast schwarz. Er biß die Zähne zusammen und reckte den muskulösen Hals vor. Dabei bemühte er sich, sein aufbrausendes Wesen im Zaum zu halten. »Wie ich schon sagte, Miss James, Sie müssen noch eine Menge über Männer lernen.«

»Ich halte es für besser, wenn Sie jetzt gehen. Und wenn Sie mir in Zukunft etwas zu sagen haben, wenden Sie sich bitte an meinen Anwalt, Henry Thompson.«

»Sie sind entschlossen, Schwierigkeiten zu machen, nicht wahr? Entschlossen, die ganze grauenhafte Angelegenheit wieder aufzuwärmen.« Er packte sie am Arm und drückte sie an die Schuppenwand. »Wären Sie ein Mann, würde ich Sie solange prügeln, bis Sie zu Verstand kommen.«

Mollys hitziges Temperament stand dem von Sam nicht nach. Niemals würde sie sich von einem Brannigan unterkriegen lassen. »Nur zu, Mr. Brannigan. Sollten Sie auch nur ein bißchen nach Ihrem Vater kommen, dürfte es Ihnen kaum schwerfallen, eine Frau körperlich zu züchtigen!«

Jetzt war es um Sams Beherrschung geschehen. »Gott, Sie gefühlloses kleines Ding. Sie sind genauso kalt und herzlos wie Ihr Vater. Vielleicht sind diese Hosen doch das Richtige für Sie!« Auf seinen Lippen lag ein böses Lächeln. Er sonnte sich in ihrem Zorn und registrierte genüßlich, wie sich ihre Brüste vor Aufregung unter dem Hemd hoben und senkten. »Aber vielleicht steckt in Ihrem verlockenden Körper doch ein Hauch Weiblichkeit.«

Und da legte er den Arm um ihre Taille und riß sie an sich. Er küßte sie grausam und hart, bestrafte sie mit seinen Lippen, tat ihr weh, so wie sie ihm weh getan hatte. Molly versuchte, sich aus seiner Umarmung zu winden, spürte, wie seine Muskeln hart wurden, fühlte die Hitze seiner Lippen und merkte, wie seine feuchte Zunge ihre Lippen teilte und sich in ihren Mund bohrte. Sie wollte ihn hassen, wollte ihn schlagen, ihn verletzen, aber statt dessen bereute sie die grausamen Worte, die sie gesagt hatte. Überrascht bemerkte sie, daß tausend Schmetterlinge in ihrer Magengrube flatterten. Unbewußt öffneten sich ihre Lippen, so daß Sams Zunge tiefer in sie dringen konnte und sie mehr liebkoste als bedrängte.

Er preßte ihre Hände über ihrem Kopf zusammen und machte rückhaltslos weiter. Seine Lippen waren mittlerweile nicht mehr hart und brutal, sondern fühlten sich warm, weich und wunderschön an. Sein kurz getrimmter Bart streifte über ihre Wange. Er hörte nicht auf, sie zu küssen, entdeckte ihren Mund, kostete von ihr und erregte sie. Als er sie losließ, schlang sie die Arme um seinen Hals und hing an ihm, weil sie wußte, daß sie nicht loslassen konnte, weil ihre Knie wie Espenlaub zitterten. Er stöhnte leise auf, als sein Mund die Stelle hinter ihrem Ohr suchte, seine Lippen ihren Hals mit Küssen bedeckte.

Als seine Lippen schließlich wieder die ihren fanden, war Molly nicht mehr Herr ihrer Sinne. Seine Hände gruben sich in ihre üppige Haarpracht, die nun ungebändigt herunterhing. Er drängte sich mit seiner Brust so dicht an sie, daß sie Angst hatte, erdrückt zu werden. Aber das kümmerte sie nicht. Sie spürte, wie seine Hände über ihren Rücken bis zur Taille hinunterfuhren, sich bis zu ihren Pobacken vortasteten, sie noch fester heranzogen. Die zarten Küsse, die Molly bis jetzt mit anderen Männern ausgetauscht hatte, hatten sie nicht auf dieses Erlebnis vorbereitet. Sie ertrank in flüssigem Feuer. Sie zitterte, war vollkommen verunsichert und fühlte sich fast krank. Sie haßte dieses Gefühl – und genoß es zugleich.

Sam kämpfte gegen das Feuer der Leidenschaft an, das in seiner Seele brannte. Seit vielen Wochen wollte er dieses Mädchen – seit jenem Vorfall am Fluß. Tief im Innern hatte er gewußt, daß es so sein würde... und hatte trotzdem nicht wirklich daran geglaubt, weil er bis zu diesem Augenblick niemals so stark empfunden hatte. Am liebsten hätte er sie gleich hier vor dem Schuppen genommen, wild und leidenschaftlich, so wie sie es seiner Meinung nach auch wollte. Ihr Atem verriet ihm alles: sie war nicht mehr nur nett und liebevoll, sondern heiß und feucht und wollüstig. O Gott, wie er sie begehrte!

Während er sie glühend küßte, knöpfte er ihre Hemdbrust auf, fuhr mit seiner Hand in die Öffnung und liebkoste ihre weiche Haut. Seine Finger tasteten sich zu der harten Spitze ihrer Knospe vor. Da spürte er, wie sie unter seiner Berührung erschauderte, und hörte sie aufstöhnen. Doch dann wurde sie ganz steif und versuchte sich loszureißen.

»Hör auf, Sam! Bitte!«

Sie entzog sich ihm. Ihre blauen Augen funkelten.

Kopfschüttelnd wich sie vor ihm zurück, als verstünde sie nichts von dem, was gerade geschehen war.

»Molly, es tut mir leid«, entschuldigte er sich bei ihr mit schuldbewußter Miene. »Ich wollte nicht, daß das passiert.«

»Sag das nicht.« Immer noch wehrte sie ihn ab. »Sag bitte gar nichts mehr.«

»Molly, hör mich an!«

»Nein! Ich will nichts hören! Geh endlich weg und laß mich in Ruhe. Geh zurück zu deiner Witwe. Geh überall hin, wo auch immer du hin möchtest, aber komm nicht hierher!«

Sam starrte sie reglos an. Nur das wallende Blut pochte in seinen Adern. Und als lese sie seine Gedanken, fiel ihr Blick auf sein Becken, und sie errötete tief.

»O Gott«, flüsterte sie und wandte sich ab. Am liebsten wäre er zu ihr hinübergegangen und hätte ihr etwas Beruhigendes gesagt, aber er fürchtete, daß das alles nur noch schlimmer machte. Obwohl ihm ihre Leidenschaft entgegengeflammt war, schien sie doch noch unschuldig zu sein. Und so sagte er nur: »Es tut mir leid.«

Da schob er sich den Hut ins Gesicht und marschierte mit großen Schritten auf sein Pferd zu, das ganz in der Nähe geduldig wartete. Er mußte dem Mädchen Zeit lassen, sich über alles klar zu werden, aber dann würde er zurückkehren. Zwischen ihnen gab es vieles zu regeln, und genau darauf legte er in aller Entschlossenheit wert. Er wollte den Streit zwischen ihren beiden Familien begraben, wollte die Dinge in Ordnung bringen ... und jetzt wollte er auch noch diese begehrenswerte, junge Frau besitzen.

Als Sam davonritt, bekam Molly langsam wieder einen klaren Kopf. Gütiger Gott, was war nur in sie gefahren? Bis jetzt hatte sie es nie zugelassen, daß ein Mann sie so küßte – bis jetzt hatte sie es nicht gewollt. Aber wenn sie jetzt daran dachte, wie er sie berührt hatte, wenn sie an seine großen, gebräunten Hände dachte, die sie auf so intime Weise liebkosten, spürte sie, wie ihr Blut erneut in Wallung geriet. Mit Richard Anthony hatte sie sich nie so gefühlt. Aber bis jetzt war es sowieso noch nie jemandem gelungen, derlei Gefühlswelten in ihr entstehen zu lassen.

Sie war froh, daß sie ihn auf ihre Mutter angesprochen hatte, denn tief im Innern spürte sie, daß er ihr die Wahrheit gesagt hatte. Seine Aufrichtigkeit beruhigte sie aus unerfindlichem Grund. Doch dann sah sie im Geiste die zarte Haut, das glänzende blaßblonde Haar und das wunderschön geschnittene Gesicht der Witwe Rose.

Bei dieser Erinnerung mußte Molly stöhnen. Warum hatte sie

sich nicht gegen ihn zur Wehr gesetzt? Wieso hatte sie sich vor ihm zum Narren gemacht? Wahrscheinlich lachte er sich auf dem Heimritt halbtot über sie. Laut seufzend nahm Molly die Mistgabel in die Hand. Diesmal dachte sie an den schmalen Rücken der Witwe, als sie mit der Gabel in das Stroh stach.

Nur ein paar Minuten später hörte sie schwere Fußtritte. Zum zweiten Mal an diesem Tag legte sie die Mistgabel beiseite und lief in den dunklen Schuppen, um nachzusehen, wer sich dort herumtrieb. Vielleicht hatte einer der Cowboys früher zu arbeiten aufgehört. Als sich ihre Augen an die Dunkelheit gewöhnt hatten, erkannte sie ihren Onkel, und ihr Herz schlug vor Angst schneller.

»Onkel Jason... wann sind Sie zurückgekommen?« Stumm flehte sie Gott an, daß er erst zurückgekehrt war, nachdem Sam die Ranch verlassen hatte, aber als sie ihrem Onkel ins Gesicht blickte, kannte sie die Antwort bereits.

»Ich bin gerade noch rechtzeitig zurückgekommen, um Ihr anstößiges Betragen mit ansehen zu müssen. Ich bin gerade noch rechtzeitig zurückgekommen, und habe gesehen, was Sie mit diesem... diesem... Heiden angestellt haben! Ich bin gerade noch rechtzeitig zurückgekommen, um dem ein und für allemal ein Ende zu bereiten!« Während er mit ihr sprach, kreiste er um sie herum und schob sich dann zwischen sie und die Tür. Molly bekam es mit der Angst zu tun.

»Es war nicht das, wonach es aussieht, Onkel. Mr. Brannigan hat kurz die Beherrschung verloren, das ist alles. Er hat es nicht so gemeint. Bevor er ging, hat er sich entschuldigt. Das müßten Sie... doch gehört haben.«

»Nicht Mr. Brannigans Verhalten kümmert mich, Molly, sondern... Ihres.« Obwohl seine Stimme ganz ruhig klang, konnte sie an der Art, wie er seine Schultern hielt, an den Linien seines Gesichts seinen Zorn ablesen. Als er in das Licht eines Sonnenstrahls trat, das durch einen Riß in der Wand einfiel, konnte sie die glimmende Wut in seinen Augen deutlich sehen.

Sie mußte hier raus, mußte ihm entwischen. Er kam immer näher, drängte sie in die Ecke. Was, in Gottes Namen, hatte er nur vor?

»Es… es tut mir leid, Onkel. Das, was geschehen ist, bereue ich ebensosehr wie er«, bemühte sich Molly, ihm zu erklären. »Ich versichere Ihnen, daß das nicht mehr geschehen wird.«

Inzwischen hatte er sie an die Wand gedrängt, so daß sie nicht mehr fliehen konnte. »Was haben Sie denn mit mir vor?« fragte sie nervös. Wieder hatte er diesen befremdlichen Blick in den Augen.

Er lächelte angespannt. »Ich habe vor, Ihnen Ihre dämonische Lust auszutreiben. Ich gedenke, Sie von dem Bösen zu erlösen. Strafe ist göttliche Vergebung.«

Molly blickte sich um, suchte nach einem Ausweg, wußte aber, daß ihr nur die Konfrontation blieb. Und dann sah sie die Peitsche.

Zentimeter um Zentimeter rückte er näher, zog die Peitsche ganz hervor und hielt sie ihr hin, als sei sie ein heiliges Instrument. »Ich habe versucht, Ihnen Geduld entgegenzubringen, Molly, habe versucht, Ihnen meinen Standpunkt begreiflich zu machen. Sie haben sich geweigert, auf meine Warnungen zu hören, und jetzt sehen Sie ja, wohin Sie das gebracht hat. Es ist an der Zeit, daß Sie jemand bestraft, Molly. Es ist zu spät, als daß Sie sich ändern könnten. Ich bin die Hand Gottes. In Seinem Namen werde ich Sie bestrafen, damit Ihnen vergeben wird. Drehen Sie sich um, Molly. Drehen Sie sich um, und akzeptieren Sie Gottes Willen.«

Molly stand wie angewurzelt da. Sie traute ihren Ohren nicht. Die lange, dünne Peitsche schwirrte über ihrem Kopf, tanzte wie eine Kobra, gefangen in einem makabren Ballett. Das konnte doch einfach nicht wahr sein. Das hier war ein Alptraum, sie träumte nur schlecht. Wie benommen schüttelte Molly den Kopf, bemerkte dann aber den kalten bestimmten Blick ihres Onkels und wurde dadurch aus ihrer Lähmung gerissen. Sie versuchte an ihm vorbeizurennen, aber er umklammerte ihren Arm und bohrte seinen spitzen Finger in ihr Fleisch. Nun ließ er die

Peitsche fallen und schlug ihr mit dem Handrücken ins Gesicht, so fest, daß sie zu Boden fiel.

Sie konnte ihr eigenes Blut schmecken. Inzwischen vollkommen verängstigt, versuchte sie aufzustehen und wieder an ihm vorbeizustürmen. Da schlug er erneut zu, und stolpernd fiel sie und schlug mit dem Kopf gegen einen Holzbalken. Ihr wurde schwindelig, und ihr Kopf pochte schmerzhaft – und dann spürte sie die Peitsche.

»Nehmen Sie Ihre Strafe hin, Molly. Ziehen Sie Ihre Lehren daraus. Sie müssen nicht wollüstig sein. Gott wird Ihnen vergeben.« Die Peitsche pfiff durch die Luft. Molly drehte sich auf den Bauch und legte schützend die Arme über den Kopf. Ihr Rücken brannte bei jedem Schlag mehr, und sie mußte die Zähne zusammenbeißen. Zweimal versuchte sie, die Peitsche zu fassen zu kriegen, um sie Jason aus der Hand zu reißen, aber es gelang ihr nicht. Sie getraute sich nicht, aufzustehen, weil sie fürchtete, daß sie ohnmächtig werden würde und sich dann nicht mehr gegen die Züchtigung schützen konnte. Der dünne Hemdstoff hielt die Schläge nicht ab; die Peitsche riß ihn ebenso mühelos auf wie ihre Haut.

»Bereuen Sie, und Gott wird Ihnen vergeben. Bereuen Sie, und Sie werden errettet.«

Die Peitsche sang und schnitt in ihr Fleisch. Molly schrie immer und immer wieder auf, aber ihr Brüllen schien Foley nur anzufeuern.

Sie mußte aufstehen und gegen ihn ankämpfen. Ja, das mußte sie tun, aber sie konnte es nicht. Schmerz und Furcht nahmen ihr jede Kraft zum Widerstand.

»Ich bin Gottes rechte Hand, Molly. Ich muß Sie retten.« Die Züchtigung nahm kein Ende, und Molly hatte das Gefühl, in Qual zu ertrinken. Unablässig schlug er mit der Peitsche auf sie ein, bis ihre Haut mit einem Karo aus blutigen Striemen überzogen war. *Würde er denn niemals aufhören?* Mit einem Kloß im Hals wartete Molly darauf, daß die Bestrafung ein Ende nahm, und es dauerte einige Zeit, bis sie bemerkte, daß es tatsächlich vorbei war. Als sie sich umdrehte, war ihr Onkel schon verschwunden.

Schmerz legte sich wie ein Mantel über ihre Sinne. Am ganzen Körper zitternd, taumelte sie zur Türöffnung, weil sie fürchtete, daß er jeden Augenblick zurückkehren und weitermachen würde. Wenn es ihr gelang, zu True zu laufen, konnte sie fliehen. Fliehen! Das Wort verlieh ihr Kraft, war wie ein Leuchtturmlicht auf dunkler See. Sie schluckte schwer, legte zwei Finger auf die geplatzten Lippen und wollte pfeifen, brachte aber keinen Ton heraus. *True. Bitte, True, wo bist du? Ich brauche dich, Junge. Bitte, komm, zu mir.* Sie klammerte sich am Geländer fest und kämpfte gegen die drohende Ohnmacht an. Wieder versuchte sie zu pfeifen, aber kein Ton kam über ihre Lippen. Sie öffnete das Gatter. Und dann stand auf einmal True neben ihr, wiehernd und schnaubend, als spüre er ihre Angst.

Natürlich war sie viel zu geschwächt, um ihn zu satteln, außerdem wollte sie keine Zeit verschwenden, weil sie Angst hatte, daß ihr Onkel gleich wieder auftauchte. Da riß sie sich zusammen, kletterte mühsam auf das Holzgatter und ließ sich auf Trues Rücken gleiten. Ihr treues Pferd fühlte, daß etwas nicht stimmte, und lief langsam aus dem Pferch.

Sie trieb ihn auf die Weide zur Anhöhe hinaus, denn sie kannte ihr Ziel. Es gab nur einen Ort auf der Welt, der ihr Zuflucht bieten konnte – Sams Ranch. Sam. Er würde schon wissen, was zu tun war. *Sam. Sam. Sam.* Sie wiederholte seinen Namen, rezitierte ihn wie ein Gebet, weil sie wußte, daß er ihr helfen, sich um sie kümmern würde. Dieses Mal stellte sie ihre Gefühle nicht in Frage, weil sie dazu gar nicht die Kraft hatte. Molly konnte in ihrem Schmerz nur noch an ihn denken. Jeder andere Gedanke wurde automatisch ausgeschaltet. Sie drückte ihre Schenkel fest an Trues Bauch, als er die Anhöhe hochtrabte. Sie wählte die Abkürzung, obwohl das Gelände für sie zur Tortur werden konnte.

Das Blut auf ihrem Rücken geronn. Das Pochen in ihrem Kopf war nahezu unerträglich, die Lippen waren aufgesprungen und angeschwollen. Wie hatte das nur passieren können? Wie hatte ihre Tante so einen Mann heiraten können? Aber vielleicht war Vera ja nie dahintergekommen, was für ein Mann Jason Foley war.

Während des Rittes dachte Molly an Sam, an seine wohlmeinende Besorgtheit, die selbst dann noch augenfällig war, wenn er wütend wurde. Sam würde ihr niemals weh tun. Er würde ihr garantiert helfen. Als der nächste Ohnmachtsanfall näherrückte, krallte sie sich in Trues Mähne fest, damit sie nicht vom Pferd fiel. Sie schloß die Augen und sah vor ihrem geistigen Auge das verschwommene Bild eines riesigen goldenen Löwen, der ihr mit weit aufgerissenem Maul drohte, aber sie empfand keine Angst.

Dann nahm der Löwe plötzlich Sams Gestalt an. Er hielt sie in den Armen und tröstete sie. True stolperte in ein Erdloch und ging leicht in die Knie, so daß sie beinah das Gleichgewicht verloren hätte. Sie wußte mit Sicherheit, daß es ihr nicht noch einmal gelingen würde, auf den Rücken des Tieres zu steigen. Auf einmal fiel ihr auf, daß sie dieses Wegstück nicht kannte. Hatte sie sich verirrt? Molly war am Ende ihrer Kräfte, ihr Kopf schmerzte unerträglich, der Rücken machte ihr zu schaffen.

Wenn sie nur den gewohnten Pfad eingeschlagen hätte, dann hätte sicher irgend jemand sie gefunden. Sie wußte, daß Joaquin sich auf die Suche machen würde, sobald ihm auffiel, daß sie verschwunden war. Aber die Abkürzung kannten nur wenige. In den tiefen Spalten konnte sie tagelang liegen, ohne gefunden zu werden. Wieder spürte sie den Kloß im Hals und drängte True weiter. Irgendwie würde sie nach Cedar Creek kommen, und dann würde sie mit Jason Foley abrechnen.

Foley würde es niemals gelingen, sie zu besiegen. Niemandem würde das gelingen. Sie legte den Kopf auf Trues Hals und betete zu einem Gott, dessen Diener Jason nicht war, daß sie den langen Ritt zur Cedar Creek Ranch... und zu Sam überstand.

»Na, Junge, es tut gut, dich wieder zu Hause zu haben.« Sam klopfte seinem jüngeren Bruder auf die Schulter, als er ihn in das Wohnzimmer des weitläufigen Hauses führte.

»Es ist wirklich schön, wieder daheim zu sein, Sam. Ob ihr es glaubt oder nicht, ich habe euch beide vermißt.«

Emmet trat näher und nahm den jungen Mann in seine Arme. »Du siehst richtig gesund aus, mein Junge.«

Peter Brannigan lächelte. Die letzten Jahre, die er mit dem Jurastudium zugebracht hatte, hatte er wirklich genossen, aber trotzdem freute er sich, wieder in seiner Heimat zu sein.

»Ich dachte, du würdest erst heute abend kommen«, sagte Sam.

»Das Treffen in Virginia City wurde abgesagt, deshalb bin ich früher angekommen. Hielt es für eine gute Möglichkeit, unangemeldet hereinzuschneien und mich davon zu überzeugen, ob ihr meine Interessen richtig vertretet. Schließlich bin ich ab jetzt ja der Berater dieser Familie, nicht wahr?«

»Ja, das bist du, Junge«, versicherte Emmet ihm. »Bin mir sicher, daß du die Sache gut machen wirst.«

Peter grinste übers ganze Gesicht. Natürlich würde Sam auch in Zukunft die Entscheidungen treffen, so wie er das in den letzten zehn Jahren getan hatte. Und das war Peter auch ganz recht so. Sam wußte, was die Arbeit auf der Ranch und das Holzfällen betraf, mehr als gut Bescheid. Er hatte Cedar Creek zu dem Imperium gemacht, das es heute war. Aber Peter war jetzt Anwalt und wollte es sich zur Aufgabe machen, die Interessen der Familie zu schützen, indem er darauf achtete, daß die zahllosen Verträge und rechtlichen Dokumente hieb- und stichfest waren, die Sam Jahr um Jahr zu unterzeichnen hatte. Dabei konnte er der Familie nützlich sein, das wußte Peter. Und selbstverständlich wußte er auch, wie stolz Sam auf ihn war.

Harvard war Sams Idee gewesen, und der Vorschlag war Peters Zielen nur zupaß gekommen. Er liebte das Stadtleben. Sam und Emmet waren Landeier, auch wenn Sam über eine umfassendere Bildung als Emmet verfügte. Peter hatte vor, in Sacramento eine Anwaltskanzlei zu eröffnen, da das nicht weit von der Ranch und seinen Brüdern weg und dennoch eine zivilisierte Stadt mit all den dazugehörigen Vorteilen war. Außerdem war

Sacramento die Hauptstadt von Kalifornien. Peter wußte, daß Sam die Hoffnung hegte, daß er sich in der Politik profilierte, und auch diese Idee kam Peters Natur sehr entgegen.

»Du mußt nur darauf achten, daß diese Heinis aus dem Osten uns arme, alte Landjungs nicht über den Tisch ziehen.« Emmet grinste Peter an, der wiederum Sam angrinste.

»Wäre für etwas Hilfe beim Kofferreintragen ganz dankbar«, rief Peter schon auf dem Weg zur Haustür. Sam und Emmet kamen seiner Bitte sofort nach. Peter beäugte seinen ältesten Bruder sorgfältig, als er mühelos zwei schwere Ledertaschen von der Ladefläche des Zweispänners hievte. Sam war ihm wie ein Vater gewesen. Shamus war im Gefängnis gestorben, als er gerade neun geworden war. Zwei Jahre später war Sam aus dem Krieg zurückgekehrt und ziemlich bekümmert gewesen, als er herausfand, daß die Ranch in finanziellen Schwierigkeiten steckte und der Vater gestorben war. Patent, wie er nun einmal war, hatte er sofort die Ärmel hochgekrempelt, die Zügel in die Hand genommen und die Ranch vor dem finanziellen Ruin gerettet, was die Liebe und den Respekt seiner beiden Brüder noch verstärkte.

»Lee Chin kocht seit Tagen schon für dich«, sagte Sam, als er mit dem Gepäck durch die Tür stürmte. »Er sagt, daß du ein bißchen Speck anlegen sollst.«

»Ja, du hast aber kein Gewicht zugelegt.« Aus Spaß bohrte Peter seinen Zeigefinger in Sams Rippen. »Ich dachte, daß die Witwe dich inzwischen weggeheiratet hätte und du fett und zufrieden geworden seist.«

»Keine Chance, Junge. Du weißt doch, daß ich nicht fürs Heiraten geschaffen bin. Das überlasse ich lieber Emmet.«

Emmet kicherte in sich hinein, und sein korpulenter Körper tanzte im Takt, als er weitere Taschen auf dem Boden abstellte. »Das würdest du nicht sagen, wenn du eine Frau wie Patience hättest, Sam. So eine Frau hält einen Mann im Winter warm – und zaubert ein Lächeln auf sein Gesicht!«

Sam lachte aus vollem Herzen. »Unglücklicherweise scheint es nicht viele Frauen wie Patience zu geben.«

»Da hast du aber verdammt recht, Sam«, stimmte Peter zu.

»Ihr und die Kinder kommt doch auf jeden Fall zum Abendessen herüber«, sagte Sam zu Emmet. »Denn sonst können wir eine Woche lang Schweinerippchen essen.«

»Natürlich. Außerdem weißt du ja, wie gern Emmet Junior Lee Chins Rippchen mag.«

»Ach, da fällt mir etwas ein«, sagte Peter und lief schon wieder Richtung Tür. »Für den kleinen Emmet habe ich was mitgebracht. Das ist allerdings immer noch draußen in meinem Sack.«

»Warte«, rief Emmet ihm hinterher. »Ich komme mit.« Die beiden Männer machten einen großen Bogen um all das Gepäck, das den Eingang versperrte.

Sam war richtig stolz, als er seinen Brüdern hinterher blickte. Er konnte sich glücklich schätzen, so eine Familie zu haben. Sich glücklich schätzen, daß er von so vielen Menschen geliebt wurde. Und da fiel ihm wieder Molly James ein, die in den letzten Jahren auf all das hatte verzichten müssen. Er kannte die Wahrheit über Mal James und konnte verstehen, warum Molly sich ihr nicht stellen wollte. Mal hatte für seine Tochter kaum Zeit erübrigt und sie statt dessen weggeschickt, damit er sich nicht um sie kümmern mußte. Ohne seine Liebe und Unterstützung war sie hart geworden. Und sie war in der Tat eine harte Lady. Aber ihr Kuß hatte ihm verraten, was er schon lange vermutet hatte. Molly hatte all ihre Gefühle weggeschlossen, tief in sich vergraben. Doch Sam wußte nun um diese Gefühle und wartete nur auf den Augenblick, wo er sie aus ihr herauslocken konnte. Natürlich war das keine leichte Aufgabe: dazu brauchte es jemanden, der besonders war, jemanden, der bereit war, die Mühe auf sich zu nehmen...

Aber eine Frage stellte sich da: wollte er wirklich derjenige sein? Bis jetzt war er nicht zu einer Hingabe in dieser Form bereit gewesen. Aber da hatte er Molly James auch noch nicht gekannt.

»Sam! Komm schnell!« Emmets rauchige Stimme riß ihn aus seinen Gedanken. »Schnell! Wir haben Schwierigkeiten!«

8. Kapitel

Sam lief zur Tür hinaus und sah den sorgenvollen Gesichtsausdruck seines Bruders. Erst dann registrierte er den schnaubenden Rappen, der auf dem Vorplatz nervös herumtänzelte.

»Läßt mich nicht an sich ran«, sagte Emmet, der leise auf das Tier einredete. »Puh, Junge. Ruhig, ganz ruhig. Wir werden dir nichts tun.«

»Laß mich mal machen.« Sams Herz bekam einen Stich, als sein Blick auf den zierlichen Rotschopf fiel. Molly hielt sich wie eine Ertrinkende an der Mähne des Pferdes fest. »Das Pferd kennt mich. Vielleicht läßt er mich an sich heran.«

Vorsichtig näherte Sam sich dem großen Tier. Er wollte um jeden Preis verhindern, daß das Pferd einen Satz machte und das Mädchen herunterfiel. »Sachte, True. Ich will sie doch nur herunterheben. Ich werde mich um sie kümmern, das verspreche ich.« Er streichelte den wohlgeformten Hals des Tieres, spürte, wie es zitterte. True verdrehte die Augen, bis das Weiß der Augäpfel zu sehen war, wich aber nicht vor Sam zurück.

»Es ist alles gut, True«, besänftigte Sam den Rappen. »Molly, ich bin's, Sam.« Er rückte noch ein Stück näher und wollte sie vom Pferd heben, als er bemerkte, daß sie die Mähne nicht losließ. Ihr üppiges, rotes Haar war blutverkrustet und hing wirr herunter.

»Heiliger Bimbam!« fluchte Sam. »Was für ein Tier würde das hier tun?« Sein Blick wanderte über den blutigen Rücken des Mädchens, über die blauen Flecken, die ihr Gesicht verunstalteten, über die aufgerissenen und geschwollenen Lippen. Fürs erste schluckte er seine Wut hinunter, löste Mollys Finger aus der Mähne und nahm sie auf die Arme.

»Sam?« Ihre Stimme war kaum mehr als ein brüchiges Flüstern.

»Ich bin ja da, Molly.« Ihr schmales Gesicht lag an seiner Brust. Er spürte, daß die Wunden auf dem Rücken wieder aufgerissen waren, weil seine Hemdsärmel von einer warmen Flüssigkeit getränkt wurden. Sam trug das verletzte Mädchen ins Haus. Ohnmächtiger Zorn wütete in ihm, ein Gefühl, das er seit dem Tod seines Vaters nicht mehr gekannt hatte. Sam und Peter liefen mit blassen, ernsten Gesichtern hinter ihm her.

»Sam, schick einen der Wächter nach Doc Weston«, trug Sam seinem Bruder auf.

»Kein Doktor!« rief Molly und wollte sich aufrichten.

»Molly, führ dich nicht wie ein Narr auf.«

»Kein Doktor, Sam.« Mit ihrer Zungenspitze benetzte sie die trockenen Lippen. »Sonst... steige ich wieder aufs Pferd, das schwöre ich.«

Sam atmete tief durch und sprach dann mit Emmet, der Molly mit ungläubigem Entsetzen betrachtete. »Wahrscheinlich werden wir auch ohne den Doktor zurechtkommen. Laß es fürs erste gut sein.« Dann lief er um Peters Taschen herum, jagte die Treppe hoch und schob eine Schlafzimmertür mit dem Stiefel auf. Peter ging an ihm vorbei und riß die Laken zurück. Sam legte Molly mit dem Gesicht nach unten auf das Bett und zog ihr dann vorsichtig die Stiefel aus. »Sag Lee Chin, daß er Kamille und Schweinefett verrühren soll, und mir einen Krug Wasser und ein paar Handtücher bringt – ach ja, und eine Schere und ein paar Mullbinden.«

»Wer ist sie?« fragte Peter, als Emmet aus dem Zimmer gegangen war.

»Molly James«, antwortete Sam steif.

Da kam Lee Chin mit dem Wasser und den Handtüchern ins Zimmer getreten. Seine dunklen Schlitzaugen wurden riesengroß, als er die blutende Frau auf dem Bett sah. »Ich hole die Kamille.«

Sam nickte nur, und der kleine Chinese ging wieder.

»Was, zur Hölle, glaubst du, ist ihr zugestoßen?« fragte Emmet, als er wieder ans Bett trat.

»Das weiß ich nicht, aber ich werd's schon noch herauskriegen.«

»Patience ist drüben bei Mrs. Colby, Sam«, sagte Emmet. »Sieht aus, als müßtest du den Doktor spielen – es sei denn, du willst, daß Lee Chin das übernimmt.«

»Ich werde es tun«, antwortete Sam mit tonloser Stimme. Selbst wenn er nicht den Verdacht gehabt hätte, daß die Schläge, die das Mädchen abbekommen hatte, etwas mit ihm zu tun hatten, hätte er nicht zugelassen, daß sich ein anderer um sie kümmert. Der Gedanke an eine Mitschuld plagte ihn sehr.

»Wir werden unten warten«, schlug Peter vor. Sein Gesicht hatte einen leichten Grünton, was Emmet verriet, daß Molly noch schlimmer aussah, als er wahrhaben wollte. Wieder nickte er, und Emmet brachte Peter hinaus. Als die Tür geschlossen war, widmete Sam seine ganze Aufmerksamkeit dem Mädchen, das stumm auf dem Bett lag. Molly hatte die Augen offen und starrte geradeaus ins Leere. Sam fragte sich, was sie wohl dachte.

»Du kommst schon wieder in Ordnung, Mädchen. Ich werde deine Wunden jetzt sauber machen und dann etwas Medizin auf deinem Rücken auftragen.«

»Könnte ich einen Schluck Wasser haben?« fragte sie. Das Schlucken fiel ihr ziemlich schwer.

»Natürlich.« Er stützte ihren Kopf und hielt die Tasse an ihren Mund. Die kühle Flüssigkeit erfrischte sie.

»Danke«, flüsterte sie, schloß dann die Augen und verlor das Bewußtsein, was in diesem Fall nur gut war.

Sam murmelte leise ein Gebet, denn er wollte, daß sie so wenig wie möglich litt. Dann machte er sich ans Werk. Behutsam schnitt er das blutgetränkte Hemd Stück um Stück auf. Er bemühte sich, ruhig zu bleiben, aber seine Hand zitterte leicht. Als er die Stoffetzen herunterzupfte, fiel sein Blick auf ihre beiden wohlgeformten Brüste, die von köstlichen, pinkfarbenen Knospen gekrönt wurden. Egal, wie sehr er gegen das Bild ankämpfte, es kehrte doch immer wieder zurück, nachdem sie sich wieder auf den Bauch gedreht hatte.

Er schob die schweren Reithosen über ihre Hüften und bemühte sich, die runden Kurven ihres Gesäßes nicht zu betrachten. Da er entschieden hatte, ihre Würde zu wahren, ließ er sie das spitzenbesetzte Höschen anbehalten, obwohl ihm aufgefallen war, daß die Peitsche auch das zarte Fleisch, das darunter verborgen war, aufgerissen hatte.

Sich zu beherrschen fiel ihm überhaupt nicht leicht, obwohl er sich darüber im klaren war, daß ihm im Augenblick gar keine andere Wahl blieb. Aber wenn ihm erst einmal die Identität des Peitschenschwingers bekannt war, wollte er dem Mann Sinn und Verstand einprügeln.

Sam wischte das Blut von Mollys Rücken, tupfte die verklebten Haarsträhnen ab und legte sie auf das Kopfkissen. Bald war das Wasser in der Schale blutrot. Lee Chin hatte vorgesorgt und mehrere Krüge und Handtücher hochgebracht. Jetzt kam er gerade in das Zimmer und trug die selbstangerührte Kamillencreme, medizinischen Alkohol und eine Flasche Whisky ans Bett.

Als Sam sie mit dem brennenden Alkohol abtupfte, richtete Molly sich vor Schmerz auf, und wieder konnte Sam ihre vollen, runden Brüste sehen.

»Es tut mir leid, Mädchen«, entschuldigte er sich und drückte sie sanft auf die Matratze zurück.

Einen Moment lang war Molly total verwirrt. Wo war sie? Und warum brannte ihr Rücken wie das Fegefeuer in der Hölle? Als sie Sams Gesicht erkannte, beruhigte sie sich ein wenig und fühlte sich etwas erleichtert, obwohl sie nicht wußte, warum. Langsam kam sie wieder zu Kräften, und nun konnte sie sich auch daran erinnern, was vorgefallen war. Als sie an sich hinunterblickte, sah sie, daß ihre Brüste entblößt waren, und sie lief puterrot an und drückte sofort das Kissen an sich.

Sam zog ihr das Laken bis zur Taille hoch. »Ich hoffte, daß du durchschlafen und nichts mitkriegen würdest«, sagte er zu ihr. »Ich weiß, daß es schlimm brennt, aber ich fürchte, uns bleibt nichts anderes übrig. Wir müssen verhindern, daß du eine Infektion bekommst. Trink einen Schluck von dem Whisky. Das wird ein wenig helfen.«

Molly fügte sich und nippte an dem Alkohol. Der Whisky brannte in ihrer Kehle, so daß sie eine Grimasse schnitt. Ihr Rükken brannte immer noch wie Feuer, aber der Schwindel ließ langsam nach, und da sie jetzt wußte, daß sie in Sicherheit war, fühlte sie sich schon etwas kräftiger.

»Bereit?« fragte Sam und lächelte ihr zu.

Molly nickte tapfer. Als er ihre Wunden mit Alkohol abtupfte, verzog sie das Gesicht, und Sam litt jedes Mal aufs Neue mit ihr. Molly biß in das Kissen, um die Schmerzensschreie zu ersticken.

Doch als Molly dann spürte, daß Sam das Laken herunterzog und sich an ihrem Höschen zu schaffen machte, packte sie die Wut, und sie schrie ihn an.

»Was hast du denn jetzt vor?« wollte sie erfahren.

Sam konnte sich ein Lächeln nicht verkneifen. »Ich tupfe dein Hinterteil mit Alkohol ab. Laß mich jetzt bitte weitermachen. Ich verspreche, daß ich die Augen schließe.«

Molly gab nach, denn sie wußte ganz genau, daß Sam recht hatte. Sie schmiegte sich an ihr Kissen und versuchte, die Schmach zu überspielen. Der Alkohol brannte wie Feuer auf ihrem Rücken und sie hätte am liebsten laut herausgeschrien, doch stolz, wie sie nun einmal war, wimmerte sie nur leise.

»Du kannst ruhig weinen«, sagte Sam und preßte den Korken in den Flaschenhals.

»Ich weine nie. Ich weiß nicht mal mehr, wie es geht.«

»Nie?« hakte Sam nach und griff nach der Kamille.

»Nicht seit meine Mutter gestorben ist.«

Sam brach beinah das Herz.

»Jetzt wird es gleich nicht mehr brennen«, versprach er und rieb ihren Rücken vorsichtig mit der Kamillencreme ein. »Dann werde ich einen Verband anlegen, und hinterher kannst du ein wenig schlafen.« Beim Eincremen spürte er, wie sich ihre verkrampften Muskeln unter seinen Fingerkuppen lockerten. »Bevor ich aber verschwinde, Molly, will ich wissen, wer das hier getan hat.« Auf einmal zitterten seine Hände wieder vor Wut.

»Nein.«

»*Nein!* Was meinst du mit nein? Verdammt noch mal, ich will erfahren, wer dir das angetan hat!« Sam biß die Zähne zusammen und bemühte sich, die Beherrschung nicht zu verlieren.

»Das geht dich nichts an, Sam. Sobald ich wieder gesund bin, werde ich mich selbst um die Angelegenheit kümmern.«

Sam blickte die junge, zierliche Frau auf dem Bett fassungslos an. Sie wollte sich selbst darum kümmern! Das konnte doch nur ein Witz sein. »Was, in Gottes Namen, bringt dich denn auf die Idee, daß du beim zweiten Mal mit diesem Dreckskerl besser fertig wirst als beim ersten Zusammentreffen?«

Als Molly sich zu Sam umdrehte und ihm einen Blick aus ihren runden blauen Augen zuwarf, lief es Sam eiskalt den Rücken hinunter. »Weil ich nächstes Mal eine Waffe haben werde.«

Weil er nicht glauben konnte, was er da hörte, kniete Sam sich neben das Bett. »Hör mal zu, Molly. Laß mich dir helfen. Sag mir, wer das getan hat.«

»Nein.«

»Dann sag mir wenigstens, warum nicht.«

Molly antwortete ihm nicht.

»Es lag an dem, was zwischen uns vorgefallen ist, nicht wahr?« Er legte seine große Hand ganz sanft auf ihre Wange und drehte ihren Kopf, so daß sie ihn anschauen mußte.

Molly schwieg beharrlich.

»Ist es nicht so gewesen?« rief er laut.

Sie schloß die Augen.

»Teufel noch mal, erzähl es mir!«

»Ja«, flüsterte sie. »Er hat gesehen, wie wir uns geküßt haben.«

»Wer?« fragte Sam, der vor Zorn fast erstickte. »Wer hat gesehen, daß wir uns geküßt haben? Joaquin? Joaquin würde dir das doch nie im Leben antun.«

Molly schüttelte den Kopf. »Ich kann es dir nicht sagen.«

Und auf einmal wußte Sam Bescheid. »Der Reverend«, sagte er. In seiner Stimme lag eine Kälte, die Molly bis jetzt noch nicht kannte. »Der ist auch auf dem Tanzfest gewesen. Ich habe mich kurz mit ihm unterhalten. Er ist dein Vormund, nicht wahr?«

»Hör auf mich, Sam.«

»Jason Foley hat das getan!«

»Hör auf mich, Sam!« brüllte Molly. »Ich kann nicht zulassen, daß jemand erfährt, was geschehen ist. Viel zu lange habe ich darum gekämpft, daß die Männer mich respektieren. Das würde alles zunichte machen. Dann denken sie, ich sei schwach, ich könne nicht auf mich aufpassen. Ich kann nicht zulassen, daß sie erfahren, daß Jason Foley mir das hier angetan hat!«

In ihrem Blick lag pure Verzweiflung, die Sams inneren Aufruhr ein wenig besänftigte.

»Ich muß doch an die Lady Jay denken«, sagte sie. »Bitte, Sam, versprich mir, daß du's niemandem erzählen wirst, mich nicht verraten wirst.«

»Molly, du kannst doch nicht im Ernst erwarten, daß ich das einfach so hinnehme. Schließlich habe ich dir die Suppe eingebrockt.«

»Du mußt es aber hinnehmen. Nicht einmal Joaquin kann ich's erzählen, weil er sonst versuchen würde, Foley zu töten.«

»Das kann ich ihm nicht verdenken.«

Molly griff nach Sams Hand. »Gibt es einen Platz, wo ich ein paar Tage lang bleiben kann? Nur solange, bis ich gesund genug bin, um nach Hause zu können. Ich weiß, daß das sehr viel verlangt ist, aber an wen sonst könnte ich meine Bitte richten.«

»Wir sind Nachbarn, Molly. Natürlich helfen wir einander. Ich weiß, daß du das nicht glaubst, aber so ist es nun mal.«

Molly wurde fast von ihren Schuldgefühlen überwältigt. »Wenn ich es mir richtig überlege, könntest du mich auch nach Truckee bringen. Ich könnte ja im Hotel wohnen.«

»Das ist doch Unsinn, Molly. Du wirst hier bleiben.«

»Aber begreifst du denn nicht, Sam. Selbst wenn du mir hilfst, wird das gar nichts ändern. Ich... ich meine die Klage und alles. Da muß ich durch und zwar um jeden Preis.«

Der große Mann konnte nur noch ungläubig staunen. Ihre Augen flehten ihn um Verständnis an. Schweigend verband er ihren Rücken und ging dann wortlos zur Tür.

»Ruh dich erst einmal aus, Mädchen«, riet er ihr resigniert. »Ich werde jemanden zur Lady Jay hinüberschicken. Der kann deinem *Vormund* sagen, daß Patience krank ist und du ein paar Tage bei ihr bleiben wirst. Das wird er garantiert verstehen.«

»Danke«, hauchte sie.

Sam warf ihr einen letzten Blick zu, bevor er aus dem Zimmer stolzierte.

Emmet und Peter standen sofort auf, als Sam die Treppe hinuntergestiegen kam.

»Wie geht es ihr?« fragte Emmet.

»Ich glaube, daß sie bald wieder gesund sein wird. Die Narben werden natürlich noch eine Zeitlang zu sehen sein, aber sie sind nicht von Dauer. Am Kopf hat sie eine ziemlich große Beule. Wir sollten immer mal wieder nach ihr sehen.« Sam ließ sich in seinen braunen Ledersessel fallen, und seine beiden Brüder nahmen wieder auf der Couch Platz.

»Was hat sie gesagt, wer's getan hat?« fragte Emmet.

»Sie hat nichts gesagt«, antwortete Sam und spürte, wie der Zorn wieder in ihm hochkochte.

Emmet sprang auf. »Zum Teufel noch mal, warum denn nicht?«

»Weil sie Angst hat, daß es ihre Autorität bei den Holzfällern untergraben wird. Über diese verfluchte Ranch macht sie sich mehr Sorgen als über sich. Und das Schlimmste daran ist, daß sie auch noch recht hat. Es hat sie verdammt viel Mühe gekostet, bis sie die Männer dazu gebracht hat, für sie zu arbeiten. Wenn der Vorfall herauskommen sollte, wird das nur die Tatsache unterstreichen, daß sie eine Frau ist.«

»Manchmal frage ich mich, ob sie überhaupt eine ist«, murmelte Emmet. »Die meisten Mädchen wären in Tränen ausgebrochen und hätten gejammert, aber sie natürlich nicht. ›Kein Doktor‹, sagte sie, ›oder ich steige wieder aufs Pferd.‹ So was habe ich in meinem ganzen Leben noch nicht gehört. Genau wie an dem Tag, als du ihr einen Kinnhaken verpaßt hast.«

»Was?« Jetzt sprang auch Peter auf und warf Sam einen anklagenden Blick zu. »*Du* hast sie auch geschlagen?«

»Jetzt beruhige dich wieder, Peter.« Sam seufzte verzagt, weil er sich augenblicklich wieder schuldig fühlte. »Sie hat auf dem James-Paß auf uns geschossen. Und da sie Hosen trug, habe ich sie für einen Mann gehalten.«

»In den Adern dieser Frau fließt statt Blut Eiswasser«, sagte Emmet und ließ sich kopfschüttelnd auf das Sofa fallen.

Sam dachte an ihren blutverschmierten Rücken, hatte aber keine Lust, Emmet zu berichtigen. »Sie muß für ein paar Tage irgendwo unterkommen, Emmet. Bei mir kann sie nicht bleiben. Glaubst du, daß Patience etwas dagegen hätte, sie bei euch aufzunehmen?«

»Tja, Patience hat sich ziemlich aufgeregt, als sie von der Klage erfahren hat. Du weißt ja, wieviel ihr an der Familie und allem liegt. Aber ich denke schon, daß sie einverstanden sein wird, wo Miss James jetzt auf unsere Hilfe angewiesen ist. Außerdem verraucht Patiences Wut ja immer recht schnell. Und Miss James wird die Klage jetzt doch zurückziehen.«

»Nein, das wird sie nicht«, klärte Sam ihn auf. »In diesem Punkt ist Miss James hart geblieben. Aber sie ist trotzdem unsere Nachbarin, deshalb können wir sie nicht einfach so hinauswerfen... Und schließlich ist es meine Schuld, daß sie geschlagen wurde.«

»Deine Schuld!« rief Peter. »Die ganze Sache wird von Minute zu Minute unglaublicher. Warum ist es deine Schuld?«

Sam fuhr sich mit den Fingern durch das goldblonde Haar. »Ich bin sie heute besuchen gegangen. Um ihren Kamm vorbeizubringen. Zumindest redete ich mir das ein. Außerdem wollte ich sie überreden, die Klage fallenzulassen. Tja, und ich fürchte, dann habe ich ein bißchen über die Stränge geschlagen... und sie... nun, und sie geküßt.«

»Du hast sie geküßt?« Emmet kam aus dem Staunen nicht mehr heraus.

»Ja.« Sam begegnete Emmets fragendem Blick. »Und ich kann

euch versichern, daß in den Adern der Lady kein Eiswasser fließt.«

»Ich finde sie bezaubernd«, warf Peter ein.

»Und ich warne dich, Sam.« Emmet trat vor Sams Sessel. »Diese Frau bringt nichts als Schwierigkeiten. Patience wird gar nicht glücklich darüber sein, daß man ihr Molly James zuschiebt.«

Zum ersten Mal lächelte Sam. »Da würde ich mich mal überraschen lassen. Miss James kann sich bei einem einschmeicheln, bevor man weiß, wie einem geschieht. Nicht einmal Patience dürfte es leicht haben, sich ihrem Charme zu entziehen.«

»Die bringt nur Schwierigkeiten, das kann ich dir sagen. Sieh dir doch mal das Durcheinander an, das sie schon gestiftet hat. Die interessiert sich nur für die Ranch. Noch nie im Leben ist mir jemand über den Weg gelaufen, der derartig vom Erfolgszwang besessen ist.«

Jetzt mußte Peter grinsen. »Mal abgesehen von Sam, als er aus dem Krieg heimgekommen ist.«

Sam und Emmet mußten laut lachen. »In diesem Punkt hast du recht, Junge«, sagte Sam. »Ich werde versuchen, das nicht zu vergessen.« Er stand auf und ging Richtung Tür. »Jetzt werde ich mich erst einmal um das Pferd des Mädchens kümmern. Die wird mir's mit der Peitsche geben, wenn ihm etwas zustößt.« Und als er durch die Tür ging, riß er noch schnell seinen Hut vom Ständer.

»Es ist außerordentlich nett von Ihnen, mich hier bei Ihnen aufzunehmen, Mrs. Brannigan.« Molly hatte zwei Tage bei Emmet und Patience verbracht. Inzwischen schmerzten ihr Rücken und Kopf kaum mehr, weshalb sie entschieden hatte, morgen auf die Lady Jay zurückzukehren.

»Wir sind Nachbarn, Miss James, und Nachbarn sollten sich helfen.«

Die braunhaarige Frau blickte nicht von ihrer Stickerei auf. Die beiden Frauen saßen auf der großen, überdachten Veranda vor dem weitläufigen Blockhaus, das Emmet und Patience zum Heim gemacht hatten.

»Genau das hat Sam auch gesagt.«

»Sam ist ein guter Mann, Miss James. Vielleicht sollten Sie mehr auf das hören, was er zu Ihnen sagt.«

Molly überging die Bemerkung der blaßhäutigen Frau, aber ihre Schuldgefühle wurden trotzdem wieder angeheizt. Sam war so gut zu ihr gewesen, hatte sich um sie gekümmert, und zum Dank machte sie ihm und seiner Familie das Leben schwer. Aber auf der anderen Seite hatten die Brannigans den James' das Leben auch nicht gerade leicht gemacht.

»Aber die Mitglieder der James–Familie sind ja noch nie gute Nachbarn gewesen«, fügte Patience etwas spitzzüngig hinzu und stand von dem Schaukelstuhl auf. Emmet Brannigans Frau war eine ansehnliche Frau, obwohl sie zur Üppigkeit neigte. »Ich bin gerade beim Marmeladeeinkochen. Bitte eintschuldigen Sie mich.«

Molly nickte. Natürlich wußte sie, daß sie damit entlassen war. Patience Brannigan hatte ihre Anwesenheit gerade mal so ertragen, sie immer wieder mit *Miss James* angesprochen und die gemeinsamen Unterhaltungen so kurz als möglich gehalten. Sie war eine dralle Frau, eher üppig als dick, und Emmet fand die Figur seiner Ehefrau mehr als nur ein bißchen attraktiv. In den letzten Tagen hatte Molly ein verheiratetes Paar kennengelernt, das immer noch richtig ineinander verliebt war. Manchmal hatte sie den Stachel des Neides gespürt, wenn sie die beiden beobachtete.

Auf Molly wirkte es so, als habe jeder der Brannigan-Männer genau das bekommen, was er vom Leben wollte. Sam hatte sein Imperium, Peter seine Ausbildung und seine zukünftige Karriere und Emmet sein Heim und seine Familie.

»H-Hallo, M-Miss J-James.« Der kleine Emmet Samuel kam zu ihr auf die Veranda gelaufen.

»Hallo, Emmet. Wie geht es dir heute?«

»G-Gut.« Der kleine Junge sprach nur wenig. Anfänglich

hatte er Molly nur angelächelt, aber am zweiten Tag hatte seine Neugier dann doch gesiegt, so daß er mit ihr gesprochen hatte. Der kleine Emmet sah seiner Mutter ziemlich ähnlich, und obwohl er wahrscheinlich nie so kräftig wie Emmet werden würde, hatte er die geraden Schultern und den schön geschnittenen Mund der Brannigans.

»Deine Mutter kocht heute Marmelade ein. Meinst du, daß wir ihr helfen könnten?«

Der kleine Emmet grinste von einem Ohr bis zum anderen und nickte bestimmt. »St-stachelb-beeren.« Dabei rieb er sich den Bauch, um zu zeigen, wie sehr er dieses Obst mochte.

»Die lieb ich auch über alles«, verriet Molly ihm. »Besonders wenn die Marmelade noch warm ist.« Sie streckte Emmet die Hand hin, der sie ergriff, und führte ihn um das Haus herum in die Küche, wo seine Mutter leise singend vor dem Herd stand. Charity Ann, gerade mal zwei Monate alt, gluckste leise in ihrer Wiege in der Ecke.

Patience Brannigan drehte sich zu den beiden Eindringlingen um. Ihr lag daran, Molly James nicht zu mögen, aber als sie sie dort mit Emmet stehen sah, kam sie ins Zögern. Welches Wunder hatte das Mädchen bewirkt, um so schnell das Vertrauen ihres Sohnes zu gewinnen? Emmet ging den meisten Menschen aus dem Weg, weil er sich vor ihren gemeinen Bemerkungen über sein Stottern fürchtete. Aber Molly hatte er fast von der ersten Minute an gemocht. Aus einem unerfindlichen Grund hatte der Rotschopf das Herz ihres Sohnes gewonnen.

»Können wir Ihnen nicht in irgendeiner Form behilflich sein?« fragte Molly. »Ich fürchte zwar, daß ich nicht viel übers Einmachen weiß, aber ich würde es gern lernen.«

Patience blickte Molly an, und da fiel ihr ein, daß das Mädchen nie eine Mutter gehabt hatte. Ihr mütterliches Herz empfand Mitleid. Obwohl Molly nur sechs Jahre jünger als Patience war, wirkte sie mit ihren runden blauen Augen und ihrem zögernden Lächeln noch eher wie ein Kind. Kein Wunder, daß Sam etwas für sie empfand. Als er sie in der Kutsche zu ihnen herübergebracht hatte, hatte sein Blick ihr alles verraten. Wenn das Mädchen nur einen Hauch Verstand hatte, dann hörte sie auf, sich wie ein Mann zu benehmen und warf das Netz nach Sam aus. Bei diesem Gedanken verzog Patience das Gesicht. Eine James als Schwägerin fehlte ihr gerade noch.

»Jemand daheim?«

Peters wohltönende Stimme drang aus der Halle in die Küche. »Hier drüben«, rief Patience. »Du kannst auch außen herum laufen und nach hinten kommen – anscheinend hat sich die ganze Welt in meiner Küche versammelt.«

Peter, in einen dunkelgrauen Gehrock und marineblaue Hosen gekleidet, trat in die Küche. Als sein Blick auf Molly fiel, die ein rosafarbenes Batistkleid trug, das Patience für sie enger gemacht hatte, lächelte er ihr begeistert zu.

»Hallo, Miss James. Sie sehen heute viel besser aus.«

Molly war sein Blick nicht entgangen. »Sie meinen, weil ich ein Kleid trage, Mr. Brannigan?«

Peters Lächeln fror ein. »Das... das habe ich nicht so gemeint.«

»Ihr drei verschwindet jetzt aus meiner Küche«, sagte Patience und wedelte mit dem Kochlöffel. »Es sei denn... daß Emmet eine Schüssel Marmelade naschen möchte.«

Emmet Junior nickte erfreut und setzte sich an den Küchentisch, während Molly und Peter in den Salon gingen.

»Sam hat Joaquin Ihre Nachricht zukommen lassen«, erzählte Peter ihr.

»Sie alle sind zu mir sehr freundlich gewesen.« Molly nahm auf dem kleinen Sofa Platz.

Molly wußte, daß das Ehepaar sich über ihr Verhalten wunderte, aber sie hatten schon vor Jahren aufgegeben, Molly verstehen zu wollen.

»Darf ich?« Peter deutete auf den Platz neben ihr.

»Selbstverständlich.«

»Miss James, ich wollte Sie fragen, ob Sie sich das mit der Klage nicht noch einmal anders überlegen wollen. Seit vielen

Jahren wird der Paß von beiden Familien genutzt. Wenn Sie vor Gericht gehen, wird die Vergangenheit noch einmal aufgewärmt. Der Klatsch wird unseren beiden Familien nur schaden.«

»Ich habe keine Familie, Mr. Brannigan.«

»Aber Sie wollen doch sicherlich das Trauma nicht noch einmal erleben.«

»Ich will, was mir gehört, Mr. Brannigan.«

»Aber auch auf unserer Seite besteht ein rechtlicher Anspruch.«

»Ich denke, diese Entscheidung sollten wir dem Gericht überlassen.«

»Gibt es denn gar nichts, das Sie zum Einlenken bewegen könnte?« Seine Aufrichtigkeit machte ihr zu schaffen, aber sie würde nie und nimmer nachgeben.

»Ihre Vorstellung von Einlenken und meine vertragen sich nicht. Behalten Sie das immer im Kopf.«

»So hübsch wie Sie sind, Miss James, fällt es einem in Ihrer Gegenwart schwer, den eigenen Namen nicht zu vergessen.«

Molly blickte den jungen Mann verblüfft an, zum allerersten Mal fürchtete sie, ins Hintertreffen gekommen zu sein. »O Gott, Peter, ich... ich habe das Gefühl, daß Sie mich gerade schachmatt gesetzt haben.«

»Es gefällt mir, wie Sie meinen Namen sagen, Miss James. Darf ich Sie Molly nennen?«

Sie hatte ihn unabsichtlich mit seinem Vornamen angesprochen, aber jetzt blieb ihr keine andere Wahl, als ihm ebenfalls dieses Privileg einzuräumen. »Natürlich.«

Peter Brannigan war ein außerordentlich anziehender junger Mann. Molly schätzte ihn nur einige Jahre älter, als sie es war. Er war groß und gertenschlank. Er hatte hellbraunes Haar, sanft geschwungene Augenbrauen und intelligente grüne Augen.

»Wie lange werden Sie noch bei uns bleiben?« fragte Peter.

»Morgen reite ich heim.« Obwohl es sie nicht danach drängte, ihrem Onkel zu begegnen, wollte sie auf keinen Fall noch tiefer in die Schuld der Brannigans geraten.

»So bald schon? Ich hatte gehofft, daß wir uns besser kennenlernen können. Was halten Sie davon, wenn ich Sie auf der Lady Jay besuche?«

»Ich...«

Sams tiefe Stimme ließ sie mitten im Satz innehalten. »Wenn ich aus Erfahrung sprechen darf, Junge, kann ich dir versichern, daß die Begrüßung nicht allzu warm ausfallen wird, es sei denn, es gelingt dir, Miss James solange zum Stillstehen zu bewegen, daß du sie küssen kannst.«

Sam warf der jungen Frau, die auf dem Sofa saß, einen frechen Blick zu. Ihr Gesicht lief puterrot an, und da wußte Sam, daß sie kochte. Das konnte er ihr nicht verdenken. Er hatte sie nicht hänseln wollen. Ganz im Gegenteil, den ganzen Tag lang hatte er sich darauf gefreut, sie zu sehen. Doch als er gesehen hatte, wie sein kleiner Bruder ihr den Hof machte, war die Eifersucht in ihm aufgeflammt, was ihn ziemlich überraschte.

»Mr. Brannigan, ich möchte Sie« – Molly warf Sam einen wütenden Blick zu – »noch einmal darauf hinweisen, sich nicht in meine Angelegenheiten einzumischen. Doch, Peter, Ihr Bruder hat ganz recht. Ich halte es für keine gute Idee, daß wir Freunde werden. Außerdem stehe ich schon in Ihrer Schuld. Ich möchte nur, daß die Angelegenheit zwischen der Lady Jay und Cedar Creek geregelt wird. Hinterher werden wir vielleicht in Frieden miteinander leben können.«

»Peter«, sagte Sam mit strenger Stimme, »ich glaube, Emmet möchte, daß du ihn in die Stadt begleitest.«

»Aber heute ist Samstag. Samstags gehst du doch immer nach Truckee.«

Sam ärgerte sich über den Schlag unter die Gürtellinie, den sein kleiner Bruder ihm verpaßt hatte. Es war offensichtlich, daß Molly seine Anspielung verstanden hatte, weshalb Sam sich entschloß, das Kind beim Namen zu nennen, »Mrs. Rose ist für ein paar Wochen nach San Francisco gereist, falls du dir darüber den Kopf zerbrichst.«

Wie erleichtert er gewesen war, als er Lillys Nachricht erhalten hatte, erwähnte er nicht. Da Molly bei den Brannigans wohnte, hatte er sich sowieso entschlossen, seine Geliebte nicht zu treffen. Er konnte nur noch an den zierlichen Rotschopf denken. Nicht einmal die Liebeskünste der Witwe konnten ihn davon abhalten. Offensichtlich brauchte er Zeit, um sich über seine Gefühle Klarheit zu verschaffen.

Peter erhob sich von dem kleinen Sofa. »Auf Wiedersehen, Molly«, sagte er. Sam überhörte die Anspielung nicht. Ohne einen Blick zurückzuwerfen, verließ Peter das Zimmer.

Als Sam hörte, wie die Kutsche davonfuhr, trat er zu der jungen Frau, die steif auf dem Sofa saß. »Würde eine Entschuldigung meinerseits dich dazu bringen, mich nicht mehr so anzuschauen?« fragte Sam, der sehr wohl den Zorn spürte, den sie unter der finsteren Miene zu verbergen suchte. Auf einmal bemerkte er, daß er sich wie ein Idiot aufführte. Auch wenn sie eine James war und lieber Hosen als Kleider trug, war Sam sich doch hundertprozentig sicher, daß sie tief im Innern eine Lady war.

»Lassen Sie das, Mr. Brannigan. Ich hege keinen Zweifel, daß die schlechte Meinung, die Ihre Familie von mir hat, sich noch verstärken kann.«

Sam setzte sich zu ihr und nahm ihre steifen Finger in seine Hand, liebkoste sie sanft mit seinen Lippen, bis er spürte, wie sie sich entspannte. »Zwischen uns gibt es so viele Hindernisse, ich wollte einfach nicht noch ein weiteres.«

»Und was soll das heißen?«

»Es heißt, *Molly*«, sagte er und sprach sie absichtlich mit ihrem Vornamen an, »daß ich etwas Zeit brauche, um herauszufinden, was zwischen uns läuft.«

Seine Antwort verblüffte Molly. Versuchte Sam Brannigan ihr zu sagen, daß er etwas für sie empfand? Das konnte doch nicht sein Ernst sein – wo ihm doch die schöne Witwe schon sein Bettchen wärmte. »Ich fürchte, ich verstehe nicht ganz, Mr. Brannigan. Da ist absolut –«

»Sam«, korrigierte er sie.

»Da ist absolut nichts zwischen uns, Mr. Brannigan.«

»Willst du mir damit sagen, daß du dich von jedem Dahergelaufenen so küssen läßt?«

»Ich möchte mich nicht weiter über dieses Thema unterhalten.« Molly grub die Hände in die Falten des Kleides und versuchte, ihr heftig pochendes Herz zu beruhigen.

»In Ordnung, Molly. Fürs erste werden wir das Spiel nach deinen Regeln spielen. Emmet sagt, daß du morgen fortgehst. Bist du sicher, daß das die richtige Entscheidung ist?«

»Ich habe eine Ranch, die ich leiten muß.« Molly wich seinem Blick aus, weil sie nicht wollte, daß er sah, was ihre Augen verrieten. Ihm gelang es immer, die Wahrheit zu erkennen. Es fiel ihr wirklich schwer, seiner charmanten Art zu widerstehen, das stimmte schon. Zum Teufel mit ihm! In der Hölle sollte er schmoren! Warum mußte er ausgerechnet ein Brannigan sein?

»Ich habe dir etwas mitgebracht«, sagte er und griff in die Tasche seiner enganliegenden blauen Jeans.

Molly mußte blinzeln, als sich das Sonnenlicht auf dem kleinen Derringer verfing, den er ihr in die Hand legte.

»Das hier ist eine Marston-Taschenpistole. Sie hat drei Schuß, Kaliber .32. Wenn du wirklich so gut mit Waffen umgehen kannst, wie ich denke, wirst du nur eine Kugel brauchen. Aber vielleicht ist dein Vormund auch härter als er aussieht.«

Molly nahm die Waffe dankbar entgegen und spürte wieder, wie ihre harte Schale einen weiteren Riß bekam. »Danke, Sam.«

»Wie geht es deinem Rücken?« fragte er sie, woraufhin Molly erneut rot anlief.

Sam machte keinen Versuch, den hungrigen Blick in seinen Augen zu kaschieren, was Molly beschämte, denn er hatte mehr von ihr gesehen als jeder andere Mann auf dieser Welt.

Doch wie üblich tat Molly so, als bemerke sie nichts. »Viel besser, vielen Dank. Ich glaube, daß deine Salbe ein Wunder vollbracht hat.«

»Ein Rezept meiner Mutter.« Doch kaum hatte er die Worte ausgesprochen, bereute er sie schon. Zuerst starrte er seine

Hände an, schaute ihr dann aber in die Augen. »Ich halte es für besser, wenn ich jetzt gehe. Um diese Jahreszeit gibt es eine Menge Arbeit. Grüße Patience noch von mir.« Er lief auf die Tür zu.

»Das werde ich tun.«

»Ich schaue morgen noch mal vorbei, bevor du weggehst.«

Molly nickte zustimmend, entschied aber gleichzeitig, daß sie verschwunden sein würde, egal, wie früh er auch auftauchte.

9. Kapitel

Als Molly mit frisch gewaschenen und geflickten Jeans und einem in der Taille geknoteten Hemd von Emmet auf der Lady Jay eintraf, stand ihr Onkel schon auf der Veranda und erwartete sie. Bei seinem Anblick lief es ihr eiskalt den Rücken hinunter. Sie brachte True zuerst in den Stall und schlich sich dann ins Haus. So sehr sie ihn auch für das, was er ihr angetan hatte, verurteilte, war er doch nur ein weiteres Hindernis, das sie auf dem Weg zum Ziel überwinden mußte.

»Molly«, sagte Jason, als er sie im Haus aufgespürt hatte. »Wir müssen uns unterhalten.«

»Ich habe Ihnen nichts zu sagen, *Onkel* Jason.« Als sie seinen Namen aussprach, hatte sie einen bitteren Geschmack im Mund.

»Bitte. Geben Sie mir wenigstens die Möglichkeit, es Ihnen zu erklären.«

Aufrecht wie ein Zinnsoldat drehte Molly sich zu ihm um. »In den nächsten zwei Jahren werden Sie mein Vormund sein, Jason. Wenn ich nicht möchte, daß die ganze Welt erfährt, was Sie mir angetan haben – und das will ich um keinen Preis – muß ich Ihre Anwesenheit hier im Haus hinnehmen.« Sie würde alles tun, damit niemand erfuhr, daß Jason sie geschlagen hatte. Da sie noch sehr jung und eine Frau war, war es unabdingbar, daß sie diesen Vorfall geheimhielt, damit die Arbeiter auf der Ranch nicht den

Respekt vor ihr verloren. »Ich werde auf das hören, was Sie sagen. Aber ich warne Sie, wenn Sie noch einmal die Hand gegen mich erheben, werde ich Sie erschießen.«

Foley erbleichte. »Ich verstehe Ihren Zorn«, gab er zu. »Ich weiß, daß meine Bestrafung hart ausgefallen ist, und um die Wahrheit zu sagen, ich wollte nie so weit gehen. Sie stellen irgend etwas mit mir an, Molly. Es ist Ihre Schuld, daß ich diese sündigen Gefühle habe, gegen die ich mein ganzes Leben lang angekämpft habe. Anderen Männern, wie zum Beispiel Mr. Brannigan, ergeht es nicht anders.«

Wieder errötete Molly.

»Das liegt an den Kleidern, die Sie tragen«, klärte er sie auf. »An Ihrem Haar. An der Art und Weise, wie Sie Ihren Körper zur Schau stellen. Das ist eine Sünde, Molly. Sehen Sie das denn nicht? Ich bin Pfarrer, und es ist meine Aufgabe, Seelen zu retten. Ich glaube wohl, daß Sie tief im Innern ein gutes Mädchen sind. Ich möchte Ihnen doch nur helfen.«

Als Molly das Gesicht ihres Onkels betrachtete, spürte sie, daß er von dem überzeugt war, was er da sagte. Er wirkte ein wenig aufgewühlt, und es hatte den Anschein, als bereue er seine Tat.

»Verzeihen kann ich Ihnen nicht, Onkel Jason. Was sich zwischen mir und Mr. Brannigan abgespielt hat, wird sich nicht wiederholen. Aber was Sie getan haben, war einfach falsch. Vielleicht haben Sie ja in guter Absicht gehandelt, ich weiß es nicht. Mir wäre es natürlich lieber, wenn Sie von der Lady Jay verschwänden, aber ich rechne nicht damit, daß Sie das in Betracht ziehen.«

»Nein. Ich bin Ihr Vormund. Ich werde Ihnen nicht meine Pflichten aufbürden.«

Molly stöhnte leise auf. »Dann halte ich es für besser, wenn wir eine Art Abmachung treffen.«

»Ich meine, Sie sollten die Ranch verkaufen. Nach Osten ziehen.«

»So geht es einfach nicht, Onkel Jason. Ich bin eine erwachsene Frau und habe vor, mein Leben so zu gestalten, wie ich es für richtig halte. Wenn Sie das akzeptieren, werden wir miteinander auskommen. Aber wenn Sie sich einmischen, dann werde ich Sie auf die eine oder andere Weise davon abhalten.«

Jason Foley versteifte sich. »Gibt es denn gar nichts, was ich sagen könnte, um Ihre Meinung zu ändern?«

»Nein.«

»Dann versuchen Sie doch wenigstens zu begreifen, warum ich so gehandelt habe.«

Molly schaute ihm tief in die Augen. »Es gibt keine Entschuldigung dafür, daß Sie jemanden schlagen, der nur halb so groß ist wie Sie.«

»Wie Sie wollen, Molly. Wenigstens fürs erste. Aber ich werde die Hoffnung nicht aufgeben, Sie doch noch erreichen zu können. Als Gottes Diener ist das meine erste Pflicht.« Da erhob er sich vom Stuhl. »Wir sehen uns dann zum Abendessen. Auf Wiedersehen.«

Molly blickte ihm hinterher, als er aus dem Zimmer lief. Instinktiv griff sie nach dem kleinen Derringer, den sie in der Tasche verstaut hatte. Sie fragte sich, was Sam von dem guten Reverend Foley gehalten hätte.

Sie würde diesem Mann jedenfalls niemals mehr über den Weg trauen und deshalb immer Sams Waffe tragen. Allein die Kälte des Metalls verlieh ihr eine gewisse Ruhe.

In den folgenden Tagen verschwieg Molly Joaquin und Angel den Vorfall, und auch Sam stand zu seinem Wort und verriet nichts. Den Rest der Woche gelang es ihr, Sam aus dem Weg zu gehen, und auch die darauffolgende Woche sah sie ihn nicht, obwohl er mehrmals auf der Ranch vorbeischaute, aber Molly hatte Angel aufgetragen, ihm zu sagen, daß sie nicht da sei. Natürlich rechnete sie nicht damit, daß er das auch glaubte.

Am Samstag packte sie ihre Koffer, da sie nach Denver reisen und einen Vertrag über Holzlieferungen mit der Denver und Rio Grande Railroad abschließen wollte.

»Nun, das wär's«, sagte sie zu Joaquin und überprüfte noch

mal die Gurte an ihrem Reisekoffer. »Dann wollen wir mal los. Ich möchte den Zug nicht verpassen.«

Da im Augenblick sehr viele Bahnstrecken gebaut wurden, bestand ein großer Bedarf an Holz. Wenn sie sich diesen Vertrag sichern konnte, stand es um die Lady Jay schon viel besser. Jason Foley hatte sie von ihrer Reise nichts erzählt, und er hatte sie nicht gefragt, wohin sie wollte. Mittlerweile sah es so aus, als ob sie durch die Züchtigung ein gewisses Maß an Freiheit erlangt hätte. Doch ihr Rücken, der immer noch von dünnen Narben überzogen war, erinnerte Molly daran, daß sie ihm niemals verzeihen konnte.

Joaquin, der neben der Kutsche stand, runzelte die Stirn und schüttelte den Kopf.

»Es gefällt mir nicht, daß du allein reist«, sagte er und wiederholte damit auch Angels Kommentar zu ihrer Reise. »Warum kann ich dich nicht begleiten, oder wenigstens Angel. Wer wird deine Anstandsdame spielen?«

»Das hier ist eine Geschäftsreise«, erwiderte Molly. »Da brauche ich keine Anstandsdame. Außerdem müßt ihr beide hier bleiben und darauf achten, daß die Arbeit erledigt wird. Wir sind ohnehin schon so knapp dran, weitere Verzögerungen können wir uns nicht leisten.«

»Und es gefällt mir trotzdem nicht, *hija.*« Dann lud er zusammen mit Willie Barnett, einem großen, klapperdürren Cowboy, den Schrankkoffer auf die Kutsche.

Heute trug sie ein hellbraunes Reisekleid mit einem passenden Bolero. Die elfenbeinfarbene Bluse, die sie zu dem Rock trug, war aus Mousselin gearbeitet und so leicht, daß sie bei den heißen Wüstentemperaturen durchaus noch tragbar war. Ein schmalkrempiger, dunkelbrauner Hut, der in der Farbe mit dem Saum des Kostüms korrespondierte, bedeckte einen Großteil ihrer roten Haare, die hinten im Nacken zu einem Knoten festgesteckt waren.

Als sie in Truckee eintrafen, suchte Molly sofort ihr Zugabteil, obwohl sie noch ein wenig Zeit hatte, bis der Zug abfuhr.

Molly winkte Joaquin zu, der auf dem Bahnsteig stand. Mit sorgenvoll gerunzelter Stirn wartete er stoisch, bis der Zug den Bahnhof verließ. Die zweistöckigen Gebäude entlang der Front Street wurden immer kleiner, bis die an ihnen angebrachten Werbeschilder nicht mehr zu lesen waren. Jetzt fuhr der Zug parallel zum Truckee River, und in der Ferne konnte Molly vereinzelt ein paar Häuser erkennen.

Als sie so dahinfuhr, fragte sie sich, welches der gepflegten Häuser wohl der schönen Lillian Rose gehörte – und wieviel Zeit Sam Brannigan dort verbrachte. Diese Vorstellung behagte ihr gar nicht. Seufzend wandte sie sich ab.

Obwohl sie es sich nicht gern eingestand, hatte sie Sam in den vergangenen zwei Wochen vermißt. Sie konnte nicht vergessen, wie er sie an jenem Morgen vor dem Schuppen in die Arme genommen, ihre Brüste gestreichelt, ihre Knospen liebkost hatte. Sein Kuß hatte sie zutiefst aufgewühlt, Gefühle heraufbeschworen, die sie bis dahin nicht gekannt hatte. Als sie sich ihm entzogen hatte, hatte sie sich fast einsam gefühlt.

In Sams Gegenwart fühlte sie sich wie eine Frau. Aber das war noch nicht alles … ihm war es gelungen, daß sie sich nach Liebe sehnte. Bei diesem Gedanken verspürte sie einen schweren Druck auf der Brust. Ihr ganzes Leben lang hatte es sie nach jemandem gedürstet, der sie liebte. Und während der langen Jahre, die sie ohne Liebe verbracht hatte, hatte sie gehofft, daß sich das Bedürfnis legen würde.

Da Molly eine lange Zugfahrt vor sich hatte, lehnte sie sich erst einmal gemütlich gegen die mit dunkelgrünem Stoff bezogene Lehne und versuchte mit aller Gewalt, nicht mehr an Sam zu denken. Sie hatte eine Fahrkarte für die Erste Klasse gelöst und einen Sitzplatz im luxuriösen Hotelexpress genommen. Und da diese Reise sie eine ganz schöne Stange Geld kostete, konnte sie sich wenigstens entspannen und die Stunden genießen.

Ihre Finger strichen vorsichtig über die schweren drapierten Samtvorhänge. Zum Express gehörten elegante Silver-Palace-Wagen und bequeme Pullman-Abteile, die mit Schlafwagenbetten ausgestattet waren. In dem Restaurantwagen wurden exquisite, mehrgängige Mahlzeiten serviert.

Nachdem es ihr schließlich gelungen war, alle lästigen Gedanken auszuschalten, konnte Molly den ersten Teil der Reise richtig genießen. Die Landschaft, durch die sich der Zug schlängelte, war wunderschön: grüne, waldbestandene Hänge, hohe Berge, die die Ebenen Nevadas säumten. Gerade als der Zug einen steilen Berg hinaufkroch, trat ein großer Mann mit blauen Augen in das Abteil und blieb neben ihr stehen.

»Hallo, Miss James«, begrüßte Michael Locke sie mit einem warmen Lächeln. »Anscheinend kreuzen sich unsere Wege wieder einmal.«

Überrascht blickte Molly zu ihm auf. »Ach, Mr. Locke. Was führt Sie aus Truckee weg?«

»Darf ich?« fragte er und zeigte auf den freien Platz neben ihr.

»Selbstverständlich.«

»Ich bin auf dem Weg nach Denver«, erzählte er. »Dort werde ich mich mit meinen Chefs treffen, um über einen bevorstehenden Kontrakt mit Holzlieferanten zu sprechen. Sie sind nicht zufälligerweise auch auf dem Weg dorthin?« Michael Locke lächelte wissend. Seine blauen Augen verrieten Neugier und Interesse.

»Sie sind außerordentlich gut informiert, Mr. Locke.« Molly wußte nicht, ob sie sich über die Anwesenheit des gutaussehenden Mannes freuen sollte oder nicht. Natürlich war es immer wesentlich angenehmer, in Gesellschaft zu reisen, und dazu noch viel sicherer, aber ob sie sich in *seiner* Gegenwart sicher fühlten konnte, bezweifelte sie noch.

»Es gehört zu meiner Arbeit, informiert zu sein.« Michael Locke blickte aus dem Fenster und betrachtete die an ihnen vorbeiziehende Landschaft. »Wissen Sie, gewöhnlich hasse ich diese Reise, aber jetzt, wo ich mich in so angenehmer Gesellschaft befinde, sehe ich die Sache ganz anders.«

Molly erwiderte nichts. Michael, der einen grünen Gehrock und eine dunkelbraune Hose trug, sah mit seinen kurzgeschnittenen Locken, die ihm in die Stirn fielen, geradezu umwerfend aus. Ihr fiel auf, daß die anderen Damen im Wagen immer wieder kurz zu ihm hinüberschauten. Eigentlich hätte sie sich wegen der Aufmerksamkeit, die er ihr schenkte, geschmeichelt fühlen dürfen, aber irgend etwas ließ sie auch jetzt wieder zögern. Auf der anderen Seite freute sie sich darüber, daß sie jemanden hatte, mit dem sie die nächsten Tage verbringen konnte.

»Ich würde vorschlagen, Miss James, daß wir gleich zu Beginn dieser Reise die Formalitäten ablegen. Es würde mich freuen, wenn Sie mich Michael nennen würden, und ich Sie beim Vornamen anreden dürfte.«

Obwohl es eigentlich die normalste Sache der Welt war, fand Molly seinen Vorschlag doch etwas geschmacklos. »Natürlich«, antwortete sie höflich.

»Es ist gleich Mittag«, sagte Michael, zog eine goldene Taschenuhr heraus und warf einen Blick darauf. »Es wäre mir eine Ehre, wenn wir zusammen das Mittagessen einnehmen würden.«

Molly, die inzwischen ziemlich hungrig war, sagte: »Ich nehme Ihren Vorschlag an, Mr.... ich meine, Michael.«

Er stand auf und bot ihr seinen Arm.

Als auch sie aufstand, begutachtete er sie vom Scheitel bis zur Sohle und warf ihr dann ein zufriedenes Lächeln zu. Molly wußte nicht, ob sie sich darüber freuen oder deswegen beleidigt sein sollte. Michael Locke hatte etwas Beunruhigendes an sich, aber er war intelligent – und sah verteufelt gut aus. Und langsam begann sie sich Sorgen zu machen, ob sie wohl seinem Charme erliegen würde.

Die Reise nach Denver verlief ohne Zwischenfälle, und während der vielen Stunden, die Molly und Michael miteinander verbracht hatten, hatte sie seine kultivierte Kameradschaft zu schätzen gelernt. Er hatte ein einnehmendes Wesen und war immer darum bemüht, ihr die lange Reise so angenehm wie möglich zu machen. Des weiteren verfügte er über ein umfangreiches Wissen, so daß man sich mit ihm über alles unterhalten konnte. Mittlerweile fragte Molly sich, warum sie sich von diesem hübschen, intelligenten Mann nicht mehr angezogen fühlte, sondern immer wieder an Sam denken mußte.

Im Geist ging sie ihre letzte Unterhaltung mit ihm immer wieder durch und fragte sich, was er wohl mit dem, was er gesagt hatte, gemeint hatte. *Ich möchte herausfinden, was zwischen uns läuft.* Nachts lag sie in ihrem Bett und hörte diese Worte, nur vom eintönigen Poltern der Räder begleitet, bis sie endlich einschlief.

Sam hatte ganz recht. Da war irgend etwas zwischen ihnen – etwas, das sie um jeden Preis verdrängen wollte. Schließlich war Sam ein Brannigan und somit ihr Gegenspieler. Außerdem hatte sein Vater ihre Mutter umgebracht! Sollte sie das denn jetzt plötzlich vergessen? Und außerdem gab es noch die Klage um den Pass und seine Geliebte, Lillian Rose. Nein, sie wollte ihn nicht, und trotzdem gingen ihr Sams Worte nicht aus dem Kopf. Auch die Gefühle, die sie für ihn hegte, waren nicht zu leicht zu verdrängen.

In ihren Träumen hielt er sie, küßte er sie, berührte er sie – überall. Seit Wochen spürte sie Nacht um Nacht seine Lippen auf ihren. Und sie verfluchte ihn, gelobte, ihre Gefühle für ihn unter Kontrolle zu halten, ja, sie bemühte sich sogar um ein ernsthafteres Interesse an Michael Locke. Und für ein paar Stunden gelang ihr das auch.

Und dann wurde es wieder Nacht, und sie lag im Bett und konnte nur noch an Sams Umarmung denken. Insofern konnte sie es gar nicht erwarten, nach Denver zu kommen, weil sie sich dann voll und ganz in die Arbeit stürzen und ihn vergessen konnte.

Nachdem Molly und Michael in Cheyenne umgestiegen waren, dauerte es noch gut vier Stunden, bis sie Denver erreichten. Molly, die die Stadt noch nicht kannte, fand das hektische Treiben, das dort herrschte, faszinierend.

»Denver wurde 1859 gegründet«, erklärte Michael auf der Kutschfahrt in die Stadt. »1858 wurde hier Gold und 1864 Silber gefunden. Inzwischen ist es eine der reichsten Gemeinden zwischen San Francisco und St. Louis.«

»Hier geht es ja bunt zu«, lautete Mollys Kommentar, als sie durch die dicht gedrängten Straßen kamen. Da gab es viel zu sehen.

Als sie vor dem Grand Denver Hotel anhielten, sprang Michael von der Kutsche, legte den Arm um ihre Taille und hob sie herunter. Da das Geschäftstreiben in diesem Hotel stattfand, wollten sie und Michael hier auch Zimmer nehmen. Das Hotel hatte einen ausgezeichneten Ruf, und obwohl Molly sich ab und zu mit Schuldgefühlen herumplagte, weil sie hier abstieg, wußte sie doch, daß es wichtig war, daß die Eisenbahnbesitzer den richtigen Eindruck von ihr bekamen.

Als der Page ihren Koffer auf seinen Messingwagen lud, nahm Michael sie bei der Hand. »Werden Sie heute nachmittag der Sitzung beiwohnen?«

»Ja, ich möchte den Besitzer, William Jackson Palmer, treffen. Meinen Vorschlag hat er schon erhalten. Wenn alles gutgeht, dürfte das Treffen nur eine formelle Angelegenheit sein.«

»Um Ihretwillen, Molly, hoffe ich, daß das der Fall ist. Auch ich werde dem Treffen beiwohnen, dann werden wir uns dort sehen. In der Zwischenzeit muß ich den Staub loswerden, der sich überall abgesetzt hat.«

Molly nickte. »Ja, ich werde auch ein Bad nehmen. Und vielleicht ein wenig schlafen.«

Michael lächelte ihr freundlich zu. »Dann bis heute nachmittag.«

Molly, die in einer tiefen Kupferwanne, die in einer Ecke ihres luxuriösen Hotelzimmers stand, saß, freute sich wie ein kleines Kind. Dem Badewasser hatte man Orangenblütenduft beigemischt. Sie wusch sich das Haar, tropfte noch etwas Orangenblütenparfüm ins Wasser und ließ sich durchweichen.

Doch alles hat einmal ein Ende, und so stieg sie aus der Wanne und trocknete sich mit einem dicken Baumwollhandtuch ab. Dann marschierte sie schnurstracks zu dem breiten Doppelbett hinüber, dessen minzgrüner Überwurf blendend zu dem üppig ausgestatteten Zimmer paßte, das in den gleichen Farbtönen gehalten war. Auf dem Messingbett lag noch eine dicke, weiche Satindecke. In der einen Zimmerecke stand ein Kamin mit einem marmornen Sims.

Sie blieb noch kurz neben dem Queen-Anne-Sofa stehen, das vor dem ausladenden Erkerfenster stand und warf einen Blick auf das hektische Treiben in der Straße. Dann hüllte sie sich gähnend in ein leichtes Baumwollnachthemd, stieg ins Bett und wollte schnell einschlafen, um sich vor dem besagten Treffen noch ein wenig auszuruhen. Ein paar Stunden später wachte sie erschöpft auf und kleidete sich hektisch an. Sie kämmte schnell ihr Haar durch, steckte die Schläfenpartien zurück und ließ die langen Locken einfach auf den Rücken fallen. Dann klingelte sie nach der Kammerzofe, die ihr einen frisch aufgebügelten Rock brachte, der in schlichtem Blau gehalten war und nur mit einer weißen Paspelierung geschmückt war. Der Rock brachte ihre schmale Taille hervorragend zur Geltung. Sie wählte dazu eine schlichte, weiße Bluse mit rundem Kragen und eine schmal geschnittene Jacke. Als sie sich im Spiegel betrachtete, war sie mit ihrer fraulichen Ausstrahlung, die gleichzeitig etwas Geschäftsmäßiges hatte, überaus zufrieden.

Molly nahm sich noch ein paar Minuten Zeit, um sich zu sammeln, und stieg dann die Treppe hinunter. Sie betete zu Gott, daß das Treffen ohne Probleme über die Bühne ging. Natürlich wußte sie, daß ihr Vorschlag gut war, weil er sowohl den Herren von der Eisenbahn als auch ihr Vorteile brachte. Aber würde die Eisenbahn ihr glauben, daß sie das Holz gemäß den Bedingungen liefern konnte? Würden sie der Lady Jay den Vorzug geben, obwohl sie von einer Frau geführt wurde?

Unten angekommen, klopfte Molly gegen die schwere Mahagonitür des Konferenzraumes, die sofort geöffnet wurde.

Michael Locke lächelte ihr zur Begrüßung zu. »Miss James. Wir haben Sie schon erwartet.«

Molly war erfreut, daß er ihr wie ein Geschäftsmann gegenübertrat, obwohl sie sich während der Zugfahrt miteinander angefreundet hatten. Sie rauschte an ihm vorbei in den Raum, und Michael stellte sie den anderen fünf Herren vor: William Jackson Palmer, Spencer Whitcomb, der Anwalt der Eisenbahn, Warren Jacobs und Clarence Webb. Als der letzte Mann näher kam, machte Molly große Augen.

»Hallo, Miss James.« Das war unverkennbar Sam Brannigans Stimme. Und sofort pochte Mollys Herz wieder laut und heftig. Zum Teufel mit ihm. Sie brauchte jeden Funken Verstand, um das Vertrauen der Männer zu gewinnen, und Sam war der Letzte, den sie hier gebrauchen konnte, weil er sie immer aus der Fassung brachte.

»Mr. Brannigan«, sagte sie mit ruhiger Stimme. »Ich wußte gar nicht, daß Sie sich auch für Geschäftsverbindungen mit der Eisenbahn interessieren. Ich glaubte, Ihr Holz sei schon so gut wie verkauft.«

»In den letzten sechs Monaten hat sich unsere Produktion erheblich vergrößert, so daß wir feststellen mußten, daß wir über genug Material verfügen, um uns nach zusätzlichen Käufern umschauen zu können.

»Ich verstehe.« Molly stöhnte stumm auf. Jetzt mußte sie nicht nur die Herren von der Eisenbahn überzeugen, sondern auch noch mit Sam Brannigan konkurrieren. Und aus Erfahrung wußte sie, daß er ein harter Gegner war.

Als Molly Platz nahm, kehrten auch die anwesenden Herren auf ihre Stühle zurück. William Jackson Palmer, ein gutaussehender Mann mit hellbraunem Haar und einem buschigen Schnauzbart, eröffnete die Diskussion.

»Zuerst, Miss James, möchte ich Ihnen versichern, daß die Denver and Rio eine Expansion plant, die eine beträchtliche Menge Holz erforderlich macht. Neben unseren eigenen Strekken brauchen wir auch noch kleinere Nebenstrecken, die zusätzliche Holzkäufe erfordern. Zweitens finden sowohl mein Anwalt wie auch ich, daß Sie ein außerordentlich faires Angebot vorgelegt haben, und außerdem hat Mr. Brannigan sich für Ihre Zuverlässigkeit verbürgt.«

Zum Glück konnte Molly auf viele Jahre der Selbstbeherrschung zurückgreifen, so daß es ihr auch jetzt wieder gelang, ihr Erstaunen vor den Anwesenden zu verbergen. Insgeheim fragte sie sich natürlich, warum Sam ihr behilflich war, den Vertrag zu bekommen, obwohl er selbst auch ein Mitstreiter war.

»Tatsächlich, Miss James«, fügte Palmer hinzu, »ist unser Bedarf an Holz so groß, daß wir sowohl mit Ihnen als auch mit Mr. Brannigan einen Vertrag abschließen wollen.«

Molly seufzte erleichtert auf.

»Jedoch«, fuhr Palmer fort, »gibt es auf Ihrer Seite ein Problem, das wir für unüberwindbar halten. Ich halte es für besser, wenn Mr. Whitcomb, der in diesem Fall unser rechtlicher Beistand ist, fortfährt.« Palmer nahm Platz, und Spencer Whitcomb, ein kahlköpfiger Mann mit Brille, stand auf.

Sam, der am anderen Ende des Walnußtisches Platz genommen hatte, lehnte sich lässig in seinem Stuhl zurück. Obwohl sie seinen Gesichtsausdruck nicht lesen konnte, verriet seine Haltung, daß er das Problem schon kannte. Molly tadelte sich insgeheim dafür, daß sie nicht vor ihm in Denver eingetroffen war. Dann würde sie jetzt hier sitzen und Bescheid wissen. Zur Hölle mit ihm! Wie schaffte er es nur, daß er ihr immer einen Schritt voraus war?

»Aus unseren Berichten können wir entnehmen, Miss James, daß Sie und Mr. Brannigan vor Gericht um ein Stück Land streiten. Wir glauben daher, daß dieser Disput mit unseren Interessen kollidieren könnte. Es könnten Zweifel darüber entstehen, wem das Land gehört, und dann müßten wir uns fragen, wen wir für das Holz bezahlen sollen. Deshalb kann ich der Denver and Rio Grande Company nicht dazu raten, Verträge abzuschließen, wenn die rechtliche Situation nicht geklärt ist. Miss James, Sie werden das wohl verstehen.«

Auch jetzt zeigte Molly kein Gefühl, obwohl es in ihr kochte. Sam Brannigan würde also wieder gewinnen. Jetzt mußte sie die Klage fallenlassen, um den Vertrag zu bekommen, und diesen Vertrag brauchte sie, um mit der Lady Jay Profit zu erzielen. Sonst mußte sie die Ranch verkaufen.

Um nichts auf der Welt wollte sie ihn wissen lassen, daß sie sich geschlagen fühlte, und so lächelte sie, wie ein glückliches Kind.

»Dann, meine Herren, haben wir kein Problem. Ich werde die Klage einfach zurückziehen. Ich bin sicher, daß Mr. Brannigan mit meiner Entscheidung auch keine Probleme haben wird.«

Sam lächelte behäbig, sagte aber kein Wort.

Spencer Whitcomb nahm die Brille ab und legte sie auf den Tisch. »Ich fürchte, daß das nicht so einfach ist, Miss James. Wie Sie wissen, sind die Besitzrechte, was dieses Stück Land betrifft, nie geklärt worden. Selbst wenn Sie jetzt die Klage fallenlassen, könnte die Sachlage zu einem späteren Zeitpunkt wieder strittig werden. Nein, Miss James, erst wenn dieser Fall vor Gericht geklärt wurde, darf die Denver and Rio Grande mit Ihnen Geschäfte abschließen.«

»Vor Gericht geklärt!« Molly sprang auf. »Aber das kann Jahre dauern!«

»Es tut mir wirklich leid, Miss James, aber das können wir leider nicht ändern.«

Molly wurde ganz schlecht. Indem sie gegen die Brannigans geklagt hatte, hatte sie sich ins eigene Fleisch geschnitten. Das war ganz allein ihre Schuld. Sie versank in dem roten Ledersessel und war vollkommen verzweifelt. Allein die Tatsache, daß auch Sam Brannigan leer ausging, besänftigte sie ein wenig.

»Es tut mir leid, Miss James«, sagte William Palmer und packte seine Verträge ein. »Wenn wir das früher gewußt hätten, hätten wir Ihnen beiden die lange Reise ersparen können.«

Michael Locke warf ihr einen teilnahmsvollen Blick zu, stand dann auf und stellte sich neben sie. »Es tut mir wirklich leid, Molly.« Besorgt nahm er ihre Hand und half ihr beim Aufstehen.

Die Anteilnahme, die sie in seinen blauen Augen entdeckte, tat ihr gut. Deshalb ließ sie zu, daß er seine Hand auf ihren Arm legte und sie aus dem Zimmer führte. Obwohl die Niederlage endgültig schien, hatte sie noch nicht ganz aufgegeben. Sie brauchte etwas Zeit zum Nachdenken, und dann würde ihr vielleicht eine Lösung für das Problem einfallen.

Sam, der auf der anderen Seite des Zimmers stand, registrierte die Vertrautheit zwischen Molly und Michael. Seit sie in das Zimmer getreten war, hatte sie kaum einen Blick in seine Richtung geworfen. Und jetzt verließ sie mit Locke den Raum. Er spürte, wie ihm die Hitze ins Gesicht stieg. Wann, zum Teufel, hatten die beiden sich miteinander angefreundet? Dieser Schönschwätzer war überhaupt nicht der richtige Mann für ein Mädchen wie Molly James, und trotzdem schien sie ihn ganz gut leiden zu können.

»Was, wenn die beiden Ranchen einer Person gehörten?« stellte Sam die Frage, die ihn schon den ganzen Morgen beschäftigte. Er konnte nicht glauben, daß er sie wirklich laut gestellt hatte.

Molly blieb wie angewurzelt stehen. Diesmal verlor sie die Beherrschung – jeder konnte ihre Wut erkennen.

Sam ignorierte sie. »Meines Erachtens wäre es keine Frage, wem was gehört, wenn die beiden Ranchen zusammengehören würden.«

»Das stimmt, Mr. Brannigan. Schlagen Sie vor, Miss James auszubezahlen?«

»Die Lady Jay steht nicht zum Verkauf!« rief Molly aufgebracht.

Sam lächelte amüsiert und freute sich über den Zorn, der aus ihren runden, blauen Augen blitzte. Ihr Busen bebte vor Wut, und sie hielt sich so, als wolle sie jeden Augenblick um sich schlagen.

»Nein, Mr. Spencer«, sagte Sam und überging Mollys Ausbruch bewußt. »Ich schlage vor, daß wir *heiraten.*«

Plötzlich machte sich im Konferenzraum vollkommene Stille

breit. Mollys Augen wurden so groß, daß sie an durchsichtige blaue Seen erinnerten. Sie klammerte sich an Michael Lockes Arm fest, als wäre er der einzige Rettungsanker in ihrem Leben, und sank dann in den Sessel.

Michael Locke brach das Schweigen. »Das ist wirklich ziemlich frech, Mr. Brannigan. Miss James beabsichtigt nicht, Sie zu heiraten. Gott, Sie beide kennen sich ja kaum.«

Sam hob abfällig eine Augenbraue. »Seit wann, Mr. Locke, haben Sie die Aufgabe übernommen, in derlei wichtigen Angelegenheiten für Miss James zu sprechen? Bis jetzt hatte ich den Eindruck, daß sie selbst sehr wohl in der Lage ist, ihre eigenen Entscheidungen zu treffen.« Er richtete sich an die verblüfften Männer im Zimmer. »Soweit ich weiß, meine Herren, werden Sie noch bis morgen in Denver sein, stimmt das?«

»Ja«, bestätigte William Palmer.

»Dann meine ich, daß Miss James und ich uns unterhalten müssen.« Und dann ging er zu der regungslos im Stuhl sitzenden Molly hinüber. »Wir werden Ihnen unsere Entscheidung rechtzeitig mitteilen.« Nun griff er nach ihrem Arm, veranlaßte sie aufzustehen und legte ihre Hand in seine Armbeuge. Wie benommen ließ sie sich von ihm aus dem Zimmer führen.

»Bis morgen, Miss James«, rief Spencer Whitcomb ihnen hinterher, doch Molly schien ihn nicht zu hören.

Sam brachte sie in den eleganten Speisesaal und setzte sie an einen kleinen Tisch in der Ecke des Raumes. Es dauerte ein paar Minuten, bis sie wieder sprechen konnte.

»Das... das kann doch nicht dein Ernst sein?«

»Du willst diesen Vertrag, nicht wahr?« Er bestellte ihr einen Sherry.

»Gott, ja... aber... aber...«

»Und du willst deinen herrischen Vormund Jason Foley loswerden, nicht wahr?«

»Ja, aber... was ist mit dir? Warum solltest du mich heiraten wollen?« Der Sherry kam, und Molly hob mit zitternden Fingern das langstielige Glas an ihre Lippen. Sie hoffte inständig, daß die wohlschmeckende Flüssigkeit ihre aufgerüttelten Nerven beruhigte.

»Weil ich diesen Vertrag genauso dringend brauche wie du, und weil ich möchte, daß dieser alte Streit zwischen unseren Familien für immer und ewig begraben wird.«

Molly glaubte ihm kein Wort. »Du willst sagen, daß du die Lady Jay kontrollieren möchtest. Darum geht es dir doch, nicht wahr?«

»Ich werde Spencer Whitcomb damit betrauen, alle notwendigen Verträge aufzusetzen, damit du die Kontrolle über die Ranch hast. Du gibst mir die Erlaubnis, niedergeschrieben und beglaubigt, daß ich den Paß nutzen kann. Mit dem Land kannst du machen, was du willst.«

Molly spürte, wie ihr der Wind aus den Segeln genommen wurde. Er bot ihr alles, was sie wollte, und doch mußte sie alles aufgeben – ihren Namen, ihre Unabhängigkeit, ihr Recht auf Glück und Liebe.

»Schau doch nicht so traurig drein, Molly.« Er griff über den Marmortisch und nahm ihre kalten Finger in seine Hand. »Mich zu heiraten, kann doch nicht ganz so schlimm sein.« Er liebkoste sie mit seinem sanften Blick und betrachtete ganz kurz den Ansatz ihrer Brüste. Molly lief vor Scham rot an. »Aber das soll doch sicherlich nur eine Vernunftehe sein, Mr. Brannigan?«

»Sam«, korrigierte er sie.

»Sam«, wiederholte sie flüsternd und spürte schon, daß die nächste Niederlage nicht mehr lange auf sich warten ließ.

»Keine Chance«, sagte er. »Für das Zölibat bin ich nicht geschaffen, Molly. Auch halte ich nichts davon, wenn ein Mann seine Frau betrügt, egal, aus welchem Grund sie geheiratet haben. Wenn du meinen Antrag annimmst, wirst du in jeder Beziehung meine Frau sein.«

»Aber wir kennen einander doch kaum. Was, wenn sich herausstellt, daß wir einander hassen?«

Einen Augenblick lang antwortete Sam ihr nicht, sondern studierte das hübsche Gesicht auf der anderen Seite des Tisches.

Tiefe Sorgenfalten hatten sich in ihre ansonsten so glatte Stirn gegraben, und die Halsschlagader pochte heftig unter ihrer zarten Haut.

»Nun gut, Molly. Falls wir uns hassen sollten, werden wir die Ehe in einem Jahr auflösen.«

»Aber wir sind doch beide katholisch. Wir dürfen uns nicht scheiden lassen.«

»Dann werden wir uns eben nur von einem Friedensrichter trauen lassen, falls das dein Gewissen beruhigt. Mir persönlich ist es egal.«

»Du hast wohl auf alles eine Antwort, nicht wahr?« Ihre Stimme war so leise, daß er sie kaum verstehen konnte.

»Nicht auf alles, Molly. Deine Antwort habe ich noch nicht.«

»Ich... ich brauche etwas Zeit zum Nachdenken«, antwortete Molly ausweichend. Sie konnte doch einen Brannigan nicht heiraten – selbst dann nicht, wenn sie ihm gewisse Gefühle entgegenbrachte. Und was war mit Sam? Er liebte sie sicher nicht. Sie suchte seinen Blick. »Was ist mit Lilly Rose? Willst du denn nicht sie heiraten?«

»Mrs. Rose und ich haben ein Abkommen. Ich möchte sie nicht heiraten, und sie möchte mich nicht heiraten.«

Molly spielte auf Zeit und nippte an ihrem Sherry. Ihr Vater würde sich im Grab umdrehen, wenn er wüßte, daß sie einen Brannigan heiratete – aus welchem Grund auch immer. Der Gedanke an ihre Treulosigkeit machte sie ganz krank. Sie fühlte sich schuldig und gefangen, und für einen Augenblick haßte sie Sam Brannigan.

»Ich denke, es ist nur fair, wenn ich dir sage« – sie warf ihm einen forschen Blick zu, der in hartem Kontrast zu ihrer Unsicherheit stand – »daß es andere... Männer gegeben hat.«

Zum ersten Mal an diesem Tag drohte Sam die Beherrschung zu verlieren. »Willst du mir damit sagen, daß du keine Jungfrau mehr bist?«

Molly bemühte sich krampfhaft, nicht schon wieder rot anzulaufen, was ihr aber nicht wirklich gelang. Warum, zum Teufel noch mal, hatte sie ihm das aufgetischt? Weil sie es leid war, daß er sich in ihr Leben einmischte, weil sie es leid war, daß er sie immer bevormundete. Und sie war es leid, daß sie in den Zwisten mit den Brannigans immer auf der Verliererseite stand. Aber jetzt hatte sie seine Achillessehne gefunden, wie sie an seinem Blick ablesen konnte.

»Ja. Genau das wollte ich dir sagen. Aber an deinem Gesichtsausdruck kann ich sehen, daß das alles ändert. Ich hoffe, daß du ein Ehrenmann bist und mein Geheimnis nicht preisgibst.« Sie wollte aufstehen und gehen, aber er hielt sie am Arm fest.

»Das ändert überhaupt nichts. Im Gegenteil, das macht alles nur viel leichter, weil du dann ja genug Erfahrung hast, um die Vorteile meines Vorschlags erkennen zu können.«

Molly schluckte schwer. Wie üblich hatte Sam recht. Sie mußte schließlich an die Ranch denken. Nur die Lady Jay zählte. Wenn sie Sam nicht heiratete, würde sie die Ranch über kurz oder lang verlieren.

»In Ordnung, ich werde dich heiraten. Aber nur unter der Bedingung, daß ich fünf Nächte die Woche auf der Lady Jay schlafe.«

»Drei.« Seine Augen strahlten jetzt in einem rostigen Braunton, der ihr verriet, daß sie einen kleinen Sieg eingeheimst hatte.

»Vier, oder die Sache wird abgeblasen.«

»Na gut. Ich werde die Vorbereitungen treffen, und dann können wir morgen heiraten.«

»Morgen? Um Gottes willen, morgen kann ich dich auf gar keinen Fall heiraten.«

»Molly, du vergißt wohl, daß wir keine andere Wahl haben. Wenn wir diese Verträge abschließen wollen, müssen wir sie morgen unterzeichnen. Palmer wird nicht warten, bis wir irgendwann einmal heiraten.«

Molly wurde schwindelig. »Ich... ich meine, du hast recht.«

Sam bestellte die Rechnung. »Ich halte es für besser, wenn du dich etwas ausruhst. Du bist ganz blaß. Ich werde dich um acht abholen. Dann können wir hier im Hotel zusammen zu Abend essen. Auf diesem Weg werden wir uns auch noch etwas besser kennenlernen. Schließlich wirst *du* ja meine Ehefrau.«

Molly nickte und war ihm dankbar, daß er sie bis zu ihrem Zimmer begleitete. Sie bewegte sich wie eine Schlafwandlerin. Ihre Gliedmaßen funktionierten, aber nur aus Gewohnheit. Morgen würde sich ihr ganzes Leben von Grund auf ändern. Und ein Brannigan hatte ihre Hoffnungen und Träume zerstört. Warum hatte es so kommen müssen?

»Ruh dich aus«, trug Sam ihr wohlwollend auf. »Bis um acht dann.«

10. Kapitel

Molly zog sich aus und legte sich auf ihr Bett, aber einschlafen konnte sie nicht. Allerlei Gedanken gingen ihr durch den Kopf, Bilder und Ereignisse aus ihrer Kindheit. Sie dachte an den Tod ihrer Mutter und an die einsamen Jahre im Internat. Und jetzt heiratete sie einen Mann, den sie nicht lieben wollte. Einen Mann, der sie nicht liebte. Aber Sam war nicht einfach irgendein Mann. Er war etwas ganz Besonderes, und Molly wußte das sehr wohl. Für Sam Brannigan empfand sie mehr als für jeden anderen Mann, dem sie bis jetzt begegnet war, einmal abgesehen von ihrem Vater. Vielleicht reichten die Gefühle, die sie für Sam hegte, um das kommende Jahr durchzustehen. Ihr Gewissen erlaubte nicht, daß sie die Ehe mit ihm auf die Dauer in Erwägung zog. Nach zwölf Monaten würden sie die Ehe wieder auflösen und getrennter Wege gehen. Und die Lady Jay war gerettet.

Das Wissen um die Notwendigkeit ihrer Entscheidung beruhigte nur ihr Gewissen, nicht aber ihr Gefühl. Einen Mann zu heiraten, mit ihm zu leben und ihn dann wieder zu verlassen, widersprach allem, woran Molly glaubte. Als Katholikin war ihr die Institution der Ehe heilig. Gott, auf was hatte sie sich da nur eingelassen! Nein, sie konnte sich nicht weiter den Kopf zerbrechen, sondern mußte langsam einen Schritt nach dem anderen machen. Zuerst würde sie das Abendessen durchstehen, dann die Hochzeit – dann die Hochzeitsnacht.

Molly seufzte. Wenn sie nur daran dachte, bekam sie schweißnasse Hände. Sie wußte nichts darüber, wie Mann und Frau miteinander umgingen. Nicht einmal Angel hatte sie in derlei Dinge eingeweiht. Molly wußte nur das, was sie bei den Pferden auf der Ranch mitbekommen hatte, und dann waren da noch ab und zu die getuschelten Geschichten in Mrs. Finchs Internat gewesen.

Diese Geschichten hatten sie allerdings das Fürchten gelehrt – da war es um Blut und Schmerz gegangen und um Sich-Fügen, was immer mit Erniedrigung einherging. Aber als Sam sie geküßt hatte, hatte sie das alles überhaupt nicht empfunden. Und auch in ihren Träumen nicht. Doch Küsse und Träume hatten nicht viel mit der Wirklichkeit des Liebesaktes zu tun. Molly fröstelte.

Irgendwie würde sie das alles schon überstehen. Es hatte wenig Sinn, wie ein erschrecktes Kaninchen vor Angst zu zittern. Und außerdem mußte sie an die Ranch denken.

Sam warf einen Blick auf seine goldene Taschenuhr. Punkt acht Uhr. Leise klopfte er gegen Mollys Tür und war ziemlich verblüfft, daß sie ihm gleich aufmachte. Lilly hätte ihn wenigstens fünfzehn Minuten schmoren lassen.

»Guten Abend, Sam.«

»Guten Abend, Molly.« Ihm fiel sofort das blaßblaue Seidenkleid auf, das sie heute abend trug. Am Rücken war es hochgeschlossen, damit man die Narben der Züchtigung nicht sehen konnte. Als Sam an ihre geschundene Haut dachte, wurde er auf einmal stockwütend. Doch dann schüttelte er seinen Zorn ab und bot ihr den Arm. »Können wir gehen?«

Molly hakte sich bei ihm unter, und Sam spürte, daß sie ganz leicht zitterte.

»Du siehst wunderschön aus«, sagte er, während sein Blick über das kunstvoll gelockte Haar schweifte, das seitlich zusammengefaßt war. Für einen kurzen Augenblick klebten seine Augen an ihrer sanft geschwungenen Nackenlinie, bevor sie zu ihrem Brustansatz hinunterwanderten, der ihn an ihre rosafarbenen Knospen erinnerte.

»Danke«, erwiderte sie. »Auch du siehst ziemlich gut aus.« Sie spazierten durch das breite, mit Teppichen ausgelegte Foyer und kamen an mehreren elegant gekleideten Damen und Herren vorbei. Sam hatte sich für einen schwarzen Abendanzug und auf Hochglanz polierte schwarze Schuhe entschieden, deren Spitzen im weichen Licht der Kristallüster glänzten.

»Ich möchte, daß du mir etwas versprichst, Molly.«

Als sie mit ihren blauen Augen zu ihm aufblickte, konnte er ihre Aufregung erkennen, obwohl sie sich alle Mühe gab, ruhig und gelassen zu wirken. Bis jetzt hatte sie niemals zerbrechlich auf ihn gewirkt, doch auf einmal sah er sie in einem ganz neuen Licht.

»Versprich mir, nur für heute abend, daß du die Ranch vergißt. Vergiß das Morgen, heute abend wollen wir nur Molly und Sam sein. Zwei Menschen in einer wunderschönen Stadt, die zusammen einen herrlichen Abend verbringen.«

Molly schenkte ihm ein leises, zaghaftes Lächeln. Diese Seite hatte Sam bis jetzt noch nicht an ihr kennengelernt, aber er wußte jetzt schon, daß er sie ganz bezaubernd fand. »Das klingt wunderbar, Sam. Ich verspreche dir, daß ich mich bemühen werde. Und... vielen Dank.«

Er drückte ihre Hand leicht, als er sie die geschwungene Treppe hinunter in den Speisesaal geleitete. Der Grand Salon machte seinem Namen alle Ehre: Säulen aus rosafarbenem Marmor stützten die hohe Decke, die Fenster hatten rosagetöntes Glas und überall standen Eßtische, auf denen schwere Tischdekken, die ebenfalls in Rosa gehalten waren, ausgebreitet waren. Leise Musik wurde im Hintergrund gespielt und bildete genau den richtigen Rahmen für einen romantischen Abend, so wie Sam ihn geplant hatte.

Sam zog Mollys Stuhl unter dem Tisch hervor und stellte ihn neben seinen, dann bestellte er Champagner.

»Kommst du oft nach Denver?« fragte Molly ihn.

»Ein oder zwei Mal im Jahr. Ich habe ein paar Freunde in der Stadt und ein paar geschäftliche Bekannte. Bist du zum ersten Mal hier?«

»Ja. Denver finde ich traumhaft. Obwohl ich bis jetzt nur wenig davon gesehen habe.« Der Kellner trat mit dem Champagner an ihren Tisch und schenkte Sam zur Kostprobe einen kleinen Schluck ein. Auf Sams Nicken hin füllte er beide Gläser und verschwand.

Sam erhob sein Glas. »Auf Denver, diese wunderschöne Stadt. Und auf Molly, diese wunderschöne Frau.«

»Und auf Sam«, fügte sie lächelnd hinzu, »einen formidablen Gegner.«

Doch Sam trank nicht. »Nein, Mädchen. Ich bin doch kein Gegner mehr.« Er suchte ihren Blick. »Auf Sam, Mollys neuen Partner.«

Molly nahm einen großen Schluck dieses köstlichen, leicht sprudelnden Getränks. Nach den ersten Schlucken konnte sie sich endlich entspannen. Sams aufmerksame Art überraschte sie ein wenig, aber eigentlich war es ihm ja immer gelungen, sie in eine andere Stimmung zu versetzen. Heute abend wollte sie ihm beweisen, daß sie all die Mühe wert war.

Der Champagner stieg ihr zu Kopf, aber das kümmerte sie wenig. Heute abend wollte sie einfach nur Molly sein. Morgen konnte sie sich wieder um alles Sorgen machen, aber jetzt konnte sie alles tun, was und wie es ihr gefiel.

Sam stellte für sie beide das Menü zusammen. Als Vorspeise gab es Brunnenkresse-Suppe und dann eine Lachsterrine. Als Hauptgang folgte gebackene Forelle in einer Madeirasauce, zu der Sam eine zweite Flasche Champagner bestellte. Ein paar Gläser später lachte Molly zu ihrer Überraschung über das, was Sam sagte, und genoß den Abend überhaupt sehr.

»Darf ich dir eine persönliche Frage stellen«, sagte sie. Lächelnd strich er mit dem Zeigefinger über ihr Kinn. Molly spürte, wie sie eine Gänsehaut bekam.

»Wir werden doch Partner sein, nicht wahr?« sagte Sam.

»Wo hast du dir... die Verletzung am Bein zugezogen?«

Sams Lächeln verblaßte, und in seinen Augen tauchte ein verschwommener, in die Ferne gerichteter Blick auf.

»Vielleicht hätte ich doch nicht fragen sollen«, entschuldigte Molly sich. Sie wollte ihnen den Abend auf keinen Fall verderben.

»Nein, das ist schon in Ordnung. Das ist schon vor langer Zeit geschehen.« Er setzte sich aufrecht hin und lächelte zu ihr hinüber, als störe ihn ihre Frage überhaupt nicht, aber seine Augen verrieten, was er wirklich empfand, und seine Stimme klang auf einmal viel dunkler, was Molly sehr wohl auffiel.

»Ich war gerade siebzehn, als der Krieg ausbrach. Ich war jung und dumm und wollte mich in der Welt beweisen. Damals glaubte ich, daß Kriege glorreich sind, daß die Schlachten den Männern Ehre bringen. So sagte ich meinem Vater, daß ich für den Norden kämpfen wolle, was er mir verbot. Das war der einzige Zwist, den wir jemals hatten. Er sagte, daß wir Westmänner unsere eigenen Kriege zu kämpfen hätten. Aber ich glaubte an die Sache. Ich hielt es für falsch, daß Männer als Sklaven gehalten wurden. Und ich glaubte, daß etwas Gutes dabei herauskommen würde, wenn wir für die Abschaffung der Sklaverei kämpften. Aber...«

»Erzähl weiter«, ermutigte sie ihn leise, als er innehielt.

»Aber da gab es keine Ehre. Keinen Ruhm. Es gab nur Blut und Tod und Zerstörung. Ich war in South Carolina, als zwei meiner Freunde auf einer Brücke in schwerem Artilleriefeuer standen. Ich ging hinein, um sie herauszuholen. Einer hat es überlebt, der andere nicht. Ich fast auch nicht. Ich bekam zwei Musketenschüsse ab, einen in die Brust und einen ins Knie. Die Brustwunde heilte ohne Komplikationen, aber das Knie machte Schwierigkeiten. Die Ärzte waren sich sicher, daß ich mein Knie verlieren würde. Im besten Falle, sagten sie, würde ich nie wieder gehen können.« Jetzt grinste Sam. »Aber ich zeigte ihnen, daß ein Brannigan eine Niederlage nicht so leicht hinnimmt.«

Sie legte ihre Hand auf seine und schenkte ihm ein Lächeln. »Wenn es eine Sache gibt, die ich über dich gelernt habe, dann, daß du eine Niederlage nicht akzeptierst. Niemals.«

Er lachte gutgelaunt, und sie war glücklich, daß seine haselnußbraunen Augen wieder funkelten.

»Und was ist mit Freundinnen?« köderte sie ihn. »Es muß doch Unmengen von Yankee-Frauen gegeben haben, die euch Soldaten glücklich machen wollten.«

»Ja, es gab Frauen. Das kann ich nicht leugnen. Doch nicht so viele, wie du vielleicht denkst. Ich hatte niemals die Zeit, mich mit jemandem richtig einzulassen.«

»Bis auf Lilly.«

Sam schaute ihr unverwandt in die Augen. »Lilly und ich hatten nur eine äußerst lockere Verbindung. An etwas Dauerhaftem waren wir nicht interessiert.«

»Sam?«

»Ja, Mädchen.«

»Ich weiß, ich habe es versprochen, aber... Glaubst du, daß wir das Richtige tun?«

»Was meinst du?«

»Ich weiß es nicht.«

»Es wird schon alles klappen, Molly. Ich verspreche es dir.«

Nach dem Abendessen bestand Sam darauf, daß er und Molly mit der Kutsche eine Stadtrundfahrt machten. Die Luft war kühl, und die Sterne am Himmel glitzerten wie funkelnde Juwelen. Sam trug dem Kutscher auf, sie nach Browns Bluff zu fahren, von wo aus man einen herrlichen Ausblick auf die Stadt hatte.

»Das ist umwerfend, Sam.«

»Nicht annähernd so umwerfend, wie du.« Er betrachtete sie ganz genau und wurde plötzlich von der Tatsache überwältigt, daß diese wunderschöne Frau neben ihm morgen seine Frau wurde. Er konnte es immer noch nicht glauben. Er hatte sich äußerst ungewöhnlich verhalten und hielt jetzt unerschütterlich an seiner Entscheidung fest. Er hatte ihr sein Wort gegeben. Und zu diesem Wort würde er stehen, egal, was kam.

Als Molly sich zu ihm umdrehte und ihn anschaute, tanzte das Mondlicht in ihren hübschen Augen, und hätte Sam noch Zweifel gehegt, die sanfte Abendbrise hätte sie davongetragen. Er strich ihr eine Haarsträhne aus dem Gesicht, legte die Hand unter ihr Kinn und küßte sie ganz leicht. Als er ihre warmen, feuchten Lippen spürte, schlug sein Herz heftig.

Molly widersetzte sich ihm nicht. Der Champagner hatte ihr den Kopf verdreht; sie war in Hochstimmung. Sams Hände liebkosten ihr Gesicht, und dann spürte sie, wie sein Bart sanft über ihre Wange strich. Er knabberte an ihren Lippen, kostete sie, erforschte ihren Mund. Sein Verhalten schien so richtig, so natürlich. Leicht zitternd schmiegte sie sich an ihn, erlaubte ihm weiterzumachen, wonach es sie tief in ihrem Herzen dürstete. Als er sie wieder küßte, öffnete sie die Lippen, und seine Zunge drängte sich leise fordernd zwischen ihre Zähne. Ganz gefangen stöhnte sie leise und erwiderte seinen Kuß leidenschaftlich.

Sam rang um Beherrschung. Er spürte ihre Leidenschaft, spürte, wie sich ihr Körper unter seiner Berührung aufbäumte. Ihr Kuß war heiß und feurig. Als sie ihre Arme um seinen Hals schlang und mit den Fingern sein Haar zerzauste, war er kurz davor, sie gleich hier auf dem Boden der Kutsche zu nehmen. Ihre vollen Brüste mit den harten, spitzen Knospen preßten sich gegen ihn. Da erinnerte er sich an ihren Anblick, an ihre Weichheit, und er mußte laut aufstöhnen. Sein Verlangen raubte ihm den Atem und die Sinne. Bebend riß er sich von ihr los.

Molly taumelte, suchte Halt und schaute ihn unsicher an. Niemals hätte er geglaubt, daß sie ihn so betören könnte. Wenn er es nicht besser gewußt hätte, hätte er geschworen, daß sie keine Ahnung hatte, was sie in ihm auslöste. Auch ihre eigenen Gefühle schien sie nicht zu begreifen.

»Ich denke, es ist besser, wenn wir zurückfahren.« Seine Stimme brach, und er fragte sich, ob sie es auch gehört hatte. Hier in der Kutsche fehlte jegliche Intimität, zumal sie einen Kutscher dabei hatten. Morgen würden sie allein sein. Morgen würde sie ihm gehören.

Molly nickte zustimmend. Sie taumelte immer noch. »Ich... ich glaube, ich habe zuviel Champagner getrunken.«

Als Sam sie anschaute, fiel ihm ihr leicht gläserner Blick auf. »Es ist immer noch ziemlich früh«, sagte er. Seine Stimme klang fast wie sonst. »Ich glaube, du brauchst nur ein bißchen Schlaf. Wahrscheinlich hat dich die Reise ermüdet.« Er trug dem Kutscher auf, zum Hotel zurückzufahren.

»Der heutige Abend war ganz bezaubernd, Sam. Wirklich ganz bezaubernd.«

»Finde ich auch, Mädchen.«

Die kühle Abendluft erfrischte Molly ein wenig, nahm ihr die leichte Trunkenheit, so daß sie sich nur noch etwas benommen fühlte. »Früher habe ich mir immer meinen Hochzeitstag ausgemalt«, weihte sie ihn auf der Kutschfahrt ein. »Wie ich in einem wunderschönen Hochzeitskleid das Kirchenschiff hinunterschreiten würde, am Arm meines Vaters, und daß er jedem erzählen würde, wie stolz er auf mich ist. Danach würde es dann einen Empfang geben, mit einer sechsstöckigen Hochzeitstorte und einem Orchester, und dann würde ich mit meinem Mann bis Mitternacht tanzen.«

Sams Herz verkrampfte sich bei ihrer Schilderung, und er fühlte sich schuldig. Doch das Gefühl schüttelte er schnell wieder ab, denn schließlich tat er Molly einen Gefallen, half ihr dabei, die heißgeliebte Ranch zu retten. Außerdem ersparte er ihr den beißenden Klatsch, den sie mit ihrem Verhalten unweigerlich hervorgerufen hätte.

»Und hast du mit ihm glücklich bis ans Ende deiner Tage gelebt?« fragte er sie.

»Natürlich.« Sie lächelte bedrückt. »Aber schließlich war es ja nur ein Traum.«

Die Kutsche rollte vor das Hotel, und Sam half Molly beim Aussteigen, indem er ihre schmale Taille umfaßte.

»Geht es dir besser?« erkundigte er sich, als sie die breite Treppe zu ihrem Zimmer hochstiegen.

»Ja. Viel besser. An Champagner bin ich nun wirklich nicht

gewöhnt, aber es hat soviel Spaß gemacht, findest du nicht auch?«

»Ja, das hat es, Mädchen.« Er konnte nicht fassen, wie unschuldig sie aussah. Ganz anders als auf der Ranch. Dort hatte sie die Zügel in der Hand. Heute abend kam sie ihm zum ersten Mal verletzlich vor, und er hatte fast das Gefühl, daß sie ihn brauchte, was er aus vollem Herzen genoß.

»Nun, da sind wir«, sagte er, als sie vor ihrer Tür standen. Er wollte ihr keinen Abschiedskuß geben, weil die kommende Nacht für ihn ohnehin schon hart genug wurde. Aber sie schloß die Augen und reckte ihm das Gesicht entgegen, so daß er einfach nicht widerstehen konnte.

Doch jetzt achtete er darauf, daß er sich nicht gehen ließ. Morgen nacht hatten sie genug Zeit dafür. Er war so umsichtig gewesen, extra für diese Gelegenheit eine Suite zu nehmen. So hauchte er nur einen flüchtigen Kuß auf ihre vollen, roten Lippen und wich dann zurück.

»Die Trauung ist für sechs Uhr angesetzt. Ich werde mich kurz vorher bei dir melden.«

»Aber der Bräutigam darf doch die Braut nicht vor der Trauung sehen! Das bringt nur Unglück!« Ihre runden, großen Augen sahen so anziehend aus, daß er darin zu ertrinken glaubte.

»In Ordnung, ich werde dich von jemand anderem abholen lassen.« Er warf ihr einen letzten Blick zu, wurde schwach, zog sie in seine Arme und küßte sie heftig.

»Gute Nacht, Mädchen.«

Atemlos trat sie in ihr Zimmer und schloß leise die Tür hinter sich.

Mollys Kopf rauchte – und nicht vom Champagner. Der Abend mit Sam war traumhaft gewesen. Und obwohl sie sich deshalb schuldig fühlte, mußte sie irgendwann einmal damit fertig werden. Was ihr zu schaffen machte, waren die Empfindungen, die er mit seinen Küssen heraufbeschwor. Immer hatte sie das Gefühl, darin zu ertrinken... Aber mit Worten konnte sie sich das sowieso nicht erklären. Wenn er sie küßte, war ihr kurz so, als verliere sie jede Kontrolle über Körper und Geist. Ja, da fiel alles von ihr ab, ihre Selbstbeherrschung löste sich in Luft auf, und damit kam Molly überhaupt nicht zurecht.

Sie läutete nach einer Kammerzofe, die ihr beim Auskleiden behilflich sein sollte, und bürstete ihr Haar dann mit einer Inbrunst, die überflüssig war. Nachdem sie sich ein Nachthemd übergeworfen hatte, schlüpfte sie zwischen die Laken. Was führte er im Schilde? Und warum war er so nett zu ihr? Wollte er sie um ihren Anteil an der Ranch betrügen oder ihr einfach die Kontrolle darüber entreißen? Dieser Mann hatte irgend etwas vor, was er ihr nicht erzählt hatte, das war sicher.

Molly drückte ihr Kissen ein und versuchte einzuschlafen, aber sie war so wütend auf sich, daß sie so heftig auf seine Küsse reagiert hatte, daß ihr das nicht gelang. Was würde morgen abend auf sie zukommen? Würde sie wieder etwas von ihm wollen, ohne zu wissen, was es war? Oder würde es ihr schlecht gehen, sie sich angeekelt fühlen und sich seinem Willen dennoch fügen?

Nein, es hatte keinen Sinn, weiter darüber nachzudenken, was das Morgen brachte. Langsam schlummerte sie ein.

Die Sonne stand schon hoch am Himmel, als Molly von einem Klopfen an der Tür geweckt wurde. Sie warf sich einen seidenen Morgenmantel über, streckte sich und gähnte und ging dann zur Tür. Eine kleine, dunkelhaarige Orientalin wartete mit einem Pagen, der Unmengen von Schachteln trug, im Korridor.

»Mr. Brannigan schickt das hier«, sagte die Frau in eigenwilligem Englisch. »Hat gesagt, ich soll Änderungen vornehmen.«

Der Page stapelte die Schachteln aufs Bett, schloß die Tür hinter sich und war verschwunden. Neugierig, wie sie nun einmal war, hob Molly den Deckel von einer Schachtel, in der ein schneeweißes Negligé aus französischer Spitze und passende Pantöffelchen aus weißem Satin lagen. Ehrfürchtig breitete sie das durchsichtige Negligé auf dem Bett aus. Es war wunderschön.

»Mr. Brannigan, netter Mann, ja?« fragte die Chinesin sie.

»Ja«, lautete Mollys Antwort. Aber als sie das zauberhafte Nachthemd betrachtete, wußte sie, daß er sie darin sehen wollte, was ihr ein wenig Angst machte.

Beklommen lüftete sie den Deckel der zweiten Schachtel. Mit zitternden Händen und einem Kloß im Hals hob sie ein wunderschönes Hochzeitskleid aus weißer Seide heraus. Das Kleid war äußerst geschmackvoll gearbeitet: schlicht und doch elegant, mit hochgeschlossenem Kragen und langen, enganliegenden Ärmeln, nur mit Häkchen am Rücken und einer Reihe Perlen, die die Vorderseite schmückte.

Als Molly den zarten Tüllschleier entdeckte, der mit einer Perlenkrone gefaßt war, klopfte ihr Herz so laut, daß sie fürchtete, die Chinesin könne es sogar hören. Molly drapierte das Kleid auf ihr Hotelbett und wollte schon den Deckel auf die Schachtel legen, als ihr ein kleiner weißer Briefumschlag auffiel.

Aufgeregt zog sie die Karte heraus und las die wenigen Worte, die in einer ausladenden Männerhandschrift darauf gekritzelt waren. *Manchmal werden Träume wahr, Molly.*

Die Nachricht war nur mit einem *S* unterschrieben. Molly drückte die Karte an ihre Brust. Sam. Anscheinend wußte er immer ganz genau, was sie sich tief im Herzen wünschte, und außerdem war er so aufmerksam. Er hatte ihr auch noch Spitzenunterröcke mitgeschickt, ein weißes Seidenhöschen, einen Strumpfhalter aus Satin. Wie sich herausstellte, war das Hochzeitskleid ein wenig zu lang und in der Taille ein bißchen zu weit, aber Wen, die kleine Orientalin, versicherte Molly auf der Stelle, daß sie es innerhalb von ein paar Stunden ändern konnte. Zum ersten Mal seit zwei Tagen hatte Molly das Bedürfnis, aus vollem Herzen zu lachen. Vielleicht wurden Träume ja *wirklich* wahr.

11. Kapitel

Um fünf Uhr nachmittags war Molly aufgeregt und hätte schwören können, daß sie die Trauung niemals überleben würde. Um vier Uhr hatte Spencer Whitcomb bei ihr vorbeigeschaut und die Dokumente gebracht, die sicherstellten, daß die Ranch allein ihr gehörte. Jetzt wanderte sie nervös – nur in ein Korsett und Unterröcke gehüllt – im Zimmer auf und ab und betete zu Gott, daß die Zeit schneller verging. Wenn sie schon heiraten mußte, dann lieber so bald wie möglich.

Wen war ihr eine große Hilfe. Im Ankleiden von Bräuten schien sie Erfahrung zu haben. Die kleine Chinesin legte ihr das Haar zu einer Blüte aus Locken, auf der der Schleier befestigt wurde. Die restlichen Haare fielen auf den Rücken; kleine Korkenzieherlöckchen fielen über die Ohren herab.

»Es ist Zeit, daß wir Sie anziehen, Miss James«, sagte Wen, und Molly nickte stumm. Noch immer klopfte ihr Herz laut, und auch das Zittern hatte kaum nachgelassen. Wen schloß die Häkchen und Perlenknöpfe und bestand dann darauf, daß Molly sich nicht wieder setzte, weil sonst das Kleid verknitterte. Deshalb mußte die Frau auch auf einen Stuhl steigen, um ihr den Schleier aufzusetzen. Nachdem sie in ihre Satinslipper geschlüpft war, ließ Molly sich von Wen vor einen großen, ovalen Spiegel auf der anderen Seite des Zimmers führen. Als sie das ätherische Wesen im Spiegel sah, konnte Molly nicht glauben, daß sie es war. Gehörten diese blauen Augen wirklich Molly James?

Das Kleid brachte ihre schmale Taille vorteilhaft zur Geltung und war so schlicht gehalten, daß es unweigerlich die Schönheit ihres Gesichts herausstrich, das ganz glatt und weich wirkte. Lippen und Wangen waren mit etwas Rouge betupft worden und schimmerten wunderschön. Nein, sie konnte wirklich nicht leugnen, daß sie hübsch aussah. Dabei wünschte sie sich nichts mehr, als sich ebenso gut zu fühlen, wie sie im Spiegel wirkte.

Ein leises Klopfen an der Tür beschleunigte ihren Puls.

Wens dünne Lippen kräuselten sich zufrieden. »Sie geben eine schöne Braut für einen gutaussehenden Bräutigam ab.«

»Vielen Dank, Wen.« Mit einem Nicken gab Molly ihr zu verstehen, daß sie bereit war. Wenn sie sich nur etwas sicherer gefühlt hätte.

Als Wen die Tür öffnete, stand zu Mollys Überraschung William Jackson Palmer mit einem Blumengesteck für die Braut auf dem Flur. Als er ihr den Strauß überreichte, tanzte ein warmes Licht in seinen dunkelbraunen Augen.

»Es wäre mir eine Ehre, wenn Sie mir erlaubten, Sie am Altar dem Bräutigam zu übergeben.«

Molly lächelte. Jetzt fühlte sie sich schon ein wenig besser. Sie mochte William Palmer. Er schien ein ehrlicher, direkter und aufrichtiger Mann zu sein. Seine Gegenwart verlieh ihr etwas Kraft. Bereitwillig legte sie ihre Hand auf seinen Arm und rauschte in den Korridor.

Die Trauung fand in der Rocky-Mountain-Suite in der obersten Etage des Hotels statt. Palmer tätschelte aufmunternd ihre Hand, als er die schwere Doppeltür aufschob. Die Suite, die sich dahinter verbarg, war luxuriös eingerichtet. Ihre Schuhe klackten auf dem auf Hochglanz gebohnerten Holzfußboden, auf dem ein dicker, blauer Teppich ausgebreitet war. Der Raum war in Eisblau und Silber gehalten und mit zierlichen Louis-XIV-Möbeln ausgestattet.

Der Duft von weißen Rosen hing in der Luft. Ein Mann im schwarzen Anzug hielt eine aufgeschlagene Bibel in der Hand. Spencer Whitcomb, Warren Jacobs und Clarence Webb, die Molly alle schon von dem Treffen tags zuvor kannte, standen im Halbkreis um den Friedensrichter. Zwei elegant herausgeputzte Damen und ein Mann standen ein wenig abseits, und Michael Locke, der ernst und besorgt dreinblickte, hatte sich zu dieser Gruppe gesellt.

Als sie an William Palmers Arm durch den weitläufigen Raum schritt, kam Sam mit ausladenden Schritten auf sie zu. Da schlug ihr Herz noch schneller. Er hatte sich für einen schwarzen

Abendanzug und ein blütenweißes Hemd entschieden. Sein dikkes, blondes Haar fiel in sanften Wellen auf den Kragen. Seine Augen blitzten euphorisch. Sein breites Lächeln wirkte normalerweise beruhigend auf Molly, aber heute machte es sie ganz nervös. Sie lächelte verkrampft und ihre Hände waren eiskalt und klamm, als William sie Sam übergab.

»Du siehst noch hübscher aus, als ich es mir vorgestellt hatte.« Mit dem im Licht der Kristallüster leuchtenden Haar und dem zögernden, fast um Hilfe flehenden Blick bot der kleine Rotschopf einen atemberaubenden Anblick. Sam dachte an die ruhelose Nacht, an den Selbstzweifel, an das schlechte Gewissen, das ihn geplagt hatte, weil er das Mädchen zu dieser Ehe überredet hatte, aber jetzt, wo er sie anschaute, wußte er sofort, daß er das Richtige getan hatte. Im Augenblick fühlten sich ihre Finger kalt und steif an, als er sie zu den Gästen hinüberführte, aber später würden sie sicherlich wieder warm und übereifrig wie am gestrigen Abend sein.

»Molly, darf ich dir William und Elizabeth Byers vorstellen«, stellte er ihr zwei seiner engsten Freunde vor. »Ihnen gehören die *Rocky Mountain News*. Und das hier ist Mary Palmer.« Mit einem kurzen Nicken deutete er auf die üppige, brünette Frau, die William Palmers Gattin war. »Ich denke, die anderen kennst du schon.«

»Ja.« Obwohl sie sie kannte, konnte sie sich kaum mehr an ihre Namen erinnern. Sam führte sie zu dem Mann, der die Bibel hielt.

»Und das hier ist Richter Barton.« Der dünne, grauhaarige Mann, der einen kurzen Schnauzbart trug und warme, blaue Augen hatte, lächelte ihr freundlich zu.

»Guten Tag, Euer Ehren.« Molly lächelte verkrampft zurück.

»Sind Sie bereit?« fragte der Richter.

Molly konnte nur nicken. Sie klammerte sich an Sams Arm fest, als sei er in diesem Augenblick ihr Rettungsring. Der Richter rezitierte die Worte, die fast jede Frau auswendig kannte.

»Werte Anwesende: Wir haben uns hier im Angesicht Gottes

und vor diesen Zeugen versammelt, um Molly James und Samuel Shamus Brannigan in den heiligen Bund der Ehe zu geben...«

Die nächsten Sätze bekam Molly kaum mit. Der Name, der all die schrecklichen Erinnerungen an Gewalt und Mord heraufbeschwor, geisterte ihr im Kopf herum. Shamus Brannigan, der Mörder, dessen Sohn sie jetzt heiratete. Der Verrat, den sie beging, schnürte ihr die Kehle zu. Wie konnte sie nur diesen Feind ihrer Familie heiraten? Konnte sie sich wirklich allem widersetzen, was man sie gelehrt hatte? Und doch, wie sonst hätte sie die Lady Jay retten sollen?

Es ist ja nur ein Jahr, redete sie sich ein. Und nur, um die Ranch zu retten. Aber als sie dem großen, blonden Mann, der neben ihr stand, einen kurzen Seitenblick zuwarf, fragte sie sich, ob sie wirklich Bedenken hatte.

»Nehmen Sie, Samuel, diese Frau, Molly, zur rechtmäßig angetrauten Gattin? Werden Sie sie lieben, ehren und schützen, in guten wie in schlechten Tagen, in Krankheit und in Gesundheit, solange Sie leben?«

Sams Stimme klang klar und kräftig, und doch glaubte Molly eine Sanftheit zu hören, die seine wahren Gefühle verriet. »Das werde ich.« Und dann drückte er ihre Hand, als spürte er ihre Unsicherheit.

»Werden Sie, Molly, diesen Mann, Samuel, als rechtmäßig angetrauten Gatten nehmen? Werden Sie ihn lieben, ehren und schützen, in guten wie in schlechten Tagen, in Krankheit und Gesundheit, solange Sie leben?«

Molly knabberte an ihrer Unterlippe herum und schluckte schwer. Tat sie das Richtige? »Das werde ich«, flüsterte sie.

Der Richter schaute zu Sam auf. »Sie dürfen ihr jetzt den Ring anlegen.«

Sam schob einen funkelnden Diamantring über ihren Ringfinger und lächelte ihr aufmunternd zu.

»Sprechen Sie mir nach«, sagte der Richter. »Mit diesem Ring nehme ich dich zur Frau.«

Sam wiederholte die Worte, bevor der Richter fortfuhr. »Laß

diesen Ring das Symbol unserer Liebe und ein Siegel für das Gelübde sein, das wir uns geschworen haben.«

Molly wurde fast ohnmächtig. *Liebe... und Gelübde, das wir uns geschworen haben.* Gerade eben hatte sie eingewilligt, Sams Frau zu werden, und zwar nicht nur für ein Jahr, sondern solange sie lebten. Sie war eine Lügnerin, eine Betrügerin und eine Verräterin. Auch jetzt schnürte es ihr wieder die Kehle zu, aber Tränen kamen nicht. Zum ersten Mal in ihrem Leben war sie deshalb gottfroh.

»Dank der Autorität, die mir vom Staate Colorado übertragen wurde, erkläre ich Sie zu Mann und Frau. Was Gott zusammengeführt hat, soll der Mensch nicht scheiden. Sie dürfen die Braut jetzt küssen.«

Sam lüftete ihren Schleier, dann spürte sie seine kräftigen Finger unter ihrem Kinn und seine warmen Lippen auf den ihren. Er riß sie in seine Arme und küßte sie. Ihr stockte der Atem. Jetzt bestand kein Zweifel mehr daran, wessen Frau sie war.

Die Hochzeitsgäste traten näher, um dem Brautpaar Glück zu wünschen, und Molly nahm die zarten Küsse, die man ihr auf die Wange hauchte, stoisch hin. Nur Michael Locke küßte sie so lange, bis ihr schwindelig wurde. Als er sie endlich wieder losließ, warf Sam ihnen einen finsteren Blick zu.

»Mr. Locke, das dürfte dann der letzte Kuß dieser Art gewesen sein.« Sein Tonfall klang ganz normal, aber alle drei wußten um die unterschwellige Warnung, die darin anklang. Sam hatte Locke die ganze Zeit über im Auge behalten. Der Mann freute sich offensichtlich nicht über die Trauung, und da er Molly gerade so leidenschaftlich geküßt hatte, fragte Sam sich unweigerlich, wie gut er seine hübsche, rothaarige Frau kannte. Molly hatte ihn über ihr vorheriges Leben aufgeklärt, und er hatte geschworen, ihr das nicht nachzutragen. Außerdem hatte er selbst ja auch nicht gerade keusch gelebt.

Bis jetzt hatte es ihn nie gestört, wenn eine Frau ihre Unschuld verloren hatte. Im Gegenteil, es hatte ihn immer erleichtert. Aber mit Molly war es irgendwie anders. Er hätte es genossen, sie in die Künste der Liebe einzuführen. Wenn er sich vorstellte, wie sie in Michael Lockes Armen lag – oder in denen eines anderen Mannes – kochte das Blut in seinen Adern. Er fixierte sie. In dem Blick, den sie ihm zuwarf, lag eine Spur Besorgnis, so daß er sich fragte, ob sein Verdacht, was sie und Locke betraf, berechtigt war. Obwohl es nicht wirklich zählte. Von jetzt an gehörte Molly ihm. Und er konnte es nicht erwarten, daß sich ihre Gäste verabschiedeten, damit er ihr seine Einstellung klarmachen konnte.

Als sie zu ihm aufschaute, sah sie, daß er lächelte. Und sie sah auch diesen Blick in seinen Augen, ein Blick, vor dem sie sich fürchtete. Der Hunger, der in seinen Augen lag, verriet ihr, daß er schon an die bevorstehende Nacht dachte. Molly wurde fast schlecht vor Angst. Die Geschichten, die sie ihm erzählt hatte, verfolgten sie. Doch sie hatte es bis hierher geschafft, dann würde sie den Rest des Abends auch noch überstehen. So legte sie ein Lächeln auf, das einer Braut gut zu Gesicht stand, und ging mit Sam zum Buffet hinüber.

Silberne Platten standen auf weißem Leinen, und der Duft des leicht scharf gewürzten Fleisches und das Aroma des dunklen Kuchens stiegen ihr in die Nase. Ein Kellner mit weißen Handschuhen drehte den Korken aus einer Champagnerflasche, füllte die Kristallkelche und reichte sie den Gästen.

William Palmer hob sein Glas und sprach einen Toast. »Auf die Braut und den Bräutigam. Möge ihre Ehe genauso erfolgreich wie ihre neue Partnerschaft mit der Denver und Rio Grande sein!« Alle lächelten gutgelaunt, bis auf Michael Locke, der kaum an seinem Glas nippte.

Und dann gingen Kellner durch den Raum und brachten eine Reihe Delikatessen: Es gab alles, von geräuchertem Lachs bis hin zu russischem Kaviar. Sam hatte an nichts gespart.

Nicht einmal den Hochzeitskuchen hatte er vergessen. Und obwohl er nur dreistöckig war, freute Molly sich sehr darüber. Spencer Whitcomb bestand darauf, daß sie ihn zusammen anschnitten und sich gegenseitig fütterten. Als Sam sie dabei vertraulich angrinste, hätte sie ihm den Kuchen am liebsten ins Gesicht geworfen.

Anscheinend konnte er Gedanken lesen, denn er kicherte.

»Das würde ich an deiner Stelle nicht tun«, flüsterte er mit seiner rauchigen Stimme. »Denk dran, Mädchen, wenn sie weg sind, bist du meiner Gnade ausgeliefert.«

Sie wünschte, er hätte sie nicht daran erinnert. Plötzlich schmeckte der süße Kuchen bitter. Sie wandte ihren Blick ab und sah, wie Wen und ein paar Pagen mit ihrem Koffer auf das angrenzende Schlafzimmer zusteuerten. Da fiel ihr das Spitzennegligé wieder ein, und es lief ihr kalt den Rücken hinunter. Schnell trank sie einen Schluck Champagner.

Der Abend verstrich quälend langsam, so daß Molly ausreichend Zeit blieb, sich die bevorstehenden Qualen auszumalen. Doch als sich der letzte Gast verabschiedete, hatte sie das Gefühl, die Stunden seien wie im Flug verstrichen.

»Nun, Mrs. Brannigan, jetzt sind wir endlich allein.« Sam zog sie in seine Arme und küßte sie stürmisch. Eigentlich entfachte solch ein Kuß ihr Feuer und machte sie ganz schwach. Doch jetzt verspürte sie nur Angst.

»Ich denke, wir beide hatten genug Champagner«, sagte er. »Ich werde hier draußen auf dich warten.« Ein Feuer der Lust glimmte in seinen Augen auf, und Molly bekam Bauchschmerzen.

Sie nickte, flüchtete ins Schlafzimmer und schloß schnell die Tür hinter sich. Dann lehnte sie sich dagegen, weil sie sich kaum mehr aufrecht halten konnte. Wie sollte sie das nur durchstehen? Was kam jetzt auf sie zu? Was würde er von ihr erwarten? »Mutter Gottes«, flüsterte wie, »was soll ich denn nur tun?«

Hölzern setzte sie sich vor den zierlichen Sekretär und zupfte den dünnen Tüllschleier aus den Haaren. Im Spiegel konnte sie das riesige, vierpfostige Bett mit dem blauen Satinüberwurf sehen. In wenigen Minuten würde sie zwischen den Laken liegen. Nackt und vor Furcht bibbernd, neben einem Mann, der sich für sie nur als Geschäftspartnerin und als Lustobjekt interessierte.

Obwohl Mollys Wangen vom Champagner gerötet waren, fühlte sie sich seltsam nüchtern. Mit zittrigen Fingern nahm sie die Nadeln aus dem Haar und kämmte es dann mit der silbernen Bürste ihrer Mutter. Colleen James' Gesicht tauchte vor ihrem geistigen Auge auf und stachelte ihr schlechtes Gewissen an.

Das Spitzenneglige war auf dem Bett ausgebreitet, ihre Sachen in den Schränken verstaut worden. All das erinnerte sie nur daran, daß das hier jetzt ihr Zimmer war. Ihres und das ihres Mannes. Hätte sie doch nur einen Mann geheiratet, bei dem sie darauf vertrauen konnte, daß er ihr zeigte, was ihm gefiel. Statt dessen hatte sie in eine Ehe ohne Liebe eingewilligt, die rein den geschäftlichen Interessen der beiden Partner diente.

Die Wanduhr tickte unheilvoll, die Minuten verstrichen langsam. Obwohl sie sich viel Zeit gelassen hatte, konnte sie sich nicht überwinden, aufzustehen. Wie betäubt tupfte sie einen Hauch Orangenduft hinter die Ohren und fing dann wieder an, ihr Haar zu kämmen.

Sams leises Klopfen an der Tür klang in ihren Ohren wie Gewehrfeuer. Ihr Herz schlug dumpf gegen die Rippen.

»Molly?« Ohne auf ihre Erlaubnis zu warten, öffnete er die Tür und trat ein. Er zog sein Hemd aus, ließ die Hosen aber noch an. Sein nackter Oberkörper schimmerte im Schein der Lampe, als er durchs Zimmer schritt. Molly mußte zwangsläufig an die Kraft denken, die er hatte, und erschauderte. Tief durchatmend zwang sie sich, aufzustehen, und ihm ins Gesicht zu blicken.

Sein Blick war eine einzige Anklage. »Du bist ja noch angezogen«, sagte er. Sie spürte ganz deutlich, wie sich seine Stimmung wandelte.

»Sam, hör doch mal.«

»Warum trägst du immer noch das Hochzeitskleid?« Seine Stimme klang dunkel, die Linien in seinem Gesicht wurden tiefer, so daß er hart und unnachgiebig wirkte. Ein Muskel an seinem Kinn zuckte nervös, sein bohrender Blick ruhte auf ihr. »Du hast mich schon zu lange warten lassen.« Sie hatte keine Ahnung, wieviel Kraft ihn die Beherrschung kostete.

»Sam, ich...« Sie konnte nicht weitersprechen, weil es nichts zu sagen gab.

»Du spielst mit dem Gedanken, unsere Vereinbarung zu brechen, nicht wahr?« Als sie ihm keine Antwort gab, ballte er die Hände zu Fäusten. Seine Augen erinnerten an dunkle Gruben. »Wir sind verheiratet, Molly. Und du hast eingewilligt, diese Ehe in jeder Beziehung anzuerkennen. Zieh dich jetzt aus und steig ins Bett.«

Diese Seite kannte Molly noch nicht an ihm. Unendlich ruhig, todernst und so zornig, daß er kaum sprechen konnte. »Ich... ich kann nicht«, wisperte sie.

Sam konnte es einfach nicht fassen. »Du kannst nicht!« Die Worte klangen ihr in den Ohren. »Du *kannst nicht*, Molly? Oder *willst* du *nicht*? Du hast mich geheiratet, bei Gott, und du wirst dich wie meine Frau verhalten. Du ziehst auf der Stelle das Kleid aus!«

Kopfschüttelnd wich Molly vor ihm zurück. Vor Angst bekam sie kein Wort heraus. Niemals hatte sie Sam so wütend erlebt. In diesem Augenblick wirkte er riesengroß. Sie spürte, wie seine Beherrschung bröckelte.

Sam tobte vor Zorn. Er hatte alles, was in seiner Macht stand, getan, um es ihr recht zu machen. Er hatte ihr geholfen, den Vertrag mit der Eisenbahn zu bekommen, hatte ihr eine schöne Hochzeit ausgerichtet, ihr sogar das Kleid gekauft, das sie gerade trug. Und jetzt sah es ganz danach aus, daß er sich zum Narren gemacht hatte, indem er sie geheiratet hatte. Keiner ihrer anderen Liebhaber war dazu bereit gewesen. Ihre Augen wirkten wie riesige Seen, ihr Gesicht war blaß und verzerrt. Ihre Zickigkeit schmerzte ihn. Er hätte wetten können, daß sie sich mit Michael Locke nicht so angestellt hatte.

»Du gehörst mir, Molly! Du hast dich an mich verkauft, um die Lady Jay zu retten. Du gehörst mir, und ich werde dich besitzen – ob du es willst oder nicht!« Kopfschüttelnd griff er ihr in den Ausschnitt, zerrte an dem kostbaren Stoff und riß das Kleid bis zur Taille auf. Das Reißen des Stoffes übertönte ihren Schrei.

Dann packte er das Spitzenunterhemd und riß es weg. Ihre vollen Brüste quollen über das Korsett und hoben und senkten sich, weil sie so heftig keuchte. Es drängte ihn danach, diese schönen Brüste anzufassen. Anscheinend hatte sie geglaubt, ihn zum Narren halten zu können – was ein Fehler war, wie er sie gleich lehren wollte.

Er umklammerte ihre Handgelenke und riß sie an sich. Er drückte seinen Mund so hart auf ihre Lippen, daß sie zu bluten begannen. Dann legte Sam die Hände auf ihre Brüste und preßte seine steife Männlichkeit an sie. Er wartete nur darauf, daß sie ihn wegzuschieben versuchte. Er zerzauste ihr Haar, riß ihren Kopf dann brutal nach hinten und schob unnachgiebig seine Zunge zwischen ihre Zähne. Sie wimmerte und stemmte ihre Handflächen gegen seine Brust. Sie wollte ihn nicht. Er hatte das Gefühl, als ob ihm jemand ein Messer zwischen die Rippen gestoßen habe. Er spürte ihre Abneigung, ihr Zögern, was ihn unglaublich wütend machte. Sie gehörte ihm! Er hatte sie gekauft und für sie bezahlt. Aber er würde sie nicht behalten – er wollte keine Frau, die ihn nicht begehrte. Doch ein einziges Mal wollte er sie besitzen – damit sie ihn niemals vergaß!

Rücksichtslos massierte er ihre zarten Knospen, die trotz ihrer Abneigung unter seiner Berührung hart wurden. Zufrieden über ihre Reaktion fuhr er mit seinem Mund über ihren Hals und knabberte an ihrem Ohr.

Sie wimmerte wieder, und dann weinte sie.

Ein Schlag in die Magengrube wäre ihm in diesem Augenblick wie eine sanfte Berührung vorgekommen. Hatte er den Verstand verloren? Was trieb er hier eigentlich? Zitternd, aber entschlossen ließ er sie los. Ihr Gesicht war tränenüberströmt.

»Dein Onkel schlägt dich, bis du blutest, und du kannst trotzdem nicht weinen, aber dann heulst du, weil dein Mann mit dir schlafen möchte. Haßt du mich so sehr, Mädchen?«

Sie schüttelte den Kopf.

»Was dann? Warum nur? Du bist doch mit anderen Männern zusammen gewesen, dann ist es –«

Sie sprach so leise, daß er sie kaum verstehen konnte. »Ich habe gelogen«, sagte sie und blickte stur zu Boden.

»Was hast du da gesagt?« Vorsichtig nahm er ihr Gesicht in die Hände, während sie schluchzte und am ganzen Körper bebte.

»Was hast du da gesagt?« Sein Herz klopfte so laut, daß er sich nicht sicher war, ob er ihre Worte richtig verstand.

»Ich... ich bin nie... es hat niemanden gegeben...« Jetzt brach die ganze Wahrheit aus ihr heraus. »Ich... ich weiß nicht, was ich tun soll... ich weiß doch nichts über... über...« Sie wirkte so klein und zerbrechlich. »Und... ich habe solche... Angst.«

Sam verschlug es die Sprache. Und dann streichelte er sie, wiegte sie und konnte nicht fassen, daß er ihr das Kleid vom Leib gerissen hatte.

»Verzeih mir, Kleines«, flüsterte er, strich ihr übers Haar und küßte sie auf die Stirn. »Bitte. Ich wollte dir nicht weh tun. Aber ich habe dich so sehr begehrt.« Sie schlang ihre Arme um seine Taille, schluchzte laut und hielt sich an ihm fest. Hatte er rechtzeitig aufgehört? Würde sie ihm verzeihen können? Irgendwie mußte er eine Möglichkeit finden, das alles wieder rückgängig zu machen. Er mußte einen Weg finden, wie sie sich lieben konnten.

Doch dann fiel ihm ihre Lüge ein, was seinen Zorn aufs Neue entfachte. Er rückte von ihr ab, betrachtete sie mit ernster Miene, aber insgeheim hätte er ihr am liebsten die Tränen weggeküßt.

»Egal, was passiert ist, wir sind verheiratet, Kleines. Und somit Partner. Aber Partner lügen sich nicht an. Versprich mir, daß du mich nie mehr anlügen wirst.« Schniefend schaute sie zu ihm auf, sagte aber nichts. »Versprich es mir«, wiederholte er und schüttelte sie leicht.

»Ich verspreche es.« Als Sam sie dann wieder an sich zog, flammte seine Begierde erneut auf.

»Und du hast auch mein Wort darauf«, schwor er ihr. »Hab doch keine Angst, Kleines. Ich werde dich heute nacht in Ruhe lassen.« Ihr Schluchzen zerriß ihm das Herz. »Hast du mich gehört, Molly?« Sie nickte.

»Wenn du mir nur die Wahrheit gesagt hättest, Kleines, wäre all das nicht geschehen. Ich möchte dich besitzen, aber erst, wenn du bereit bist.« Sie schien sich etwas zu beruhigen und schenkte ihm ein zögerndes Lächeln. »Aber ich *werde* dich lieben. Du brauchst doch keine Angst zu haben. Ich werde mich um alles kümmern. In Ordnung?« Wieder nickte sie.

Da ließ er sie los und zog das kaputte Kleid über ihre Hüften, zog ihr dann die Unterröcke aus und schnürte das Korsett auf. Als ihr Höschen zu Boden fiel, mußte er gegen das Bedürfnis ankämpfen, sie gleich hier auf dem Boden zu nehmen.

Ihr kurvenreicher Körper und die elfenbeinfarbene Haut betörten ihn. Aber er mußte sich zusammenreißen, wenn er das kleine Fünkchen Hoffnung, das noch bestand, nicht im Keim ersticken wollte. Immer hatte er sich gewünscht, eine Jungfrau zur Frau zu nehmen. Und jetzt war es so gekommen.

Sam ließ sie einen Moment lang allein und holte das Spitzennachthemd, das auf dem Bett lag. Er verfluchte sich dafür, daß er ihr nicht ein schweres Baumwollnachthemd gekauft hatte. Die kommende Nacht würde er kaum Schlaf finden. Aber tief in seinem Herzen wußte er, daß er sowieso nicht schlafen konnte, egal, was sie trug, denn den Anblick ihres sinnlichen Körpers, ihre üppigen Brüste und ihres wohlgeformten Hinterteils konnte er bestimmt nicht vergessen.

»Nimm die Arme hoch«, befahl er. Molly gehorchte ihm, als wäre er ein Gefängnisaufseher. Als er sie angekleidet hatte, hob er sie hoch und trug sie zum Bett hinüber. Er behandelte sie, als sei sie eine Porzellanpuppe. Dann zog er sich ganz aus und legte sich zu ihr. Sie rückte an den äußersten Rand des Bettes, und er mußte lachen. Er zog sie behutsam an sich, drückte seine harte Männlichkeit an ihre Hüfte, weil er wußte, daß sie sich so schnell als möglich an seine Begierde gewöhnen mußte.

»Ich werde dir nicht weh tun, Molly«, sagte er, »aber du mußt schon herausfinden, wie es ist, mit einem Mann zusammenzuleben. Ich kann dir versprechen, Kleines, daß du dich schon bald genauso darauf freuen wirst, wie ich es jetzt schon tue.«

Doch Molly war sich ganz sicher, daß Sam sich irrte.

12. Kapitel

Als Molly aufwachte, war Sam verschwunden. Die Nacht über hatte sie kaum geschlafen, weil sie es nicht gewohnt war, mit einem nackten Mann das Bett zu teilen. Sie fragte sich, ob er geschlafen hatte. Immer wieder war er ihr über die Haare gefahren, hatte beruhigend auf sie eingeredet und sie manchmal, als er glaubte, daß sie endlich eingeschlummert sei, zärtlich auf die Wange geküßt. All das war ziemlich verwirrend. Und jetzt, wo sie im Bett lag, gähnte und sich streckte, bemerkte sie, daß sie enttäuscht war, daß er gegangen war. In den wenigen Stunden, die sie zusammen im Bett verbracht hatten, hatte sie sich an seine Anwesenheit gewöhnt, an seinen warmen Atem, der ihr über die Wange strich.

Molly stand auf und trat ans Fenster. Auf den Straßen herrschte schon geschäftiges Treiben. Kutschen, Karren und Menschen bevölkerten die Straße vor dem Hotel. Cowboys und gutgekleidete Damen spazierten über die Bürgersteige.

Alles in allem war Denver eine aufregende Stadt, wenn auch fast ein wenig zu überwältigend für eine junge Frau wie sie. Vielleicht war das der Grund dafür, daß sie sich so schwer tat. Zu Hause kannte sie diese Hilflosigkeit, dieses Ausgeliefertsein nicht. Dort hätte sie es niemals zugelassen, daß sie so auf Sam angewiesen war. Doch als sie an die Rückkehr auf die Lady Jay dachte, wurde ihr gleich viel wohler ums Herz. Gestern abend hatte sie die Kontrolle verloren, sie hatte sich vor etwas gefürchtet, das ihr fremd war und das sie nicht verstand. Nur aus diesem Grund hatte die Angst gesiegt.

Normalerweise verlor sie nicht die Beherrschung, und sie schwor sich, daß das nie wieder vorkommen sollte. Ihr fiel die schreckliche Szene ein, die Sam ihr gemacht hatte. Er hatte sie ja beinah vergewaltigt, und trotzdem konnte sie ihn dafür nicht wirklich zur Rechenschaft ziehen, denn sie hatte ihm ihr Wort gegeben und es dann gebrochen – und das tat eine James nicht. Außerdem hatte sie ihn angelogen, um seine Selbstsicherheit anzukratzen, was ihr auch gelungen war – nur mit dem Ergebnis war sie dann nicht zurechtgekommen.

Es klopfte an der Tür, und sie hörte Wens vertraute Stimme. »Ihr Bad ist da, Misses Brannigan.«

Molly machte die Tür auf. Ein junger, blonder Mann brachte Krüge mit heißem Wasser, das er in die schöne Marmorwanne goß, die in einer Ecke des Ankleidezimmers stand.

»Soll ich Ihnen den Rücken waschen?« fragte Wen.

Normalerweise hätte Molly solch ein Angebot auf der Stelle akzeptiert, aber heute wollte sie lieber allein sein. »Nein, danke, Wen. Vielleicht könnten Sie in einer Stunde noch mal hereinschauen und mir beim Ankleiden behilflich sein?«

Wen schüttelte den Kopf. »Wird dann nicht notwendig sein. Bis dann Mr. Brannigan zurück, er wird sich kümmern.« Sie grinste wissend, woraufhin Molly rot anlief. Die alte Frau schlurfte aus dem Zimmer und schloß leise die Tür.

Selbst die kleine Chinesin schien sich über das zu amüsieren, was letzte Nacht anscheinend geschehen war. In Mollys Hochzeitsnacht. Beim Gedanken daran seufzte sie auf. Heute würde sie alles in Ordnung bringen. Sams Bemerkung darüber, daß sie sich für die Lady Jay verkauft hatte, nagte an ihr, aber wenn sie das getan hatte, war nun die Zeit gekommen, ihn zu bezahlen. Jetzt, wo sie wieder einen klaren Kopf hatte, fühlte sie sich schon viel besser. Solange sie die Kontrolle hatte, konnte sie niemand verletzen. Und nichts konnte in Wirklichkeit so schlimm sein, wie das, was sie sich gestern abend ausgemalt hatte. Auch andere Frauen hatten Männer geheiratet, die sie nicht liebten, und es auch überlebt. Sie wußte nicht einmal, ob ihre Mutter ihren Vater geliebt hatte. Nur von Mals Liebe war sie überzeugt.

Es gab unzählige Frauen, die sich ihren Männern fügten, und

so wollte sie es auch halten. Lächelnd stieg sie in die Wanne. Außerdem war Sam schließlich kein Untier. Sobald er ihre Angst bemerkt hatte, war er ganz sanft und verständnisvoll geworden. Ihm konnte sie vertrauen. Bis jetzt war er immer für sie dagewesen. Und er würde ihr nicht weh tun, solange er wußte, daß sie sich bemühte, das Richtige zu tun. Überdies bestand die Möglichkeit, daß die Geschichten, die ihr in der Schule zu Ohren gekommen waren, die Sache im falschen Licht dargestellt hatten. Vielleicht war es gar nicht so schlimm, einen Mann zu lieben.

Als sie sich ins Wasser legte, war ihr zum ersten Mal seit Tagen leicht ums Herz. Sie mußte an Sams Küsse denken, daran, wie warm und angenehm sie gewesen waren. Vielleicht würde sie sogar Gefallen an der körperlichen Liebe finden – genau wie Sam es prophezeit hatte.

Molly war gerade dabei, ein rostfarbenes Seidenkleid anzuziehen, als Sam ins Zimmer kam. Wieder hatte er nur angeklopft, ohne auf eine Antwort zu warten. Anscheinend durften Ehemänner sich so verhalten. Zu ihrer Überraschung stellte sie fest, daß der Gedanke ihr nicht unangenehm war.

»Warte, ich werde dir helfen.« Er zog das Kleid hinunter, hob ihre Haare hoch und machte sich an den Knöpfen zu schaffen. Als er fertig war, drehte er sie zu sich um und küßte sie. Ein Schauer lief ihr den Rücken hinunter. Wieviel leichter jetzt alles schien, wo sie wieder zu Verstand gekommen war.

»Nun, Mrs. Brannigan«, scherzte Sam, »Sie sehen wunderschön aus.« Der neue Name war ihr noch fremd und nährte ihre Schuldgefühle, aber sie mochte es, wenn Sam ihn aussprach.

»Und Sie, Sir, sind ein stattliches Mannsbild.« Sein dunkelbrauner Gehrock saß wie angegossen und unterstrich seine breiten Schultern und die schmalen Hüften. Der hellbraune Hosenstoff brachte seine muskulösen Beine zur Geltung, und als sie daran dachte, daß sie sie gestern abend nackt gesehen hatte, errötete sie vom Scheitel bis zur Sohle.

»Ich dachte, daß wir heute nachmittag die Stadt besichtigen

sollten«, schlug Sam vor, »und heute abend könnten wir vielleicht ins Theater gehen.«

»Wunderbar«, sagte Molly erfreut. Sam, der mitten im Zimmer stand und in dessen goldenen Bart- und Kopfhaaren sich die Sonne spiegelte, sah wie Thor aus. Nur der Hammer fehlte noch.

Sam warf ihr einen fragenden Blick zu. Gern hätte er gewußt, was ihr in diesem Moment durch den Kopf ging. Sie lächelte ihn verträumt an. Die Leichtigkeit, mit der sie zur guten Laune zurückgefunden hatte, erfreute ihn.

»Ich bin froh, daß es dir heute morgen gutgeht. Wie du siehst, tut es dir gut, einen Mann im Bett zu haben.« Sie erwiderte nichts. Er verriet nicht, was er sonst noch dachte: daß sie erst richtig aufblühen würde, wenn er sie erst einmal geliebt hatte. Aber nach dieser schlaflosen Nacht und einer ausgiebigen kalten Dusche hatte er sich geschworen, daß er ihr erst einmal den Hof machen würde, bevor er sich ihr wieder näherte.

»Gestatten Sie mir die Ehre, Sie heute nachmittag durch Denver zu führen?« fragte er und bot ihr den Arm.

»Ich versichere Ihnen, Sir, daß die Ehre ganz auf meiner Seite ist«, antwortete sie und hakte sich bei ihm ein. Arm in Arm marschierten sie zur Tür hinaus.

Eigentlich hätte Molly erschöpft sein müssen, denn sie hatte den wunderbarsten Tag ihres Lebens erlebt. Sie hatten Denver von vorn bis hinten abgekämmt, hatten eine wunderschöne Opernaufführung genossen und hinterher ein spätes Abendessen zu sich genommen. Die letzte Nacht hatte sie kaum geschlafen. Eigentlich hätte sie müde sein müssen, aber statt dessen fühlte sie sich seltsamerweise aufgekratzt. Außerdem hatte sie beschlossen, sich heute nacht dem Willen ihres Gatten zu fügen und zwar um jeden Preis.

Molly und Sam saßen auf einem blauen Brokatsofa, und sie beugte sich zu ihm hinüber und küßte ihn auf die Wange. Die letzte halbe Stunde war er zunehmend unruhiger geworden, so daß Molly sich fragte, was ihm im Kopf herumging.

»Wenn du mich entschuldigen würdest, Sam, ich denke, es ist an der Zeit, daß ich mich bettfein mache.«

Sam warf ihr einen unsicheren Blick zu. »Molly, ich glaube, ich werde heute nacht nicht hier schlafen. Ich muß mich etwas ausruhen, und neben dir werde ich sicherlich keine Ruhe finden.« Er drehte eine ihrer roten Haarlocken um seinen Finger und hatte auf einmal wieder diesen entrückten Blick.

»Ich möchte aber nicht, daß du woanders schläfst«, sagte sie. Ihr Herz machte fast einen Satz.

»Weißt du, was du da sagst, Kleines?« Sein Finger strich über ihre Stirn. Mollys Magen krampfte sich zusammen.

»Mein Verhalten von gestern abend ist nicht richtig gewesen«, sagte sie. »Ich hatte Angst, und hab' mich von dieser Angst überwältigen lassen. Doch jetzt fürchte ich mich nicht mehr.« Wenigstens nicht mehr so sehr, fügte sie stumm an.

Ihre Worte schmiedeten ein eisernes Band um Sams Herz. Molly bot sich ihm an, wollte ihm genügen. Seine Freude stieg ihm zu Kopf, aber gleichzeitig wurde er auch ein bißchen aufgeregt. War es vielleicht zu früh? Obwohl er sich geschworen hatte, ihr erst einmal den Hof zu machen, drängte es ihn danach, sie zu lieben. Als er ihr ins Gesicht schaute, sah er, daß sie es ernst meinte. Offensichtlich hatte sie den Abend in Gedanken durchgespielt und war jetzt bereit für ihn. Sam wollte auf keinen Fall, daß sie in ein paar Stunden wieder von Zweifeln geplagt wurde. Er zog sie in seine Arme, sein Mund bemächtigte sich des ihren. Sein Kuß war warm und sanft, als Zeichen dafür gedacht, daß er ihr nicht weh tun wollte. Sich zu lieben hatte nichts mit dem zu tun, was sie am Abend zuvor erfahren hatte. Er wollte ihr zeigen, daß er ihr bei diesem ersten Mal beistehen würde, wollte, daß sie seine Sanftheit spürte, daß sie wußte, daß er sich um alles kümmern würde. Als er sie losließ, wich sie nicht zurück, sondern schaute lächelnd zu ihm auf.

»Ich werde hier warten, bis du soweit bist«, schlug er vor.

»Nein«, erwiderte Molly bestimmt. Wenn sie jetzt die Tür zwischen ihnen schloß, würde sie niemals in der Lage sein, sie wieder zu öffnen. »Komm gleich mit mir. Du kannst mein Kleid aufknöpfen.«

Sam fiel das Schlucken schwer. Bis jetzt hatte er noch nie eine Jungfrau geliebt, war nie auf die Verantwortung erpicht gewesen, die das zwangsläufig mit sich brachte. Er war ein wenig unsicher, wie er vorgehen sollte. Mit zögerndem Schritt folgte er Molly ins Schlafzimmer. Sam knöpfte ihr das Kleid auf und setzte sich dann auf den Bettrand, während sie hinter einer spanischen Wand verschwand, wo sie aus ihrem Kleid und in eines der Negligés stieg, das er ihr geschenkt hatte. Der elfenbeinfarbene Satin strich ihre üppigen Kurven heraus. Als sie zum Frisiertisch hinüberlief, hatte Sam plötzlich einen Kloß im Hals.

Molly nahm vor dem Spiegel Platz. Sie zitterte am ganzen Leib. Sam war ihr Ehemann, wenigstens im Augenblick. Er hatte jeden Quadratzentimeter ihres Körpers gesehen, hatte sie die ganze Nacht über festgehalten. Ja, es war ihm sogar gelungen, ihren Widerstand zu brechen und sie zum Weinen zu bringen. Und obgleich sie ziemlich überrascht gewesen war, war sie ihm doch dankbar, daß sie diese Seite an sich wiederentdeckt hatte. Jetzt, wo ihr all das wieder eingefallen war, verebbte ihre Furcht. Selbstbewußte Ruhe legte sich wie ein Mantel über sie. Verblüfft zog sie die Nadeln aus ihrem Haar und bürstete es kräftig durch. Als sie hörte, wie Sams Stiefel zu Boden fielen und seine Hosen an den Beinen hinunterglitten, bevor er sie beiseite warf, erschauderte sie wohlig. Dieses Mal wollte sie sich auf keinen Fall von ihrer Unsicherheit lähmen lassen. So stand sie von dem Schminktisch auf und spazierte zu dem vierpfostigen Bett hinüber, in dem Sam, bis zur Taille zugedeckt, lag. Das Licht tanzte auf seiner muskulösen Brust.

Molly setzte sich zu ihm aufs Bett, war dabei die Selbstbeherrschung in Person. Dann kroch sie zu ihm unter das Laken, legte den Kopf auf das weiche Kissen, und deckte sich mit geschlossenen Augen bis zum Kinn hoch zu.

»Ich bin soweit«, hauchte sie und wartete angespannt auf Sams nächsten Schritt. Statt dessen hörte sie ein tiefes Kichern.

»Oh, bist du, ja?«

Sie riß die Augen auf. »Mache ich etwas falsch?«

»Ich denke nicht.« Sam rutschte zu seiner hübschen, jungen Braut hinüber, die wie die Jungfrau schlechthin wirkte. Stoisch, gefügig und entschlossen, die bevorstehenden Qualen stumm zu erdulden, lag sie neben ihm. Er merkte, wie Enttäuschung ihm den Magen zusammenschnürte, ging aber schnell über das Gefühl hinweg. Viele Bräute verhielten sich seines Wissens nach beim ersten Mal so. Doch bei Molly James hatte er irgendwie nicht mit solch einer Reaktion gerechnet.

Molly spürte die Berührung seiner Lippen und öffnete den Mund, um seine Zunge zu empfangen. Sie war weich und warm, aber nicht forsch. Vielleicht würde es ja doch nicht so schlimm werden, wenn sie dabei an etwas ganz anderes dachte. Ihr fiel die Ranch ein, das Holz, das gefällt werden mußte. Kam Jumbo mit seiner Mannschaft zurecht? Würde es Joaquin gelingen, neue Männer anzuheuern?

Da spürte sie Sams Hand auf ihrer Brust, seinen Daumen, der ihre Knospe unter dem zarten Stoff ihres Nachthemdes streichelte, und Molly schwanden fast die Sinne. Sie beschloß, diese Empfindung zu ignorieren. Ob Angel wohl so hart wie sonst arbeitete? Machte Jason Foley der Frau das Leben schwer, weil er ihre Kochkünste nicht zu schätzen wußte? Sams Lippen zogen eine Spur heißer Küsse über ihr Gesicht und knabberten dann an ihrem Ohrläppchen. Morgen mußte sie unbedingt ein Telegramm abschicken, um Angel und Joaquin von ihrer Heirat und der bevorstehenden Rückkehr auf die Ranch zu berichten. Gleich nach ihrer Ankunft wollte sie zum Lager hinausreiten. Molly fiel nicht auf, daß Sam sie nicht mehr liebkoste.

Leise fluchend fuhr er mit der Hand durch sein blondes Haar und setzte sich auf. »Zum Teufel mit dir, Molly Brannigan. Du bist eine teuflische, kleine Hexe!«

Molly, die aus allen Wolken fiel, richtete sich ebenfalls auf. »Aber Sam, was habe ich denn gemacht? Ich glaubte, daß du es so willst. Du hast gesagt, daß ich den Vertrag erfüllen soll.«

Sam stieg in seine Hosen und machte sich an den Knöpfen zu schaffen. »Ich hätte dich gestern abend nehmen sollen, da bist du liebevoll und anschmiegsam gewesen. Da wußte ich wenigstens, daß du eine Frau bist.«

Mollys Zorn flammte auf. »Und was soll das bitte heißen?«

»Das soll heißen, daß ich eine Leiche geheiratet hätte, wenn ich ein lebloses Wesen lieben wollte.«

»Wie kannst du es wagen, mir so etwas an den Kopf zu werfen?« brauste sie auf, sprang aus dem Bett, stemmte die Fäuste in die Seiten und blickte ihn wutentbrannt an. »Ich habe mich doch von dir küssen lassen, nicht wahr? Ich habe mich von dir berühren lassen!«

Sam versagte sich eine Antwort und marschierte, mit Stiefeln und Hemd in Händen, auf die Tür zu. Als er die Hand auf die Türklinke legte, rief ihn eine leise Stimme im Hinterkopf zur Besinnung. *Sei kein Narr, Sam. Sie ist noch Jungfrau. Sie versteht es nicht.* Er grunzte. Frigide umriß ihr Verhalten eher. Er hätte wissen müssen, daß eine Frau, die Hosen trägt, kalt und teilnahmslos ist.

Dann mischte sich die Stimme wieder ein. *Sie ist eine Frau, Sam, kein chinesisches Porzellanpüppchen. Wenn du sie wie eine Frau behandelst, wirst du bekommen, was du dir wünschst.*

Er wandte sich zu ihr um. Wie sie dastand, keuchend, mit flammendrotem Haar, das bis zu ihren von Satin bedeckten Brüsten hinunterfiel, die sich unter dem zarten Stoff abzeichneten, bot sie in ihrem Zorn einen atemberaubenden Anblick, und er begehrte sie in diesem Augenblick mehr als jemals zuvor.

Vielleicht hatte die Stimme recht. Seine Augen klebten an ihr, ein leises Lächeln umspielte seine Lippen. Gut, Molly war noch unberührt, aber sie war auch eine Frau. Und wenn es um den Umgang mit Frauen ging, hegte Sam Brannigan an seinen Fähigkeiten keine Zweifel. Genießerisch streifte sein Blick über ihre Kurven.

Im Gehen warf er seine Stiefel und sein Hemd auf einen Stuhl. Wortlos stellte er sich vor sie, hob ihr Kinn und küßte sie fordernd, erforschte mit seiner Zunge ihren feuchten und süßen Mund. Als er seine Finger in ihren dichten Haarschopf grub, fiel ihm ihr erstaunter Blick auf. Er konnte den Heidelbeerkuchen schmecken, den sie gegessen hatten, den Orangenduft riechen, den sie aufgetragen hatte.

Sie atmete schneller, so daß er sich sicher sein konnte, daß sie jetzt an nichts anderes als an ihn dachte. Ihre von dichten Wimpern gesäumten Lider flatterten, als er sie wieder küßte. Und als er ihr in die Augen schaute, wußte er, daß sie ihn ebenso sehr begehrte, wie er sie. Als sie die Arme um seinen Nacken schlang und sein Haar zerzauste, drang er so tief in ihren Mund vor, bis ihre Zunge seine verführerischen Bewegungen erwiderte.

Seine Hand legte sich um ihre weiche, volle Brust, streichelte und knetete sie vorsichtig. Sein Daumen reizte ihre rosafarbene Knospe, die sich unter seiner Berührung aufrichtete. Er hörte, wie sie nach Luft schnappte, und spürte, wie sie unter seinen Händen erschauderte.

Auch dieses Mal verlor Molly die Selbstbeherrschung, aber das kümmerte sie nicht. Sie konnte nur noch an Sams heiße Küsse denken, an seine drängende Zunge in ihrem Mund, an die Wärme seiner tastenden Finger, die ihre Brüste und die flache Stelle unter ihrem Bauchnabel berührten. Da ließ er für einen kurzen Augenblick von ihr ab, stieg aus seiner Hose, umarmte sie erneut und drückte sie sachte auf die Matratze. Er bedeckte ihre Lippen, ihre Ohren, ihre Wangen und ihre Augen mit Küssen und trieb sie mit seiner Leidenschaft an die Grenzen ihres Verstandes. Sie spürte seine harte Männlichkeit, die er entschlossen an sie preßte. Und als er bemerkte, daß seine Männlichkeit ihre Weiblichkeit perfekt ergänzte, lösten sich seine Bedenken in Luft auf. Molly spürte, wie sich etwas Flüssiges, Warmes zwischen ihren Schenkeln einnistete.

Als er seinen Kopf senkte und ihre aufgerichtete Brustwarze zwischen die Zähne nahm, entfuhr ihr ein leiser Schrei. Seine Lippen waren überall, bedrängten sie, lockten sie, kosteten sie, erweckten in ihr den Wunsch, es ihm gleichzutun. Ohne lange zu zaudern, folgt sie seinem Beispiel, küßte sein Gesicht, seine Wangen, erforschte seine Mundwinkel...

Sein kräftiger Hals faszinierte sie – die gespannten Muskeln, die Adern, deren schnelles Pochen ihr nicht entging. Sie knabberte an seinem Ohr, bis er aufstöhnte, und genoß die Macht, die sie über ihn hatte.

Als er sich auf sie legte, zitterte Molly am ganzen Leib. Sie flehte ihn an, wußte aber nicht genau, um was. »Bitte, Sam«, hauchte sie. »Bitte.« Die Leidenschaft riß sie fort, und sie hatte das Gefühl zu brennen.

Seufzend fuhr Sam mit den Händen an ihren Schenkeln entlang, bis seine Finger ihre Weiblichkeit gefunden hatten. Sie war jetzt ganz heiß und feucht. Den Grund dafür kannte Molly nicht, aber sie konnte spüren, wie die Feuchtigkeit an den Innenseiten ihrer Schenkel hinunterlief, ja sie konnte sogar ihren eigenen Geruch riechen. Als Sams Finger ihr Geschlecht liebkoste, konnte sie an nichts anderes mehr denken, weil sie in der Verzückung zu ertrinken drohte.

Behutsam spreizte Sam ihre Beine mit seinem Knie und beugte sich dann über sie. Seine pulsierende Männlichkeit streifte noch kurz über die Haut ihres Schenkels, bevor sie dann vorsichtig in sie hineinglitt. Stumm flehte sie darum, daß er tiefer in sie eindrang. Sie wußte nicht, warum, aber, bei Gott, sie wünschte sich nichts auf der Welt mehr als das.

»Bitte, Sam«, flehte sie, ohne die Gefühle, die sie überwältigten, zu begreifen. Sie klammerte sich an ihn, streichelte seine muskulösen Schultern, spürte seine harte Brust auf ihrem Körper.

»Gleich, Mädchen. Gleich gebe ich dir, wonach es dich dürstet.« Wieder küßte er sie leidenschaftlich und bewegte sich dann langsam in ihr. Sie bäumte sich unter ihm auf, verlangte nach ihm, suchte ihn und konnte an nichts anderes denken als an ihr brennendes Begehren. Sam legte seine Hände auf ihren Hintern und massierte inbrünstig ihre Pobacken. Und dann stieß Molly plötzlich einen Schrei aus, als ein stechender Schmerz durch ihren Unterleib zuckte.

Er hielt kurz inne und rang um Beherrschung, ohne aus ihr zu gleiten. »Es ist alles in Ordnung, Mädchen, das Schlimmste ist jetzt vorbei. Von jetzt an wird es dir nur noch Vergnügen bereiten.« Er hielt sich noch ein wenig zurück. Die Lektion, die er eben erhalten hatte, würde er niemals wieder vergessen. Molly war eine Frau und kein Kind mehr. Auch sie hatte Wünsche und Bedürfnisse. Langsam und mit äußerster Behutsamkeit machte er weiter.

Tränen liefen Mollys Wangen hinunter, doch der Schmerz kehrte nicht mehr zurück. Statt dessen spürte sie ein pulsierendes Ziehen zwischen den Beinen, das stumm nach Erleichterung schrie. Sie spürte, wie sich sein steifes Glied in ihr bewegte, fühlte, wie ihre Begierde gesteigert wurde. Instinktiv wußte sie, daß er sich zurückhielt, um Beherrschung rang. Tiefer und tiefer drang er in sie ein, bis sie von einem Strudel erfaßt wurde, der an Raserei grenzte.

»Bitte«, wimmerte sie. Ihre tiefe, vor Leidenschaft triefende Stimme trieb ihn weiter. Er liebte sie mit all seiner Kraft, bis sie vergaß, wo sie war, bis sie nicht mehr wußte, was sie wollte, nur noch an das Eine denken konnte. Und dann schrie sie plötzlich auf, entspannte sich unter ihm und rief unbewußt seinen Namen. Molly wurde von einer Erleichterung, einer Freude, einem Glücksgefühl überwältigt, wie sie es bis jetzt nicht gekannt hatte.

Dann begann sein Körper zu zittern und zu beben. Er ergoß sich in ihr, während sich seine Muskeln ein letztes Mal unter ihren Fingern spannten. Leise keuchend legte er sich neben sie und schloß sie in die Arme.

Eine Zeitlang sagten beide kein Wort. Sam bemerkte den feinen Schweißfilm, mit dem ihr Körper überzogen war. Die Luft, die durch das geöffnete Fenster ins Zimmer wehte, bewegte die Seidenvorhänge und kühlte ihre brennende Haut.

»Sam?«

»Ja, Mädchen.«

»War ich…? Hat es dir gefallen?«

»Du bist einfach wunderbar und toll und aufregend und umwerfend gewesen. Ja, es hat mir gefallen. Ich denke, es hat uns beiden gefallen.« Als er zu ihr hinüberschaute und auf eine Antwort wartete, schenkte sie ihm ein verschmitztes Lächeln.

»Das war das Schönste, was ich jemals erlebt habe«, erzählte sie ihm freimütig und legte dann die Stirn in Falten. *Zu schön.* So schön, daß es ihre Entschlossenheit und ihre gut durchdachten Pläne gefährden konnte. Dieser Gedanke dämpfte ihre gute Laune.

Sam lächelte ihr zu. Eine goldene Locke fiel in seine Stirn. »Etwas Netteres hättest du mir nicht sagen können.« Er küßte sie auf den Mund. Ihre Lippen waren leicht geschwollen. Dann liebkoste er ihren Hals und küßte sie noch mal. Ihr entfuhr ein leiser Schrei, als sie spürte, wie er wieder hart wurde.

»Sam! Kann man... es zweimal machen?«

»Warum finden wir das nicht heraus?« Mit funkelnden Augen näherte er sich ihr.

Für den Bruchteil einer Sekunde regte sich Mollys Gewissen, wurde aber gleich darauf von der Hitze ihrer Leidenschaft verdrängt. Die Bedürfnisse, die allein Sam befriedigen konnte, waren stärker als alles andere. Und so gab sie sich willig Sams Liebeskünsten hin.

13. Kapitel

Am nächsten Morgen schlief Molly lange. Diesmal wurde sie nicht von der warmen Sonne geweckt, sondern von einem kühlen Wind, der dunkle Wolken am Himmel vor sich her trieb. Als sie aus dem Fenster schaute und in Gedanken der vergangenen Liebesnacht nachhing, fand Molly, daß das Wetter gut zu ihrer Stimmung paßte. Grimmig und trostlos. Sie war eine Verräterin. Auch heute war Sam wieder vor ihr aufgestanden und weggegangen, was ihr nur recht war. Sie brauchte etwas Zeit, ihre Gefühle zu ordnen und die Beherrschung zurückzugewinnen. Wie ihr auffiel, war das in letzter Zeit häufig der Fall, doch anscheinend hatte sie nur selten Erfolg. Woran lag es nur, daß es Sam Brannigan immer wieder gelang, sie aus der Bahn zu werfen?

Molly warf sich ihren cremefarbenen Morgenmantel über, zupfte ihre roten Haarlocken aus dem Kragen und verknotete den Gürtel in der Taille. Wieso hatte sie das geschehen lassen? Sie hatten nur geheiratet, um ihren geschäftlichen Interessen zu dienen, von einer richtigen Ehe hatte niemand gesprochen. Warum hatte sie dann das Gefühl, eine Ehefrau zu sein? Sams Ehefrau. Nein. Sam Brannigans Ehefrau. Das durfte sie auf keinen Fall vergessen. Ursprünglich war sie nach Kalifornien gereist, um eine alte Rechnung zu begleichen. Die Brannigans sollten für all das Leid, daß sie ihr und ihrer Familie zugefügt hatten, bezahlen. Statt dessen war sie Sams Charme erlegen. Sie fühlte sich wie ein Betrüger, wie ein Judas. Kaum war ihr Vater begraben, schon vergnügte sie sich mit Sam Brannigan. Nein, schlimmer noch – sie ließ sich von ihm betören.

Natürlich wußte sie, wie ihr Vater reagiert hätte, wäre er noch am Leben gewesen. Er hätte sie enterbt, von der Ranch gejagt und sie aus seinem Leben verbannt.

»Ich will, daß du packst, und von hier verschwindest«, hatte er vor Jahren einem seiner Cowboys befohlen. »Ich habe dich mit Emmet Brannigan trinken gesehen. Du bist ein Verräter. Verschwinde von hier und laß dich nie wieder blicken.« Molly rang nach Luft. Der Cowboy hatte nur mit Emmet getrunken. Sie hingegen hatte mit Sam eine leidenschaftliche Liebesnacht verbracht.

Laut seufzend warf Molly den Bademantel ab und glitt in die wunderschöne Marmorwanne, in der heißes Wasser dampfte. Nach dem Bad widmete sie sich ihrer Toilette und zog ein taubengraues Reisekleid an. Gott sei Dank, sie fuhren endlich nach Hause. Auf der Ranch konnte sie vielleicht wieder klar sehen. Die Lady Jay kam zuerst, daran hatte sie keinen Zweifel. Und allem anderen wollte sie sich stellen, wenn es notwendig war.

Es ist ja nur für ein Jahr, beruhigte sie sich zum hundertsten

Mal, doch als sie an Sams muskelgestählten Körper dachte, an die Art, wie er sich an sie preßte, wie seine Lippen und Hände sie liebkost und ihr Dimensionen der Leidenschaft vermittelt hatten, die sie sich nicht einmal in ihren kühnsten Träumen ausgemalt hatte, kehrte die Skepsis zurück. Es mußte ihr gelingen, Distanz zu halten und ihren Teil des Vertrages einzuhalten, aber zu mehr durfte sie sich nicht hinreißen lassen.

Ein Klopfen an der Tür riß sie aus ihren Gedanken. Sam streckte seinen Kopf durch den Türspalt und warf ihr ein warmes, gewinnendes Lächeln zu. Kleine Schmetterlinge flatterten in ihrem Bauch. Sie wußte, woran er dachte. Molly wurde rot und wandte den Blick ab.

»Was hältst du davon, wenn wir Essen gehen, während Wen und der Page unsere Koffer packen?« schlug Sam vor.

»Klingt wundervoll. Ich bin am Verhungern.«

»Ist doch erstaunlich, was so ein paar Leibesübungen für den Appetit tun.« Ihm fiel auf, daß sie schon wieder rot anlief. Heute morgen sah sie ganz besonders hübsch aus, das maßgeschneiderte, graue Kleid verlieh ihr einen Hauch Gediegenheit, die der rote Dutt, zu dem sie ihre Haare aufgesteckt hatte, nur noch unterstrich. Dabei vergaß er natürlich nicht, daß sich hinter dieser bürgerlichen Fassade eine leidenschaftliche Frau versteckte. Am liebsten wäre er sofort wieder mit ihr ins Bett gestiegen, doch er wollte sie nicht allzu sehr bedrängen. Es gab noch so viel, was er ihr zeigen wollte, aber das hatte keine Eile. Schließlich waren sie verheiratet und hatten somit alle Zeit der Welt.

Er wünschte, sie hätten noch eine Woche in Denver bleiben können – das wären dann richtige Flitterwochen gewesen – aber auf der Ranch gab es eine Menge zu tun. Später wollte er mit ihr irgendwo hinfahren, an einen eleganten und extravaganten Ort, wo er sie mit Geschenken überschütten und sie endlos lieben konnte. Peter sollte zu Emmet ziehen, bis er seine Kanzlei in Sacramento eröffnete. Er und Molly brauchten Zeit, um sich besser kennenzulernen. Jetzt stand ihnen noch eine lange Zugfahrt bevor, die ihn sicherlich mißmutig und übellaunig machte.

Molly gegenüberzusitzen und sie nicht berühren zu dürfen, würde seine Geduld auf eine harte Probe stellen. Oh, wenn sie nur schon zu Hause wären.

Molly genoß die Zugfahrt sehr. Sam erwies sich als wunderbarer Gefährte. Nur abends schien er abwesend und oftmals ein wenig schlecht gelaunt zu sein, was sicher daran lag, daß sie in getrennten Betten schliefen. Tagsüber vertrieben sie sich die Zeit mit Spielen. Sam reagierte ziemlich überrascht, als sie eine Schachpartie gewann. Angestachelt durch die Niederlage, legte er sich schwer ins Zeug und gewann die nächsten beiden Partien, was typisch für ihn war. Er wollte immer klarstellen, wer hier die Hosen anhatte.

Die Sonne hing schon tief am Himmel, als der Zug langsam in den Bahnhof von Truckee einfuhr. Nach der langen Fahrt durch die Wüste war die kühle Brise überaus erfrischend. Emmet und Peter standen auf dem Bahnsteig und erwarteten sie. Sam hatte ihnen ein Telegramm geschickt und ihnen die aufregenden Neuigkeiten mitgeteilt. Die Brüder gratulierten Sam und nahmen ihn in die Arme, bevor sie sich an Molly wandten.

Emmet riß seinen schwarzen Filzhut vom Kopf und spielte nervös mit ihm herum. »Willkommen in der Familie, Miss James... äh, Molly.«

Peter, weit weniger förmlich, zog sie in die Arme und küßte sie auf den Mund. »Ich hoffe, daß Sam es mir nachsehen wird, daß ich dir den Hof gemacht habe, Molly.« Er grinste seinen großen Bruder an. »Hätte ich gewußt, daß er ernste Absichten hegt, hätte ich mich nie zwischen euch gestellt.«

Sam klopfte seinem jüngeren Bruder auf den Rücken. »Du hattest nicht die geringste Chance, Junge, aber sie auch nicht.« Sam lächelte ihr zu. Molly fiel der hungrige Blick in seinen Augen auf, der auch seinen Brüdern nicht entging. Molly errötete. Hatten diese Brannigans denn keine Geheimnisse voreinander?

»Kommt«, forderte Emmet sie auf, »Peter und ich werden eure Taschen holen. Patience ist schon ganz neugierig und will sehen, ob Molly dir den Verstand geraubt hat – das sollte keine Beleidigung sein, Madam.«

Molly lächelte gelassen. »Ich glaube eher, daß ich den Verstand verloren habe.«

»Ich hoffe doch, daß du auch dein Herz verloren hast, Mädchen«, flüsterte Sam. Molly reckte sich und überging seine Bemerkung. Sie hatte sich geschworen, heute nacht ihren Teil des Vertrages einzuhalten. Sie wollte nicht wieder reglos daliegen – sie war sich nicht einmal sicher, ob sie dazu überhaupt noch in der Lage war – aber sie würde es auf keinen Fall zulassen, daß er sie wieder an den Abgrund ihrer Leidenschaft trieb.

»Guten Tag, Sam.« Richter Egan, Lillys Vater, ein kleiner, kräftiger Mann mit buschigen Augenbrauen und zerfurchtem Gesicht, kam auf sie zugelaufen.

»Tag, Richter.« Sam warf Molly einen Blick von der Seite zu und Molly fragte sich, was er wohl dachte. Sam wollte sie gerade vorstellen, aber der Richter schnitt ihm das Wort ab.

»Das muß Ihre hübsche Braut sein«, bemerkte der Richter trocken. »Meine Tochter hat mir von Ihrem Telegramm erzählt.«

Molly verbarg ihre Überraschung. Doch als sie darüber nachdachte, begriff sie, daß Sam keine andere Wahl gehabt hatte. Es war seine Pflicht gewesen, die Witwe gleich zu informieren.

»Peter und Emmet kennen Sie ja«, sagte Sam, als seine Brüder mit dem Gepäck zurückkehrten. »Und das hier ist meine Frau, Molly.« Sie streckte ihre behandschuhte Hand aus, die der Richter an seine Lippen führte, ohne den Blick von ihr abzuwenden.

»Ist mir eine Ehre.«

»Die Ehre ist ganz auf meiner Seite, Richter Egan«, sagte Molly.

»Ich gratuliere Ihnen, Sam«, fuhr der Richter fort. »Sie haben eine Schönheit zur Frau gewählt.«

»Vielen Dank.«

»Lassen Sie sich nicht von mir aufhalten«, riet der Richter. »Wie ich weiß, haben Sie eine lange Reise hinter sich, und ich bin mir sicher, daß Sie einiges zu erledigen haben.« Sein wissender Blick wirkte seltsam, weil seine Augen ganz kalt blieben.

»Richten Sie bitte Lilly meine Grüße aus«, bestellte Sam, aber der Richter schien ihn nicht zu hören. Der düster gekleidete Mann stellte sich an die Wand des Bahnhofgebäudes und beobachtete, wie sie abfuhren.

Molly spürte, wie sich Sams große Hände um ihre Taille legten und sie auf die Kutsche hoben. Das Verhalten des Richters kam ihr seltsam vor, was sie ihm unter diesen Umständen aber nachsehen konnte. Eigentlich hätte Lilly Sams Frau werden sollen. Das wäre für alle Beteiligten besser gewesen.

Im Geist sah sie die wunderschöne Witwe an Sams Seite stehen; sie trug Mollys Hochzeitskleid. Mollys Herz krampfte sich zusammen. Als sie ihrem frischgebackenen Ehemann einen Blick von der Seite zuwarf, mußte sie feststellen, daß er sie beobachtete, als frage er sich, was in ihr vorging. Sie lächelte ihn unsicher an und lenkte ihre Gedanken dann in eine andere Richtung. Als die Kutsche über die staubigen Straßen polterte, dachte sie schon an den kommenden Abend. Sie war müde und schlechtgelaunt und wollte sich ausruhen. Andererseits war sie es Sam schuldig, daß sie heute nacht noch bei ihm schlief, doch morgen würde sie auf alle Fälle nach Hause, auf die Lady Jay, reiten.

Schon bevor die Kutsche zum Stehen gekommen war, wußte Sam, daß mit dem Haus etwas nicht stimmte. Vor einigen Fenstern standen Kübel mit gelben Chrysanthemen, und jemand hatte entlang der Zufahrt Stiefmütterchen gepflanzt. Nachdem er Molly von der Kutsche heruntergeholfen hatte, lief er gleich ins Haus. Überall standen Vasen mit rosafarbenen und roten Rosen, und über die Treppe war eine Banderole gespannt, auf der WILLKOMMEN ZU HAUSE, MOLLY UND SAM stand.

Sam freute sich über diese Geste sehr. Wie nett es doch von seiner Familie war, alle Bedenken beiseite zu legen und ihnen Glück zu wünschen. Ihm war ganz warm ums Herz, als er sich zu seinen Brüdern umdrehte.

»Ich werde bei Emmet wohnen«, stellte Peter klar und lächelte spitzbübisch. »Meine Sachen habe ich schon hinübergebracht, so daß ihr das Haus ganz für euch habt. Wir haben sogar Lee Chin ein paar Tage freigegeben.«

»Ich denke, daß das Patiences Idee gewesen ist«, neckte Sam ihn. »Keiner von euch beiden ist klug genug, um zu merken, daß ihr unerwünscht seid.« Er drückte Mollys Hand und hoffte inständig, daß seine Brüder den Wink verstanden und sie allein ließen. Drei Tage waren für einen frischgebackenen Ehemann eine lange Zeit, wenn er auf die Zärtlichkeit seiner Frau verzichten mußte.

Wann immer auf das Ehebett angespielt wurde, gab Molly sich ganz reserviert, doch Sam fand ihre schüchterne Zurückhaltung liebreizend. Das hatte er bis jetzt an seinen Freundinnen nicht gekannt, weshalb ihm diese Abwechslung sehr willkommen war, zumal er wußte, daß er ihre Reserviertheit innerhalb weniger Minuten vertreiben konnte, sobald sie im Schlafzimmer waren.

Molly lächelte freundlich und nickte, sagte aber fast gar nichts. Sie dachte an das, was ihr bevorstand. Auf der einen Seite wünschte sie, die Zeit verginge schneller, auf der anderen Seite wollte sie, daß die Zeit stehenblieb.

»Du hast gesagt, daß auch Lee Chin weg ist?« fragte Sam noch einmal bei Peter nach.

»Wir dachten, daß es Molly lieber sei, wenn sie selbst kocht. Sicher zieht ihr die Abgeschiedenheit im Augenblick vor.«

Sam betrachtete sie mit einem Funkeln in den Augen. »Das einzige Problem ist jetzt, daß Molly vielleicht nicht kochen kann. Vielleicht müssen wir von Luft und Liebe leben.«

»Natürlich kann ich kochen!« erwiderte Molly aufgebracht. »Angel hat es mir gezeigt.«

»Angel?« Sam hoffte, daß man ihm seine Bedenken nicht anhörte.

»Sie ist zufälligerweise eine sehr gute Köchin.«

»Wir werden eure Taschen nach oben tragen«, sagte Emmet, »und dann verschwinden.« Sam lächelte erfreut, während Molly wie gebannt zu Boden blickte, als suche sie einen verlorenen Gegenstand.

»Ich möchte euch nur warnen«, weihte Peter Molly und Sam ein, als Emmet das Gepäck hochbrachte. »Patience wird in zwei Wochen für euch eine Feier geben, und das halbe Land ist eingeladen.«

Sam stöhnte auf. Molly wurde leichenblaß. Sie hatte die Heirat geheimhalten wollen, damit die Trennung in einem Jahr ganz ruhig über die Bühne gehen konnte. Doch damit war es jetzt vorbei. In einer so kleinen Gemeinde wie Truckee konnte man nichts unter den Tisch fallen lassen, und schon gar nicht für ein ganzes Jahr.

Sobald die beiden Brüder verschwunden waren, nahm Sam Molly auf die Arme und trug sie die Treppe hoch in das große Schlafzimmer. Mit dem Stiefel schob er die Tür auf und legte sie auf ›die Schwelle‹, wie er das Bett nannte. Schwelle zu was, fragte Molly sich. Die Cedar Creek Ranch war nicht ihr Zuhause und würde es auch niemals sein. Dieser Gedanke machte sie stark.

Doch nur ein paar Sekunden später mußte sie erkennen, daß ihr die Beherrschung nicht leicht fiel. Sam küßte sie leidenschaftlich, hart und gleichzeitig sanft. Sie spürte, wie die Hitze in ihr aufstieg, das Blut in ihren Adern pulsierte. Seine Zunge spielte mit ihren Lippen, kostete ihre Zunge, und da wußte sie, daß all die Versprechen, die sie sich gegeben hatte, nichts wert waren.

»Eigentlich wollte ich dich erst baden lassen«, hauchte er ihr ins Ohr, »aber solange kann ich nicht mehr warten. Außerdem treibt mich dein Geruch in den Wahnsinn.«

Molly wußte ganz genau, was er meinte. Ihr ging es kaum anders. Obwohl sie von der Reise verschwitzt und staubig waren, ließ Sams maskuliner Duft ihr Herz höher schlagen. Dieser Geruch hatte etwas Primitives an sich, etwas Elementares, das bei ihr ein Ziehen zwischen den Beinen hervorrief, noch bevor sie sich entkleidet hatte.

Sie ließ sich von ihm ausziehen und half ihm dann dabei, sein

Hemd und seine Hosen abzustreifen. Dann drückte er sie auf das Kissen und ließ sich von seiner Begierde wegtragen.

Sein Mund suchte nach ihrer rosigen Knospe, die schon hart war, und Molly fuhr ihm mit den Fingern durch das dicke, blonde Haar. Gott, wie sehr sie ihn begehrte. Was für eine Närrin war sie doch! Hatte sie wirklich geglaubt, seinen Berührungen standhalten zu können?

Er knabberte an ihrer Brust und stöhnte leise auf. Sie bäumte sich auf, wollte, daß er sie auf der Stelle nahm, hatte aber Angst, ihn das wissen zu lassen. Ja, er hatte von Anfang an recht gehabt. Sie war eine Frau, aber dabei nicht zerbrechlich und sanft und behutsam wie Lilly, sondern voller Leidenschaft. Sie gab alles, was sie hatte, und forderte dafür etwas zurück. Und er wollte nichts anderes, als ihr genau das zu geben.

Als er spürte, daß sie feucht und bereit war, rollte er sich auf sie und drang in sie. Ihre enge, heiße Weiblichkeit erregte ihn noch mehr. Vor Lust seufzend bewegte er sich schneller und stieß tiefer in sie hinein.

Molly paßte sich seinem Rhythmus an. Sie zog ihn tief in sich hinein. Er füllte sie vollkommen aus, zog sich dann zurück und hielt kurz inne, neckte sie solange, bis sie die süße Qual nicht mehr ertragen konnte. Und auf einmal schien sie zu explodieren, und alles um sie herum versank in einem silbernen Blitzstrahl.

Nur wenige Sekunden später ergoß sich Sam in ihr und nahm sie dann überglücklich in die Arme. Nachdem sie sich ein wenig ausgeruht hatten, stützte er sich auf einen Ellbogen.

»Dreh dich um.«

»Warum?« fragte sie plötzlich ganz zögerlich.

»Ich möchte deinen Rücken betrachten.«

Molly tat, worum er sie gebeten hatte. Seine Finger strichen vorsichtig über ihre Haut, fuhren über die kleinen Erhebungen und Täler, die von den Schlägen ihres Onkels zurückgeblieben waren. »Bei Gott«, schwor er leise, »eines Tages wird mir dieser Hundesohn dafür bezahlen müssen.« Und küßte eine Narbe an ihrer Gürtellinie.

»Es ist sehr wichtig, diese Sache geheimzuhalten«, riet sie. Aber dann lächelte sie. »Eines Tages werde ich dir helfen, mit dem Mann abzurechnen.«

Einen Moment lang verwunderte ihn ihr Tonfall, aber dann lachte er dröhnend und schlang seine Arme um sie. »Eins ist mal sicher, Kleines. Die Ehe mit dir wird nicht langweilig werden.« Dann küßte er sie auf den Scheitel und half ihr beim Aufstehen. »Ich werde jetzt das Wasser für Ihr Bad holen, Mylady.« Er verbeugte sich galant. »Aber nur, wenn ich mich zu Ihnen gesellen darf.«

Molly gab seinem Wunsch nach, nickte und trat an die große, gehämmerte Messingwanne, die in einer Zimmerecke untergebracht war. Sam stürmte aus der Tür. Er mußte ein paar Mal nach unten gehen, bis die Wanne voll war, aber das schien ihm nichts auszumachen, und Molly freute sich über die Möglichkeit, sich waschen zu können, selbst wenn das bedeutete, daß sie die Wanne mit Sam teilen mußte.

Jetzt, nachdem sie sich ihm gerade eben wieder hingegeben hatte, wußte sie, daß es sinnlos war, ihren Körper kontrollieren zu wollen. Im Schlafzimmer errang Sam Brannigan seine Siege mühelos. Jetzt konnte es nur noch darum gehen, sich von ihm so wenig wie möglich ins Liebesnest locken zu lassen. Die Vereinbarung besagte, daß sie drei Nächte pro Woche auf der Cedar Creek Ranch schlief. Wenn sie ihre Karten richtig ausspielte, mußte sie auch nur dreimal mit ihm schlafen. Natürlich würde das Sam nicht behagen, aber Molly mußte ihr Gewissen beruhigen. Außerdem würde es ihr so vielleicht gelingen, ein wenig Distanz zu halten. Nach dem gemeinsamen Bad gab Molly vor, Kopfschmerzen zu haben. Leise murrend hielt Sam sich zurück. Sie hüllte sich in ein dickes Baumwollnachthemd, kroch unter die Decke und war nur wenige Sekunden, nachdem sie ihren Kopf auf das Kissen gebettet hatte, eingeschlafen.

Als Molly aufwachte, stand Sam schon in der Küche und briet Eier und Speck. Molly stieg flink aus dem Bett und zog ihre Hosen und ein Hemd an. Sie hatte sich so sehr an diese Kleidungsstücke gewöhnt, daß sie sie sogar für die Reise eingepackt hatte. Jetzt war sie froh darüber, weil sie gleich zur Ranch reiten, True satteln und sich dann an die Arbeit machen konnte. Bevor sie zum Lager ritt, wollte sie noch kurz Joaquin besuchen.

Mit einem Lied auf den Lippen sprang Molly die Treppe hinunter. Als sie die Küchentür öffnete, stand Sam gerade mit einem Kochlöffel in der Hand am Herd.

Mit einem Lächeln auf den Lippen drehte er sich zu ihr um. Doch als er ihre Kleider sah, wurde sein Mund ganz schmal. »Was, zum Teufel, tust du in diesen Dingern?«

Molly wurde starr vor Zorn. »Ich tue genau das, was ich seit meiner Rückkehr auf die Lady Jay jeden Tag getan habe. Ich werde arbeiten gehen.«

»Ich hatte gehofft, daß du ein paar Tage hier bleiben würdest. Gerade wollte ich dir das Frühstück ans Bett bringen.« Sein Blick verriet ihr, daß er auch noch etwas ganz anderes im Sinn gehabt hatte.

Obwohl auch sie den Gedanken, ihn am Morgen zu lieben, verführerisch fand, beherrschte sie sich. »Ich fürchte, ich habe zuviel zu tun. Aber ich werde morgen abend zurückkommen, genau wie ich es versprochen habe.«

Dann wandte sie sich ab, weil sie seinen Blick nicht ertragen konnte.

»Ich habe auch gehofft, daß du wüßtest, daß eine verheiratete Frau nicht in Männerhosen quer durchs Land reiten kann. Geh hoch und zieh dir ein Kleid an.«

Wie von der Tarantel gestochen, brauste Molly auf. »Weißt du, was du da sagst? Jetzt sehen wir ja, wer das Gelübde bricht. Du hast gesagt, daß ich die Ranch leiten kann. Genau das werde ich jetzt tun, aber bestimmt nicht in einem Kleid!« Sie stürmte aus der Tür. »Du wußtest, wie ich bin, als du mich geheiratet hast. Versuch jetzt nicht, mich zu ändern!«

Sam rannte ihr hinterher. »Komm hierher zurück, Molly. Verdammt, du bist meine Frau!«

Molly ließ sich nicht aufhalten. »Ich borge mir ein Pferd und werde es zurückbringen, wenn ich wiederkomme – *falls* ich wiederkomme.«

Vor Wut bekam Sam einen roten Kopf. Das Blut in seinen Adern kochte. Zum Teufel mit ihr! Sie war zweifellos die sturste, eigensinnigste Frau, die ihm jemals begegnet war. Er konnte es einfach nicht fassen, daß sie auch jetzt noch diese Hosen tragen wollte. Gott, er machte sich ja vor allen zum Gespött!

Ein strenger Duft drang ihm in die Nase. Schimpfend rannte er ins Haus. Als er die Küchentür aufriß, quoll ihm eine Rauchwolke entgegen. Die Eier und der Speck waren vollkommen verbrannt. Zur Hölle damit! Der Appetit war ihm sowieso vergangen.

Da Molly sich weder an diesem noch am nächsten Abend auf der Cedar Creek Ranch blicken ließ, hatte Sam genug Zeit, um über seine Ehe nachzudenken. Dabei war er zwischen seiner Wut über ihr impertinentes Verhalten und seiner Verzweiflung, daß er sie so sehr vermißte, hin und her gerissen. Wie schnell hatte sie sich Zugang zu seinem Herz verschafft! Die Nächte ohne sie kamen ihm endlos lang vor. Ja, er hatte genug Zeit zum Nachdenken gehabt, und das Ergebnis behagte ihm überhaupt nicht – inzwischen glaubte er nämlich, daß sie möglicherweise recht hatte!

Eigentlich hatte sie seinen Antrag nur angenommen, weil sie die Ranch retten wollte, die sie – wie Sam sehr wohl wußte – über alles liebte. Wie konnte er da von ihr erwarten, daß sie die Lady Jay für ihn aufgab?

Die letzten beiden Tage hatte er sich um das Holzfällergeschäft gekümmert und Emmet mit dem Vieh geholfen. Doch heute wollte er zur Lady Jay hinüberreiten. Vielleicht konnte er seine kleine Frau wieder zur Räson bringen; vielleicht konnten sie beide einen Kompromiß finden, der sein Ego nicht ankratzte und sie zur Einsicht brachte, daß ihr Zuhause bei ihm war.

Gerade als Sam auf dem Weg zur Scheune war, kam Emmet angeritten. Der Gesichtsausdruck seines Bruders verriet ihm, daß Emmet über Mollys Verschwinden Bescheid wußte.

»Ihr hattet wohl einen kleinen Streit?« fragte Emmet.

Sam grunzte nur und lief weiter. »Mußt du nicht einen Zaun flicken?«

»So schlimm, hm? Hättest eine so liebe Frau wie meine Patience heiraten sollen, aber so, wie ich dich kenne, hätte dich das schon nach wenigen Wochen gelangweilt. Die hier hält wenigstens dein Interesse wach.«

Jetzt mußte Sam lachen. »Ich werde daran denken, wenn ich kurz davor bin, ihr den Hals umzudrehen.«

»Wie jetzt?« fragte Emmet spitzbübisch nach.

»Ganz genau.« Sam führte Gil aus dem Stall, sattelte ihn und stieg auf. Emmet winkte seinem Bruder hinterher, der schon auf dem Weg zur Lady Jay war, um seine dickköpfige Frau zu holen.

Als Sam die Ranch seiner Frau erreichte, traf er Angel in der Küche an, die gerade das Abendessen zubereitete, was ihr nicht mehr oft erlaubt war, wie sie Sam erzählte. Sie sagte ihm auch, daß sie sich sehr darüber freute, daß er jetzt zur Familie gehörte.

»Sie werden für Molly gut sein, Señor Sam. Vielleicht gelingt es Ihnen, sie im Zaum zu halten. Joaquin und mir ist das jedenfalls nicht geglückt.«

Sam warf der charmanten kleinen Frau, die fast so breit wie hoch war, ein Lächeln zu. »Mit ihr hat man alle Hände voll zu tun, Angel, das kann ich Ihnen sagen.«

»Sie ist sehr wütend auf Sie, Señor Sam. Sie sagt, daß sie eine Vereinbarung getroffen und Sie sie gebrochen haben. Ich habe ihr gesagt, daß Señor Sam das niemals tun würde, aber da ist sie nur zur Tür hinausgestürmt und hat sogar ihr Essen stehengelassen. Ich glaube nicht, daß sie viel geschlafen hat. Habe sie noch lange nach Mitternacht im Haus herumwandern hören.«

Was er da hörte, freute Sam. Vielleicht ging es ja nicht nur ihm schlecht. Wie dem auch sei, bis ihm etwas anderes eingefallen war, wollte er ihr erlauben, die Hosen zu tragen. Zu diesem Entschluß hatte er sich durchgerungen. Aber sie mußte begreifen, daß er in ihrer Ehe die Hosen anhatte.

»Wo steckt sie jetzt, Angel?«

»Sie ist heute morgen ins Lager geritten.«

»Danke.« Sam tippte an den Rand seines Hutes.

»Möchten Sie etwas von dem Chili kosten?« fragte Angel. »Habe es erst vor ein paar Stunden aufgesetzt.«

Sam schüttelte den Kopf. Beim Gedanken an die feurige mexikanische Küche drehte es ihm fast den Magen um. »Vielleicht nächstes Mal.« Und dann verließ er die Küche durch die Hintertür und ritt ins Hochland. Er hoffte, daß sich auch Mollys Wut ein wenig gelegt hatte.

»Und ich sage dir, daß dieser Baum genau in diese Richtung fallen wird.« Beefsteak Marlowe hob den Arm und zeigte mit dem Finger auf die Sonne, die schon tief am westlichen Himmel stand.

»Da irrst du dich aber gewaltig«, erwiderte Joey Mavis. »Der Baum wird neben der alten, abgesägten Pinie landen.«

Die beiden Männer standen sich wutschnaubend gegenüber, als Molly näherkam. »Worum geht es denn?«

»Joey hier glaubt, das dieser abgestorbene Baum, den wir fällen wollen, neben der Pinie landet, während ich meine, daß er auf der anderen Seite runtergehen wird«, antwortete Beefsteak.

»Und was meinen Sie, Lady – Boss?« dröhnte Jumbo Reilly und stellte sich neben sie.

Molly war vor zwei Stunden im Camp eingetroffen, hatte sich mit Torger unterhalten und sich dann auf die Suche nach Jumbo gemacht, den sie von Tag zu Tag besser leiden konnte.

Molly betrachtete den Baum und dachte nach. Da sie guter Laune war, sagte sie: »Ich hätte euch einen Vorschlag zu machen. Ich wette gegen jeden von euch ein Fünf-Dollar-Goldstück, daß ich den Baum fällen und genau dort landen kann, wo ich will.«

Jumbo machte große Augen. »Sie erstaunen mich immer wieder, kleines Mädchen. Gut, ich würde sagen, daß Sie's nicht schaffen.«

Joey und Beefsteak grinsten breit. »Wir setzen auf Sie, Lady – Boss.«

»Gut. Die Wette gilt.« Molly wanderte um den dicken Baumstamm. Sie kniete sich hin, inspizierte jeden Zentimeter Baum. Und dann machte sie sich an die Arbeit.

Als Sam zu den Männern auf der Lichtung trat und seine Frau entdeckte, fragte er Jumbo: »Was, um alles auf der Welt, treibt sie denn da?« Der schwergewichtige Holzfäller kicherte und erzählte Sam von der Wette, die Molly initiiert hatte. Sams Herz schlug schneller.

»Das ist viel zu gefährlich, Jumbo. Wenn etwas schiefläuft, kann sie sterben. Das werde ich auf gar keinen Fall zulassen!« Sam wollte schon zu Molly laufen, doch Jumbo hielt ihn am Arm fest. Als Sam die Hand des Mannes auf seinem Arm spürte, wurde er ganz steif und regte sich maßlos über die Dreistigkeit des Holzfällers auf.

»Tun Sie das nicht, Sam«, warnte Jumbo ihn. »Sie hat zu lange dafür gekämpft, den Respekt der Männer zu gewinnen.«

Sein Einwand bewirkte gerade das Gegenteil, doch Jumbo hielt ihn immer noch fest und gab ihm mit einer Geste zu verstehen, daß er im Notfall ernst machen und ihn mit Gewalt zurückhalten würde.

»Außerdem werde ich ihr ein bißchen unter die Arme greifen. Ich will doch auch nicht, daß ihr etwas passiert.«

Sam atmete tief durch und beruhigte sich ein wenig, woraufhin Jumbo ihn losließ.

»Sie sind ein kluger Mann, Sam. Klug genug, eine verdammt feine Frau zu erkennen, wenn Sie eine vor sich haben. Hier oben ist sie schon eine Legende. Wenn ihr das hier gelingt, werden die Leute noch in ein paar Jahren davon sprechen.«

Sam grinste den größeren Mann an. »Danke, Jumbo. Was die Frauen anbelangt, sollte ich manchmal besser genau so geradeaus denken wie Sie.«

»Ich mache Ihnen ja keinen Vorwurf. Wenn Sie sie richtig behandeln, wird sie Ihnen eine gute Frau sein – falls es Ihnen gelingen sollte, sie ans Haus zu binden.«

Sam nickte nur.

Als Molly den letzten Haken in den Boden getrieben hatte, drehte sie sich um und warf einen letzten Blick auf den Baum. Und dann bemerkte sie, daß Sam zu der Truppe gestoßen war. Sofort schlug ihr Herz einen Takt schneller. Wieso rief er in ihr immer diese Gefühlsanwandlungen hervor? Mit sicherem Schritt ging sie auf die Holzfäller zu. Ihr fiel auf, daß Sam viel größer als die anderen Männer war, die sich hier mittlerweile eingefunden hatten. Nur Jumbo überragte ihn. Ein leichter Windstoß zerzauste seine blonden Haare, und Molly wäre ihm am liebsten in die Arme geflogen. Gott, wie sehr sie ihn doch vermißt hatte! Zu ihrem Verdruß hatte sie feststellen müssen, daß ihr die Tage ohne ihn wie Jahre vorgekommen waren.

»Hallo, Sam.«

»Hallo, Molly.« Sein Blick blieb an ihrer Hemdbrust hängen, so daß sie sich unweigerlich fragte, weshalb er gekommen war. Anscheinend war er nicht wütend, aber sie spürte wohl, daß er irgend etwas ausgeheckt hatte.

»Fertig, Jumbo?«

Der Holzfäller lächelte ihr zu und nahm ein Beil in die Hand. Molly beugte sich hinunter und hob vier schwere Metallstifte auf. Einen davon drückte sie an der Stelle in die Rinde, auf die Jumbo einschlagen sollte. Als der Holzfäller loslegte, zog Sam sie behutsam zurück, damit sie in Sicherheit war.

Dann brachte sie den zweiten, dritten und vierten Stift an.

Mit gleichmäßigen Beilschlägen hieb Jumbo auf den Baum ein. Und nur wenige Minuten später begann der Baum zu zittern und fiel dann zu Boden.

Die umstehenden Männer jubelten laut, als der Baum auf dem Boden aufschlug. Dann rannten sie los, um nachzusehen, ob der Baum wirklich dort, wo Molly es gewollt hatte, gelandet war. Für ein paar Sekunden glaubte sie, die Wette verloren zu haben.

»Stimmt ganz genau!« schrie Beefsteak.

Molly hüpfte vor Freude auf und ab und stimmte in das Geschrei der Männer ein. Dann legte Jumbo seine riesigen Pranken um ihre Taille, hob sie hoch und wirbelte sie durch die Luft, bevor er ihre zierliche Gestalt auf seinen breiten Schultern plazierte. So trug er sie ins Holzfällerlager. Für einen kurzen Moment verdüsterte sich Sams Miene, doch dann ließ er sich von der Freude und Aufregung über Mollys Sieg mitreißen und schloß sich den restlichen Holzfällern an, die wie die Kinder um Jumbo und seine rothaarige Frau herumsprangen.

»Sie werden heute wohl bei uns zu Abend essen«, rief ihm Jumbo begeistert zu. »Denn Ihr kleines Mädchen wurde gerade zum Ehrengast an unserer Tafel ernannt, und das dürfen Sie doch auf keinen Fall verpassen.«

14. Kapitel

Sam tat es gar nicht leid, daß er zum Essen bleiben mußte. Da Lee Chin weggefahren war, hatte er seit der Zugfahrt kein anständiges Mahl mehr zu sich genommen. Und das Essen, das die Holzfäller gekocht hatten und nun auftrugen, schmeckte ganz ausgezeichnet, auch wenn es in dem beengten Quartier serviert wurde, das sie ihr Heim nannten.

Jumbo hob Molly von seinen Schultern und stieß die schwere Holztür auf. In dem riesigen Raum roch es nach zum Trocknen aufgehängten Wollsocken und Hemden, nach Kohle, Schweiß und Schnupftabak und natürlich nach frisch gebratenem Fleisch und erst vor wenigen Stunden gebackenem Brot. Außerdem gab es noch Mais, Bohnen und neue Kartoffeln. Die Holzfäller entledigten sich geschwind ihrer schweren Schuhe und nahmen an dem Tisch, der nur aus rohen Holzplanken gezimmert war, Platz.

Nachdem sich Molly zwischen Sam und Jumbo gezwängt hatte, krempelte Sam die Ärmel hoch und stürzte sich auf das Essen. Molly warf ihm einen skeptischen Blick von der Seite zu, schien aber einigermaßen guter Laune zu sein. Offensichtlich war ihr Zorn verraucht, und er fand, daß jetzt nicht der richtige

Zeitpunkt war, um über das zu sprechen, was ihm im Kopf herumging.

Die Männer, die es gewohnt waren, hastig zu essen, hatten in Windeseile ihre Teller leergeputzt. Molly hatte einige Mühe, mit ihnen mitzuhalten. Sam grinste in sich hinein, als er sah, daß sie ihren Teller erst halbleer gegessen hatte, obwohl die anderen schon fertig waren.

»Ich... ich glaube, ich bin zu aufgeregt, um zu essen«, log sie. Ihm fiel auf, daß sie sich mit der Zunge über die Lippen fuhr, als die letzten Apfelkuchenstücke in die Küche getragen wurden.

»Meinen Sie, daß Sie kurz in die Höhle des Löwen gehen könnten, um Molly ein Stück Kuchen zu holen?« fragte er Jumbo. »Ich fürchte, sie kann nicht so schnell wie wir essen.«

»Dieses kleine Mädchen muß lernen, daß sie sich nicht die ganze Zeit wie ein Mann aufführen muß.«

»Tja, ich gebe mir alle Mühe, ihr das klarzumachen, Jumbo.«

Laut kichernd klopfte Jumbo Sam auf die Schulter. »Viel Glück, Sam. Falls das einem Mann gelingen sollte, dann sind Sie dafür sicher der Richtige... nur...«

»Nur was?«

»Nur bin ich mir nicht so sicher, ob das ein Mann überhaupt kann!« gab Jumbo zu bedenken und lachte schallend.

Dann zog er den Korken aus einer Flasche Whisky und nahm einen tiefen Zug. Sam, dem Jumbos Worte nicht aus dem Kopf gingen, warf einen Blick auf Molly und reichte ihr die Flasche. Ein paar Holzfäller schauten neugierig zu ihr hinüber. Zuerst wußte Molly nicht so richtig, was sie machen sollte, schnappte sich dann aber die Flasche und nahm einen tiefen Zug.

Jetzt wußte Sam, daß er sie gekriegt hatte. Der Unterricht fängt an, sagte er sich. Ich werde ihr zeigen, wer hier die Hosen anhat. Nachdem Molly die Flasche weitergereicht hatte, gab Jumbo ihnen ein Zeichen, daß sie hinausgehen sollten. Sam freute sich über die Voraussicht, die Jumbo walten ließ. Schließlich war Molly Jumbos Boss, weshalb der Holzfäller nicht wollte, daß sie sich vor den anderen Männern zum Narren machte. Doch in erster Linie war er ein Mann, und Männer hielten zusammen. Molly James Brannigan brauchte eine Lektion, was Weiblichkeit anbelangte, und Sam Brannigan und Jumbo Reilly waren bereit, sie ihr zu erteilen.

»Also, kleines Mädchen«, scherzte Jumbo, »Sie trinken wohl gern einen Schluck Whisky nach dem Essen?«

»Eigentlich nicht«, antwortete Molly zögernd.

»Tja, ein bißchen muß er dir schon schmecken«, warf Sam ein. »Mir ist aufgefallen, daß du nicht mit der Wimper gezuckt hast, als ich dir die Flasche angeboten habe.«

Molly ballte die Hände zu Fäusten. Schließlich hatte sie nur deshalb einen Schluck getrunken, weil ihr nichts anderes übrig geblieben war. Unter normalen Umständen hätte sie trotzdem abgelehnt, aber der Streit von vor zwei Tagen war ihr noch gut in Erinnerung, die schlaflosen Nächte ebenfalls – und außerdem vermißte sie ihn so sehr, daß es schon fast weh tat.

Nach außen hin ganz ruhig, zuckte Molly mit den Schultern. »Ich wollte nur sehen, warum das Zeug so beliebt ist. Jetzt, wo ich davon gekostet habe, kann ich nichts daran finden. Seit ewig tut ihr Männer so, als ob der Whisky ein geheimnisumwitterter, männlicher Zaubertrunk sei, und in Wahrheit schmeckt er wie Hustensaft.«

Jumbo hielt ihr die Flasche hin. »Man muß schon ein bißchen mehr trinken, bis man dahinter kommt, warum das Zeug so verteufelt gut schmeckt.«

Molly blickte von Jumbo zu Sam und wieder zu Jumbo zurück. Darum ging es also. Ihr Ehemann war immer noch wütend, weil sie Hosen trug, und Jumbo hatte sich offensichtlich auf seine Seite geschlagen. Da riß sie dem Vormann die Flasche aus der Hand und nahm einen tiefen Zug. Sie hätte sich beinah verschluckt, Tränen traten ihr in die Augen. Als sie sah, daß die beiden Männer ihr höhnisches Grinsen kaum unterdrücken konnten, führte sie die Flasche wieder an den Mund und trank. Jetzt zog Sam die Augenbrauen hoch, in seinen Augen funkelte ein dunkles Licht.

Er nahm ihr die Flasche ab, setzte sie an und trank fast ein Fünftel des Flascheninhalts. Dann war Jumbo an der Reihe, die bernsteinfarbene Flüssigkeit die Kehle hinunterzuschütten.

Molly nahm auch noch einen Schluck. Wärme stieg in ihr auf, und ihr wurde leicht schwindelig, was aber nicht unangenehm war. Im Gegenteil, sie fühlte sich großartig. »Wißt ihr«, sagte sie ein paar Schlucke später, »vielleicht habt ihr Männer doch Ahnung.« Sie warf Sam ein verdrehtes Lächeln zu. Ihr Blick verschwamm, und das Sprechen fiel ihr zunehmend schwerer.

»Ich habe mich noch nie... so... absolut frei gefühlt! Ich weiß, daß ich mir eigentlich um die Ranch Sorgen machen müßte, aber jetzt fällt mir nicht mal mehr ein, warum.« Kichernd schlug sie Sam auf den Schenkel. »Na, gibt's noch einen Schluck?«

Sam biß die Zähne zusammen und warf ihr einen finsteren Blick zu, aber das störte Molly nicht.

Jumbo verschwand kurz und kehrte mit Simmond's Medicated Nabob Whisky zurück. »Unser Whiskyvorrat hier im Lager ist nicht gerade groß. Jetzt müssen wir hiermit Vorlieb nehmen.« Mit den Zähnen zog er den Korken heraus, nahm einen Schluck und reichte die Flasche an Sam weiter.

Molly fand, daß die zweite Flasche besser als die erste schmeckte, was aber nicht viel zu sagen hatte, denn eigentlich schmeckte sie überhaupt nichts mehr.

»Sam«, kicherte Molly, »warum hast du mir dieses Getränk nicht schon früher angeboten?« Als sie ihm mit den Fingern durchs Haar fuhr, ruhte sein mürrischer Blick auf ihr. Jumbo stand auf.

»Ich hoffe, daß alles so läuft, wie Sie es sich vorgestellt haben, Sam.«

»Wir werden jetzt nach Hause gehen«, kündigte Sam an. »Kann ich die Flasche mitnehmen? Sie hat mit dem Spiel angefangen, und ich werde es zu Ende bringen.«

Jumbo warf ihm die Flasche zu. Sam ließ sie noch einen Schluck nehmen und schleppte sie dann zu ihrem Pferd.

»Kannst du reiten?« fragte er sie.

»Selbstverständlich. Sei nicht dumm. Warum? Kannst du nicht reiten?« Schwer betrunken grinste sie ihn an, und Sam mußte daran denken, daß Emmet gesagt hatte, daß sie sein Interesse wachhalten würde, denn jetzt hätte er ihr am liebsten den Hals umgedreht.

Molly versuchte, aufs Pferd zu steigen, aber nach zwei erfolglosen Versuchen mußte Sam sie in den Sattel heben. »Danke«, sagte sie. »Du bist wirklich ein Gentleman.«

Sam knurrte nur. Auf dem Ritt nach Hause ließ er sie immer wieder einen Schluck trinken. Insgeheim überraschte es ihn, daß sie überhaupt noch auf dem Pferd sitzen konnte.

Als sie endlich die Ranch erreicht hatten, sang Molly laut und schwankte im Sattel hin und her. Jetzt konnte Sam seine Wut kaum mehr unterdrücken. Er hob sie vom Pferd und trug sie ins Haus. Im Schlafzimmer zog er sie aus und warf sie nackt aufs Bett. Kichernd fiel sie in die Kissen. In Windeseile zog er seine Stiefel und die Hose aus. Er konnte es kaum erwarten, sich mit seiner jungen Frau zu vergnügen. In den letzten beiden Tagen hatte er an nichts anderes denken können.

»Sam?«

»Was?« schnappte er.

»Ich fühle mich« – jetzt hatte sie Schluckauf – »nicht besonders gut.«

Und jetzt brach Sams Zorn heraus. »Zum Teufel mit dir, Molly. Wehe, wenn dir jetzt schlecht wird!«

Aber da war schon alles zu spät. Molly rutschte aus dem Bett, die Hand auf den Mund gelegt, und rannte zum Topf hinüber, der hinter einem Wandschirm in der Zimmerecke stand. Als er hörte, wie sie stöhnte und sich erbrach, bekam er ein schlechtes Gewissen.

Seufzend stand er auf, schüttete Wasser in die Schale, machte ein Halstuch naß und trat hinter den Wandschirm, wo der kleine Rotschopf mitleiderregend jammerte. Heute nacht konnte sie seine Begierde auf keinen Fall mehr stillen. Er hoffte nur, daß sie etwas gelernt hatte. Er wollte eine Frau und kein widerspenstiges

Mädchen, daß sich wie ein Mann aufführte. Und als er sie so hielt, tat es ihm fast leid, daß er sie betrunken gemacht hatte. Aber eben nur fast.

Molly war auf einem Schiff, die Wellen krachten über dem Bug zusammen, das Meer bäumte sich unter ihr auf. Ihr Kopf pochte im Rhythmus zur See, so daß es ihr den Magen umdrehte. Gott, sie hatte das Gefühl, jeden Augenblick sterben zu müssen. Für eine Sekunde schlug sie die Augen auf, nur um sie gleich wieder zu schließen. Grelles Sonnenlicht fiel ins Zimmer. Ihr Magen war in Aufruhr, und ihr Kopf drohte zu platzen.

»Guten Morgen.« In Sams Tonfall lag ein Hauch Triumph, was sie nicht nachvollziehen konnte.

»Sam?«

»Ja, Mädchen?«

»Wo sind wir?«

»Wenn du die Augen aufmachst, wirst du feststellen, daß du genau dort bist, wo du hingehörst. Zuhause – in unserem Bett.«

»Was ist passiert?«

Er trat an das Bett, setzte sich auf den Rand. Durch die Bewegung der Matratze wurde ihr wieder schlecht. Sie mußte schlukken und hatte einen dicken Kloß im Hals.

»Kannst du dich an nichts erinnern?«

»Ich weiß noch, daß ich im Holzfällerlager gewesen bin. Und dann bist du gekommen.«

»Und wir haben zu Abend gegessen –«

»O Gott, sprich nicht vom Essen!«

»So schlimm, hm?«

Molly deckte mit dem Handrücken die Augen ab und stöhnte. Sam zog sie hoch, bis sie saß. »Hier. Trink das.« Und reichte ihr eine Tasse, die zur Hälfte mit einer Flüssigkeit gefüllt war, die wie der Whisky roch, den sie am Abend zuvor getrunken hatte.

Ihr wurde übel. »Ich kann nicht.«

»Doch, du kannst. Danach wird es dir besser gehen, das verspreche ich.«

»Ich vertraue dir nicht mehr.«

Dann erinnerte sie sich also doch. »Molly, ich hab' dich nicht gezwungen, den Whisky zu trinken.«

»Nein, ich glaube nicht.«

»Weißt du, Mädchen, Frauen sind etwas anders gebaut als Männer. So hat Gott es gewollt.«

»Ich bin genauso klug wie du, Sam! Ich arbeite genau so hart, und ich will das, was du willst.«

Er legte ihr das feuchte Tuch auf die Stirn. »Ich habe niemals gesagt, daß wir nicht gleichberechtigt sind, Molly. Ich sagte nur, daß wir unterschiedlich sind. Und daß es in Ordnung ist, eine Frau zu sein.«

»Frauen sind abhängig. Das kann ich mir nicht leisten, wenigstens jetzt nicht. Ich muß mit der Ranch schwarze Zahlen schreiben. Das ist für mich die wichtigste Sache auf der Welt.«

Sam seufzte und fuhr sich mit den Fingern durchs Haar. »Ich weiß, Mädchen. Ich weiß.« Tief in seinem Herzen wünschte er, er würde es nicht wissen. Wie sehr wünschte er sich, daß *er* die wichtigste Sache in ihrem Leben wäre – er und die Familie, die er gründen wollte. Er fragte sich, ob sie wohl jemals Kinder haben wollte. Darüber hatten sie nie gesprochen. Vielleicht war ihr diese Vorstellung ein Graus. Vielleicht schlief sie deshalb so selten wie möglich mit ihm. Daran, daß er ihr nicht gefiel, lag es jedenfalls nicht.

Es gab so viel, was sie nicht voneinander wußten, so vieles, worüber sie unterschiedlicher Meinung waren. Und trotzdem wußte Sam ganz tief in seinem Innern, daß sie für ihn die perfekte Partnerin war. Irgendwie würde es ihm schon gelingen, sie zu ändern, sie dazu zu bringen, ihn zu lieben und bei ihm bleiben zu wollen. Er mußte einen Weg finden.

Die Woche verstrich ohne Zwischenfälle. Sam verlor kein Wort mehr über ihre Kleidung, und Molly hielt sich an ihr Wort. Jede zweite Nacht verbrachte sie bei ihm auf der Ranch. Sie liebten sich nur einmal pro Nacht, und am nächsten Morgen verschwand sie auf die Lady Jay. Am Tage vor der Hochzeitsfeier stand Molly in Sams Küche und betrachtete den Sonnenuntergang. Sie war vor Sam auf der Ranch eingetroffen, und da Lee Chin erst kommenden Sonntag zurückkehren wollte, hatte sie sich vorgenommen, für Sam das Abendessen zu kochen. Sie war gerade dabei, Zwiebeln in einer Pfanne anzubraten, als Sam durch die Fliegentür trat.

Sein Gesichtsausdruck wirkte angespannt, seine Augen waren leer.

»Sam?« Mollys Herz krampfte sich zusammen. »Was ist denn los? Geht es dir nicht gut?«

Mit schweren Schritten lief Sam durch die Küche. Er zog einen der Küchenstühle unter dem Tisch hervor und ließ sich müde darauf fallen.

»Es hat einen Unfall gegeben. Unten in der Sägemühle. Einer der Männer hat sich schwer verletzt.«

»Wie ist es dazu gekommen?« fragte sie und stellte sich hinter ihn.

»Eines der Sägeblätter hat sich gelöst und der Mann hat sich ziemlich böse geschnitten.«

»Wird er sich wieder erholen?«

»Ja, aber fürs erste kann er nicht mehr arbeiten. Natürlich werde ich seine Familie finanziell unterstützen. Aber das Schlimmste daran ist, daß ich mir nicht sicher bin, ob es tatsächlich ein Unfall war. Ich habe einen Blick auf die Maschinen geworfen, und es sieht ganz danach aus, als ob sich jemand daran zu schaffen gemacht hat. Wer, zur Hölle, sollte so etwas tun?«

»Ich weiß es nicht.« Molly kehrte zum Herd zurück. »Wenigstens wird der Mann wieder gesund. Vielleicht ist es ja nur ein Versehen gewesen.«

»Das hoffe ich.«

»Weißt du«, erzählte Molly, »ich hatte vorgehabt, dich in der Mühle zu besuchen. Es interessiert mich, was ihr da treibt. Vielleicht können wir ja eines Tages selbst eine bauen.«

Sam schaute mißmutig, weil er wußte, daß *wir* und *selbst* sich auf die Lady Jay bezog. »*Wir* haben ein Sägewerk, Molly. Du kannst es jederzeit benutzen. Ich habe da etwas...« Er griff in seine Tasche.

Molly nahm den kleinen, runden Lederknopf von seiner Handfläche. »Du hast ihn gefunden!«

»Dann gehört er also dir?«

»Natürlich. Der gehört zu meinen Knöpfschuhen. Ich habe ihn letzte Woche verloren. Wo hast du ihn gefunden?«

Sam betrachtete sie skeptisch. »Nicht weit von hier«, antwortete er ausweichend. In Wirklichkeit hatte er ihn in der Mühle gefunden. Warum hatte sie ihm nicht erzählt, daß sie schon einmal dort gewesen war? Hatte sie es vergessen? Doch Sam hielt sich zurück, er wollte sich nicht vorschnell eine Meinung bilden.

»Was gibt es zum Abendbrot?« wechselte er das Thema. »Irgend etwas riecht unheimlich gut.«

»Chili verde und Tortillas. Angel sagt, daß meine besser als ihre schmecken.«

Sam stöhnte leise auf. Er hätte sich ausrechnen können, daß sie mexikanisch kochte, da sie ihm ja erzählt hatte, daß Angel ihr das Kochen beigebracht hatte. »Ich will mich nur kurz waschen, dann bin ich gleich wieder unten.«

Molly nickte und begann, den Tisch zu decken. Sie konnte es nicht erwarten, ihn mit ihren Kochkünsten zu bezaubern. Geschwind setzte sie ihm eine dampfende Schüssel mit Chili vor, reichte ihm dann die Tortillas und bediente sich selbst. Molly war hungrig wie ein Bär und schlang das Essen in sich hinein. Sie hatte ihre Schüssel schon halbleer gegessen, bevor sie aufschaute. Sam hatte bis jetzt kaum davon gekostet. Die Tortillas hatte er aufgegessen, aber die Schüssel mit dem Fleisch und den Bohnen hatte er kaum angerührt.

Als er sah, daß sie ihn beobachtete, tauchte er seinen Löffel in die Schale, schob ihn in den Mund, kaute und schluckte dann alles hinunter. Tränen traten ihm in die Augen, und sein Gesicht lief rot an.

»Schmeckt sehr gut«, lobte er.

»Du magst die mexikanische Küche nicht.« Molly war enttäuscht.

»Oh, doch.« Er aß weiter. »Siehst du? Und dein Essen ist das beste, das ich je hatte.« In Wirklichkeit hatte er bis jetzt erst einmal mexikanisch gegessen. Lee Chin kochte anders, und Angels Angebote hatte er bis jetzt immer abgelehnt, weil er nicht einmal den Geruch ertragen konnte. Nachdem er zum ersten Mal mexikanisch gegessen hatte, war er todkrank gewesen. Jetzt brannte ihm die Kehle, seine Augen tränten, doch er aß seine Schüssel auf. Gott, wie froh wäre er, wenn Lee Chin erst wieder da war.

»Möchtest du noch etwas?« fragte Molly und sprang auf, um ihm zu schöpfen.

»Nein! Ich meine, nein, danke. Ich bin schon satt. Es war sehr lecker. Danke, Molly.«

»Gern geschehen.«

Später an diesem Abend wurde Molly wieder von ihren berühmten Kopfschmerzen heimgesucht. Inzwischen fragte Sam sich, ob sie Angst hatte, schwanger zu werden. Zwar wußte er, daß sie ihm nur etwas vorspielte, aber heute ging er darüber hinweg, weil er Magenkneifen hatte. Doch morgen früh wollte er sie lieben. Da gab es kein Entrinnen. Wenn sie aufwachte, sah sie immer hinreißend aus.

Nach einer unruhigen Nacht wachte Sam noch vor Einbruch der Morgendämmerung auf. Er stand sofort auf, wusch sich und kehrte dann ins Bett zurück. Molly schlug die Augen auf und gähnte. Sie trug das Baumwollnachthemd, wogegen Sam nichts einzuwenden hatte. Es fiel ihm schon schwer genug, neben ihr zu schlafen, wenn sie angezogen war. Sie versuchte, aus dem Bett zu steigen, aber Sam legte seinen Arm um ihre Taille und zog sie an sich.

»Nein, diesmal entkommst du mir nicht.« Er beugte sich über sie und küßte sie, doch Molly entzog sich ihm.

»Nein, Sam. Ich muß auf die Ranch.« Wieder versuchte sie, aus dem Bett zu steigen, doch Sam drückte sie auf die Matratze.

»Verdammt, Molly. Dir gefällt es doch genauso gut wie mir. Warum willst du nicht, daß ich dich liebe?«

»Ich... ich habe zuviel zu tun. Laß mich los, Sam.« Sie riß sich los und kletterte aus dem Bett.

»Du wirst nirgendwohin gehen, bevor ich nicht mit dir fertig bin!« Er krallte sich ihr Nachthemd und zerrte sie aufs Bett zurück. Molly kniete sich hin und hielt sich an einem der schweren Bettpfosten fest. Ihr flammendrotes Haar ergoß sich über ihren Rücken, als sie über die Schulter schaute und auf seinen nächsten Schritt wartete.

Sam umklammerte ihren schmalen Knöchel und zog ganz vorsichtig, bis sie auf dem Bauch lag. Das Nachthemd rutschte unter die Achsel hoch, als er sie zu sich hinunterzog, so daß ihr hübsches, rundes Hinterteil freigelegt wurde.

Molly hielt sich wie eine Ertrinkende am Pfosten fest. »Laß mich in Ruhe, Sam. Ich werde nicht loslassen, du kannst es also vergessen.«

Diesmal lachte Sam laut heraus. Als sie sein Lachen hörte, wurde ihr bang. »Hast du nie gesehen, wie ein Hengst eine Mähre besteigt, Mädchen?«

Molly atmete tief ein. »Aber Menschen können doch nicht...«

Nackt und erregt näherte Sam sich ihr. »Ich denke, es ist Zeit für ein bißchen Unterricht, Kleines.« Er nagte an ihrem Ohrläppchen und küßte ihren Nacken. Seine Hände legten sich um ihre Brüste, streichelten ihre Brustwarzen, bis sie hart wurden. Er hörte, daß sie lauter atmete, aber den Pfosten ließ sie nicht los. Langsam ließ er seine Finger über ihren Rücken gleiten, fuhr dann über ihre elfenbeinfarbenen Pobacken, knetete sie sanft, küßte sie und spürte, wie sie erschauderte. Er schob seine Finger zwischen ihre Beine, liebkoste ihre Weiblichkeit und stellte erfreut fest, daß sie feucht und bereit war.

In sich hineinlächelnd küßte er wieder ihren Nacken, und spreizte ihre Beine mit seinem Knie.

Molly spürte, wie sich sein steifer Schaft zwischen ihren Beinen bewegte, spürte seine Scham an ihren Pobacken. Das

Feuer der Begierde pulsierte in ihren Adern. Als er in sie drang, merkte sie, daß sie bereit war. Er füllte sie vollkommen aus. Das Gefühl ließ sie fast ohnmächtig werden. Seine Brusthaare, die über ihren Rücken streiften, steigerten ihre Erregung. Es gelang ihr nicht, das Stöhnen zu unterdrücken. Am ganzen Körper bebend, hob und senkte sie ihre Hüften, paßte sich seinem Rhythmus an. Ihr Verlangen nach ihm war so stark, daß sie laut seinen Namen rief. Freudenschauer überwältigten sie, als sie den Gipfel der Lust erreichte. Nur wenige Sekunden später ergoß Sam sich in ihr. Er hauchte ihr einen Kuß auf den Hals und fragte sie: »Und, ist das jetzt so schlimm gewesen, Kleines?«

Wie konnte sie ihm nur sagen, daß es niemals schlimm war? Mit Sam zu schlafen, war die schönste Sache der Welt. So schön, daß es ihre Existenz gefährdete. Wann immer sie einander liebten, nahm er von einem Stück von ihr Besitz. Was würde in einem Jahr von Molly James noch übrig sein? Schon jetzt fiel es ihr schwer, ihn nicht zu lieben. Dieser Gedanke machte ihr Angst und quälte sie zugleich. Sie drehte sich von ihm weg.

»Ich muß jetzt gehen.« Der veränderte Tonfall entging ihm nicht.

Sam seufzte. »Ja. Ich weiß, daß du viel wichtigere Dinge zu tun hast, als deinen Ehemann glücklich zu machen.«

»Das ist nicht fair, Sam, und du weißt es.«

Sam überging ihren Einwand. »Heute abend findet unsere Hochzeitsfeier statt. Ich hoffe sehr, daß du trotz deines arbeitsreichen Tages noch Zeit dafür finden wirst.«

»Ich werde rechtzeitig zurück sein.« Sie hatte einen Kloß im Hals und war kurz davor, in Tränen auszubrechen. Seit ihrer Hochzeitsnacht fiel ihr das Weinen überhaupt nicht mehr schwer.

Jetzt stand auch Sam auf, stieg in seine Hose und verließ das Zimmer, ohne sich richtig von ihr zu verabschieden. Molly mußte sich beherrschen, um ihm nicht hinterherzulaufen.

15. Kapitel

Die Hochzeitsfeier, die in Emmets Haus stattfand, war schon in vollem Gange, als Molly und Sam eintrafen. In dem weitläufigen Holzhaus tummelten sich die Gäste. Überall wurde aufgeregt geschwatzt und gelacht. Als Sam durch die Eingangstür trat, spielte gerade ein Geiger, der von einem dicken Gitarristen begleitet wurde, und zog die anwesenden Gäste so in seinen Bann, daß das frisch vermählte Ehepaar sich unbemerkt unter die Leute mischen konnte.

Der Duft von frisch gebackenem Brot hing in der Luft. Sam lief das Wasser im Mund zusammen, als er die Köstlichkeiten beäugte, die Patience auf einem Tisch aufgebaut hatte: Da gab es verschiedene Fleischsorten, üppige Eintöpfe, Schalen mit dampfendem Mais und Bohnen, Kuchen und Torten aller Art.

Molly traf der Stachel der Eifersucht. Patience Brannigan war die perfekte Ehefrau schlechthin. Der freundliche Blick in Sams Augen, als er seine Schwägerin auf die rosige Wange küßte, entging ihr nicht.

»Sieht alles ganz wunderbar aus«, lobte er sie.

Dem konnte Molly nur zustimmen. »Ja, das hast du wirklich ganz toll gemacht, Patience. Sam und ich sind dir für deine Anstrengungen dankbar.« Molly fixierte die dunkelhaarige Frau, konnte den Blick einfach nicht von ihr abwenden. Im Vergleich zu Patience fühlte Molly sich immer ein bißchen unterlegen. Ihre Schwägerin richtete eine große Feier anscheinend ebenso selbstverständlich aus, wie sie zwei Kinder großzog, einen großen Haushalt führte und ihrem Gatten eine gute Frau war.

Patience lächelte Molly pflichtschuldig zu und widmete sich dann voll und ganz Sam. »Es hat nie einen Mann gegeben, der es mehr verdient hatte, glücklich zu sein als Sam.« Patiences kornblumenblaues Kleid brachte ihre vollen, runden Brüste perfekt zur Geltung. Wann immer sie sich bewegte, hüpften sie verführerisch. Emmets Frau war eine üppige und äußerst sinnliche

Frau, die sowohl von ihrem Mann als auch von Sam angebetet wurde. Und Molly fiel auf, daß sie die Gefühle der Männer erwiderte.

Emmet klopfte seinem Bruder auf den Rücken, bevor seine dunkelhaarige Frau fortfahren konnte. »Ist höchste Zeit, daß ihr beide endlich auftaucht! Wir haben schon fast nicht mehr mit euch gerechnet.«

Sam schenkte Molly ein Lächeln, aber seine Augen lachten nicht mit. »Molly mußte lange arbeiten, eine Färse ist krank geworden.«

»Ich... ich wollte keine Schwierigkeiten machen«, stotterte Molly. Sams offensichtliche Ablehnung verletzte sie. Aber so etwas kam eben vor, wenn man eine Ranch wie die Lady Jay führen und profitabel machen mußte. Sie hatte nicht genug Hilfe und konnte es sich nicht leisten, mehr Männer anzuheuern, selbst wenn sie welche finden würde. Sam hätte für ihre Situation eigentlich Verständnis aufbringen müssen.

»Jetzt seid ihr hier«, warf Patience ein, die Mollys Unbehagen spürte. »Und nur das zählt.«

Molly hätte ihre neue Schwägerin am liebsten umarmt. »Hast du den Punsch gemacht?« fragte Molly. »Der sieht köstlich aus.«

»Sam?« sagte Patience ostentativ.

In Sams haselnußbraunen Augen tanzte ein fröhliches Feuer. »Ist mir eine Freude«, erwiderte er. Ihre Anspielung machte ihn nicht wütend. Er wollte gerade zu der Punschschale hinübergehen, aber Peter kam ihm zuvor und reichte Molly ein Glas.

»Wenn es gestattet ist«, sagte Peter mit einem jungenhaften Lächeln auf den Lippen, reichte ihr das Glas und beugte sich hinüber, um sie auf die Wange zu küssen. Er war immer so freundlich, offen und ehrlich. Wann immer Molly ihm begegnete, wuchs ihre Zuneigung zu ihm ein wenig.

»Danke, Peter.«

»Du siehst ganz wundervoll aus, Molly.« Sein Blick streifte über ihr cremefarbenes Seidenkleid. »Es ist besser, wenn du dich in acht nimmst, sonst verliert der gute Sam noch seine Beherrschung, obwohl er doch immer so tut, als ob ihm das nie passieren könnte.«

Molly hoffte inständig, daß sie so gut aussah, wie Peter gerade gesagt hatte. Sam hatte schon ungeduldig auf der Veranda gewartet und erzürnt in sich hineingemurmelt, als sie auf die Cedar Creek geritten kam. Trotzdem hatte sie sich die Zeit genommen, ihr Haar herzurichten und sich in Ruhe anzukleiden. Das hier war eines ihrer Lieblingskleider, weil es ihre Schultern und den Brustansatz betonte. Die schmale Taille und der wallende Rock unterstrichen ihre Figur.

Für diesen Anlaß hatte sich Sam für einen schwarzen Gehrock mit Hosen in derselben Farbe entschieden. Wie immer mußte Molly seine schlanke Gestalt bewundern. Sein goldenes Haar und der Bart hoben seine leicht gebräunte Haut hervor, und der Rock unterstrich seine breiten Schultern.

»Na, wenn das nicht das glückliche Paar ist.« Die kristallklare Stimme klang so lieblich, daß kaum jemandem aufgefallen wäre, daß ein Hauch Unehrlichkeit darin mitschwang. Lillian Rose hing mit einer Selbstverständlichkeit an Jason Foleys Arm, daß Molly einen Stich in der Magengegend verspürte. Richter Egan schlenderte neben den beiden her.

»Meine Glückwünsche, Sam«, sagte der Richter, aber die kleinen Falten, die seinen Mund einrahmten, und der strenge Blick verrieten, daß auch seine Worte nicht ernst gemeint waren. »Und natürlich meine besten Wünsche auch für Sie, Molly.«

Molly spürte, daß Sam seinen Arm um ihre Taille legte, und sie dankte ihm für diese Geste, die ihr Selbstsicherheit verlieh.

»Ich werde mich darum kümmern, daß Sie alle etwas zu trinken bekommen«, erklärte Sam mit einem dünnen Lächeln auf den Lippen. Sichtlich war auch ihm die Verlogenheit aufgefallen. »Kann ich sonst noch etwas für Sie tun?« Er hatte nicht damit gerechnet, den drei Personen, die ihm und Molly offenkundig feindlich gesinnt waren, hier auf seiner Feier zu begegnen. Molly hingegen war davon ausgegangen, daß sie erscheinen würden. Ihnen war ja gar nichts anderes übriggeblieben, als auch jetzt so zu tun, als ob all die Jahre nichts zwischen Sam und Lilly gewesen wäre. Lillian Rose und Sam waren schlicht und einfach ›gute Freunde‹. Auch Richter Egan war ein Freund von Sam. Und Jason Foley gab sich als Mollys loyalen und sorgenden Vormund – zumindest hatte er bis zu ihrer Hochzeit nach außen hin so getan. Natürlich mußte er kommen und ihr Glück wünschen.

Jason neigte den Kopf und hauchte einen Kuß auf Mollys Wange. Das Feuer, das in seinen Augen loderte, war nicht zu übersehen. Sams Arm, der um ihre Taille gelegt war, drückte sie an seinen Körper.

»Ich wünsche Ihnen beiden alles Gute«, lautete Jasons schlichter Wunsch. Und dann widmete er sich wieder ausschließlich der Witwe.

Darüber war Molly mehr als erleichtert. Insgeheim wartete sie nur darauf, daß sie in Ruhe gelassen wurde. Ihr Onkel und die schöne Lilly gaben ein bemerkenswertes Paar ab. Während sie an dem Limonenpunsch nippte, ruhte ihr Blick auf ihnen. Lilly, mit ihrem blassen und schönen Gesicht, bildete die perfekte Ergänzung zu Jason, der eher ein dunkler Typ und dabei ein sehr gutaussehender Mann war. Auch Richter Egan betrachtete das Paar mit Interesse. Molly fragte sich, was wohl geschehen würde, wenn Jason Foley die Tochter des Richters mit der Peitsche züchtigte.

Der Richter gab sich ganz moderat in Gegenwart von Sam und Molly, doch es war offensichtlich, daß ihm ihre Heirat mißfiel. Nach dem, was Sam ihr erzählt hatte, hatten er und Lillian ein Abkommen getroffen, das eine Heirat ausschloß. Aber das kalte Verhalten des Richters verriet, daß er andere Vorstellungen gehabt hatte.

»Molly, meine Liebe«, flötete Lilly so leise, daß nur Molly und Sam ihre Worte verstehen konnten, »Sam hat mir das mit den Eisenbahnverträgen erzählt. Ich finde es ganz wunderbar, daß eine Frau mit solch einem Pragmatismus an eine Ehe herangeht.«

Molly bäumte sich innerlich auf. Sobald Sam nach Truckee zurückgekehrt war, hatte er also Lillian Rose besucht und mit ihr gesprochen. Natürlich war ihr klargewesen, daß er der Frau, mit der er zwei Jahre lang geschlafen hatte, etwas sagen mußte, aber über den Inhalt der Unterhaltung hatte sie sich keine Gedanken gemacht. Jetzt schmerzte es sie sehr, daß er die Verträge als Grundlage ihrer Ehe begriff, obwohl sie sich das selbst auch jeden Tag einzureden versuchte.

»Ja«, stimmte Molly steif zu. »Wie ich gehört habe, gehen auch Sie so vor, Miss Rose.« Sie fragte sich, ob Sam die Witwe in den Armen halten würde, wenn er Ende des Jahres wieder frei war. Bei dieser Vorstellung krampfte sich alles in ihr zusammen.

»Bitte entschuldigen Sie uns«, sagte Sam und drängte sie zur Männerbar, die am anderen Ende des Zimmers provisorisch eingerichtet worden war, »da ist jemand, den ich Molly vorstellen möchte.«

Als sie außer Hörweite waren, schaute Molly unsicher zu ihm auf. Zur Beruhigung drückte er ihre Hand. »Ich hatte nicht damit gerechnet, daß sie hier sein würden.«

»Ich schon«, erwiderte sie knapp.

»*Ola, chica*... und Señor Sam.« Angel und Joaquin durchquerten das Zimmer und gesellten sich zu ihnen. Joaquin umarmte Molly und streckte Sam seine Hand entgegen. Molly fiel auf, daß einige Männer aus der Stadt tuschelten, als Sam Joaquins Hand ergriff und ihm auf die Schulter klopfte.

»Ich bin froh, daß Sie kommen konnten«, sagte Sam.

»Wir können nicht lange bleiben«, sagte Joaquin. Molly stieß es sauer auf, daß es immer noch unüblich war, daß *Californios* und weiße Amerikaner gesellschaftlich miteinander verkehrten. »Aber wir möchten Ihnen das hier schenken.« Joaquin überreichte Sam eine große, schwere Schachtel. Als Sam den Deckel herunterhob, entdeckte Molly ein Zaumzeug, und noch eins. Beide waren herrlich gearbeitet und mit Silber besetzt. »Für Ihre Hochzeit«, fügte Joaquin hinzu.

Molly stiegen die Tränen in die Augen. »Die sind wunderschön, *Padrino*.« Dann schlang sie die Arme um den Hals des alten Vaqueros und nahm gleich darauf Angel in die Arme.

Sam schüttelte gleich nochmals Joaquins Hand und küßte Angel auf die Backe. »Die sind wunderschön«, sagte Sam. »Vielen Dank.«

»Wir müssen jetzt gehen«, sagte Joaquin.

»Essen Sie doch wenigstens noch eine Kleinigkeit«, forderte Sam das Ehepaar auf, »und vergnügen Sie sich noch ein bißchen. Kommen Sie, ich werde Ihnen etwas zu trinken holen.« Auf Joaquins verwittertem Gesicht machte sich ein Lächeln breit. Er stellte die Schachtel ab, und die beiden Männer gingen zusammen zur Theke.

»Er sieht gut aus, dein Señor Sam.« Angel streichelte Mollys Wange. »Schon am allerersten Tag wußte ich, daß er besonders ist. Und das ist er doch, oder?«

»Angel«, sagte Molly leise. Sie hatte ein schlechtes Gewissen wegen des Geschenkes. »Wenn wir einmal ein wenig Zeit haben, muß ich dir etwas über unsere... Heirat erzählen.«

»Du bist glücklich, ja?«

»Ich fürchte, so einfach ist das nicht. Aber ich möchte lieber ein anderes Mal mit dir darüber sprechen.«

»Natürlich, *chica*. Heute abend wird gefeiert. Joaquin und ich sind nur kurz vorbeigekommen, um unsere Glückwünsche zu überbringen.«

Molly umarmte ihre rundliche Freundin. »Ich hab euch beide lieb.«

»Und wir haben dich lieb, *hija*«, fügte Joaquin hinzu, nachdem er und Sam sich wieder zu den beiden Frauen gesellt hatten. Das Paar blieb noch ein paar Minuten und verließ dann unbemerkt die Feier. Molly konnte die Art und Weise, wie die Rancher die *Californios* behandelten, nicht ausstehen, aber sie konnte nichts dagegen tun.

»G-g-guten T-t-tag, M-m-miss M-m-m-molly.« Emmet Junior hielt sich an ihrem Kleid fest, und Molly beugte sich hinunter, um ihn zu umarmen.

»Hallo, Emmet. Schön, dich zu sehen.«

Sam beobachtete Molly fasziniert. Ihm war gleich aufgefallen, wie ihr Gesicht auf einmal strahlte, als sie den braunhaarigen Jungen sah. Wenn sie Kinder nicht mag, dann verhält sie sich aber nicht entsprechend, dachte er.

»Molly ist jetzt deine Tante, Emmet«, erklärte Sam dem kleinen Jungen. Als Molly erstaunt zu ihm aufblickte, wurde ihm klar, daß sie daran bis jetzt noch nicht gedacht hatte. Das überraschte ihn allerdings nicht, denn sie hatte die Heirat bis jetzt auch noch nicht akzeptiert. Und langsam fragte Sam sich, ob das jemals der Fall sein würde.

»K-k-kann ich d-d-dich jetzt T-t-tante M-m-molly nennen?« fragte Emmet aufgeregt, zupfte an ihrem Kleid herum und lächelte ihr schüchtern zu. Seine Wangen färbten sich vor Freude rot.

»Natürlich kannst du das.«

In ihren Augen spiegelte sich Verzweiflung wider. Daß sie es bereute, ihn geheiratet zu haben, tat Sam unendlich weh. Er war kurz davor, auf dem Absatz kehrt zu machen und aus dem Zimmer zu marschieren. *Gib ihr etwas Zeit*, sagte er sich. Wenn du ihr genug Zeit gibst, wird sie dich schon noch lieben. Doch richtig überzeugt war er davon nicht. Und er wollte nicht den Rest seines Lebens mit einer Frau verbringen, die nicht seine Frau sein wollte.

Die Feier dauerte bis in die späten Abendstunden. Sam war in eine Unterhaltung mit Emmet und Peter verstrickt, so daß Molly, die sich schon die ganze Zeit über mit einem Taschentuch Luft zufächelte, auf die Veranda hinausspazierte, um frische Luft zu schnappen. Der Mond stand hoch über den zerklüfteten Bergkämmen am Himmel, so daß die Bäume, die dort oben wuchsen, in ein silbernes Licht getaucht waren. Die kühle Brise, die hier draußen wehte, streichelte über ihre heiße Haut.

Sie war tief in Gedanken versunken, als ein paar gedämpfte Stimmen, die aus dem Haus drangen, ihre Aufmerksamkeit erregten. Als sie Emmet Juniors leises Stottern vernahm, trat sie an den Rand der Veranda.

»I-i-ich k-kann das auch s-s-sagen. I-i-ich m-m-möchte n-nur nicht.«

»Du kannst es nicht!« hetzte eine tiefere Stimme. »Emmet kann nicht seinen Namen sagen!« Der Junge wiederholte die Worte unablässig, und gerade als Molly um das Haus herumging, stimmte ein anderer in seinen Singsang ein.

Molly, die durchs Fenster schaute, fragte aufgebracht: »Was geht hier vor? Ihr Jungs, laßt ihn in Ruhe.«

»Wir haben es ja nicht böse gemeint«, sagte ein dürrer Junge und fuhr unruhig mit der Schuhspitze über den Boden.

»Wir haben nur einen Scherz gemacht«, warf der zweite ein, aber sein Blick strafte seine Worte Lügen.

»Ihr macht euch auf Kosten eines anderen lustig. Verschwindet und laßt ihn in Ruhe. Wenn ich euch noch mal erwische, wie ihr ihn verspottet, hole ich den Besen und zahl es euch heim. Habt ihr mich verstanden?«

»Ja, Ma'am«, riefen die Jungs und rannten aus dem Zimmer.

Molly sah, daß dem kleinen Emmet Tränen in den Augen standen. Doch dann lief auch er weg. Eigentlich wäre sie ihm gern hinterhergelaufen, entschied sich aber dagegen, denn sie hatte ihren Neffen schon genug beschämt. Trotzdem schmerzte es sie, was die anderen ihm angetan hatten. Müde seufzend drehte sie sich um und sah Emmet und Patience neben Sam auf der Veranda stehen. Keiner verlor ein Wort über den Vorfall, aber sie glaubte ein wohlwollendes Lächeln auf Sams Lippen gesehen zu haben.

Die Feier war ein voller Erfolg gewesen. Die Frischvermählten waren mit Geschenken überhäuft worden, die Emmet am nächsten Tag zu ihnen nach Hause bringen wollte. Als das letzte Geschenk ausgepackt war, wirkte Molly müde und blaß. Sie schien verzweifelt, was den anderen nicht auffiel, aber Sam registrierte es sehr wohl. Zum ersten Mal gestand er sich die Möglichkeit ein, daß Molly Ende des Jahres die Ehe auflösen würde, was ihn verbitterte und traurig machte. Warum nur hatte er eine Frau geheiratet, die ihn nicht zum Mann haben wollte?

Der Morgen dämmerte schon, als sie endlich ihr Haus erreichten. Sam brachte die Kutsche zum Stehen und half Molly vom Wagen. Einer der Stallburschen kümmerte sich um die Pferde, als Sam Molly ins Haus führte.

Sie schien abwesend zu sein, wie sie es schon auf der Heimfahrt gewesen war. »Sam, ich habe nachgedacht.«

Erwartungsvoll wandte er sich um. »Oh?« Mehr brachte er nicht hinaus. Vielleicht würde sie ja nicht mal mehr ein Jahr warten.

»Ist dir aufgefallen, wie diese Jungs Emmet aufgezogen haben? Das war rücksichtslos. Ich kann es nicht ertragen, daß man ihm so weh tut.«

Erleichtert atmete Sam auf und verteufelte sich dafür, daß er zuließ, daß Molly solch einen starken Einfluß auf seine Gefühle hatte. »Wir haben versucht, ihn sprechen zu lehren«, erwiderte er vordergründig gelassen. »Aber nichts scheint zu helfen. Patience hat viele Stunden damit zugebracht. Je mehr sie ihm zu helfen versucht, desto schlimmer wird es. Ich bin ziemlich überrascht, daß er dich so schnell ins Herz geschlossen hat.«

Doch in Wirklichkeit überraschte ihn das Verhalten seines Neffen überhaupt nicht. Molly hatte etwas an sich, das die Menschen anzog. Eine Aura des Wohlwollens und der Fürsorge. Selbst Emmet und Patience begannen, sie zu mögen. Er hatte es an ihren Augen ablesen können, als Molly Emmet Junior zu Hilfe geeilt war. Sie hatte geschworen, den Jungen mit dem Besen nachzugehen, und obwohl die Jugendlichen einen Kopf größer als sie waren, bezweifelte er ihre Worte nicht.

»Nun, es muß doch etwas geben, das wir unternehmen können«, sagte sie. »Er kann ja nicht einmal seinen Namen sagen.«

»Ich weiß.«

»Er ist so ein süßer kleiner Junge.«

Sam legte ihr den Arm um die Schulter und führte sie die Treppe hoch. »Und ich dachte, du magst keine Kinder.«

Molly warf ihm einen überraschten Blick zu. »Wie kommst du denn auf die Idee?«

Sam blieb abrupt vor der Tür stehen und sah sie kalt an. »Oder vielleicht magst du nur *meine* Kinder nicht. Ist es das, Molly? Willst du keine Kinder von *mir*?«

Molly traten Tränen in die Augen. Benommen schüttelte sie den Kopf. »Ich hätte gern Kinder von dir, Sam.«

Er zog sie in seine Arme. »Warum ziehst du dich dann vor mir zurück? Warum kannst du dich nicht einfach gehen lassen? Warum gibst du uns keine Chance?«

Molly wandte den Blick ab. »Ich weiß nicht«, log sie. Sie mußte ein Jahr bei ihm bleiben, so lautete der Vertrag, den sie mit ihm geschlossen hatte. Sie wollte die Situation nicht noch schlimmer machen, als sie schon war, indem sie ihm die Wahrheit sagte – daß sie auf keinen Fall mit einem Brannigan verheiratet bleiben konnte.

Sam starrte sie einen Augenblick lang an und küßte sie dann hart und fordernd. Er hob sie hoch und schob die Schlafzimmertür mit seinem Stiefel auf. Voller Ungeduld trug er sie zu dem großen Bett und zog sie schnell aus. Molly leistete keinen Widerstand. Sie brauchte es, daß er sie liebte. Brauchte ihn, um zu vergessen, um den Schmerz zu betäuben, der sie nicht mehr losließ.

Sie liebten einander leidenschaftlich, trieben sich gegenseitig auf den Gipfel der Lust. Heute waren beide viel fordernder, als sie es bisher gewesen waren. Was immer zwischen ihnen vorging, auf jeden Fall gab es da diesen Hunger, die Begierde nach dem anderen. Molly ließ sich von ihr forttragen.

Als sie viele Stunden später aufwachte, stand die Sonne schon hoch am Himmel. Der Geruch von gebratenem Schinken stieg ihr in die Nase. Sie zog sich schnell an und eilte die Treppe hinunter in die Küche. Zum zweiten Mal in dieser Woche unternahm Sam den Versuch, ihr ein Frühstück zuzubereiten. Und dieses Mal war Molly entschlossen, sich seinen Kochkünsten auszuliefern. Um sich für den vergangenen Abend zu entschuldigen, trat sie neben ihn und drückte ihm einen Kuß auf die Wange.

»Das riecht herrlich«, lobte sie ihn. »Ich werde den Tisch dekken.« Sie holte Teller und Besteck aus den Schränken und trug sie ins Eßzimmer hinüber. Eine große, in buntes Papier eingewickelte Schachtel stand auf dem langen Eichentisch. Molly las die Karte. *Für meine dickköpfige, rothaarige Frau.* Die Nachricht war mit einem geschwungenen S unterschrieben.

»Du kannst sie aufmachen, wenn du mir versprichst, daß du nicht sauer wirst und wegläufst«, schlug Sam vor, als er ins Eßzimmer gelaufen kam.

»Was ist das – eine Fotografie von Lillian Rose?«

Sam lachte aus vollem Herzen. »Versprichst du's mir?«

»Wahrscheinlich sollte ich es nicht tun ... aber ... in Ordnung, ich versprech's.« Molly riß das bunte Papier herunter und lüftete den Deckel. In der Schachtel lag ein Spaltlederrock aus dickem, rostbraunen Wildleder. Messingschnallen hielten den Rock zusammen. Auf den Hüften waren Taschen aufgenäht. Molly hob den Rock heraus und traute ihren Augen nicht.

»Nun«, sagte Sam, »gefällt er dir?«

Da war Molly sich gar nicht so sicher. Im Lauf der Zeit hatte sie sich an ihre Hosen gewöhnt, aber natürlich bestand die Möglichkeit, daß sie jemandem begegnete, der das – wie Sam gesagt hatte – als Einladung auslegte.

»Wo hast du ihn her?«

»Ich habe eine Fotografie von einer Frau aus einer Westernshow gesehen, die so einen Rock trug. Da habe ich Dan Wiggins, den Sattler, beauftragt, so einen für dich zu machen. Ich glaube, daß das vielleicht unser ... Problem lösen könnte. Wie wäre es, wenn du ihn mal für mich anprobierst?«

Das war das Wenigste, was sie für ihn tun konnte. Vorsichtig fuhr sie mit den Fingern über das Wildleder und rannte dann nach oben, um den Rock anzuprobieren. Er saß wie angegossen. Das Leder schmiegte sich an ihre Kurven und fiel dann leicht ausgestellt bis zu den Knöcheln ab.

Molly stürzte die Stufen hinunter und rannte zu Sam. »Ich muß zugeben, daß ich ihn wunderschön finde.«

Sam betrachtete sie ganz genau. Natürlich fiel ihm auf, daß der

Rock ihre Hüften und ihre schmalen Knöchel, die aus den Halbstiefeln schauten, zur Geltung brachte.

»Ich will in der Hölle schmoren, wenn du in diesem Rock nicht genauso anziehend aussiehst wie in deinen Hosen. Anscheinend muß ich mich an den Gedanken gewöhnen, daß ich eine verführerische Frau habe, und muß lernen, damit zu leben.«

Molly schlang die Arme um seinen Hals. »Vielen Dank, Sam. Das ist ein ganz tolles Geschenk.« Sie lächelte ihn an und schnupperte. »Brennt da etwas an?«

Sam stöhnte auf und flitzte in die Küche. Diesmal gelang es ihm, das Essen zu retten, obwohl der Schinken besonders knusprig und die Eier durchgebraten waren. Aber er und Molly waren so hungrig, daß sie richtig zulangten. Nach dem Frühstück brachte Sam das Thema zur Sprache, das ihn schon den ganzen Morgen beschäftigte.

»Molly, da gibt es etwas, worüber ich mit dir sprechen möchte.«

Molly setzte sich aufrecht hin.

»Und zwar geht es um die Nächte, die du auf der Lady Jay verbringst. Ich möchte, daß du mir die Erlaubnis gibst, mich mit Foley zu unterhalten. Die Art und Weise, wie er dich ansieht, gefällt mir nicht. Ich möchte, daß er weiß, daß er es mit mir zu tun kriegt, wenn er dich noch mal belästigt.«

»Nein.«

»Molly, ich möchte auch noch über etwas anderes mit ihm reden. Ich will ihm anbieten, ihn auszubezahlen. Wenn du ihn erst einmal los bist, kann dich niemand zwingen, die Ranch zu verkaufen. Dann kannst du dir die notwendige Zeit nehmen, sie langsam aufzubauen. Wir können das sogar zusammen machen, wenn du dir von mir helfen läßt. Du bräuchtest dann nicht so hart zu arbeiten.«

Molly konnte sich kaum beherrschen. »Bist du endlich fertig?«

»Molly, bitte, ich möchte dir doch nur helfen.«

»Du hast dem, was ich zu sagen hatte, anscheinend nie zugehört. Die Lady Jay ist *meine* Ranch. Sie geht nur mich etwas an, und ich werde sie ganz genau so führen, wie ich es will. Auf deine Hilfe kann ich verzichten. Ich will nicht, daß du dich einmischst. Du hast diesen Bedingungen zugestimmt, als wir heirateten, und ich möchte, daß du dich jetzt daran hältst.«

Sam rückte vom Tisch ab und streckte seine langen Beine aus. Erzürnt blickte er zu ihr hinüber. »Ich habe nie zugestimmt, Jason Foley nicht auszubezahlen. Und du hast keine Mittel in der Hand, mich aufzuhalten. Du bist meine Ehefrau, Molly. Ich will, daß Foley von der Ranch und aus deinem Leben verschwindet!«

Vor Wut zitternd erhob Molly sich und schaute ihm unverwandt ins Gesicht. »Du bist so sehr daran gewöhnt, die Dinge in die Hand zu nehmen, daß du denkst, du könntest auch über mich bestimmen!« Sie löste die Schnallen des Rockes, ließ ihn zu Boden fallen und schob ihn mit dem Fuß beiseite. »Und dieser Rock ist nur ein weiterer Versuch, mich zu kontrollieren. Ich will ihn nicht haben!«

Sam kam in Rage. Eigensinnig wie immer stand Molly ihm gegenüber, nur mit einer Bluse und knielangen Baumwollunterhöschen bekleidet. Am liebsten hätte er sie mit bloßen Händen erdrosselt. Statt dessen machte er auf dem Absatz kehrt und lief zornig zur Tür.

»Sam!« Aber er blieb nicht stehen. »Zum Teufel mit dir, Sam Brannigan!« Molly hob einen Teller hoch und warf ihn Sam hinterher. Der Teller krachte gegen die Wand. Sam blieb kurz stehen, ballte die Hände zu Fäusten und lief dann weiter. Molly nahm den zweiten Teller und warf ihn gegen die Tür. Diesmal verpaßte sie seinen Kopf nur um wenige Zentimeter.

Jetzt wirbelte Sam herum. »Hör auf, Molly!«

»Du bist ein... ein arroganter, selbstgefälliger Dickschädel!« Und sie warf eine leere Tasse nach ihm. Sam zog den Kopf ein und stürmte dann in ihre Richtung. Molly nahm die nächste Tasse, schleuderte sie ihm entgegen, doch sie landete auf dem Boden. Dann griff sie nach der Untertasse. Sam umklammerte ihr Handgelenk und riß sie an sich.

»Ich schwöre bei den Göttern, Molly Brannigan« – seine Augen waren schwarze Löcher, in denen ein dunkles Licht glimmte – »wenn du in diesem Haus noch ein Stück Geschirr kaputt machst, dann werde ich... werde ich dich übers Knie legen und dir deinen kleinen, delikaten Hintern versohlen, daß du wenigstens eine Woche lang nicht sitzen kannst!«

Molly wurde leichenblaß. Sie hatte ihn schon einmal so wütend gesehen und zwar in ihrer Hochzeitsnacht, und es fiel ihr nicht schwer zu glauben, daß er es ernst meinte.

Sie schluckte schwer und wäre am liebsten weggerannt, blieb aber und gab sich geschlagen. Als Sam ihren Arm losließ, stellte sie die Untertasse vorsichtig auf dem Tisch ab.

»Wenn du mich jetzt entschuldigen würdest«, sagte sie bemüht gelassen. »Ich möchte mich umziehen und dann das Geschirr spülen.«

Mit hocherhobenem Haupt machte Molly auf dem Absatz kehrt und ging wieder nach oben. Als sie in die Küche kam, trug sie wieder ihre Hosen und begann, den Tisch abzuräumen. An die Tür gelehnt beobachtete Sam seine Frau bei der Hausarbeit. Mit dem roten Zopf, der ihr bis zur Taille reichte, sah sie wirklich atemberaubend aus. Sie war starrsinnig, dickköpfig und entschlossen – und aufregender als jede andere Frau, die er bis jetzt kennengelernt hatte.

Molly schob die Schwingtür zur Küche auf und marschierte mit dem Geschirr zur Waschschüssel. Sie stellte die Teller etwas unsanft ab und verfluchte Sam leise. Dann stieß sie mit einem Teller gegen die Innenwand der Schüssel, woraufhin er in hundert Scherben zerbarst, was im ganzen Haus zu hören war. Sam kam in die Küche gerannt und warf ihr einen finsteren Blick zu.

Mollys Herz pochte heftig. Sams Drohung war noch nicht vergessen. Unbewußt wich sie vor dem großen Mann, der auf sie zugelaufen kam, zurück. »Das... das war ein Unfall, Sam«, stammelte sie. »Ich... ich schwöre es.«

Aber Sam blieb trotzdem nicht stehen. Sein Gesichtsausdruck war nicht zu entschlüsseln. Bevor sie ihm entwischen konnte, umklammerte er schon ihr Handgelenk und zog sie ganz dicht an sich heran.

»Glaubst du nicht, daß ich das sehen kann, Kleines?« Er riß ein Geschirrtuch, das an einem Nagel neben der Schüssel hing, herunter und wickelte es um ihr Handgelenk. »Du hast dich geschnitten.«

Molly atmete erleichtert auf und entspannte sich. Sam tupfte das Blut ab, um die Wunde zu begutachten.

»Ist nicht schlimm.« Er ließ Wasser in die Schüssel laufen, tauchte ihr Handgelenk ein, damit die Wunde ausgewaschen werden konnte, riß das Geschirrtuch in Streifen und verband ihr Handgelenk.

»Danke«, flüsterte Molly.

»Lee Chin wird heute zurückkehren. Ich habe das Gefühl, daß wir beide besser bedient sind, wenn wir ihm die häuslichen Pflichten übertragen können.«

»Sam?«

»Ja, Kleines?«

»Was die Lady Jay betrifft, muß ich es allein schaffen. Ich werde Foley ausbezahlen, sobald ich genug Geld habe. Bitte, Sam. Laß es mich auf meine Art machen.«

»Ich werde darüber nachdenken«, lautete seine knappe Antwort.

Als Molly am nächsten Morgen auf ihre Ranch ritt, trug sie Sams Spaltlederrock, nachdem er zugestimmt hatte, Foley nicht auszubezahlen. In sich hineingrinsend sah Sam zu, wie sie davonritt. Vielleicht kamen sie sich doch ein Stück näher. Doch als sie am nächsten Abend nicht zu ihm kam, war er sich dessen schon nicht mehr so sicher.

16. Kapitel

Die Tage, die Molly nicht auf der Cedar Creek verlebte, brachte sie damit zu, sich über ihre Situation den Kopf zu zerbrechen.

Was Männer anging, war sie vielleicht etwas naiv, aber dumm war sie nicht. Die Nächte ohne Sam konnte sie kaum ertragen. In diesen Stunden, die sich unendlich lange hinzuziehen schienen, fühlte sie sich einsam und ruhelos. Und sie dachte die ganze Nacht an ihn, bis sie dann endlich im Morgengrauen in einen erschöpften Schlaf fiel. Allein ihr Stolz – und ihr schlechtes Gewissen – hielten sie davon ab, nach der Arbeit zu ihm auf die Ranch zu reiten. Nach zwei Tagen rahmten dunkle Ringe ihre hübschen blauen Augen ein. Nur in Sams Bett kam sie wirklich zur Ruhe. Wenn sie sich in seinen Arm kuschelte, fühlte sie sich geborgen, und so leicht, als wären ihre Sorgen und Nöte unwichtig, als sei ihre Zukunft sicher. In Sams Armen fühlte sie sich daheim – sogar auf der Cedar Creek Ranch.

Als Molly der Wahrheit ins Auge blickte, mußte sie sich eingestehen, daß sie Sam liebte. Dieses Wissen, das sie bis jetzt immer zu leugnen versucht hatte, traf sie in der zweiten Nacht, schon früh am Morgen, wie ein Blitzschlag. Viele Stunden hatte sie über den Reitrock nachgedacht, über den Streit und die Drohung, die Sam ausgesprochen hatte. Er hatte jedes Wort ernst gemeint, und das war bestimmt eines der Dinge, die sie an ihm so anziehend fand. Er war Manns genug, mit ihr fertigzuwerden. Seine Arroganz und Dominanz fielen dabei kaum ins Gewicht. Außerdem war es ihr bis jetzt gelungen, mit ihm zurechtzukommen, obwohl er sie immer noch ändern wollte und darauf wartete, daß sie zu Verstand kam.

Molly konnte nicht vergessen, wie er sie bekocht und sich um ihr Handgelenk gekümmert hatte. Seine Besorgnis schmeichelte ihr und stand nicht im Widerspruch zu seinem Stolz und seiner Willensstärke. Wenn sie nur an ihn dachte, schlug ihr Herz schon schneller, und ihr Körper verzehrte sich nach ihm. Ja, sie konnte nicht leugnen, daß sie Sam Brannigan liebte. Und dennoch fragte sie sich, ob ihre Liebe so stark war, daß sie ihre Vorurteile, ihr Schuldbewußtsein, ihre Rachegelüste beiseiteschieben konnte. Auf diese Frage wußte sie keine Antwort.

Am folgenden Abend ritt sie auf die Cedar Creek Ranch und verbrachte von da an jeden zweiten Abend bei Sam. Doch sie gestand sich immer noch nicht zu, öfter bei ihm zu sein. Zuviel stand auf dem Spiel, denn jeden Tag erlag sie seinem Zauber etwas mehr.

Am Montag verlor True ein Hufeisen und verstauchte sich den Knöchel. Molly führte ihn zu Fuß zur Lady Jay zurück. Gerade als sie und Joaquin sich um das Pferd kümmerten, kamen Richter Egan und Pfarrer Fitzsimmons auf den Hof geritten.

»Guten Morgen, Molly«, begrüßte Richter Egan sie.

Molly wischte sich die Hände an der Lederschürze ab, die sie sich umgebunden hatte. »Willkommen auf der Lady Jay.«

Pfarrer Fitzsimmons, ein schlanker, grauhaariger Mann mit warmen, blauen Augen und einem freundlichen Lächeln, kletterte von der Kutschbank und stellte sich neben Richter Egan. »Der Richter und ich sind uns außerhalb der Stadt begegnet. Da wir denselben Weg hatten, haben wir uns zusammengetan.«

»Ich bin gekommen, um Ihren Onkel zu sprechen«, sagte der Richter. »Ist er zu Hause?«

»Ja, er ist im Haus«, antwortete Molly.

»Wunderschönes Tier«, bemerkte er, als er Joaquin bei der Arbeit zusah.

»Vielen Dank.«

»Sie sagten, daß Jason im Haus ist?«

»Ja, gehen Sie einfach hinein.«

»War nett, Sie zu sehen, Molly«, sagte der Richter und tippte mit dem Finger an die Hutkrempe, bevor er auf das Haus zuschlurfte. Der Pfarrer blieb zurück.

»Wir haben Sie bei der Messe vermißt, Molly.« Pfarrer Fitzsimmons' ernster Blick ruhte auf Molly. Sie band ihre Schürze ab und führte ihn in den Garten.

»Ich... ich bin sehr beschäftigt gewesen.«

»Ist das der einzige Grund? Die anderen Brannigans können sich offensichtlich freimachen, um in die Kirche zu gehen. Nur Sie und Sam kommen nicht. Falls Sie sich mit ihm darüber unterhalten würden, könnten Sie ihn sicherlich dazu bringen, in die Kirche zu gehen. Emmet und Patience kommen immer, und selbst der kleine Emmet erkundigt sich laufend nach Ihnen. Er singt im Chor, wissen Sie.«

Molly hielt inne. »Er singt?«

»Wie ein Engel.«

»Aber, Pfarrer, wie soll er im Chor singen können, wo er doch kaum sprechen kann?«

»Ja, es ist seltsam, aber beim Singen stottert er nicht.«

»Das kann ich nicht glauben.«

»Warum kommen Sie nicht und überzeugen sich selbst? Diesen Sonntag wird er da sein.«

»Herr Pfarrer, noch etwas. Ich wollte eigentlich zur Beichte kommen, aber ich kann es Ihnen genauso gut jetzt sagen.«

Der Priester drehte sich ihr zu. »Sind Sie sicher, daß Sie nicht lieber noch warten möchten?«

»Nein. Ich wollte beichten, daß Sam und ich... nun, wir sind nicht von einem Priester getraut worden, sondern von einem Friedensrichter.«

Einen Augenblick lang schien der dünne Pfarrer ziemlich überrascht zu sein. Doch dann lächelte er. »Ich werde gleich mit Sam darüber sprechen. Ich muß schon sagen, daß es mich überrascht, daß er so etwas von Ihnen verlangt. Aber machen Sie sich keine Sorgen, Sam ist ein guter Mann. Er wird schon das Richtige tun. Wir werden eine kleine, private Trauung vornehmen, nur im Kreis der Familie...«

»Es war nicht Sams Idee, sondern meine, Pfarrer Fitzsimmons. Aber das ist eine lange Geschichte, die ich Ihnen jetzt lieber nicht erzählen möchte.«

Der Priester betrachtete sie nachdenklich. »Molly, Sie und Sam müssen Ihre Situation vor sich selbst rechtfertigen, und wenn ich auch für eine kirchliche Trauung bin und Sie somit in meinen Augen nicht wirklich verheiratet sind, möchte ich Sie dennoch zur Sonntagsmesse einladen.« Er tätschelte Mollys Wange. »Ich erwarte Sie beide am Sonntag.«

Als Molly aufblickte, sah sie Richter Egan und Jason Foley auf sie zukommen.

»Das Abendessen wird um acht Uhr serviert«, bemerkte der Richter, und Jason lächelte genüßlich.

»Ich freue mich schon darauf. Richten Sie Ihrer hübschen Tochter meine Grüße aus.«

Der Richter nickte und stieg schwerfällig auf sein Pferd. »Grüßen Sie Sam von mir«, trug er Molly auf.

»Das werde ich, Richter.« Der Richter wartete, bis der Pfarrer auf seinen Wagen geklettert war und ritt dann hinter ihm in die Stadt zurück. Das war ein langer Ritt, um eine Einladung zum Abendessen zu überbringen, so daß Molly sich unweigerlich fragte, ob Richter Egan einen neuen Galan für seine Tochter an Land ziehen wollte. Vielleicht wollte er dem Gerede, das es in der Stadt gab, endgültig einen Riegel vorschieben.

Molly ignorierte ihren Onkel, der neben ihr herlief, und ging schnurstracks zum Schuppen hinüber.

Joaquin hatte seine Arbeit gerade beendet. »Jetzt geht es ihm wieder gut.« Er warf einen Blick auf den Pferdehuf und ließ ihn dann los. Das große Pferd lief langsam umher und blieb immer wieder kurz stehen, als müsse es sich erst an das neue Hufeisen gewöhnen. Dann wieherte es leise.

»Sie arbeiten zu hart, Molly«, gab Jason seine Meinung zum Besten. Ihm fielen ihre schmutzigen Kleider und die Haarsträhnen auf, die sich gelöst hatten. Für eine Sekunde loderte ein geheimnisvolles Licht in seinen dunklen Augen auf.

»Ich muß mich um den Hengst kümmern«, sagte Joaquin und ließ die beiden allein.

Molly wandte sich ihrem Onkel zu. »Ich arbeite so hart, weil das notwendig ist, um mit der Lady Jay Profit zu erzielen. Das hier ist meine Ranch, Jason. Sie haben nicht viel zu sagen.«

»Sie sind jetzt eine verheiratete Frau, Molly. Sie gehören zu Ihrem Mann. Sicherlich möchte er sie zu Hause haben.«

Mollys Kopf fuhr hoch. »Was Sam Brannigan möchte, zählt nicht. Nur was für die Ranch gut ist, zählt. Ich habe vor, Sie auszubezahlen, sobald ich dazu in der Lage bin. Bis dahin ist ein friedliches Zusammenleben notwendig.« Molly rauschte an ihm vorbei. »So, ich muß jetzt weiter. Ich habe viel zu tun.« Und dann ließ sie ihn einfach vor dem Schuppen stehen.

Als Jason ihr hinterherschaute, regte sich wieder sein Verlangen, an das er sich mittlerweile gewöhnt hatte. Obwohl er dagegen anzukämpfen versuchte, fühlte er sich zusehends mehr von ihr angezogen. Am liebsten wäre er von hier fortgegangen, in den Osten zurückgekehrt, wo er hingehörte, aber Gott hatte ihm hier einen Auftrag gegeben. Auf dem Weg ins Haus gelobte er, die Lust zu ignorieren, die in ihm aufloderte, und das Ziel, das er sich gesetzt hatte, nicht aus den Augen zu verlieren.

Die nächste Nacht verbrachte Molly auf der Lady Jay. Wie gewöhnlich arbeitete sie bis nach Sonnenuntergang und zog sich dann gleich in ihr Zimmer zurück. Doch am nächsten Abend ritt sie zu Sam hinüber. Insgeheim freute sie sich schon darauf, mit ihm zu schlafen. Doch dann stolperte sie plötzlich über einen Zettel, der sich im Steigbügel verfangen hatte. Sie bückte sich und zupfte das Papier heraus, faltete es auseinander und überflog die elegante Handschrift.

Mein allerliebster Sam,
Die letzte Nacht war ebenso schön wie all die anderen. Ich freue mich schon auf unser nächstes Beisammensein.

In Liebe
Lilly

Mollys Herz krampfte sich zusammen. Sie las noch mal das Datum, das auf der Nachricht stand. 18. Juli 1875. Molly rechnete zurück. Das war der Tag gewesen, an dem sie sich mit Sam wegen ihrer Kleider gestritten hatte. Weder an diesem noch am nächsten Abend war sie auf die Cedar Creek geritten.

Molly las die Nachricht zum zweiten Mal. Eine einsame Träne rollte über ihre Wange. Sie hatte ihm immer vertraut. Immer. Selbst am Anfang. Wie dumm, wie naiv war sie gewesen. Warum hatte sie ihm geglaubt, als er seinen Sermon über die Treue vorgetragen hatte.

Obwohl dieser Sommerabend angenehm warm war, fröstelte sie. Ihre Hände zitterten wie Espenlaub, und die Straße verschwamm vor ihren Augen. Zum ersten Mal erkannte sie, wie tief ihre Liebe zu Sam war. Die Vorstellung, daß er eine andere Frau im Arm hielt, quälte sie. Ja, jetzt konnte sie es nicht mehr leugnen, ihr Herz sprach laut und deutlich. Sie liebte Sam Brannigan.

Doch Sam erwiderte diese Liebe nicht. Er liebte sie nicht, jedenfalls nicht so, wie sie ihn. Er konnte sie nicht lieben und gleichzeitig anlügen oder mit Lillian Rose betrügen.

Sie riß an den Zügeln und wischte sich die Tränen aus den Augen. Sam hatte sie zum Narren gehalten. Soviel war klar. Er hatte sie übertölpelt und benutzt. Langsam wurde sie wütend, und es dauerte nicht lange, bis sie richtig in Rage war. Ein letztes Mal überflog sie die Nachricht und warf sie dann weg. Sie war zerrissen: Auf der einen Seite wäre sie am liebsten umgekehrt, auf der anderen Seite wollte sie nichts mehr, als Sam Brannigan umbringen.

Molly spürte den kleinen Derringer, der in ihrer Rocktasche verstaut war. Erschießen würde sie ihn nicht. Dazu liebte sie ihn viel zu sehr. Aber das wußte er schließlich nicht. Sie würde ihn dazu bringen, auf Knien um Gnade zu flehen, und dann würde sie nach Hause reiten und nie mehr zurückkehren.

Als Molly endlich die Ranch erreichte, hatte sie feuerrote Wangen, und in ihren Augen glomm Zorn. Sie blieb vor dem Haus stehen und rief Sam nach draußen.

Sein Begrüßungslächeln verflüchtigte sich schnell, als er ihren Gesichtsausdruck registrierte. »Mein Gott, Molly, was ist geschehen? Bist du in Ordnung?« Mit großen Schritten lief er über die Veranda.

»Bleib stehen, wo du bist, Sam Brannigan.«

Er biß die Zähne zusammen und lief weiter. »Falls Foley dir etwas angetan hat, werde ich ihn umbringen, das schwöre ich dir.«

»Ich sagte, daß du stehenbleiben sollst, und das war mein Ernst!« Immer noch auf dem Pferd sitzend, zog sie den Derringer heraus und richtete ihn auf Sam. Da er nur ein paar Meter von ihr entfernt stand, war es ein Leichtes, ihm ein Loch ins Herz zu pusten.

»Was, zum Teufel, geht hier vor? Steck das Ding weg, bevor jemand verletzt wird.«

»Der Einzige, dem was passiert, bist du! Nimm jetzt deine Hände hoch und laß sie dort!«

»Molly, erzähl mir, was passiert ist.« Sam wollte sie anfassen, wurde dann aber unsicher. Er rückte ein kleines Stück näher.

Molly spannte den Hahn. »Ich werde dich erschießen, Sam, ich schwöre es!«

Sam atmete langsam durch, um sich etwas zu beruhigen. »Gut, Molly. Wir spielen dieses Spielchen, wie du es willst. Was kommt jetzt?«

»Du, Sam, gibst jetzt zu, daß du mich angelogen hast. Gib zu, daß du mich mit Lilly Rose betrogen hast. Und dann bittest du mich um Vergebung – was ich nicht zu tun gedenke. Danach, falls ich in gnädiger Stimmung bin, werde ich dich vielleicht am Leben lassen und aus deinem Leben verschwinden.«

Sam streckte ihr die Hand entgegen und kam noch etwas näher. »Molly, ich habe dich niemals angelogen. Ich habe dich nie betrogen, und ich bin auf deine Gnade nicht angewiesen.«

»Ich weiß, daß du lügst, Sam. Ich habe die Nachricht gefunden.«

»Was für eine Nachricht?«

»Die Nachricht, in der sich Lilly für solch eine wunderschöne Nacht bedankt.«

»Ich habe Lilly nur einmal getroffen, um ihr von unserer Hochzeit zu erzählen. Und das war tagsüber. Außerdem hast du das gewußt.«

Was er da sagte, klang aufrichtig. Gott, wie konnte er nur so aufrichtig klingen? Molly stiegen die Tränen in die Augen, aber sie riß sich zusammen. Sie würde nicht zulassen, daß er sie zum Weinen brachte.

Sam rückte einen Zentimeter näher.

»Verschwinde, Sam, oder ich werde dich erschießen. Du glaubst wohl, daß ich ein Dummkopf bin. Ich höre noch das schwülstige Gewäsch von dir, als du mir sagtest, daß Partner sich nie anlügen. Und du konntest mir nicht einmal ein Jahr treu sein.« Molly fuchtelte mit dem kleinen Derringer in der Luft herum. »Fleh mich an, Sam. Winsele um Vergebung. Wenn du das nicht tust, werde ich dich erschießen.«

Bevor sie wußte, wie ihr geschah, schoß Sams Arm hervor und schlug ihr die Waffe aus der Hand. Ein Schuß löste sich, und Molly spürte, wie sie unsanft vom Pferd gehoben wurde.

»Laß mich los! Ich hätte dich gleich auf der Stelle erschießen sollen!« Sie wollte sich losreißen, konnte jedoch gegen Sams eisernen Griff nichts ausrichten. »Laß mich los!«

»Ich werde dich erst loslassen, wenn du mich angehört hast.« Wieder wand sie sich in seinen Armen, gab aber nach einigen Minuten resigniert auf.

»So ist es besser.«

So dicht an ihn gedrängt, spürte sie die Hitze seines Körpers.

»Ich habe dich noch nie angelogen. Niemals.«

»Ich glaube dir nicht.«

»Wegen dieser Nachricht, die du gelesen hast?«

»Ja.«

»Ich möchte sie lesen.«

»Geht nicht, ich habe sie weggeworfen.«

»Molly, ich sage die Wahrheit. Ich habe dich noch nie belogen.

Und ich habe dich auch nicht betrogen.« Zum ersten Mal tauchte ein Lächeln auf seinen Lippen auf. »Ich hatte nicht die geringste Lust, mit einer anderen Frau zusammenzusein, seit ich dich getroffen habe. Du weißt doch, daß du mir genügst. Woanders brauche ich mich nicht umzusehen, Molly.«

»Es... es war in der Nacht, als wir gestritten haben. Du bist böse auf mich gewesen.«

»Das ist nicht geschehen. Ich bin dir in jeder Hinsicht ein treuer Mann gewesen. Aber ich kann dir natürlich nur mein Wort geben. Du mußt schon in dein Herz schauen, um die Wahrheit zu finden.«

Molly spürte, wie aufgeregt sein Herz schlug, sah die Sanftheit, die in seinen Augen lag. Ihre Vernunft sagte ihr, daß er log. Er *mußte* lügen. In der Nachricht hatte gestanden, daß er bei Lilly gewesen war. Er legte die Hand unter ihr Kinn und küßte sie ganz sanft auf den Mund. Dieser Kuß sagte mehr als tausend Worte.

»Schau in dein Herz, Kleines«, flüsterte er.

Und das tat Molly. »O Gott, Sam.« Sie schlang die Arme um seinen Hals. Nur ein winziger Rest Zweifel hielt sie davon ab, ihm ihre Liebe zu gestehen. Tränen schossen ihr in die Augen, die Sam geschwind mit den Finger wegwischte.

»Ist schon gut, Kleines. Vertrau mir, und ich verspreche dir, daß du's nicht bereuen wirst.« Er hob sie hoch und trug sie ins Haus.

»Lee Chin!« Der kleine Chinese streckte seinen Kopf durch die Schwingtür der Küche. »Einer der Männer soll sich um das Pferd kümmern. Mrs. Brannigan und ich werden heute abend in meinem Zimmer speisen.« Mit ausladenden Schritten marschierte er die Treppe hoch. »Aber jetzt noch nicht. Ich werde Sie wissen lassen, wann.«

Lee Chin grinste wissend und ließ die Tür hinter sich zufallen. Sam warf die Schlafzimmertür ins Schloß.

Der Rest der Woche verlief ohne Zwischenfälle. Sam erwähnte die Nachricht mit keinem Wort, und auch Molly schwieg. Die beiden taten einfach so, als hätte es den Vorfall nie gegeben. Tagsüber arbeitete Molly lange, aber dann hatte sie plötzlich eine Idee und nahm sich den Samstag frei, um diese Idee in die Tat umzusetzen. Anstatt zur Lady Jay hinüberzureiten, wollte sie Emmet Junior besuchen. Er spielte gerade im Hof, als sie herangeritten kam und vom Pferd stieg.

»H-Hallo, Tante M-Molly.«

»Darf ich mal.«

»S-Sicher.«

Molly streckte die Hand aus und nahm den Stock aus seiner Hand. An dem einen Ende war eine Tasse, und eine Schnur mit einem harten, runden Ball war am anderen Ende fixiert. Man mußte den Ball werfen und in der Tasse fangen, was nicht so einfach war, wie es aussah.

Nach mehreren Versuchen gab Molly Emmet den Stock zurück, der keinerlei Schwierigkeiten hatte, den Ball in die Tasse zu kriegen.

»Das kannst du aber sehr gut«, lobte Molly ihn und kam somit endlich auf das zu sprechen, weswegen sie gekommen war. »Wie ich höre, kannst du auch gut singen.«

Emmet strahlte. »I-Ich s-singe für m-mein L-Leben gern.«

»Was hältst du davon, mir etwas vorzusingen?«

»J-J-Jetzt?«

»Warum nicht?«

»W-Was s-soll ich d-denn s-singen?«

»Kennst du ›Clementine‹?«

Mit einem breiten Grinsen im Gesicht begann Emmet zu singen. »Oh, my darlin', oh, my darlin', oh, my darlin' Clementine. Thou art lost and gone forever, dreadful sorry, Clementine.« Seine Stimme, die sonst eher schüchtern und leise klang, schallte jetzt über den Hof. Patience kam zur Tür gelaufen, kam aber nicht zu ihnen heraus. Molly lächelte und winkte ihr zu, und auch Emmet winkte zurück, sang aber weiter.

Molly lächelte ihm zu. »Emmet, das war wirklich wunderschön.«

Beschämt wich er ihrem Blick aus und trat von einem Bein aufs andere. »D-Danke, Tante M-Molly.«

»Würdest du vielleicht etwas für mich lernen?«

»K-Klar.«

»Es klingt wie ›Clementine‹, ist aber ein ganz besonderes Lied über dich.«

»Ü-Über m-mich?«

»Ja. Es geht so: ›Oh, mein Name ist Emmet Samuel, Emmet Samuel Brannigan. Ich wohne hier auf Cedar Creek, ich bin Emmet Samuel Brannigan.‹«

»Das i-ist d-doof.«

Molly war enttäuscht. »Ja, ich fürchte, daß ich keine besonders gute Liedschreiberin bin. Aber ich dachte, daß du nächstes Mal, wenn dich jemand nach deinem Namen fragt, ihn einfach singen könntest. Ich glaube, daß es einen Versuch wert wäre.«

Emmet stand reglos und stumm neben ihr. Als er dann zu ihr aufblickte, wirkte sein Gesicht seltsamerweise etwas erwachsener. »D-Das h-hat m-mir noch n-nie jemand d-direkt gesagt. D-Das gefällt m-mir. D-Die versuchen i-immer, m-mich zu überlisten, d-daß ich e-es richtig s-sage.«

»Aber das klappt nicht.«

»N-Nein.«

Molly zuckte mit den Achseln. »Es war nur so eine Idee. Ich mochte nicht, wie diese Jungs sich über dich lustig gemacht haben.«

»W-Wenn ich ä-älter wäre, h-hätte ich s-sie verprügelt.«

»Darauf könnte ich wetten. Aber weißt du, es gibt immer jemanden, der älter ist.«

Emmet nickte, als käme ihm das nur zu bekannt vor.

»Na, ich denke, es war eine dumme Idee. Deinen Namen zu singen, meine ich.«

Emmets Blick ruhte auf ihr. Und dann begann er leise zu summen, wurde zögernd etwas lauter und schmetterte dann los.

Als er fertig war, strahlte sein Gesicht vor Freude und Stolz. Er hatte kein einziges Mal gestottert. Emmet rannte in ihre Arme.

»Es h-hat g-geklappt, Tante M-Molly. I-Ich habe m-meinen Namen g-gesagt!« Dann schaute er zu Patience hinüber, die auf der Veranda stand und ihnen zugesehen hatte. Tränen rollten ihr die Wangen hinunter.

»M-Mama!« rief Emmet aufgeregt. »H-Hast du's g-gehört?«

Patience konnte nur stumm nicken und nahm den kleinen Jungen in die Arme. »Ja, Liebling. Ich hab's gehört.« Sie drückte ihn an sich und ließ ihn dann wieder los. »Vielleicht könnte Tante Molly dir noch ein paar andere Lieder beibringen, damit du noch mehr Worte singen kannst. Was hältst du davon?« Als sie zu Molly hinüberschaute, spiegelte sich in ihrem Blick die Hoffnung, die sie spürte. Zum ersten Mal hatte Patience sie als Mitglied der Familie angesprochen.

»Ich finde diese Idee sehr gut«, sagte Molly, als sie zur Veranda hinüberlief. »Ja, ich finde sie richtig gut. Aber es wäre mir eine große Hilfe, wenn mir jemand beim Liederschreiben unter die Arme greift.« Die beiden Frauen brachen in lautes Gelächter aus, und Emmet stimmte von neuem Mollys Lied an. Er sang es laut und fehlerfrei. Jetzt schossen auch Molly die Tränen in die Augen.

»Ich werde dir ein Glas Limonade holen, Molly«, sagte Patience und wandte sich um. »Warum nimmst du nicht noch kurz Platz?«

Molly nahm Patiences Vorschlag an und setzte sich auf die Veranda. Sie saß einfach nur da und lauschte Emmet Samuels neuestem Lied, das er unablässig wiederholte.

17. Kapitel

Sam lief unruhig auf der Veranda auf und ab und wartete auf Molly, die wie gewöhnlich spät dran war. In diesem Augenblick kam Charlie Corwin, einer seiner Männer, im Galopp die Straße hinuntergejagt. Der Cowboy sprang vom Sattel, noch bevor das Pferd richtig stand.

»Es hat einen Unfall gegeben, Sam. Oben am Big Bend. Die Wasserrutsche ist gebrochen. Es tut mir leid, Sam, aber Emmet ist verletzt.«

Sam richtete sich auf. »Wie schlimm ist es?«

»Ein paar gebrochene Rippen, innere Blutungen. Ich fürchte, es sieht nicht gut aus.«

Sam griff durch die Tür und riß den Hut vom Hutständer. Dann stürmte er zur Scheune hinüber. »Was hatte Emmet eigentlich am Big Bend zu suchen?«

»Glaube, er hat dort oben an der Wasserrutsche ein paar streunende Tiere ausgemacht.« Corwin, ein drahtiger, kleiner Texaner mit wildem Haarschopf, schüttelte den Kopf und rannte neben seinem großen Chef her, was keine einfache Sache war. »Ist eben zur falschen Zeit am falschen Ort gewesen. Wir haben schon nach einem Wagen geschickt, aber ich dachte mir, daß du auch dort sein willst.«

»Danke, Charlie.« Sam führte Gil aus dem Stall, sattelte ihn schnell und stieg auf. »Dann mal los.«

Die Männer ritten so schnell, daß hinter ihnen eine hohe Staubwolke aufstieg. Sie nahmen den schmalen Pfad über die Anhöhe, weil das der kürzeste Weg war.

Die Wasserrutsche bot die beste Möglichkeit, Holzstämme zu transportieren. Auf ihr wurden die Stämme sieben Meilen ins Tal zur Sägemühle geschafft. Natürlich wurde die Wasserrutsche immer wieder kontrolliert. In regelmäßigen Abständen ritten die Männer sie ab, um nach Rissen oder Schwachstellen zu suchen. Trotzdem gab es immer wieder Unfälle.

Gleich nachdem sie Big Bend erreicht hatten, begutachtete Sam den Schaden. Wenigstens fünfzig Stämme waren über die Ränder geschossen. Ein paar Männer knieten neben Emmet, der reglos unter einer Decke lag.

Sam kniete sich neben seinen Bruder und griff nach seiner schwieligen Hand. »Wie geht es dir, Emmet?«

»Diesmal nicht so gut, Sam.« Ein Zucken lief durch seinen Körper, und sein ohnehin schon blasses Gesicht wurde noch einen Ton fahler. »Ich bin gerade unter der Rutsche durchgeritten, als das verdammte Ding gebrochen ist. Wollte noch schnell wegreiten, hab's aber nicht mehr geschafft. Einer der Stämme hat mein Pferd in die Knie gezwungen. Zum Glück bin ich kaum getroffen worden, sonst wäre ich jetzt tot.«

»Sprich nicht«, riet Sam. »Streng dich nicht an.«

»Ich muß dir etwas erzählen, Sam. Ganz privat.«

Die anderen entfernten sich schweigend.

»Was gibt es?«

»Das war kein Unfall, Sam. Hab kurz davor jemanden wegreiten sehen ... nur –« Er legte die Hand auf den Mund und hustete. Geronnenes Blut lief aus den Mundwinkeln.

Sam umklammerte seine Hand. »Immer mit der Ruhe, Emmet. Ein Wagen ist schon unterwegs.«

Emmet zog ihn an sich heran. »Hatte rote, lange Haare, Sam. Ich sage dir das nur, weil ich nicht will, daß dir weh getan wird. Wer immer es war, wußte nicht, daß ich in der Nähe bin. Glaube nicht, daß es darum ging, jemanden zu verletzen. Ich bin eben zufällig vorbeigekommen.«

»Versuchst du mir zu sagen, daß es Molly war?« Zuerst der Schuhknopf in der Sägemühle und jetzt das hier. Andererseits gab es noch mehr Menschen mit rotem Haar.

»Kann's dir nicht mit Sicherheit sagen, Sam. Aber du weißt ja, wie die Jameses über uns denken.« Der Wagen kam endlich über den holperigen Weg gerollt.

»Ich werde mich umsehen, Emmet. Ruh du dich aus. Ich werde tun, was zu tun ist.«

»Das weiß ich doch, Sam. Achte nur darauf, daß du sorgfältig vorgehst.« Die Männer traten näher, hoben vorsichtig die Decke hoch, legten Emmet auf die Ladefläche und deckten ihn dann mit einer anderen Decke zu, damit ihm nicht kalt wurde.

»Sobald ich hier fertig bin, werde ich bei dir vorbeischauen. Ruh dich aus. Patience wird schon dafür sorgen, daß du bald wieder auf die Beine kommst.« Sam rang sich ein Lächeln ab, das seiner Stimmung nicht entsprach. Emmet lächelte schwach zurück, und dann zuckelte der Wagen von dannen.

Sam wartete, bis die anderen gegangen waren, bevor er sich daran machte, die Wahrheit herauszufinden. Vor lauter Verdächtigungen wurde ihm ganz kalt ums Herz, außerdem sorgte er sich um seinen Bruder. Er versuchte, sich allein auf die Spurensuche zu konzentrieren, kletterte auf den nächsten Hügel, wo die Wasserrutsche stand. Sein steifes Bein schmerzte, was immer der Fall war, wenn er sich aufregte. Und dann wußte er auf einmal, daß sein Bruder recht gehabt hatte. Jemand hatte eine kleine Menge Sprengstoff angebracht, ein Hauch graues Pulver war deutlich zu erkennen.

Sam inspizierte den Boden unter der Rutsche. Ein Paar Hufe führte von der Wasserrutsche zu einem Gebüsch. Nur ein Paar Hufe – und am linken Hinterhuf hatte das Pferd ein neues Eisen. Sam studierte den Abdruck ganz genau. Das Blut in seinen Adern gefror zu Eis. Im Magen wurde es ihm ganz flau. True hatte ein neues Eisen. Molly hatte ihm das erzählt, als sie von der Lady Jay zurückgekehrt war. Sam wußte nicht mehr genau, an welchem Lauf, aber das konnte er gleich heute abend herausfinden. Unendlich verzweifelt stieg Sam auf sein Pferd und ritt zu Emmet nach Hause.

Als Molly auf die Ranch zurückkehrte, hoffte sie, Sam vorzufinden. Sie rief seinen Namen und war enttäuscht, als ihr niemand antwortete. Dann rannte sie in ihr Schlafzimmer hinauf. Auch dort war er nicht. Sie kehrte ins Wohnzimmer zurück. Da streckte Lee Chin den Kopf zur Küchentür hinaus.

»Mr. Sam ist mit anderem Mann weggeritten. Hat nicht gesagt, wohin.«

»Wann ist er gegangen?«

»Kurz vor Einbruch der Dunkelheit.«

»Da muß etwas passiert sein«, dachte Molly laut und fragte sich, was Sam dazu gebracht hatte, so übereilt zu verschwinden. Lee Chin kehrte wieder in die Küche zurück, und Molly nutzte die Zeit, um sich frischzumachen. Auf dem Ritt hierher hatte sie sich überlegt, daß sie Sam vorschlagen wollte, jede Nacht bei ihm zu verbringen. Falls er ja sagte, was sie inständig hoffte, wollte sie ihm auch erzählen, daß sie in einem Jahr nicht um die Annullierung der Ehe nachsuchen würde.

Das alles verwirrte sie sehr, und es war außerordentlich aufregend. Damit würde sie ihm eingestehen, daß ihr an ihm lag. Gleichzeitig hoffte sie, daß er sie ebenso sehr liebte, wie sie ihn. Seit Tagen hatte sie mit diesem Entschluß gerungen, hatte Mut geschöpft. Es drängte sie so nach seiner Liebe, daß sie beinah krank wurde. Und jetzt, wo sie sich zu diesem Entschluß durchgerungen hatte, hoffte sie, daß sie die Kraft hatte, ihre Pläne in die Tat umzusetzen. Ihr ganzes Leben lang hatte sie sich nach jemandem gesehnt, der sie liebte.

Jetzt konnte sie nur darauf hoffen, daß Sam dieser Jemand war.

Molly wählte ein hellgrünes Musselinkleid aus und bürstete ihr Haar so lange, bis es glänzte. Da Sam immer noch nicht aufgetaucht war, fing sie an, sich Sorgen zu machen.

»Missa Molly«, rief Lee Chin etwas später. »Möchten Sie jetzt essen?«

»Nein, danke, Lee. Ich möchte lieber auf Sam warten.«

Und Molly wartete. Noch immer kein Sam. Sie kleidete sich wieder aus und zog ein Nachthemd an. Inzwischen hatte sie richtiggehend Angst. Sie ging ins Bett und versuchte zu schlafen. Bis zum Morgengrauen wartete sie auf seine Schritte in der Halle, aber sie hörte nur das Ticken der großen Eichenuhr.

Am nächsten Morgen war Molly kurz davor, überzuschnappen. Was war denn nur passiert? Auf einer Ranch von der Größe der Cedar Creek gab es Millionen Möglichkeiten. Sie wollte nicht auf die Lady Jay reiten, bevor sie sicher war, daß Sam nichts zugestoßen war.

Ungeheuer nervös zog sie ihren Reitrock, eine blaue Baumwollbluse und ihre Stiefel an. Das Haar band sie zu einem Pferdeschwanz zusammen. Plötzlich hörte sie unten Schritte und eilte die Treppe hinunter. Sam stand im Türrahmen. Sein Gesicht war totenblaß.

»Sam!« rief Molly noch auf der Treppe. »Wo hast du gesteckt? Was ist denn passiert?«

Sam nahm seinen Hut ab und hängte ihn an das Hutbrett. Jede Bewegung schien ihn unglaublich anzustrengen. Dann lief er an ihr vorbei, als habe er sie nicht bemerkt.

»Sam, erzähl mir doch, was sich zugetragen hat.«

»Emmet hat sich verletzt«, sagte er und nahm die Whiskykaraffe vom Sideboard im Eßzimmer. Er wirkte müde und übernächtigt, dunkle Schatten lagen unter seinen Augen.

»Verletzt? Wie? Wie geht es ihm?«

»Es hat einen Unfall gegeben. Um zu sagen, wie es ihm geht, ist es noch zu früh. Seine Verletzungen sind ziemlich schlimm.«

»Oh, Gott, Sam.« Sie näherte sich ihm, aber er wich vor ihr zurück.

»Ist an der Wasserrutsche passiert. Oben am Big Bend. Bist du in letzter Zeit mal dort oben gewesen?« Er fixierte sie.

»Warum? Nein.«

Er stürzte einen großen Schluck Whisky hinunter. Und dann wandte er sich ihr zu. Sein Gesicht glich immer noch einer Totenmaske. »Ich habe die ganze Nacht nachgedacht, Molly. Über Emmet und Patience, über dich und mich.«

Mollys Magen zog sich zusammen. Irgend etwas stimmte hier nicht. Stimmte ganz und gar nicht. »Auch ich habe in letzter Zeit viel über uns nachgedacht«, gab sie leise zu. Sein Gesicht sah ausgemergelt, müde aus. Von der Wärme und Zuneigung, von der

Sanftheit, die ihm eigen war, war in diesem Augenblick nichts mehr zu spüren.

Ohne sie zu beachten, fuhr er fort. »Ich denke, daß unsere Heirat ein Fehler gewesen ist. Keiner von uns wollte sie. Ich habe dich da praktisch hineingedrängt und –«

»Das ist nicht wahr!« unterbrach sie ihn. »Ich habe doch eingewilligt.«

»Aber nur mit Widerwillen, da bin ich mir ganz sicher«, fuhr er ungerührt fort. »Es ist damals ein Fehler gewesen und auch jetzt noch.«

»Sam, bitte, das kann doch nicht dein Ernst sein.«

»Nie ist es mir mehr ernst gewesen.« Er trat an das Sideboard und schenkte Whisky nach.

»Du liebst Lilly«, flüsterte sie. Ihre Stimme brach beinah.

»Vielleicht. Vielleicht nicht. Viel wichtiger ist es, daß wir diese Ehe beenden, bevor...« *Bevor jemand umkommt*, wollte er sagen, hielt sich aber im letzten Moment zurück. Das würde alles nur noch schlimmer machen. Dabei hatte er doch nur gewollt, daß die Brannigans und Jameses in Frieden miteinander leben konnten.

»Bevor was geschieht, Sam?«

»Bevor einer von uns beiden zuviel Gefühl in die Sache gesteckt hat.«

Molly spürte, wie ihr vor Verzweiflung der Atem stockte. Ihre Kehle war wie zugeschnürt. Tränen traten ihr in die Augen, aber sie konnte sich gerade noch zurückhalten, um nicht vor ihm loszuweinen.

Wenn es ihr jetzt nicht gelang, sich zusammenzureißen, dann war es endgültig um ihre Selbstbeherrschung geschehen. Sam sagte ihr, daß er sie nicht liebte, niemals geliebt hatte. Sam sagte genau das, was sie sich selbst Hunderte von Male eingeredet hatte, ohne jemals wirklich daran glauben zu können. Sie hatte Sam immer geliebt. Immer. Und er hatte sie nie geliebt.

»Ich halte es für das Beste, wenn du heute noch gehst«, schlug er vor. Seine Worte drangen kaum zu ihr vor. »Ich werde veranlassen, daß deine Sachen gepackt und zu dir geschickt werden. Außerdem werde ich dir die Papiere zukommen lassen. Peter kann sich um alles Notwendige kümmern.«

»Papiere?« Sie konnte keinen klaren Gedanken fassen. Ihr Verstand verweigerte ihr den Dienst. Wie benommen hielt sie sich an der Sofalehne fest und versuchte, sich zu konzentrieren.

»Die Annullierung der Ehe. Da wir nicht lange verheiratet gewesen sind, gibt es diese Möglichkeit. Peter wird wissen, was zu tun ist.« Wieder nahm er einen Schluck aus seinem Glas und schwenkte dann die bernsteinfarbene Flüssigkeit. Sein Blick war ins Nichts gerichtet.

»Natürlich.« Sie suchte immer noch an der Sofalehne Halt. Ihre Füße waren bleischwer. Sie mußte jetzt gehen, bevor sie sich ihm zu Füßen warf und darum bettelte, bei ihm bleiben zu dürfen. Gott, wie sehr sie ihn liebte. Selbst nach all den grausamen Worten, die gerade gefallen waren, sehnte sie sich danach, von ihm umarmt, geküßt zu werden. Wie nur sollte sie ohne ihn leben? Wie sollte sie das ertragen?

Als sie zu ihm aufschaute, bemerkte sie, daß er sie zögernd betrachtete, ganz so, als frage er sich, was in ihr vorgehe. Wenn er gestern Nacht nach Hause gekommen wäre, dann wüßte er Bescheid. Dann hätte er erfahren, wie sehr sie ihn liebte. Wenn er gestern Nacht nach Hause gekommen wäre, dann wäre die Demütigung komplett gewesen. Molly hob den Kopf. Sie war entschlossen, in Würde zu gehen, war entschlossen, den Schmerz und die Verzweiflung, die seine Worte hervorgerufen hatten, zu verbergen.

»Dann ist es wohl an der Zeit, sich zu verabschieden.«

»Ich denke, ja.«

»Es wäre etwas einfacher gewesen, wenn du mich ein bißchen vorgewarnt hättest«, räumte sie verbittert ein. »Aber Lilly ist ja auch nicht vorgewarnt worden.«

Sam reagierte nicht auf ihre Anspielung. »Auf Wiedersehen, Molly.«

Sie glaubte zu ersticken. Die Worte kamen ihm so leicht über die Lippen. Obwohl sie alle Mühe hatte, die aufsteigenden Tränen zurückzuhalten, hielt sie doch an sich und rannte nicht aus dem Zimmer. Auf keinen Fall durfte er erfahren, wie sehr seine Worte sie verletzt hatten. Mit gespielter Ruhe öffnete sie die schwere Holztür und schritt aus dem Zimmer.

Erst kurz vor der Scheune brachen sich die Tränen Bahn. Molly führte True aus dem Stall. Ihre Hemdbrust war tränengetränkt, aber sie stieg trotzdem auf.

Jetzt wußte sie, wie sich ein gebrochenes Herz anfühlte. Sie ritt über den Hof und wandte sich ab, als sie Sam gelassen auf der Veranda sitzen sah. Ihre Tränen sollte er nicht sehen. Nein, sie mußte tun, als ob sie das alles nicht berührte. Früher war ihr das auch immer gelungen. Ab jetzt wollte sie sich nie mehr auf jemanden verlassen, niemandem mehr vertrauen. Bis jetzt hatte diese Einstellung sie immer vor dem Schlimmsten bewahrt. Aber da hatte sie ja auch Sam noch nicht gekannt.

Unweigerlich tauchte sein hübsches Gesicht vor ihrem inneren Auge auf, seine weißen, ebenmäßigen Zähne, die beim Lachen funkelten. Am liebsten hätte sie ihn gehaßt. Darum würde sie sich bemühen. Ja, sie mußte ihn hassen. Nur so konnte sie ohne ihn überleben. Als sie von der Cedar Creek Ranch ritt, mußte sie daran denken, wie er mit seinen Fingern durch ihr Haar fuhr, über ihr Gesicht, ihre Brust strich. Da fiel Molly ihre Hochzeitsnacht ein, und sie mußte daran denken, wie er sie an sich gedrückt, sie liebkost, sie beruhigt hatte. Sie dachte an die unzähligen Male, wo er so freundlich zu ihr gewesen war. *Oh, Sam, warum hast du mich nicht lieben können? Warum brauche ich dich so sehr?*

Etwas in ihrer Brust krampfte sich zusammen, so daß sie nicht mehr schlucken, nicht mehr atmen konnte. Vielleicht war ja alles ihre Schuld. Wenn sie ihm nur offener begegnet wäre. Aber jetzt war es zu spät. Nie wieder würde sie seine Umarmung spüren, nie wieder seine dahingehauchten Liebesschwüre hören, nie wieder seine lachenden Augen sehen. *Oh, Sam.* Wie habe ich mich nur so in dir täuschen können?

Sam warf die Tür ins Schloß und schritt zum Sideboard hinüber. Er brauchte dringend Schlaf, aber den würde er nur finden, wenn er sich besinnungslos betrank. Seine Augen brannten, und mit zitternden Fingern füllte er sein Glas auf. Stunden hatte er an Emmets Bett verbracht. Schließlich war sein Bruder eingeschlafen. Dann erst war er langsam nach Hause geritten. Nein, er war nicht darauf erpicht gewesen, die Antwort auf die Frage zu kriegen, die in seiner Seele brannte.

Im Morgengrauen hatte er die Ranch erreicht und war schnurstracks in den Stall gegangen, um einen Blick auf Trues Hufe zu werfen. Der Beweis von Mollys Schuld funkelte wie die Klinge der Mörderaxt in der fahlen Morgensonne.

Eine ganze Weile lang war er im Stall gesessen, bis die Cowboys aufgestanden waren und sich an ihr Tagwerk gemacht hatten. Aber er hatte die Zeit zum Nachdenken dringend gebraucht. Solange Emmet noch bettlägerig war, wollte er keine Beschuldigung äußern, weil das nur Klatsch und Tratsch nach sich ziehen würde. Und außerdem war die Beweislage, zumindest in den Augen der Justiz, dürftig.

Doch Sam war sich ganz sicher. Molly James Brannigan hatte den Unfall in der Sägemühle initiiert und sich dann an der Rutsche zu schaffen gemacht. Ihr Haß fraß alles auf, ihr Rachedurst grenzte an Wahnsinn. Mittlerweile fragte er sich sogar, ob die Geschichte über Lillys Nachricht nicht nur ein Vorwand gewesen war, um ihn dann zu erschießen.

Sam stürzte seinen Drink hinunter, schenkte sich nach und lief zum Kamin hinüber, in dem nur kalte, graue Asche lag. Genau so fühlte er sich: kalt und leer. Molly hatte wie ein Feuer in seinem Herz gebrannt, hatte all seine Gefühle in Anspruch genommen. Mit ihr hatte er sich vollkommen gefühlt, glücklich und zufrieden. Wenn er nur an sie dachte, freute er sich wie ein kleines Kind. Ihm war viel an ihr gelegen, aber bis heute hatte er nicht gewußt, wieviel. Ohne sie schien das Leben fahler, glanzloser. Das Leben hatte den Zauber verloren. Für ihn, das wußte Sam ganz genau, würde ein Leben ohne Molly einsam und leer sein.

Wie hatte er nur so ein Narr sein können? Er hatte sich in Molly verliebt, gleich am ersten Tag, als er ihr auf dem Live Oak-Paß begegnet war. Natürlich konnte er sich noch daran erinnern, mit welcher Halsstarrigkeit sie versucht hatte, den Bullen aus der Schlammgrube zu schieben. Und das wäre ihr auch allein gelungen – ohne Sams Hilfe. Vielleicht war das ja das Problem. Sam wollte, daß Molly ihn brauchte, was aber niemals wirklich der Fall gewesen war. Insgeheim wünschte er, er hätte ihr seine Liebe gestanden, vielleicht hätte sie dann von der Rache Abstand nehmen können.

Obwohl das eher unwahrscheinlich war.

Sam legte auf dem Tisch vor dem Kamin die Beine übereinander. Ihm war unendlich schwer ums Herz. Er fühlte sich einsam und verlassen, aber daran mußte er sich jetzt gewöhnen. Die Einsamkeit würde sein einziger Kamerad sein. Keiner konnte Mollys Platz in seinem Herzen einnehmen. Sam gehörte zu der Sorte Mann, die nur einmal im Leben lieben konnte. Selbstverständlich würde es in Zukunft andere Frauen geben; schließlich war er ein Mann mit gewissen Bedürfnissen, die befriedigt werden mußten. Aber *lieben* konnte er nicht noch einmal. Sein Herz gehörte Molly James, und sie hatte gnadenlos darauf herumgetrampelt. Aber vielleicht geschah ihm das ja ganz recht. Er hatte geschworen, sich niemals zum Narren machen zu lassen, dem Beispiel seines Vaters, der Colleen geliebt hatte, nicht nachzueifern. Sein Vater hatte mit dem Leben bezahlt, weil er eine James geliebt hatte. Er selbst lebte wenigstens noch, insofern konnte er sich glücklich schätzen.

Aber die Aussicht auf die einsamen Jahre, die vor ihm lagen und die er ohne die Frau, die er liebte, verleben sollte, ließen ihn an seinem Glück zweifeln.

18. Kapitel

Molly ritt nicht direkt nach Hause. Sie brauchte noch etwas Zeit für sich allein. Es war wichtig, daß sie sich wieder in den Griff bekam – bevor sie Angel und Joaquin und ihrem Onkel gegenübertrat. Jason Foley traf sich regelmäßig mit Lillian Rose. Und Molly wollte auf gar keinen Fall, daß er der Witwe berichtete, wie sehr ihr die Trennung von Sam zu schaffen machte.

Molly ritt zum Live Oak-Paß hinauf, was keine so kluge Idee gewesen war, weil der Ort sie an ihre erste Begegnung mit Sam erinnerte. Andererseits wurde sie überall an ihn erinnert. Sie mußte lernen, nicht an ihn zu denken.

Nachdem sie sich ein paar Stunden bemüht hatte, ihre Gefühle unter Kontrolle zu bringen, gab sie auf. Das alles nützte gar nichts. Ihr ging es nicht anders wie einer Witwe, die um ihren Mann trauerte. Auch sie würde Sam niemals wieder zurückbekommen.

Erst als die Sonne untergegangen war, kehrte sie auf die Lady Jay zurück. Mit besorgter Miene machte sich Angel in der Küche zu schaffen.

»Wo bist du gewesen, *chica*? Wir haben uns schon Sorgen gemacht.«

»Ich hatte am Live Oak-Paß etwas zu tun.« Das war gelogen, und Angel wußte es auch, wie Molly an ihren Augen ablesen konnte.

»Es ist besser, wenn du dich setzt, *chica*«, riet Angel ihr. »Du siehst nicht gut aus.«

Molly nickte und zog einen Stuhl unter dem Tisch hervor. Sie beschloß, gleich mit der Wahrheit herauszurücken, weil das besser für alle Beteiligten war. »Es fällt mir nicht leicht, dir das hier zu sagen, Angel. Sam will mich nicht mehr. Er läßt unsere Ehe annullieren. Er hat mich gebeten zu gehen.«

»Das kann ich nicht glauben!« Angel kam zum Tisch gerannt. »So etwas würde Señor Sam nicht tun!«

Molly war wieder den Tränen nahe. »Er liebt mich nicht, Angel. So einfach ist das.«

»Ich kann es trotzdem nicht glauben. Womit hast du ihn so wütend gemacht? Wenn du ihn darum bittest, wird er dir sicher verzeihen.«

Molly saß mit gesenktem Kopf am Tisch. »Ich wünschte, es wäre so einfach. Ich habe nichts getan. Er will einfach nicht mit jemandem verheiratet sein, den er nicht liebt.«

»*Querida*, das kann ich einfach nicht glauben. Ich habe doch gesehen, wie er dich anschaut. In seinem Blick lag soviel Stolz, soviel Liebe. Da muß es ein Mißverständnis gegeben haben.«

»Kein Mißverständnis, Angel. Macht es dir etwas aus, wenn ich nicht zu Abend esse? Ich... ich bin wirklich nicht hungrig.«

»Geh und leg dich hin. Ich werde dir etwas aufs Zimmer bringen. Du mußt wieder zu Kräften kommen, damit wir herausfinden können, was passiert ist.«

Jetzt liefen Molly die Tränen hinunter. »Bitte, Angel. Laß die Finger davon. Es gibt nichts, was wir tun können.« Sie stand auf und stürmte durch die Küchentür. Ihrem Onkel wollte sie in diesem Augenblick um keinen Preis über den Weg laufen.

Als Angel ihr hinterherschaute, fiel ihr Mollys geknickte Haltung auf. Sie wirkte, als habe man sie jeglicher Hoffnung beraubt. Bisher hatte Angel die junge Frau erst einmal so erlebt – und zwar als ihre Mutter gestorben war. Ihr Vater hatte sie viele Tage lang mit ihrer Trauer allein gelassen. Und auch später hatte er ihr wenig Beachtung geschenkt. Obwohl Molly gelernt hatte, ihre Einsamkeit zu verbergen, wußte Angel, daß sich das Mädchen nie anders gefühlt hatte. Und dann hatte sie Sam kennengelernt.

Angel war Mollys zögerliche Veränderung nicht entgangen. Sie hatte gesehen, welche Wärme in ihren Blicken lag, wann immer sie ihren Mann betrachtete. Sie liebte ihn – da war Angel sich hundertprozentig sicher.

Und daß er Mollys Zuneigung und Liebe gewonnen hatte, war wirklich eine Leistung, denn Molly James verliebte sich nicht schnell.

Vielleicht würde die Zeit die Wunden heilen. Das hoffte Angel jedenfalls. Das war für alle wichtig, aber besonders für Molly. Denn ob sie es sich eingestand oder nicht, sie brauchte Sams Liebe wie eine Pflanze die Sonne.

Molly arbeitete stumpf vor sich hin. Die Tage kamen und gingen, und sie verbrachte endlose Stunden im Sattel. Vom Morgengrauen bis zur Abenddämmerung war sie unterwegs und versuchte, sich abzulenken. Immer wieder fragte sie sich, ob sie in der Zeit mit Sam etwas Wichtiges übersehen hatte, aber sie fand nichts. Die ganze Zeit über war Sam ihr ein guter Gatte, Liebhaber und Freund gewesen.

Aus seinem Verhalten hatte sie geschlossen, daß er sie liebte – abgesehen von Lillys Nachricht, die Molly vor Wut zerrissen hatte. Es fiel ihr schwer zu glauben, daß er sie betrogen hatte. Seine Aufrichtigkeit paßte nicht zu solch einem Verhalten. Aber anscheinend war an diesem Mann ein begnadeter Schauspieler verloren gegangen. Oder vielleicht war er wirklich einfach nur dahintergekommen, daß er sie doch nicht liebte.

Wie auch immer, Molly mußte jetzt für sein Verhalten bezahlen. Sie konnte nicht essen. Konnte nicht schlafen. Sie hatte abgenommen, und ihr Haar glänzte lange nicht mehr so wie früher. Jason Foley hatte kaum ein Wort darüber verloren, als sie ihm erzählt hatte, daß ihre Ehe, die ausschließlich einen geschäftlichen Hintergrund gehabt hatte, aufgelöst wurde. Jason schien sich nicht dafür zu interessieren. Er war viel zu sehr mit der Witwe beschäftigt.

Auch wenn Sam in Lilly verliebt war, schien ihr Interesse woanders zu liegen.

Als Molly im Stall stand und über all das nachdachte, was sich in den letzten Wochen zugetragen hatte, trat plötzlich ihr Onkel zu ihr. »Molly, meine Liebe, ich mache mir Sorgen um Sie.« In seinen grauen Hosen und dem blauen Samtrock sah er wie immer blendend aus.

»Was wollen Sie, Jason?«

»Ich möchte wissen, was vorgeht. In letzter Zeit haben Sie sich ziemlich verändert.« Als er noch näherkam, bekam sie fast keine Luft mehr.

»Es ist alles in Ordnung. Ich... ich habe einfach zuviel gearbeitet, das ist alles.« Jason fuhr mit dem Zeigefinger über ihren Arm. Molly lief ein eiskalter Schauer den Rücken hinunter.

»Sie arbeiten immer zuviel. Ich hatte darauf vertraut, daß Ihr Mann darauf bestünde, daß Sie sich im Haus nützlich machen. Sie sollten endlich lernen, sich wie eine Frau zu verhalten, Molly.«

Seine Worte machten sie wütend. »Das geht Sie nichts an, Onkel Jason.« Seine Augen klebten an ihrem Brustansatz, und Molly entging die Lust nicht, die in seinen Augen funkelte. Ihr fiel ein, wie er ihr das letzte Mal im Stall aufgelauert hatte, und wieder fröstelte sie vor Angst. Da wich sie vor ihm zurück und tastete nach dem Derringer in ihrer Tasche, dessen kaltes Metall beruhigend auf sie wirkte.

Er betrachtete sie hartnäckig, und dann veränderte sich sein Verhalten ein wenig, ganz so, als habe er heimlich einen Kampf ausgefochten und verloren.

»Vielleicht brauchen Sie etwas mehr Aufmerksamkeit«, schlug er vor. Seine Stimme klang freundlich, und die Bedeutung seiner Worte war eindeutig.

Molly zog die Waffe aus der Tasche. Heute trug sie wieder ihre Hosen, weil sie schwere und dreckige Arbeit zu verrichten hatte.

Jasons Blick fiel auf den Derringer. »Ich bewundere Sie, Molly. Sie sind keine gewöhnliche Frau.«

»Verschwinden Sie von hier, Jason. Ich würde nicht einen Augenblick zögern, Sie zu erschießen.«

»Ich habe Ihnen schon einmal gesagt, daß Sie etwas in mir auslösen. Etwas, gegen das ich nicht mehr ankämpfen kann. Ich will Sie, Molly.«

»Sie haben doch Ihre Witwe. Reicht das nicht?«

»Lillian ist eine sehr nette Frau, eine Frau mit einer gesellschaftlichen Position. Sie, Molly, sind Feuer und Hitze. Sie sind des Teufels, Molly, aber, Gott, vergib mir, Sie will ich mehr als alles andere auf der Welt.« Jason kam näher.

Molly legte den Finger auf den Abzugshahn. »Ich habe Sie schon einmal an mich herangelassen, Jason. Das wird nicht noch einmal passieren. Noch einen Schritt näher, und ich werde Sie erschießen.«

Jason Foley wurde leichenblaß. Eine Sekunde lang schien er zu zögern, aber dann funkelte wieder dieses dunkle, gewalttätige Glimmen in seinen Augen auf, das Molly schon kannte.

»Ich hätte Ihnen nicht weh tun dürfen, Molly. Das war ein Fehler. Statt dessen hätte ich Sie lieben sollen. Bitte, Molly, lassen Sie sich von mir umarmen. Ich kann Ihnen Gottes Liebe zeigen.«

Molly hielt die Waffe ganz ruhig auf ihn gerichtet. »Sie sind krank, Jason. Gehen Sie und lassen Sie mich in Ruhe.«

»In Ordnung, Molly«, willigte Jason ein und trat einen Schritt zurück. Er drehte sich um und tat so, als wolle er weggehen. Dabei gab er vor, zu stolpern, machte statt dessen aber einen Satz nach vorn. Die Waffe fiel polternd zu Boden. Jason riß sie in seine Arme und preßte sie gegen einen Strohballen. Gegen seine Kraft und sein Gewicht konnte sie nichts ausrichten.

Molly konnte einmal kurz laut aufschreien, bevor seine Lippen auf ihrem Mund lagen. Jason preßte seine Hand auf ihre Brust, drückte seine steife Männlichkeit an sie. Molly setzte sich zur Wehr, versuchte, ihn abzuschütteln. Als sie einen Arm frei hatte, griff sie nach hinten und suchte nach einem Gegenstand, den sie als Waffe einsetzen konnte. Seine Hand machte sich mittlerweile an den Knöpfen ihrer Hose zu schaffen. Sie wollte ihm das Knie in die Leistengegend schlagen, aber er wehrte sie ab. Dann riß er ihre Bluse aus der Hose, knöpfte sie auf und strich mit seiner Hand über ihren Bauch.

Molly war außer sich vor Wut. Sie tastete die Wand hinter sich ab, bis sie einen metallenen Gegenstand spürte. Sie wollte damit auf ihren Onkel einschlagen, der aber schon von ihr abließ, bevor sie dazukam.

Dann erst hörte sie, wie jemand mit einer Faust auf ihren Onkel eindrosch, wie er vor Schmerzen aufstöhnte. Sam Brannigan beugte sich über ihn, sein Gesicht eine vor Wut verzerrte Maske. Wieder schlug er auf Jason Foleys Gesicht ein, bis der Prediger in die Knie ging.

Sam riß ihn hoch, schlug weiter auf ihn ein und schleuderte ihn dann gegen die Stallwand. Jason brach zusammen und regte sich nicht mehr.

Mollys Herz strömte vor Freude über. Sie konnte kaum glauben, daß der Mann, der vor ihr stand, wirklich da war. Sie wollte sich in seine Arme werfen, aber als er sich ihr zuwandte, sah sie, daß sein Gesichtsausdruck vollkommen leer war.

»Ich hatte gerade oben auf dem Kamm zu tun«, erklärte er. »Dann habe ich dich schreien gehört. Da heute Donnerstag ist, wußte ich, daß Angel frei hat.« Seine Stimme klang völlig monoton. »Ich wußte, daß du allein bist.« In seinen Worten lag kein Gefühl, keine Anteilnahme.

»Danke«, war alles, was sie sagte.

»Ich denke nicht, daß er dich noch mal belästigen wird.« Sam fuhr sich durch das blonde Haar und suchte dann nach seinem Hut, den er im Kampf verloren hatte. »Wo ist die Waffe, die ich dir gegeben habe?«

»Ich... ich... nicht einmal mit der Waffe konnte ich ihn aufhalten. Anscheinend brauche ich immer noch deine Hilfe.« Das war ihr nur so herausgerutscht, und jetzt war es zu spät, die Worte zurückzunehmen.

Wenigstens war es ihr auf diese Weise gelungen, seinen Panzer zu durchbohren. Einen Augenblick lang hatte er sie überrascht angeschaut, bevor sein Gesicht wieder zur Maske erstarrte.

»Es ist besser, wenn ich mich auf den Weg mache.« Er lief an ihr vorbei und streifte dabei mit seinem Arm ihre Brust. Molly erschauderte. Als er auf seinen Falben stieg, warf er ihr einen letzten Blick zu. »Ich habe dich ja wegen dieser Hosen gewarnt«, sagte er mit sanfter Stimme.

Molly lächelte traurig. »Ja. Ja, das hast du.«

»Ist wohl besser, du knöpfst sie wieder zu, bevor er aufwacht.«

Molly betrachtete ihren offenen Hosenladen und wurde rot. Als sie die Hose zugeknöpft hatte, war Sam schon davongeritten. Mollys Tränen tropften auf die Hemdbrust.

Sam konnte gar nicht anders, als schnell wegzureiten. Seit Wochen ritt er jeden Donnerstag auf den Kamm, von dem aus man einen guten Blick auf die Lady Jay Ranch werfen konnte. Eigentlich wollte er das nicht tun, weil er fand, daß sie jetzt selbst die Verantwortung für ihr Leben tragen mußte. Aber je näher der Donnerstag rückte, desto schwerer fiel es ihm, nicht dort hinaus zu reiten. Nur wenn Molly mit den Cowboys wegritt, verschwand er wieder. Heute hatte er beobachtet, wie Foley zum Stall hinübergegangen war, und war sofort ins Tal hinuntergeprescht. Er dankte Gott, daß er in der Nähe gewesen war, um ihr rechtzeitig zu Hilfe eilen zu können, obwohl das an ihrer Situation nichts änderte.

Es irritierte ihn etwas, daß sie erwähnt hatte, daß sie ihn brauchte. Und der sanfte Blick, der in ihren Augen gelegen hatte, verwirrte ihn auch. Trotzdem konnte er nicht mit ihr verheiratet bleiben. Das Risiko war zu groß. Emmet kam langsam wieder zu Kräften, aber er hätte auch sterben können. Sam vertraute Molly nicht, konnte ihr nie wieder trauen. Was nichts daran änderte, daß er sie liebte. Vielleicht liebte sie ihn doch ein wenig, vielleicht bereute sie sogar, was sie getan hatte.

Eins war sicher: Er würde nie wissen, was Wahrheit und was Lüge war. Er mußte sich von Molly James fernhalten.

Schwäche konnte er sich nicht erlauben. Und jetzt, auf dem Ritt nach Hause, trödelte er herum, schlug Zeit tot. Je weniger Zeit er zu Hause verbrachte, desto besser.

Gerade im Sattel sitzend, hielt er auf die Ranch zu, die früher einmal sein Zuhause gewesen war. Jetzt glich es eher einem Gefängnis. Er wünschte, es gäbe eine Frau in seinem Leben. Doch Lilly hatte ihm nichts mehr zu bieten.

Er brauchte nur eine Frau, die nachts bei ihm lag und ihn mit ihrer Nähe tröstete. Doch soweit war er noch nicht. Vielleicht würde er niemals soweit sein, denn die Erinnerungen an Molly James brannten lodernd in seinem Herzen.

Molly und Jason einigten sich stillschweigend auf einen Waffenstillstand. Niemand verlor ein Wort über seine geschwollene Lippe, das Veilchen, das sein rechtes Auge zierte. Aber wann immer Molly einen Blick auf sein verunstaltetes Gesicht erhaschte, mußte sie insgeheim vor Freude lächeln. Ein Geschenk von Sam. So jedenfalls sah sie es. Aber das war nicht das einzige Präsent, das er ihr gemacht hatte: Das zweite wuchs in ihrem Bauch heran. Und das war das wertvollste Geschenk von allen.

Ein Kind. Zuerst hatte Molly sich geweigert, daran zu glauben, daß sie schwanger sei. Ihre Periode hatte sich einfach etwas verzögert. Das war schon des öfteren vorgekommen. Aber als sich ihr ansonsten flacher Bauch leicht wölbte, war sie sich ganz sicher. Und als ihr dann immer öfter schlecht wurde und sie sich erst später als gewöhnlich an die Arbeit machte, gab es keinerlei Zweifel mehr. Molly freute sich, weil sie jetzt wieder einen Grund zu leben hatte. Schon stellte sie sich vor, wie wunderhübsch das Kind sein würde. Vor vielen Wochen hatte sie einmal mit Sam darüber gesprochen. Und jetzt würde sie den lebenden Beweis für ihre Vermutung erhalten.

Leise summend wanderte sie in ihrem Zimmer umher. Zum ersten Mal seit Wochen war sie fröhlicher Stimmung, was Angel überraschte, als sie an ihre Schlafzimmertür klopfte, um nachzufragen, ob sie soweit war, um in die Stadt zu fahren. Molly war gerade dabei, in ein rosafarbenes Kleid zu schlüpfen, als ihre mütterliche Freundin die Tür öffnete. Es war Sonntag, und Molly wollte in die Kirche fahren.

»Es ist gut, daß du heute auch in die Kirche gehen willst, *chica*«, kommentierte Angel lächelnd. »Dort kannst du darum beten, daß du dich mit Señor Sam wieder besser verstehst. Jetzt gibt es ja auch ein Kind, an das man denken muß.«

Mollys Kopf fuhr zu ihr herum. »Du weißt es?«

»Bis heute bin ich mir nicht ganz sicher gewesen.«

»Ist auch egal. Das Baby wird hier auf der Ranch zu Hause sein.«

»Ist auch egal«, wiederholte Angel. Jetzt lächelte sie nicht mehr. »Das Kind braucht einen Vater. Du müßtest es doch eigentlich am besten wissen, wie es ist, wenn man nur mit einem Elternteil aufwächst.«

Mollys leicht erregbares Temperament bekam Nahrung. »Ich habe es überlebt. Das wird er auch! Oder sie.«

»Denkst du wirklich, daß Señor Sam dich nicht zurückholen wird, wenn er von dem Kind hört?«

Molly drehte sich zu Angel um. »Er wird aber nichts davon erfahren. Jedenfalls nicht, solange es sich vermeiden läßt. Ich denke nicht im Traum daran, eine Ehe ohne Liebe zu führen, mit einem Mann, der mich nicht liebt. Würdest du etwa bei Joaquin bleiben, wenn er dich nicht haben wollte?«

Angel strich ihr eine feuerrote Strähne aus dem Gesicht. »Würde ich vielleicht schon, wenn ich ein Kind hätte, an das ich denken müßte.«

Molly starrte zu Boden. »Ich bin nicht du, Angel. Ich werde das auf meine Art machen.«

Nun wurde Angel zornig. »Diesmal nicht, *chica*. Das ist auch sein Kind. Du wirst es Señor Sam sagen, sonst tue ich es!«

»Angel, ich bitte dich. Hör mir zu. So ist es besser. Besser für alle Beteiligten.«

Die schwergewichtige Frau schüttelte stur den Kopf. »Erzähle es ihm, *chica*. Es wäre besser, wenn du's ihm erzählst. Ich werde dir etwas Zeit lassen. Aber ich meine, was ich gesagt habe.«

Molly stöhnte. Es kam nur selten vor, daß Angel sich ihren Vorstellungen und Wünschen widersetzte. Und das tat sie nur, wenn in ihren Augen ein triftiger Grund vorlag. Doch dann war sie um keinen Preis umzustimmen. Also mußte Molly Sam einweihen. Was würde er wohl sagen? Was tun? Sie glaubte nicht, daß er sie zurückhaben wollte. In diesem Punkt täuschte Angel sich gewaltig. Sam Brannigan hatte sie ein und für allemal aus seinem Leben gestrichen. Und trotzdem mußte sie es ihm erzählen – ja, sie würde ihm sogar erlauben, mit dem Kind etwas Zeit zu verbringen, falls er das wollte.

Aber vielleicht würde er das Kind gar nicht anerkennen, dachte sie, obwohl ihr das nicht sonderlich wahrscheinlich vorkam. Andererseits hatte er sich seit jenem Tag, als der Unfall geschehen war, ziemlich verändert.

»Beeil dich, *hija*«, rief Joaquin und stieß die Tür auf. »Der Weg in die Stadt ist lang, und ich möchte nicht zu spät kommen.«

Schweren Herzens griff Molly nach ihrer Stola und fuhr zusammen mit Angel und Joaquin nach Truckee in die Kirche.

Der Sonntagsgottesdienst wurde in St. Mary's, einer kleinen Landkirche, abgehalten, die von den Bürgern aus der Gegend, ein paar Durchreisenden, Bergbauarbeitern und Holzfällern besucht wurde. Die Atmosphäre in dieser Kirche gefiel Molly. Als sie auf der harten Holzbank Platz genommen hatte und sich umschaute, fiel ihr Blick auf Emmet und Patience, die die schlafende Charity im Arm hielt. Emmet Junior sang im Chor mit. Molly wollte ihnen unbedingt aus dem Weg gehen, sie war noch nicht in der Lage, ihnen gegenüberzutreten.

Als sie nach dem Gottesdienst durch die Kirchentür trat, stand Michael Locke auf der schmalen, ausgeblichenen Holzveranda. Der junge Mann griff sofort nach ihrer Hand.

»Molly, ich freue mich, Sie zu sehen.«

Wie immer sah er blendend aus. »Ich wußte ja gar nicht, daß Sie katholisch sind, Michael.«

»Ja, aber ich fürchte, ich bin kein sehr guter Christ. Eigentlich bin ich nur gekommen, um Sie zu sehen.«

Molly blickte auf ihre Hand hinunter, die Michael Locke immer noch festhielt. »Ich fühle mich geschmeichelt, Michael, wirklich. Aber ich...« Was sollte sie jetzt nur sagen?

»Was ist, Molly? Ich habe gehört, daß Sie nicht mehr auf der Cedar Creek Ranch leben. Ihre Ehe – oder wie immer man das nennen möchte – hat für ziemlichen Wirbel gesorgt. Ich hatte gehofft, daß Sie hin und wieder auf meine Freundschaft zurückgreifen würden.«

Molly entzog ihm ihre Hand. »Ich fürchte, daß das nicht möglich ist. Ich halte Ihre Freundschaft in Ehren, Michael. Aber ich habe einfach zuviel um die Ohren, mit der Ranch und allem anderen.«

»Sie wollen damit sagen, daß Sie keine Zeit für *mich* haben. Kommt das der Wahrheit nicht näher?«

»Nein, natürlich nicht.« Sie blickte ihm in die Augen und seufzte resigniert. »Um die Wahrheit zu sagen, ich bin im Augenblick einfach zu verwirrt. Ich brauche Zeit, Michael. Vielleicht in ein paar Monaten…«

»Ich könnte Ihnen behilflich sein, Molly. Ihnen die Dinge etwas leichter machen.«

»Ihre Besorgnis ehrt mich, aber durch diese Sache muß ich allein durch.« *So ist es bis jetzt immer in meinem Leben gewesen*, dachte sie.

»Nun gut, Molly. Ich werde es fürs Erste dabei belassen. Aber denken Sie daran, ich bin für Sie da, wann immer Sie mich brauchen.« Er küßte sie sanft auf die Wange.

»Danke, Michael.«

Molly verabschiedete sich von ihm und ging zu ihrer Kutsche hinüber.

»Molly!« Patience Brannigans Stimme dröhnte über den Kirchhof. Joaquin und Angel liefen weiter, aber Molly blieb stehen. »Ich möchte mich kurz mit dir unterhalten.«

»Ich… ich wollte auch mit dir reden«, erklärte Molly. »Aber dann dachte ich, daß jeder…« Sie sprach nicht weiter.

»Was ist, Molly? Hattest du Angst, daß die anderen darüber tuscheln, daß du Sam in diesem riesigen Haus allein gelassen hast? Daß du ihn einsam und verzweifelt zurückgelassen hast, während er dich so sehr liebt, daß er es kaum ertragen kann?«

Molly glaubte, ihren Ohren nicht zu trauen. Versuchte er, sie zu schützen? Oder konnte er das Geschwätz der Leute nicht ertragen? Nun, wie auch immer, sie wollte, daß wenigstens Patience die Wahrheit erfuhr. »Nicht ich habe Sam verlassen, sondern er mich. Er hat mich hinausgeworfen.«

Jetzt war Patience erstaunt. *»Sam hat dich verlassen?«*

»Bitte, Patience. Ich weiß, daß du helfen möchtest, aber –«

»Das kannst du doch nicht ernst meinen?«

Stolz hob Molly den Kopf. »Sam wollte mich nicht. Er hat mich gebeten, zu gehen. Er interessiert sich nur für Lillian Rose.« Sie hob ihren Rock und schritt zur Kutsche, doch Patience lief ihr hinterher.

»Irgend etwas stimmt hier nicht, Molly.«

»Das geht dich nichts an, Patience.« Molly drehte sich zu ihrer Schwägerin um. »Ich wünschte, die Dinge stünden anders. Ich vermisse euch alle sehr. Mehr, als ihr euch denken könnt.« Da bemerkte sie, daß ihre Stimme zitterte, und sie schluckte den Kloß in ihrem Hals hinunter und ging weiter.

»Ich werde schon herausfinden, was hier gespielt wird«, rief Patience ihr hinterher.

Molly stieg in die Kutsche. Die Sorge ihrer Schwägerin freute sie, aber hier lag ganz offensichtlich ein Mißverständnis vor. Bestimmt würde Sam der Frau seines Bruders die Wahrheit sagen, ihr gestehen, daß er für Molly nichts empfand.

»Tante M-Molly! Tante M-Molly!« Die Stimme des kleinen Emmet klang ihr in den Ohren, als der Junge aus der Kirche gestürmt kam. Er rannte zu ihr, kletterte auf die Kutsche und ließ sich von ihr in den Arm nehmen.

»W-Wirst du n-nicht mehr k-kommen?«

Der Vorwurf, der in seinen Worten mitschwang, entging ihr nicht, und sie freute sich über den Triumph, den sie erzielt hatte. »Im Augenblick nicht, Emmet. Ich habe furchtbar viel Arbeit auf der Ranch.« Als sie sah, wie traurig er war, mußte sie den Blick von ihm abwenden. »Später irgendwann vielleicht einmal«, beruhigte sie ihn. »Du mußt aber auf jeden Fall mit deiner Mutter singen üben. Sie macht wirklich gute Lieder.«

Emmet nickte. »D-du fehlst m-mir, Tante M-Molly.«

»Du mir auch.« Die Tränen traten ihr in die Augen. »Geh jetzt. Deine Mutter wartet.«

Da schlang er seine dünnen Arme um sie und rutschte dann von der Kutsche. Joaquin trieb das Gespann an, und die Kutsche rollte davon.

Sam Brannigan stand an die Wand des Pferdestalls gelehnt, der gegenüber der Kirche war. Zusammen mit Emmet und Patience war er in die Stadt gefahren, aber als er Molly in der Kirche gesehen hatte, hatte er beschlossen, nicht am Gottesdienst teilzunehmen. Statt dessen war er durch die verlassenen und ruhigen Straßen der Stadt geschlendert. Ihm war die Unterhaltung zwischen Michael Locke und Molly nicht entgangen, die auf der Stelle seine Eifersucht geschürt hatte, doch er hatte sich gesagt, daß ihn das nichts mehr anging. Was Molly James tat, war allein ihre Angelegenheit. Doch tief im Innern war er nicht davon überzeugt.

Dann hatte er gesehen, wie Patience zu Molly getreten war, wie Emmet Junior auf seine Frau zugestürmt war. Und dann auf einmal lief Patience mit Riesenschritten auf ihn zu.

»Du hast *sie* verlassen?« klagte sie ihn an. Ihre blauen Augen funkelten vor Zorn. »Und mir hast du erzählt, es wäre gerade anders herum gewesen!«

»Das ist eine lange Geschichte, Patience.«

»Na, die Fahrt zur Ranch zurück ist ja auch lange, da habe ich also genug Zeit zum Zuhören.«

»Nicht in Anwesenheit des Jungen.«

»Gut, er kann auf deinem Pferd reiten, und du setzt dich zu mir.«

Sam lächelte ihr kläglich zu. »Du kriegst immer, was du willst, nicht wahr?«

»Jedenfalls ziemlich oft. Nun los.«

Sam seufzte laut. Wahrscheinlich wäre es besser gewesen, er hätte Patience von Anfang an reinen Wein eingeschenkt.

»Nun gut. Ich werde dir erzählen, was passiert ist, aber es wird dir nicht gefallen.« Auf der Fahrt nach Hause erzählte er ihr die

Wahrheit über Emmets Verletzung und den ›Unfall‹ in der Sägemühle. Dabei ließ er nichts aus, nicht einmal die Art und Weise, wie er Molly gebeten hatte, die Ranch zu verlassen.

»Du bist ein Dummkopf, Sam Brannigan!« rief Patience, die nicht im Traum daran dachte, ihre ablehnende Haltung zu vertuschen.

»Eine andere Erklärung gibt es nicht. Du kannst mir glauben, ich habe Gott unzählige Male angefleht und darum gebeten, daß ich mich täusche.«

»Nun, ich glaube es nicht!«

»Warum denn nicht, verdammt noch mal?«

»Weil sie dich liebt, deshalb! Keine Frau tut dem Mann weh, den sie liebt. Und schon gar nicht wegen eines uralten Zwistes, der ihr jetzt nichts mehr bedeutet.«

»Woher willst du wissen, daß sie mich liebt?«

»Manchmal kann ich es nicht fassen, wie dumm die Männer sind. Wenn du das nicht siehst, kann ich dir auch nicht helfen.«

»Aber ich kann das Risiko nicht eingehen. Emmet wäre fast ums Leben gekommen. Ich kann nicht die Verantwortung für andere übernehmen und ihr Leben gefährden, nur weil dir deine weibliche Eingebung sagt, daß ich falsch liege. Und ich liege nicht falsch. Molly ist für diese Unfälle verantwortlich, und damit Schluß.«

Patience blickte starr geradeaus. Offensichtlich hatten seine Argumente sie nicht überzeugt. Wann nur hat Molly James diesen Platz in Patiences Herz erobert, fragte er sich. Aber im Prinzip war das auch egal. Emmet war sich in bezug auf Molly ganz sicher, und Sam ging es nicht anders. Er wollte sich nicht länger darüber den Kopf zerbrechen.

Und während der arbeitsreichen Tage gelang ihm das auch ganz gut, aber an den einsamen Abenden krochen die Stunden nur so dahin, und ihn beschlichen Zweifel, und dann zermarterte er sich den Kopf, ob er sich vielleicht doch irrte.

Peter brachte die ganze leidige Angelegenheit noch mal auf den Tisch. Obwohl er nach Sacramento gezogen und sich dort niedergelassen hatte, kam er eigens nach Hause, um sich mit Sam über die Situation zu unterhalten. Anscheinend hatte Patience ihm geschrieben und die Lage auseinandergesetzt.

»Warum hast du mir nichts erzählt?« rief Peter aufgebracht und marschierte im Zimmer auf und ab. »Ich bin ein Mitglied der Familie und Teilhaber dieser Ranch. Ich habe ein Recht zu wissen, was hier vorgeht!«

»Ja, da hast du wohl recht.« Sam lehnte sich gegen den schweren Kaminsims aus Eichenholz. »Jetzt, wo ich darüber nachdenke, fällt mir auf, daß ich dir wahrscheinlich deshalb nichts davon erzählt habe, weil ich Molly gegenüber immer noch eine Art Loyalität empfinde. Ich hielt es für besser, daß du glaubst, daß sie die Ehe nicht mehr wollte. Ich weiß doch, wieviel du von ihr hältst. Ich wollte das Bild, das du von ihr hast, nicht trüben.«

»Nun, ich enttäusche dich nicht gern, Sam, aber ich stimme Patience voll und ganz zu. Ich halte es schlichtweg nicht für möglich, daß Molly in der Lage ist, so etwas anzuzetteln. Ist dir jemals in den Sinn gekommen, daß es jemand darauf angelegt haben könnte, daß du Molly für schuldig hältst?«

»Offen gesagt, nein. Bis jetzt jedenfalls noch nicht.« Sam steckte die Hände in die Hosentaschen und trat ans Fenster. Dunkle Wolken zogen sich am Himmel zusammen, und der Wind fegte vertrocknete Blätter über den Hof vor dem Haus. Der Herbst ließ nicht mehr lange auf sich warten. Ohne Mollys Lachen, das durch das große Haus schallte, würden die Winterabende noch länger als gewöhnlich sein.

Sam drehte sich zu seinem Bruder um. »Und was meinst du, wer die Sache eingefädelt haben soll? Außerdem, wer könnte schon ein Interesse haben, die Ranch zu sabotieren, einmal abgesehen von Molly?«

»Zum Beispiel Jason Foley«, erwiderte Peter. »Oder hast du vergessen, daß er sie mit der Peitsche gezüchtigt hat? Ich werde das jedenfalls nie vergessen können.«

Ein Muskel zuckte in Sams Gesicht, als er an jenen Abend dachte, an dem er die blutüberströmte Molly in sein Zimmer hinaufgetragen hatte. Obwohl er Molly versprochen hatte, daß er niemandem etwas erzählen würde, hatte er seine Brüder nach einiger Zeit ins Vertrauen gezogen.

»Nichts habe ich vergessen«, flüsterte er. »Aber das ergibt keinen Sinn. Wie hätte Foley True zur Rutsche hochbringen können? Der ist doch kein Mann, der das Tier reiten kann.«

»Ich weiß es auch nicht. Aber ich glaube eben nicht an Mollys Schuld.«

»O Gott, ich wünschte, das wäre alles so einfach, Peter. Unglücklicherweise kann ich es mir nicht leisten, mich zu täuschen. Hier stehen Menschenleben auf dem Spiel. Emmet könnte genausogut tot sein, und der andere Arbeiter ist immer noch nicht soweit hergestellt, daß er wieder arbeiten könnte.«

»Was ist mit Molly, Sam? Hast du dir einmal über ihre Gefühle den Kopf zerbrochen? Falls du dich geirrt hast, wird sie unendlich verletzt sein, wie du dir wohl vorstellen kannst.«

Natürlich konnte Sam sich das vorstellen. Wenn er davon ausging, daß ihre Gefühle für ihn nur halb so stark waren wie die seinen für sie, dann mußten die Verzweiflung und der Schmerz, denen sie ausgesetzt war, unerträglich sein. So wie die Situation für ihn unerträglich war. Und trotzdem standen seiner Meinung nach die Chancen dafür äußerst schlecht.

»Molly wollte mich doch von Anfang an nicht heiraten. Ich kann mir nicht vorstellen, daß die Annullierung unserer Ehe ihr den Schlaf raubt.« Seine Stimme klang gelassen, aber in seinen Augen lag ein gehetzter Ausdruck.

»Das paßt aber nicht zu dem, was Patience sagt«, erwiderte Peter leise. Jetzt trat auch er vors Fenster und legte seinem Bruder die Hand auf die Schulter. »Denk noch mal darüber nach, Sam. Du bist es euch beiden schuldig, die Wahrheit herauszufinden.«

Da verlor Sam die Beherrschung. »Meinst du nicht, daß ich das versucht habe? Ich habe alles getan, was in meiner Macht steht.

Ich habe die Männer darüber ausgefragt, wo sie sich aufgehalten hat, als die Unfälle passierten. Habe inständig gehofft, daß ihr jemand ein Alibi verschaffen kann. Aber sie ist immer allein unterwegs gewesen, hat anscheinend entlaufene Rinder eingefangen. Emmet sagt, daß er jemanden mit rotem Haar gesehen hat. Und der Huf am Hinterlauf ihres Pferdes ist erst vor kurzem ausgewechselt worden. Unten bei der Mühle habe ich einen Knopf von ihrem Schuh gefunden. Wieviel Beweise brauchst du noch?«

»Ich weiß doch, daß es schlecht für sie aussieht, und trotzdem glaube ich nicht an ihre Schuld. Warum gibst du ihr nicht die Möglichkeit, dir ihre Seite der Geschichte darzulegen?«

»Weil ich«, antwortete Sam bedrückt, »ihr alles glauben würde, egal, was sie mir auftischt.«

»Du liebst sie wirklich, nicht wahr?«

Sam rückte ab. »Hör mal, Peter, du machst alles nur noch schlimmer. Und ich kann nicht das Leben von Menschen aufs Spiel setzen.«

Am Ende lief es darauf hinaus, daß Molly Sam die Entscheidung abnahm. Eines Abends ritt sie zu seinem Haus hinüber. Auch Sam war erst vor kurzen eingetroffen, müde und schmutzig, mit einer Laune, die zum Himmel stank. Wie ein Gejagter stürmte er die Treppe hinauf, weil er es nicht mehr erwarten konnte, ein Bad zu nehmen. Mit nacktem Oberkörper, das feuchte Handtuch um den Hals gewickelt, kam er wieder die Treppe hinunter und hielt direkt auf die Tür zu, weil Lee Chin in der Küche viel zu beschäftigt war, um das Klopfen zu hören.

Nicht im Traum hätte er damit gerechnet, Molly auf der Veranda zu sehen.

»Hallo, Sam.« Als sie ihn nervös anlächelte, war von seiner Müdigkeit nichts mehr zu spüren.

Sam drückte die Fliegengittertür auf und bat sie ins Haus. Sein Blick klebte buchstäblich an ihr. »Hallo, Molly.« Sofort war ihm aufgefallen, daß sie den Reitrock trug, den er ihr geschenkt hatte, und er konnte den Blick nicht von ihrem rotglänzenden Haar wenden. Daß ihre Wangen so voll und rosig waren, überraschte ihn. »Ich geh nur kurz nach oben, um ein Hemd anzuziehen.«

»Das ist wirklich nicht nötig. Ich werde nur kurz bleiben.« *Warum hatte sie das gesagt?* Am liebsten hätte sie ihn angefaßt; es drängte sie danach, ihm durchs Haar zu fahren. Sie mußte daran denken, wie sich seine Haut auf ihrer anfühlte, und errötete. »Wenn ich's mir richtig überlege, ist es doch besser, wenn du dir was anziehst.« Sam warf ihr ein verführerisches, anzügliches Lächeln zu, so daß Molly sich wünschte, sie könnte auch diese Bemerkung wieder zurücknehmen.

»Ich werde gleich wieder zurück sein«, bemerkte er gleichmütig, aber ihr entging das Feuer in seinem Blick nicht. »Nimm doch Platz. Lee Chin kann dir etwas zu trinken bringen.«

Molly nickte und schaute ihm nach, wie er in ihr ehemals gemeinsames Schlafzimmer entschwand. Sie fragte sich, ob er, nachdem sie ausgezogen war, mit einer anderen Frau – oder anderen Frauen – das Bett geteilt hatte. Diese Vorstellung raubte ihr fast den Verstand.

Als Sam wieder ins Wohnzimmer kam, hatte sich Molly aufs Sofa gesetzt. »Möchtest du wirklich nichts trinken?«

»Nein, vielen Dank. Ich will das nur so schnell wie möglich hinter mich bringen.«

Sam wurde wachsam. »Was willst du hinter dich bringen?«

»Es wäre mir lieber, wenn du dich setzen würdest. Du bist so verdammt groß, wenn du stehst.«

»Darüber hast du dich bis jetzt nie beklagt«, erinnerte er sie und ließ sich in seinen Lieblingssessel fallen.

»Das war – früher.« Molly betrachtete ihn genau. Auch er ließ sie nicht aus den Augen. »Ich bin gekommen, um dir zu sagen...« Nervös fingerte sie an ihrem Rock herum. »Ich bin nur gekommen, weil Angel mich dazu gezwungen hat. Sie hat mir gedroht, es dir zu sagen, falls ich es nicht selbst tue.«

Sam richtete sich im Sessel auf. Wollte sie jetzt ihre Beteiligung an den Unfällen gestehen? Um seine Vergebung bitten? »Rede weiter«, war alles, was er sagte.

»Ich wollte nicht, daß du es weißt. Ich wollte nicht, daß du dich verantwortlich fühlst, aber früher oder später wärst du ja doch dahinter gekommen, da macht es also nichts aus, wenn du's jetzt erfährst.«

»Worauf willst du hinaus, Molly?« Sam beugte sich vor.

»Anscheinend fällt es mir nicht leicht, dir das zu sagen.« Molly riß sich zusammen. »Sam, ich bekomme ein Kind von dir.«

Sam glaubte, seinen Ohren nicht zu trauen. Er hatte mit vielem gerechnet, aber damit ganz sicher nicht. Zuerst konnte er gar nichts darauf sagen.

Molly betrachtete ihn nervös. Mit dieser Kälte, die ihr entgegenschlug, konnte sie kaum umgehen. Seine Reaktion tat ihr unglaublich weh. Ohne ein weiteres Wort zu sagen, stand sie auf. »Ich mache mich jetzt besser auf den Weg.«

Ihre Worte rissen Sam aus seiner Starre. »Du willst dich auf den Weg machen? Glaubst du tatsächlich, daß ich dich einfach so gehen lasse?« Er stand auf und versperrte ihr den Weg zur Tür.

»Es ist doch ganz offensichtlich, daß dir das egal ist. Du wirkst so –«

»*Erstaunt* dürfte die richtige Bezeichnung dafür sein.« Als er nach ihren Händen griff, spürte sie die Kraft und die Wärme, die immer von seiner Berührung ausgegangen war. Unzählige Erinnerungen schossen ihr durch den Kopf, so daß sie sich kaum auf das konzentrieren konnte, was er sagte.

»Ich werde mich sofort darum kümmern, daß unsere Ehe nicht aufgelöst wird. Du wirst wieder zu mir ziehen. Eine Weile kannst du noch arbeiten. Aber ich werde nicht zulassen, daß du das Leben unseres Kindes gefährdest.«

Unser Kind. Molly lief ein kalter Schauer den Rücken hinunter. Nach allem, was vorgefallen war, wollte er doch das Kind. Seine Augen funkelten vor Stolz. Ihr wurde ganz warm ums Herz. Doch dann fiel ihr ein, wie er sie früher so angeschaut hatte, und sie entzog ihm ihre Hände.

»Na, du bist dir anscheinend ja ganz sicher, daß ich zurückkehren werde, Sam Brannigan. Und was wirst du tun, wenn ich mich weigere? Bis jetzt hast du mich nicht gewollt. Und jetzt, weil ich dein Kind in mir trage, hat sich alles geändert. Jetzt soll ich mit dir in deinem Haus leben, wohlwissend, daß dir nichts an mir liegt, soll mich Tag um Tag mit der Frage quälen, wann du nach Hause kommst und mich rausschmeißt.« Die Tränen schossen ihr in die Augen und liefen ihr die Wangen hinunter. »Das kann ich nicht, Sam. So kann ich einfach nicht leben.«

Er konnte es kaum ertragen, sie weinen zu sehen. Wenn sie das so sah, hatten Peter und Patience vielleicht doch recht. Vielleicht hatte jemand viel Mühe darauf verwandt, daß die Unfälle so aussahen, als habe Molly sie ausgeheckt. Wenn das der Fall sein sollte, war Molly unschuldig, und dann hatte er alles zerstört, was sich zwischen ihnen entwickelt hatte. Würde sie ihm jemals wieder trauen? Und wenn sie doch die Schuldige war, konnte er dann ihr trauen? Die Fragen, die ihm im Kopf herumgeisterten, waren nicht leicht zu beantworten.

»Wenn du zu mir zurückkommst, Mädchen, verspreche ich dir, daß ich dir das Leben nie wieder so schwer machen werde. Du wirst in jeder Hinsicht meine Frau sein.« Sam verzehrte sich danach, sie in den Arm zu nehmen, wischte ihr aber statt dessen nur eine Träne von der Wange.

Molly schüttelte widerspenstig den Kopf und bemühte sich, seine Worte, seine Berührung nicht an sich herankommen zu lassen. »Nein, Sam. Wenn ich zurückkehre, dann nur um des Kindes willen. Ich möchte ein eigenes Schlafzimmer. Ich werde nicht mit dir schlafen, Sam, weil ich weiß, was du für mich empfindest.«

»Du hast gar keine Ahnung, was ich für dich empfinde, Mädchen.« Da legte er ihr die Hand unter das Kinn und schaute in ihre blauen Augen. »Überhaupt keine Ahnung.«

Sie hatte den Eindruck, daß er sie gleich küssen wollte, und obwohl sie sich mit jeder Faser ihres Körpers danach sehnte, entzog sie sich ihm. »Ich... ich muß jetzt nach Hause reiten. Angel wird sich Sorgen machen. Ich werde über deinen Vorschlag nachdenken.«

»Ich möchte, daß du mit unserem Kind auf der Cedar Creek Ranch lebst. Du bist meine Frau, Molly.«

»Na, meiner Meinung nach bist du derjenige, der das vergessen hat, Sam.«

Molly machte auf dem Absatz kehrt, marschierte durch die schwere Eichentür und ritt davon. Wieder sah sich Sam mit einer einsamen Nacht konfrontiert, doch heute war ihm noch schwerer ums Herz als sonst, weil ihn langsam das Gefühl beschlich, daß er sich in Molly James getäuscht hatte.

19. Kapitel

Als Molly nach Hause ritt, wählte sie die längere Wegstrecke, denn sie brauchte Zeit zum Nachdenken. Von allen Möglichkeiten, die sie in Erwägung zog, schien ihr die Rückkehr nach Cedar Creek die unangenehmste zu sein. Diesem Gedanken war sie bisher immer ausgewichen. Die Vorstellung, mit Sam ein neues Leben zu beginnen, beschwor in ihr immer schmerzliche Erinnerungen an das Unmögliche herauf.

Es war typisch für Sam, daß er sie nicht gebeten, sondern ihr fast schon befohlen hatte, zu ihm zurückzukehren. Deshalb wußte sie nicht so recht, was sie tun sollte. Sie zweifelte nicht länger an ihrer Liebe zu ihm, aber was fühlte Sam? Offensichtlich bedeutete sie ihm nur wenig.

Aber es hatte eine Zeit zwischen ihnen gegeben, in der sie Sam nicht gleichgültig gewesen war. Da war Molly sich ganz sicher. Irgend etwas hatte sich plötzlich und auf drastische Weise zwischen ihnen geändert. Etwas, das sie nicht verstehen konnte. Wenn Lilly Rose der Grund für diese Veränderungen war, warum hatte sich Sam dann nicht für sie entschieden? Es war nicht Sams Art, seine Ziele so unentschlossen zu verfolgen. Soweit Molly es beurteilen konnte, hatte er Lilly nicht einmal ernsthafte Avancen gemacht. Aber vielleicht war es auch nicht

Lilly, die er liebte. Vielleicht gab es noch eine andere Frau, die in diese Angelegenheit verwickelt war. Bei diesem Gedanken verspürte sie einen dumpfen Schmerz in der Brust.

Molly ritt in den Schuppen und stieg vom Pferd. Der Abend war kühl geworden.

Sie sattelte ab und wuchtete den schweren Sattel über einen Balken. Dabei fragte sie sich, ob es wirklich eine Entscheidung zu fällen gab. Obwohl eine Stimme in ihr sie davor warnte, das Risiko wieder einzugehen, und sie deutlich spürte, daß der Schmerz einer zweiten Trennung unerträglich für sie sein würde, sagte die andere Stimme, *Du bist Molly James. Du weißt, was du willst, und dafür kämpfst du.*

In diesem Augenblick wußte Molly ganz genau, was sie wollte. Sie wollte Sam Brannigan. Sie wollte, daß er sie genauso sehr liebte, wie sie ihn liebte. Sie sehnte sich danach, mit ihm zusammen ihr Kind aufwachsen zu sehen und ihm das Zuhause zu geben, das sie selbst nie gehabt hatte. Aber konnte sie Sams Liebe gewinnen? Einmal war es ihr fast gelungen, da war sie sich absolut sicher. Aber irgend etwas war geschehen. Wenn sie wieder mit ihm zusammenlebte, hatte sie vielleicht die Möglichkeit, herauszufinden, was sich zugetragen hatte.

Am nächsten Abend ritt Molly auf die Cedar Creek. Als die Abendsonne den Himmel in ein orange-rotes Licht tauchte, erreichte sie die Ranch. Seit einer Stunde wartete sie nun ungeduldig im großen Wohnzimmer des Haupthauses und schritt nervös auf und ab. Lee Chin hatte sie empfangen und ihr gleich eine Tasse heißen Tee gebracht. Dann hatte er sie mit einem glücklichen Lächeln sich selbst überlassen. Er wußte immer über alles Bescheid, was in diesem Hause vor sich ging, und sicher auch, daß sie Sams Kind in sich trug.

Sam stieß die schwere Tür auf und hängte zuerst seinen Filzhut an den Haken, bevor er ihre Anwesenheit registrierte. Sein gebräuntes und von Müdigkeit gezeichnetes Gesicht strahlte, als er bemerkte, daß sie auf ihn wartete.

»Das ist ja etwas ganz Neues«, sagte er. »Daß du zur Abwechslung einmal auf mich wartest!«

Molly ignorierte diese Bemerkung und kam ohne Umschweife auf das Thema zu sprechen, das der eigentliche Anlaß ihres Besuches war. »Es gibt da etwas, was ich wissen muß, bevor ich eine endgültige Entscheidung treffe.« Voller Entschlossenheit und mit hoch erhobenem Kopf baute sie sich vor ihm auf.

»Na, dann leg mal los.« Er trat vor das Feuer, das Lee Chin im Kamin geschürt hatte.

»Ich möchte dein Wort als Ehrenmann, daß das, was du mir jetzt sagen wirst, der Wahrheit entspricht.«

»Ich werde dich nicht anlügen, Molly.«

Sie überging seine Bemerkung und sah ihn unverwandt an. »Ich möchte wissen, ob du in Lillian Rose verliebt bist.«

Sam musterte sie scharf. »Nein.«

»Bist du es jemals gewesen?«

»Nein.«

Mollys Herz schlug bis zum Hals. Sam begegnete ihren prüfenden Blicken mit lässiger Miene. »Bist du...« Sie schluckte schwer. »Bist du in eine andere Frau verliebt?«

Sam überlegte angestrengt. Er hatte sein Ehrenwort gegeben, und nun wollte sie eine ehrliche Antwort. »Eine andere Frau?« versuchte er Zeit zu schinden.

»Ja, eine andere Frau!«

Ja, schrie es in ihm, *ich bin wahnsinnig in meine Frau verliebt*. Aber wenn er es ihr eingestand, würde sie wissen wollen, warum er sie damals gebeten hatte, Cedar Creek wieder zu verlassen. Wenn er ihr die Wahrheit sagte, und sie unschuldig war, wurde sie vielleicht so wütend, daß er sie und eventuell auch noch das Kind verlor. Andererseits konnte es sein, daß sie *schuldig* war. In diesem Fall wollte er nicht das Risiko eingehen, daß sie bei einer Aufdeckung ihres Geheimnisses wie ein in die Enge getriebenes Tier reagierte. Deshalb versuchte er ungezwungen zu klingen. »Wenn du mich fragst, ob ich jemanden außerhalb unserer Ehe liebe, so ist die Antwort nein.«

Dies schien ihr eine merkwürdige Antwort zu sein. Molly wunderte sich über seine Formulierung. Dann wurde ihr plötzlich die Bedeutung seiner Worte klar, und vor ihren Augen begann sich alles zu drehen. Es gab keine andere Frau, in die er verliebt war! Das bedeutete, daß es noch Hoffnung für ihre Ehe gab.

»Wie steht es mit unserer Übereinkunft, die Ehe nach einem Jahr aufzulösen? Hast du das immer noch vor?« Sie versuchte, geschäftsmäßig zu klingen, aber ein leichtes Beben ließ ihre Hand erzittern. Sie befand sich in Sams Haus. Nur ein paar Schritte von dem Mann entfernt, den sie geheiratet hatte, dem Mann, den sie seit ihrer Trennung jede einzelne Minute schmerzlich vermißt hatte. Sie war bis über beide Ohren in ihn verliebt. Ihr ganzer Körper bäumte sich in dem brennenden Verlangen auf, sich in seine Arme zu werfen, seine warmen Lippen auf ihren zu spüren.

»Ich hatte nie beabsichtigt, unsere Ehe nach einem Jahr wieder aufzulösen«, erklärte er ihr. »Das war von Anfang an deine Idee gewesen, falls du dich erinnern solltest.«

Molly nickte ernüchtert. Er sah so unglaublich gut aus, so kraftvoll und wild. Nur die Fältchen um seine Augen herum hatten sich ein wenig vertieft.

»Aber warum wolltest du dann jetzt eine Annullierung?« fragte sie ihn und bemerkte, wie er erstarrte. Seine Augen wirkten auf einmal müde.

»Das ist eine Frage, die ich dir noch nicht beantworten kann. Bitte, Molly, laß mir damit noch etwas Zeit.«

Er hatte so offen und ehrlich geantwortet, wie es ihm in dieser Situation möglich war. Molly spürte das an seinem Stimmungswechsel. »In Ordnung, Sam. Ich komme wieder – aber nur unter einer Bedingung. Ich möchte ein eigenes Schlafzimmer.« Sie machte sich etwas vor, und das wußte sie auch. Sie wollte wieder zurück in sein Bett. Jetzt, sofort. Wenn sie jetzt nicht ging, lief sie Gefahr, daß ihre Augen sie verrieten. Wie – in Gottes Namen – sollte sie ihm widerstehen, wenn sie erst einmal wieder zusammen unter einem Dach lebten? Aber vielleicht mußte sie das auch nicht.

Sam schien über ihr Angebot nachzudenken. »Für den Anfang bin ich damit einverstanden, Molly. Aber nicht über einen längeren Zeitraum. Ich habe dir schon einmal gesagt, daß ich mich für die Rolle des Mönchs nicht eigne. Einen besseren Vorschlag kann ich dir im Moment nicht machen. Es fällt mir schwer genug, dich nicht auf der Stelle zu nehmen.«

Molly hielt den Atem an. Wenigstens übte sie noch eine gewisse Macht auf ihn aus. Ihre Hoffnung wurde von dieser Erkenntnis genährt, und sie fühlte sich erleichtert. Sie würde Sam Brannigans Liebe gewinnen. Ganz gleich, wieviel es kostete, ganz gleich, wie lange es dauerte. »Ich glaube, es ist besser, wenn ich jetzt gehe.«

»Es ist schon zu dunkel, um noch alleine loszureiten. Ich schicke dir einen der Cowboys mit, nur zu deiner Sicherheit.«

»Ich brauche wirklich niemanden –« Sein finsterer Gesichtsausdruck ließ sie mitten im Satz innehalten. Sie hatte vergessen, wie fürsorglich er war. Früher hätte sie seinen Vorschlag als Einmischung empfunden, als Angriff auf ihre Unabhängigkeit. Heute empfand sie es als angenehm. »Ich glaube, das ist eine gute Idee«, räumte sie ein, was Sam überraschte.

Er nickte nur und begleitete sie durch die Tür hinaus auf den Hof. »Morgen früh lasse ich dir einen Wagen schicken, um deine Sachen hierher zu schaffen.«

»Du hast es aber eilig.«

»Nachdem wir eine Entscheidung getroffen haben, halte ich es für das Beste, Nägel mit Köpfen zu machen.« Er spielte mit einer Strähne ihres flammendroten Haares. »Abgesehen davon, je eher du wieder hier bist, desto schneller bist du auch wieder bei mir im Bett. Ich will ehrlich sein, Mädchen. Du hast mir gefehlt. Mehr als du dir vorstellen kannst.«

Ihre Wangen brannten heiß wie Feuer. Eigentlich sollte sie so tun, als ob sie schwer zu erobern wäre, sich unnahbar geben. Aber es war nicht einfach, mit einem Mann wie Sam Brannigan Spielchen zu spielen.

Als sie das Haus verließen, spürte Molly, wie ihr Herz vor

Glück hüpfte. Er empfand immer noch etwas für sie. Sam schien ihr Verhalten genau zu studieren, und sie wußte, daß er ihr Lächeln bemerkte, obwohl es dunkel war.

Schweigend lief sie mit ihm zu True hinüber. Als sie sich zu ihm umwandte, stellte sie fest, daß er ganz dicht an sie herangerückt war. Ihr Herz schlug schneller.

»Molly?« sagte er mit leiser, unsicherer Stimme.

»Ja, Sam?« Sie reckte ihren Kopf und schaute zu ihm auf. In einer einzigen, fließenden Bewegung legte er ihre Hände um seine Taille. Sie sah, wie sein Mund näher kam, fühlte den warmen, fordernden Druck seiner Lippen. Sie hörte ihn stöhnen, und sein Kuß wurde leidenschaftlicher. Seine Zunge drängte sie, den Mund zu öffnen. Hunderte von Schmetterlingen tanzten in ihrem Magen. Leidenschaft atomisierte ihren Körper. Er knabberte an ihrem Ohrläppchen, kostete sie, führte sie in Versuchung, bis der letzte Widerstand brach. Wieder spürte sie das inzwischen vertraute Pulsieren zwischen den Beinen. Ihr war klar, daß sie ihm jetzt Einhalt gebieten mußte, aber sie hatte nicht die Willenskraft, ihm zu widerstehen. Statt dessen ließ sie ihre Arme um seinen Hals gleiten und fuhr mit den Fingern durch die dikken, goldenen Haarsträhnen. Seine steife Männlichkeit drängte sich gegen ihren Körper und schürte ihr glühendes Verlangen.

Als er mit seinen Lippen über ihren Hals glitt, flüsterte sie unaufhörlich seinen Namen. In ihrer Stimme schwang all die Liebe mit, die sie so lange zurückgehalten hatte. Sie konnte sich nicht länger kontrollieren. Mein Gott, sie konnte kaum noch denken. Verzweifelt klammerte sie sich an ihn und wünschte gleichzeitig, sie hätte die Kraft, ihm zu widerstehen. Der Einsatz war einfach zu hoch, um jetzt nachzugeben.

»Sam, bitte«, flüsterte sie mit brüchiger Stimme.

»Du willst mich genauso sehr, wie ich dich will«, sagte er, während er ihren Hals mit einer Spur warmer Küsse überzog. Seine Finger machten sich an den Knöpfen ihrer Bluse zu schaffen. Seine großen Hände schoben sich unter den Stoff und suchten nach ihren üppigen, vollen Brüsten. Dann reizte er ihre

Knospe mit dem Daumen, bis sie hart wurde und vor Lust schmerzte.

»Ich kann dich niemals wieder gehen lassen«, flüsterte er, und Molly spürte, wie ihre Knie weich wurden. Ihre Kapitulation entging ihm nicht. Er hob sie in seine Arme und trug sie mit langen, kräftigen Schritten zurück ins Haus, die Treppe hinauf ins Schlafzimmer.

Sam hatte so starkes Herzklopfen, daß er kaum in der Lage war zu denken. Sein Instinkt sagte ihm, daß er auf der Hut sein sollte. Vielleicht war Molly eine Gefahr für alles, wofür er bis jetzt gearbeitet hatte – sein Heim, seine Familie, ja, seine gesamte Existenz. Eigentlich sollte er die Hände von ihr lassen. Er sollte Abstand nehmen, bevor er aufs Neue ihrem Zauber unterlag. Aber wie sehr er sich auch bemühte, es half alles nichts. Ohne sie konnte er alles andere nicht schätzen. Nur die Liebe zu ihr zählte.

Sachte schob er mit seinem Stiefel die Tür auf, durchquerte rasch das Zimmer und legte Molly aufs Bett. Ihre roten Lippen, leidenschaftlich geschürzt, luden ihn ein, und er erwiderte ihre Aufforderung mit einem Zungenkuß. Er zupfte die Bluse aus ihrem Lederrock und streifte sie über ihre Schultern. Dann machte er sich an dem Gürtel zu schaffen, der ihren Rock in der Taille hielt.

»Warte«, flüsterte sie mit heiserer Stimme, »ich helfe dir.«

Sam konnte kaum das Zittern kontrollieren, daß seine erregt bebenden Lenden durchzuckte, als er aufstand, um die alte Öllampe anzuzünden und die Flamme kleinzudrehen. Als er sich umdrehte, sah er, wie sie Rock und Bluse abstreifte. Die zarten Baumwollhöschen glitten über ihre Hüften und gaben den Blick frei auf ihre elfenbeinfarbene Haut. Seine Kehle war staubtrokken vor Aufregung. Die flaumigen roten Locken zwischen ihren Schenkeln zogen ihn magisch an. In Gedanken wälzte er sich schon mit ihr auf dem Bett. Voller Vorfreude streifte er seine Kleider ab.

Interessiert beobachtete Molly ihn beim Auskleiden. Als er

wieder ans Bett trat, legte sie ihre Hand auf die dichten, blonden Brusthaare und begann, seine Brustwarze mit dem Finger zu umspielen. Sam löste ihren Zopf, woraufhin sich rotes Haar wie ein dichter Schleier über ihre Schultern ergoß.

»Ich hatte schon vergessen, wie schön du bist«, sagte er.

»Sag mir, daß alles gut wird.«

»Wir werden es schon schaffen, Mädchen.«

Seine kräftigen Arme umschlossen sie, als er sich zu ihr aufs Bett legte. Seine Lippen streiften ihre Wange, dann brannten sie sich in die Senke ihres Halses. Er drückte ihren Körper tief in die weichgefederte Matratze und fuhr mit seinen Lippen über ihre Schultern, bis sie ihre harte Knospe umschlossen. Als er begann, sie mit kreisenden Bewegungen zu umspielen, stöhnte Molly auf und drückte sich fester an ihn. Ihre Hände glitten über seinen Körper, und sie genoß die Berührung seiner harten Muskelstränge und seiner samtweichen Haut. Sams Mund wanderte über ihren Körper, seine Zunge liebkoste ihren Bauchnabel, solange, bis sie sich stöhnend unter ihm aufbäumte. Molly bebte vor Erregung, als ihr seine Absicht klar wurde.

Seine Zunge, die über ihren Bauch spielte, verzauberte sie und wagte sich dann zu den seidigen Locken, die ihre Scham bedeckten, vor.

»Sam?« flüsterte Molly ein bißchen unsicher. Sie versuchte, ein wenig abzurücken, aber er griff nach ihren Händen und drückte sie sanft an ihren Körper.

»Heute nacht gehörst du mir.«

Er küßte die Innenseite ihrer Schenkel, und sie wand sich unter dieser köstlichen Liebkosung. Als seine warme, feuchte Zunge die Blüte ihrer Weiblichkeit umkreiste, dachte Molly, daß sie vor Lust sterben würde. Mit seiner Zunge und seinem Mund trieb er sie in eine sinnesbetäubende Raserei, die in heißen Wellen wogender Leidenschaft ihren Höhepunkt fand. Nur Sekunden später legte Sam sich auf sie und stieß seine angeschwollene Männlichkeit in sie. Mit kraftvollen Stößen liebte er sie. Atemlos begegnete sie seinen Bewegungen, spürte, wie sein muskulöser

Körper immer wieder gegen sie stieß. Schweißgebadet bäumte sie sich auf. Seine Hände legten sich um ihre Hinterbacken, damit er ganz tief in sie eindringen konnte. Ein zweiter Höhepunkt durchzuckte ihren Körper. Wild preßte sie sich gegen ihn und rief vor Verzückung seinen Namen.

Während er ihr leise Worte ins Ohr flüsterte, gelangte auch er zum Höhepunkt. Doch Molly konnte nicht genau verstehen, was er sagte. Sie glaubte, daß er das Wort *Liebe* gesagt hatte, doch vielleicht hatte sie es sich nur eingebildet. Vielleicht hatte ihre Lust sie an die Grenzen der Zurechnungsfähigkeit getrieben. Diese Dinge gingen ihr durch den Kopf, als sie wieder in die Realität zurückkehrte, ihr Herz wieder langsamer schlug. Eine Weile sprach keiner von ihnen, und Molly begann sich über die Torheit ihres Handelns zu wundern.

Nur wegen des Kindes hatte er sie zurückgeholt. Außerdem wollte er mit ihr schlafen, wie er ihr gerade überdeutlich klargemacht hatte. Aber Molly wollte mehr. Sie wollte Sams Liebe. Molly wußte nicht, ob sie sein Herz dadurch gewinnen konnte, daß sie sich ihm hingab. Aber sie hatte keine Wahl. In dieser Hinsicht erging es ihr nicht anders, als es ihr mit der Rückkehr auf die Cedar Creek ergangen war.

»Ich muß jetzt nach Hause, Sam«, flüsterte sie leise.

»Nein.«

»Joaquin wird sich Sorgen um mich machen.«

»Ich werde einen meiner Leute schicken, um ihm ausrichten zu lassen, daß du die Nacht bei deinem Ehemann verbringst.« Die Art, wie er das sagte, erfüllte sie mit solcher Wärme, daß ihr keine andere Wahl blieb.

»Sam?«

»Ja, Mädchen?«

»Warum ist es immer so schön mit uns beiden?«

Vielleicht, weil wir uns beide lieben. Doch das sagte er nicht. Er hatte ohnehin schon zuviel preisgegeben, und er betete, daß sie seine Worte nicht verstanden hatte. Er konnte ihr nicht noch mehr Macht über ihn einräumen, als sie ohnehin schon hatte.

»Vielleicht sollten wir es noch einmal versuchen und sehen, was passiert.«

Molly hielt den Atem an. Sam lachte von Herzen, was auf Molly wie ein Platzregen nach einer langen Dürreperiode wirkte.

»Als erstes werde ich Hank Withers zur Lady Jay rüberschikken.« Er setzte sich auf die Bettkante, zog seine Reithosen an und streifte das Hemd über. »Wenn ich wieder da bin, werden wir weitersehen.« Er küßte sie auf den Mund und verließ das Zimmer.

Kaum, daß die Tür ins Schloß gefallen war, regten sich Mollys Zweifel wieder. Nichts lief so, wie sie es geplant hatte. Sam zog sie schon wieder in seinen Bann. Wenn er herausfand, wie sehr sie ihn liebte, würde er sicherlich in jeder Hinsicht Vorteil aus dieser Situation ziehen. Vielleicht würde er ihrer wieder überdrüssig und sie wieder wegschicken, wie er es schon einmal getan hatte. Molly wurde von einer Welle der Verzweiflung übermannt, in der sie zu ertrinken drohte.

Sie liebte Sam. Irgendwie würde es ihr schon gelingen, daß er ihre Gefühle erwiderte. Als sie ihn die Treppe hochsteigen hörte, verflüchtigte sich ihre Angst. Und trotzdem fragte sie sich, ob sich ihre Zweifel jemals legen würden, ob sie ihm jemals wieder vertrauen konnte. Aber allein nur wieder in seiner Nähe sein zu können, war ihr die Ungewißheit wert. Zumindest redete sie sich das ein. Sie hoffte, daß sie auch morgen früh noch daran glaubte.

Im Laufe der Woche war ihre Stimmung nicht annähernd so gut, wie an diesem ersten Abend. Mißtrauen hing in der Luft, bildete eine unsichtbare Mauer zwischen ihnen. Obwohl sie entschieden hatte, soviel Zeit wie möglich mit Sam zu verbringen und deshalb jeden Abend nach der Arbeit auf die Cedar Creek zurückritt, wurde sie ständig von nagenden Zweifeln und Ängsten geplagt, so sehr sie sich auch bemühte, gegen sie anzukämpfen.

Würde er wieder durch jene Tür treten und sie auffordern, ihn zu verlassen, so, wie er es schon einmal getan hatte? Oder würde er etwa warten, bis das Kind geboren war und dann von ihr verlangen zu gehen? Gab er sich vielleicht nur deshalb mit ihr zufrieden, weil er jemanden brauchte, der ihm sein Bett wärmte? Aber eine Angst war stärker als alle anderen: Würde er versuchen, ihr das Kind wegzunehmen? Sam Brannigan war ein mächtiger und einflußreicher Mann. Er hatte Freunde in hohen Positionen. Sein Bruder war Anwalt. Molly hingegen war auf sich allein gestellt. Sie hatte niemanden. Wenn Sam es wollte, konnte er seinen Willen durchsetzen.

Auch Sam wirkte unruhig und gequält. In ihrer Gegenwart entspannte er sich selten. Er redete kaum mehr als ein oder zwei Sätze. Ganz gleich, worüber sie sprachen, ihre Unterhaltung hatte immer einen förmlichen, steifen Unterton. Nur spät abends, wenn sie zu Bett gingen, änderte sich die Stimmung zwischen ihnen. Molly kam zu dem Schluß, daß sie beide sehr leidenschaftliche Persönlichkeiten waren. In Sams Armen fand sie für eine kurze Zeit Frieden und Zuneigung. Doch sie sträubte sich, das Liebe zu nennen. Liebe war etwas, dem sich zwei Menschen ohne Einschränkung hingaben. Die Zuneigung, die sie und Sam füreinander empfanden, lebten sie nur widerwillig aus.

Nach einer Woche traf Molly eine Entscheidung: Sie war zurückgekommen, um Sams Liebe zu gewinnen. Komme, was wolle, sie wollte ihr Bestes geben! Sie wollte die Frau sein, die er sich wünschte.

Molly wischte sich die Hände an der Schürze ab, die sie über ihr Musselinkleid gebunden hatte. Heute war sie früher nach Hause gekommen, hatte sich ein wenig ausgeruht und wartete nun darauf, daß Sam heimkam.

Statt dessen fuhr Patience mit Klein-Emmet, der neben ihr auf der Holzbank kauerte, in den Hof. Auf der Ladefläche der Kutsche stapelten sich Kisten voller frischer, grüner Äpfel.

Molly kam durch die Hintertür gerannt, um sie zu begrüßen. Seit ihrer Begegnung in der Kirche hatte sie die Schwägerin nicht mehr gesehen.

»Tante M-Molly!« rief Klein-Emmet. Er kletterte über die Lehne auf die Ladefläche, sprang vom Wagen und rannte ihr entgegen. Molly bückte sich und schloß ihn in die Arme.

»Es ist schön, dich zu sehen. Laß dich einmal anschauen.« Sie trat einen Schritt zurück und betrachtete ihn genau. »Ich wette, du bist diesen Sommer mindestens fünf Zentimeter gewachsen.«

»M-Mama sagt, d-das ich eines T-Tages einmal so groß w-wie Papa sein werde.«

»Das glaube ich auch.« Sie drehte sich zu Patience um, die in der Zwischenzeit auf die Veranda getreten war und umarmte sie impulsiv. »Ich freue mich, daß ihr gekommen seid.«

»Emmet hat erzählt, daß du wieder bei Sam bist. Ich freue mich über deine Entscheidung.« Es hatte den Anschein, als ob sie noch etwas hinzufügen wollte, doch statt dessen lief sie zur Kutsche zurück. »Laß uns die Kisten abladen. Dieses Jahr hatten wir eine gute Ernte. Ich dachte, daß du vielleicht auch ein paar Äpfel einmachen möchtest.«

Molly hatte nicht den Mut, ihr zu sagen, daß sie nicht die geringste Ahnung hatte, wie man Äpfel einmacht. Selbst nach der langen Schulausbildung waren gewisse Grundlagen der Hausarbeit noch immer ein Buch mit sieben Siegeln für sie. Das einzige, was sie jemals wirklich interessiert hatte, war die Leitung der Ranch.

»Das ist wirklich nett von dir. Ich bin sicher, Sam wird sich darüber freuen.«

»Ich glaube, Sam freut sich am meisten darüber, daß er dich wieder bei sich hat.«

»Patience, ich habe es dir schon einmal gesagt: Sam hat mich verlassen, nicht ich ihn. Er hat mich damals gebeten zu gehen. Ich fürchte mich jeden Tag davor, daß er eines Abends nach Hause kommt und mich wieder fortschickt.«

»Sam liebt dich, Molly. Laß ihm etwas Zeit. Dann wird sich alles richten.«

»Ich hoffe es, Patience.« Wenn Sam sie so liebte, warum sagte er es ihr nie? Und warum hatte er dann vorgehabt, ihre Ehe annullieren zu lassen? »Ich bin entschlossen, ihn dieses Mal glücklich zu machen«, war alles, was sie sagte.

»Warum backst du ihm nicht einen Kuchen?« schlug Patience vor. »Apfelkuchen ißt er am liebsten.«

»Ich habe noch nie... Glaubst du, du könntest mir das Rezept aufschreiben?«

»Aber natürlich. Aber laß uns erstmal die Kisten abladen. Wir können sie hier auf der Veranda aufstapeln.«

In der ersten Kiste, die Patience hochhob, lag ein kleines, in Decken gewickeltes Bündel. Es hatte ein rosarotes Näschen und weiche, hellblaue Augen. Auf Charity Ann Brannigans Gesicht lag ein Ausdruck ständiger Verwunderung, doch das kleine Mädchen weinte nur selten. Manchmal grunzte sie leise vor sich hin, und wann immer sie ihre Tante Molly sah, strahlte sie übers ganze Gesicht.

»Das ist das hübscheste Baby, das ich jemals gesehen habe, Patience.«

»Das finde ich auch. Aber alle Mütter finden ja, daß ihr eigenes Kind das hübscheste auf der Welt ist.«

Patience setzte die Kiste auf der Veranda ab, und Molly bückte sich und küßte das Baby zärtlich auf die Wange. Sie fragte sich, ob ihr Kind ein Junge oder ein Mädchen werden würde. Molly selbst war es egal, aber für Sam hoffte sie, daß es ein Junge wurde. Jeder Mann wünschte sich einen Sohn, und sie war sicher, daß Sam da keine Ausnahme bildete. Wie sich herausstellte, hatte er Patience noch nichts erzählt. Molly fragte sich, ob er abwartete, wie sich die Dinge zwischen ihnen entwickelten. Sie hoffte nicht, daß das der Fall war.

Molly trat zu Emmet Junior und Patience, die an der Rückseite des Wagens standen. Jeder von ihnen lud eine Kiste Äpfel von der Ladefläche und trug sie die kurze Strecke bis zur Veranda. Gerade in dem Moment, als sie die zweite Kiste hochhob, erspähte sie Sam am anderen Ende des Scheunenhofs. Aber anstatt in die Scheune zu reiten, wirbelte er Gil herum, sprang ab, bevor der große Falbe überhaupt zum Stehen gekommen war und kam mit ausladenden Schritten herübergeeilt. Wütend nahm er ihr die Kiste ab.

»Hast du denn noch einen Funken Verstand, Molly Brannigan! Wenn du schon nicht auf dich selbst aufpassen willst, so denke wenigstens an das Kind!«

Molly blieb wie angewurzelt stehen. Die Zornesröte schoß ihr ins Gesicht. »Wie kannst du es wagen, so mit mir zu reden! Ich bin schwanger, aber nicht bettlägerig! Viele Frauen arbeiten sogar bis zum Tag ihrer Entbindung.«

Sams Zorn ebbte ab. Zuerst blickte er in Mollys feindseliges Gesicht, nahm dann Patiences verblüffte Miene wahr und sprach schließlich zu Molly. »Tut mir leid, Mädchen. Irgendwie schaffst du es immer wieder, mich auf die Palme zu bringen. Ich möchte nur nicht, daß dir etwas zustößt.« Er lächelte sie an. Molly entging nicht der zärtliche Blick, mit dem er sie bedachte.

»Meinen herzlichen Glückwunsch, ihr beiden«, warf Patience ein. »Es wurde auch langsam Zeit, daß ich Tante werde. Was dich betrifft, Sam, du alter Raufbold, hat Molly ganz recht. Wenn man sie so anschaut, kann sie noch nicht sehr weit sein. Bis jetzt tut ihr ein wenig körperliche Arbeit noch ganz gut.« Dann schaute sie Molly scharf an. »Aber Sam hat auch recht. Sei vorsichtig, wenn du irgend etwas Schweres hebst. Diese Kisten zu tragen, ist vorerst noch möglich, aber du solltest dich daran gewöhnen, ab jetzt ein bißchen langsamer zu treten.«

Molly nickte. »Ich verspreche, ab jetzt besser aufzupassen.«

»Gut«, sagte Sam und küßte sie flüchtig.

»Ihr zwei geht schon einmal ins Haus. Ich erledige das hier noch und komme dann nach.«

Molly lächelte. Wie immer, hatte Sam auch diesmal seinen Willen durchgesetzt. Seine extreme Besorgnis machte ihr Mut, und ihre Stimmung stieg. Morgen wollte sie ihm einen Kuchen backen.

20. Kapitel

»Bis heute abend«, rief Sam, während er sich, sich nur am Sattelknauf festhaltend, aufs Pferd schwang. »Kommst du so wie immer heim?«

Molly zögerte zu antworten. Sie wollte heute früher heimkommen – um einen Kuchen für Sam zu backen. Lee Chin war nach Truckee geritten, um Vorräte zu besorgen. Außerdem wollte er seinem Bruder, der dort wohnte, einen Besuch abstatten und bei ihm übernachten.

»Ich... äh... ja. So wie immer. Also, bis dann.« Das war nur eine winzige Lüge – eine sogenannte Notlüge. Trotzdem war es das erste Mal, daß sie Sam anlog, seit sie ihm in der Hochzeitsnacht das Versprechen gegeben hatte. Sie fühlte sich nicht ganz wohl dabei und hoffte nur, daß er sich über den Kuchen freuen würde.

Sam winkte ihr noch über die Schulter zu und preschte dann mit einigen Rancharbeitern davon. Er dachte an seine Arbeit und daß er die Holzvorräte in den Lagern inspizieren und damit beginnen mußte, sie ins Tal zu schaffen. Doch seine Gedanken schweiften immer wieder zu Molly. Er war sich sicher, daß sie ihn angelogen hatte, und er hatte vor, herauszufinden, warum. Sie würde doch nicht noch mehr Unfug anstellen. Bei dem Gedanken zogen sich ihm die Eingeweide zusammen. Er bekam eine trockene Kehle. Er mußte herausfinden, was vorging. Einen weiteren ›Unfall‹ konnte er sich nicht leisten.

Als die Gruppe nach der ersten Biegung außer Sichtweite des Hauses war, gab Sam seinen Männern ein Zeichen, weiterzureiten. Er drehte um und versteckte sich hinter der Wand eines Nebengebäudes. Im Schutz des Hauses band er sein großes Pferd fest und setzte sich, um auf Molly zu warten. Seine Geduld wurde auf keine harte Probe gestellt. Kaum fünfzehn Minuten später ritt sie an ihm vorbei, in Richtung Lady Jay. Vorsichtig Abstand haltend, folgte er ihr unauffällig.

Molly schien genau das zu tun, was sie jeden Tag tat. Sie ritt hinüber zur Lady Jay, verbrachte einige Zeit im Haupthaus und arbeitete dann entweder im Freien oder ritt zu Joaquin und den Rancharbeitern hinaus. An manchen Tagen ritt sie hinauf ins Lager, aber heute sah es so aus, als ob sie sich nur in der Nähe der Ranch aufhalten würde.

Nichts Ungewöhnliches passierte, und bald schon fühlte Sam sich wie ein Narr, der sich überall einmischte. Vielleicht hatte er sich die leichte Änderung ihres Tonfalls auch nur eingebildet. Die Möglichkeit eines Irrtums nicht mehr ausschließend, aber doch entschlossen, der Sache auf den Grund zu gehen, verbrachte er den Morgen mit Ausbesserungsarbeiten an einem Zaun, der sich über den Hügelkamm bei der Ranch entlangzog und ihm einen hervorragenden Ausblick gewährte. Molly verbrachte ihre Zeit damit, im Schuppen zu arbeiten, aber kurz nach Mittag sattelte sie True und ritt flott davon. Als Molly die Richtung zur Cedar Creek einschlug, war Sam sich gar nicht mehr so sicher, daß er sich geirrt hatte.

Er stieg aufs Pferd und zog den Hut tiefer ins Gesicht. Mit einem grimmigen Gesichtsausdruck, der seine widersprüchlichen Gefühle Lügen strafte, folgte er Molly.

Als Molly auf der Cedar Creek ankam, sattelte sie ab und führte True in den Stall. Nachdem sie sich umgezogen hatte, machte sie sich an die Arbeit. Leise summend, legte sie sich Patiences Rezept, einige Schüsseln und diverse Gerätschaften zurecht, setzte sich dann und begann, die Äpfel zu schälen. Als sie damit fertig war, holte sie ein Säckchen Mehl, ein Glas Zucker und Schweineschmalz hervor. Sie überflog das Rezept noch einmal.

2 Tassen Mehl
Knapp eine Tasse Schmalz
Eine Prise Salz
Eine halbe Tasse kaltes Wasser
Eine dreiviertel Tasse Zucker

Soweit erschien ihr das Rezept nicht allzu schwierig. So einen einfachen Kuchen konnte sie bestimmt backen! Doch als sie das Wort ›knapp‹, ›eine Prise‹ und den Satz am Ende des Rezeptes las – ›bevor der Zucker zugefügt wird, sollte erst probiert werden, wie sauer die Äpfel sind‹ – bemerkte sie, daß der Spielraum für mögliche Fehler doch recht groß war. Wieviel war denn eigentlich ›knapp‹ und ›eine Prise‹?

Entschlossen und mit peinlich genauer Sorgfalt vermischte sie die Zutaten. Das war keine leichte Aufgabe. Während der Teig ein störrischer, zäher Klumpen blieb, stand das Mehlsäckchen offen am Rand des Waschbeckens und drohte umzufallen. Der Zuckerbeutel versank mittlerweile zu einem kleinen, weißen Häufchen, und weiße Spuren führten von einem Ende der Küche zum anderen. Mollys Schürze war von Mehlstaub bedeckt, ihre bis zu den Ellbogen schmalzverschmierten Hände und Arme waren mit Zucker überzogen. Selbst ihre roten Haare waren eingestaubt. Als sie ihr Spiegelbild in einer blanken Metallschüssel betrachtete, glaubte sie, erkennen zu können, wie sie im Alter einmal aussehen würde. Eifrig rollte sie mit dem Nudelholz den Teig auf einem Holzbrett aus, als Sam durch die Hintertür hereinplatzte.

Molly schrie erschrocken auf, rutschte auf einer Schmalzflocke, die zu Boden gefallen war, aus und stürzte. Sie versuchte, sich festzuhalten, stieß aber nur den Mehlsack um und die Arbeitsplatte beiseite. Der ausgerollte Teig wirbelte durch die Luft und landete direkt auf ihrer Hemdbrust.

Sam kniete sich neben sie. »Alles in Ordnung?«

Molly war von Kopf bis Fuß mit Mehl bestäubt und ihr Hinterteil schmerzte. Sie rappelte sich auf und wetterte: »Nein, nichts ist in Ordnung. Was machst du überhaupt jetzt schon hier? Das sollte eine Überraschung werden!« Sie wußte, daß ihre Stimme einen anklagenden Tonfall hatte, aber im Moment war sie nicht zu bremsen.

Sam half Molly auf und bürstete dann mit seinen Fingerspitzen sanft Mehl aus ihrem Gesicht. Molly stieß seine Hand weg, nahm aber das Tuch, das er ihr reichte. Er fühlte sich ziemlich schäbig. Den ganzen Tag lang hatte er ihr nachspioniert, überzeugt, daß sie wieder etwas anstellte – dabei war sie nur früher nach Hause geritten, um ihm einen Kuchen zu backen.

»Also?« fragte Molly nachdrücklich.

»Also, was?«

»Also, warum in Gottes Namen bist du hier so hereingeplatzt? Warum bist du nicht bei der Arbeit, wie sonst auch?«

Sie war wütend auf ihn. In ihren Augen loderte ein blaues Feuer. Sam mußte daran denken, wie begehrenswert sie aussah. Er sagte ihr besser nicht die Wahrheit, weil er fürchtete, daß sie dann noch wütender wurde, als sie es ohnehin schon war. Andererseits wollte er sie nicht belügen.

»Ich bin dir gefolgt«, sagte er schlicht.

»Mir gefolgt? Aber warum?«

»Weil ich bemerkt habe, daß du mich heute morgen angelogen hast. Ich wollte einfach den Grund dafür herausfinden.«

»Das war nur eine kleine Notlüge, Sam«, sagte Molly kleinlaut. »Ich... ich wollte dir nur eine Freude bereiten. Das war das erste Mal, daß ich dir eine Lüge aufgetischt habe... abgesehen von dieser einen anderen damals.«

Sam reckte den Kopf. »Welcher anderen damals?« Molly hörte auf, sich abzubürsten. Das Mehl hatte sich in jeder Pore und jeder Faser abgesetzt. Sie wußte wohl, daß sie schrecklich aussah. Verdammt! Warum konnte mit Sam nicht einmal alles ganz einfach laufen? »Du weißt schon«, sagte sie ihm. »Damals, als ich dir über... über...« Molly versuchte, die Schamesröte, die ihr ins Gesicht stieg, zu unterdrücken, was ihr aber nicht gelang. »Was ich dir über mich und andere Männer erzählt habe.«

Sam lachte laut auf. »Ach, diese Lüge.« Er versuchte, mürrisch dreinzuschauen, aber Molly bemerkte, daß er ein Grinsen unterdrückte. »Da hast du's. Das ist schon das zweite Mal, daß diese Märchenerzählerei dich in Schwierigkeiten bringt.«

»Jetzt sag mir mal, wie ich dir jemals eine Überraschung bereiten soll.«

Sam schloß sie in seine Arme. »Überrasche mich doch damit, daß du jetzt nach oben gehst und dich ausziehst.«

Molly schaute ihm in die Augen. »Jetzt, mitten am Tag?«

Er küßte sie innig, dann drehte er sie um und gab ihr einen Klaps. »Also los. Ich komme gleich nach. Apfelkuchen ist kein so köstlicher Nachtisch wie du.«

Schmunzelnd band Molly die Schürze ab und hängte sie an den Haken an der Tür. Oben im Schlafzimmer war sie auf vertrautem Terrain. Wenn es darum ging, mit Sam zu schlafen, konnte sie sich ganz auf ihre Fähigkeiten verlassen.

Nach einer heißen Liebesnacht beschloß Molly, einen zweiten Versuch zu unternehmen, Sam eine Freude zu bereiten. In knapp einer Woche hatte er Geburtstag. Wenn sie sich beeilte, konnte sie vielleicht noch ein Hemd für ihn nähen. Und Nähen konnte sie einigermaßen gut. Sie entschloß sich, auf der Lady Jay an dem Hemd zu arbeiten, damit ihr wenigstens diese Überraschung gelang. Beim Nähen machte sie gute Fortschritte, bis sie sich einen Hemdärmel an der Stuhllehne aufriß. Da sie nicht mehr genug Stoff hatte, war eine Fahrt in die Stadt unausweichlich. Als sie eine Stunde nach Einbruch der Dunkelheit wieder auf die Cedar Creek zurückkehrte, fand sie Sam nervös im Wohnzimmer umherschreitend vor.

»Wo, zur Hölle, bist du gewesen?« sagte er anklagend und stürmte auf sie zu, bevor sie richtig zur Tür hereingekommen war.

»Ich mußte in die Stadt… um Vorräte einzukaufen.«

»Du lügst schon wieder, Molly. Ich höre es doch an deinem Tonfall.« Seine Augen waren dunkel und voll unterdrückter Wut.

»Warum regst du dich so auf? Ich habe mich nur ein wenig verspätet. Ich wußte nicht, daß es so lange dauern würde.«

Sam schien ihr nicht zuzuhören. Er packte sie am Arm und riß sie an sich. »Ich habe dir eine Frage gestellt. Wo bist du gewesen?«

Molly fühlte, wie ihr die Tränen in die Augen schossen. »Du tust mir weh, Sam«, flüsterte sie.

Er lockerte seinen Griff, ließ sie aber nicht los. »Sag's mir jetzt, verdammt noch mal!«

Molly zuckte zurück. »Allerdings verdammt noch mal! Du mußt immer alles verderben!« Sie riß sich los. »Du bist nicht mein Gefängniswärter, Sam. Ich muß dir nicht bei jedem Schritt erklären, was ich gerade vorhabe. Ich werde dir nicht erzählen, wo ich gewesen bin. Du wirst mir schon vertrauen müssen. Jetzt geh mir aus dem Weg und laß mich in Ruhe!«

Sie fegte an ihm vorbei, erbost über sein offensichtliches Mißtrauen. Wie konnten sie jemals eine gute Beziehung aufbauen, wenn keiner von ihnen lernte, dem anderen zu vertrauen? Molly rannte die Treppe hinauf, schlug die Tür hinter sich zu und verriegelte sie. Dicht hinter ihr folgten Sams Fußschritte.

»Laß mich rein, Molly«, verlangte er und schlug mit den Fäusten gegen die Tür. »Ich will ganz genau wissen, wo du heute gewesen bist. Joaquin hat nach dir gesucht und Jumbo auch. Niemand wußte, wo du warst. Und jetzt will ich's wissen, verdammt noch mal!« Wieder schlug er gegen die Tür.

»Geh weg und laß mich in Ruhe. Ich bin dir keine Rechenschaft schuldig. Du bist mein Ehemann und nicht mein Boß!«

Sam stemmte seine breite Schulter gegen die Tür. Nach dem dritten Anlauf gab das Schloß nach, und Sam kam ins Zimmer gestürmt. »Verriegle nie wieder eine Tür zwischen uns, Molly. Bei allen Heiligen, ich schwöre, ich trete sie ein!«

Obwohl Sam vor Wut kochte, dachte Molly nicht im Traum daran, einzulenken. Sie hatte sich nichts zuschulden kommen lassen. Wie ein Wahnsinniger führte er sich auf – und das alles nur, weil sie nach Truckee geritten war, ohne jemandem Bescheid zu geben.

»Wo ich gewesen bin, geht dich nichts an. Geh weg und laß mich in Ruhe.« Sie stand ganz dicht vor ihm und schaute ihm gerade ins Gesicht, das rot vor Zorn war. Seine Brust hob und senkte sich vor Aufregung, als er sich erzürnt vor ihr aufbaute.

»Du wirst es mir sagen, oder, ich schwöre bei Gott, daß ich's aus dir rausprügeln werde.«

Jetzt bekam sie es doch mit der Angst zu tun. Seine Hände waren zu Fäusten geballt, und er sah so aus, als ob er jeden Augenblick die Beherrschung verlieren würde. Wollte er sie tatsächlich schlagen? Würde er ihr Kind wirklich in Gefahr bringen? Nichts, aber auch gar nichts war dieses Risiko wert. Dieses ganze Theater nur wegen eines Ausfluges in die Stadt. Sie hob den Blick, schaute ihn an und versuchte standhaft zu sein, doch salzige Tränen liefen über ihre Wangen.

»Ich war in Truckee. Im Whitehouse Drugstore. Mr. Higgins hat dort auf mich gewartet. Er kann beweisen, daß ich mich mit ihm getroffen habe.« Ihre Kehle war so zugeschnürt, daß sie fast an den Worten erstickte. »Ich brauchte noch etwas Stoff, um das Hemd zu nähen, das ich dir zum Geburtstag schenken wollte. Jetzt am Sonntag, falls du dich erinnern kannst.«

Sie mußte von hier verschwinden. Sie wollte um keinen Preis, daß er sah, wie sehr sie unter seinem Mißtrauen litt. Er hatte die kleine, zarte Pflanze der Hoffnung mit Füßen getreten. Niemals würde es mit ihnen beiden gutgehen. Sam vertraute ihr nicht. Vielleicht war das nie der Fall gewesen. Er hatte gedroht, sie zu schlagen – obwohl er wußte, daß sie sein Kind trug. Dieser Gedanke quälte sie so sehr, daß sie glaubte, auf der Stelle sterben zu müssen.

»Es tut mir leid, wenn ich dich wütend gemacht habe«, flüsterte sie. »Wenn du mich jetzt entschuldigen würdest. Ich muß noch in den Stall, nach True sehen.« Erhobenen Hauptes schritt Molly an ihm vorbei und steuerte auf die Tür zu. Er konnte ihre leichten Schritte auf den Treppenstufen hören. Und daß sie schwer schluckte, als sie die Vordertür öffnete.

Sam kämpfte gegen eine Welle der Verzweiflung an, die über ihn hereinbrach und ihn zu verschlingen drohte. Was hatte er nur getan? Der gequälte Blick, die Ernüchterung war ihm nicht entgangen. Schon einmal hatte sie ihm verziehen und war wieder zu ihm zurückgekehrt, obwohl er sie praktisch hinausgeworfen hatte. Sie hatte die Vergangenheit ruhen lassen, sie hatte die Schmerzen vergessen, die er ihr bereitet hatte, aber noch einmal würde sie ihm bestimmt nicht vergeben. Nicht dieses Mal. Er hatte ihr nicht nur mißtraut, nein, er hatte sie auch bedroht – ihr Kind bedroht. Natürlich war das nicht sein Ernst gewesen, aber das konnte Molly ja nicht wissen. Nur so hatte er geglaubt, herausfinden zu können, wo sie gewesen war. Und er hatte es unbedingt wissen müssen.

Oben in der Sägemühle hatte es gebrannt.

Großer Schaden war glücklicherweise nicht entstanden. Nur ein paar Ster altes Holz waren in Flammen aufgegangen. Wahrscheinlich war das Feuer gelegt worden. Da Molly verschwunden war, hatte Sam unbedingt herausfinden müssen, wo sie sich aufgehalten hatte.

Sein Herz klopfte, und er fühlte sich ganz erbärmlich. Molly hatte ihm die Wahrheit gesagt. Da war er sich ganz sicher. Was er wissen mußte, hatte er herausgefunden. Aber der Preis dafür war zu hoch gewesen. Molly hatte er endgültig verloren... es sei denn, er unternahm etwas. Sie hatte ihren Stolz bezwungen, war auf die Cedar Creek zurückgekehrt und hatte versucht, es ihm auf jede erdenkliche Art rechtzumachen. Offensichtlich lag ihr daran, daß ihre Ehe funktionierte. Molly war über ihren Schatten gesprungen, um ihm zu zeigen, wie wichtig er ihr war.

Sam stürmte nach unten und riß die Haustür auf, als Molly sich auf True schwang und in wildem Galopp die Straße hinunterritt. Er rannte quer über den Hof, zäumte Gil auf und ritt ohne Sattel los. Es dauerte eine Weile, bis er sie eingeholt hatte.

Sam griff nach Trues Zügeln und riß fest am Leder, bis der Schwarze nachgab und in einen Trab verfiel. Dann ließ er die Zügel los, legte den Arm um Mollys Hüfte und hob sie auf seinen Schoß hinüber. Schluchzend versuchte sie, sich aus seiner Umklammerung herauszuwinden, doch er umklammerte ihre Handgelenke mit einer Hand, preßte den freien Arm um sie, warf ein Bein über Gils Hals und glitt mit ihr zu Boden. Dann trug er sie unter eine Pinie, ohne sie loszulassen.

»Kannst du mich nicht einfach in Ruhe lassen?« flehte sie ihn an. Beim Anblick ihres tränennassen Gesichts krampfte sich sein Herz zusammen.

»Nein.«

»Du kannst mir immer nur wieder weh tun. Geh weg und laß mich allein.« Während sie diese Worte sprach, waren ihre Hände um seinen Hals geschlungen, und ihr Kopf lehnte an seiner Brust.

»Ich kann nicht.«

»Warum nicht?« fragte sie keuchend.

»Weil ich dich viel zu sehr liebe.«

»Was?«

»Ich kann dich nicht allein lassen, weil ich dich viel zu sehr liebe.«

»O Gott, Sam.« Wieder mußte sie weinen. Sam kniff die Augen zusammen. Tief in ihrem Herzen war sie durch und durch eine Frau, und er liebte sie so sehr.

Schniefend blickte Molly zu ihm auf. Der Schmerz, der in ihrem Blick lag, brach ihm beinah das Herz.

»Wenn du mich lieben würdest, würdest du mir nicht immer wieder so weh tun.«

»Das wollte ich nicht. Aber manchmal kommt alles durcheinander. Eigentlich sollte es einfach sein, jemanden zu lieben, aber das ist es nicht.«

»Nein«, gab sie zu, »das ist es wirklich nicht.« Endlich hatte er die Worte gesagt, die sie schon so lange hören wollte, aber meinte er auch, was er sagte? Oder würde er weiterhin an ihr zweifeln? Zum Teil verstand sie seine Vorbehalte. Ihm gegenüber hegte auch sie Zweifel. Ob sie ihm trauen konnte, wußte sie immer noch nicht, und schon gar nicht nach seinem Verhalten von vorhin. »Hättest du mich wirklich geschlagen?«

Sam hielt sie fester. Er küßte ihre Augen, ihre Wangen, ihre Nase. »Ich könnte dir niemals weh tun, Mädchen. Falls ich dir jemals wieder mit Prügel drohe, hast du die Erlaubnis, mich zu verprügeln.«

Molly lächelte in sich hinein. Sie glaubte ihm und fühlte sich in seinen Armen sicher. Zum ersten Mal, seit sie zu ihm zurückgekehrt war, fühlte sie sich leicht ums Herz. »Du hast mir schon einmal damit gedroht, weißt du?«

Er konnte sich nicht erinnern. »Wann?«

»Als ich das ganze Geschirr zerbrochen habe.«

Zum erstenmal lächelte Sam. Sein Gesicht funkelte wie Brillanten im Mondlicht. Auf einer fernen Anhöhe heulte ein Kojote, und der Wind wirbelte die raschelnden Blätter zwischen den Felsen auf. »Diese Drohung war ernst gemeint. Dein hübsches Hinterteil gehört mir. Ich würde es zwar nicht unrechtmäßig beschädigen, aber auch ein Ehemann muß ein paar Rechte haben.«

Molly lachte leise und kuschelte sich an ihn. »Sam?«

»Ja, Mädchen?«

»Bist du sicher? Ich meine, bist du absolut sicher, daß du mich liebst?«

»Ganz sicher.«

»Dann zeig mir, wie sehr.«

»Hier?«

»Hier.«

Sam neigte den Kopf und fing ihre Lippen ein. Der Kuß war federleicht, ein Zeichen seiner Liebe. Er würde wieder gutmachen, daß er sie heute so behandelt hatte. Er würde sie glücklich machen, und wenn es den Rest seines Lebens dauerte. Er liebte sie. Er wünschte, auch sie hätte gesagt, daß sie ihn liebte, aber so, wie er sich heute verhalten hatte, konnte er ihr nicht verübeln, daß sie schwieg.

»Bleib hier.« Vorsichtig lehnte er sie an den Baum, stand auf und schritt zu ihrem Pferd. Nachdem er die zusammengerollte Decke von Mollys Sattel losgebunden hatte, breitete er sie auf einem weichen Bett aus Piniennadeln unter dem Baum aus. Molly setzte sich zu ihm auf die Decke.

»Ich erinnere mich, wie ich dich das erste Mal in diesen Sachen gesehen habe«, sagte Sam und spielte damit auf ihre Hosen und das rotkarierte Hemd an. Geschickt machten sich seine großen

Hände an ihren Knöpfen zu schaffen, während sie sich auf der Decke gegenübersaßen. »Oben beim Schlammloch. Da habe ich mir schon gewünscht, das zu tun, was ich jetzt tue.«

Molly lächelte, knöpfte Sams Hemd auf und zupfte es aus der Hose. Dann glitten ihre Finger über seine seidig gekräuselten Brusthaare. »Mach weiter«, flüsterte sie, und Sam spürte, wie seine Schenkel Feuer fingen.

»Ich wollte deine Bluse ausziehen und deine Brüste berühren. Dein Hemd war naß, und ich konnte sie durch den Stoff hindurch sehen.«

»Sam!«

»Du warst so wunderschön. Wie eine Seejungfrau.« Er knabberte an ihrem Hals und ließ die Knöpfe ihrer Hose aufspringen. Er zog ihr das Hemd aus, so daß sie bis zu den Hüften nackt war. Mondlicht tanzte auf ihrem Haar und fiel auf ihre seidige Haut. Dunkle Schatten verhüllten das Fleisch zwischen ihren Brüsten. »Ich schaue dich so gerne an.«

Molly zog Sams Hemd aus. Seine breiten Schultern und schmalen Hüften wirkten verführerisch. Die Muskeln spannten sich über seinen Rippen und verschoben sich bei jeder Bewegung. Molly durchfuhr ein wollüstiger Schauer. Als Sam seinen Kopf senkte, um ihre Brustwarzen mit den Lippen zu umspielen, stöhnte Molly seinen Namen und reckte sich ihm hingebungsvoll entgegen. Kribbelnde Hitze durchfuhr sie. Seine Hände umschlossen ihre Brüste, und ihre Hände fuhren spielerisch über seinen muskulösen Körper. Als er aufhörte, zärtlich an ihr zu knabbern, ließ Molly dem süßen Schmerz freien Lauf, den nur Sam lindern konnte. Er zögerte einen Moment, streifte die restlichen Kleider über ihre Hüften, zog sich aus und widmete sich hingebungsvoll seiner wohligen Aufgabe.

Seine heißen Lippen suchten ihren Mund. Seine Hände streichelten ihre Brüste, ihre Hüften, ihre Schenkel. Dann schlüpfte ein Finger in sie, und Molly stöhnte Sams Namen. Sie griff nach ihm und fand seinen harten, nach Erlösung flehenden Schaft. Molly war mehr als bereit, sich seiner Begierde anzunehmen.

Sam drückte sie sanft auf die Decke, und es schien, als könnte er sich nur noch dank seiner Willenskraft beherrschen. »Ich liebe dich so sehr, daß es schon weh tut.« Er spreizte ihre Schenkel mit dem Knie und drang in sie. Dann verlor er die Kontrolle und stieß tiefer in sie, bis er sie ganz ausfüllte. Molly bäumte sich auf, um jedem treibenden Stoß zu begegnen. Er ritt sie, besaß sie, brannte sich in sie. Fordernd klammerte sie sich an seinen Hals, nahm dankbar und gierig alles, was er zu geben hatte. Sie hörte nur sein leises Liebesgeflüster, sie sah nichts, spürte nur den Strudel der Leidenschaft und die feurigen Stöße seines Schaftes. Der Höhepunkt schwemmte sie an neue, glitzernde Ufer der Leidenschaft. Gleich darauf ergoß Sam sich in ihr. Ihr keuchender, schwerer Atem verwandelte sich in ein zufriedenes Gurren, als sie sich in Sams Armbeuge kuschelte.

Die folgende Woche war die schönste, die Molly je erlebt hatte. Sams Aufmerksamkeit glich abgöttischer Liebe. Sie wußte, daß er versuchte, seinen Mangel an Vertrauen und seine harten Worte wiedergutzumachen. Molly badete in seiner Zuwendung.

Nur eine Sache versetzte ihrer guten Stimmung einen Dämpfer. Molly hatte Sam noch nicht gesagt, was sie für ihn empfand. Bisher hatte er sie nicht gefragt, aber ihr sechster Sinn sagte ihr, daß ihm die Frage auf der Seele brannte. Und so beschloß sie, ihm bald zu erzählen, wie sie fühlte. Andererseits würde sie den letzten Rest Sicherheit verlieren, wenn sie ihm ihre Liebe gestand. Dann war sie endgültig seiner Gnade ausgeliefert, wie das schon einmal der Fall gewesen war. Bis jetzt war er sich wenigstens der Macht, die er über sie hatte, nicht bewußt.

Molly schätzte es, einen Trumpf in der Hinterhand zu behalten. Bei einem Mann wie Sam brauchte eine Frau jede Hilfe, die sie kriegen konnte. Gleichzeitig wußte sie, daß ihr Mann nicht mehr lange warten würde. Wollte sie seiner Liebe sicher sein, mußte sie ihm früher oder später die Wahrheit sagen.

Während sie versuchte, frohen Mutes zu sein, machte sie ihm gegenüber kleine Zugeständnisse. Sie unterhielten sich über die

Themen, die sie bisher nur selten angeschnitten hatten: über seine Pläne bezüglich der Cedar Creek, über ihre Arbeit auf der Lady Jay. Eines Abends, nach einem vorzüglichen Abendessen, für das Lee Chin Wachteln zubereitet hatte, brachte Molly etwas zur Sprache, was ihr schon seit einiger Zeit im Kopf herumging.

Der Herbst hatte Einzug gehalten: Schwerer Regen prasselte laut auf das Dach und schlug gegen die Fenster. Der Boden war aufgeweicht und schlammig; und ein scharfer Wind pfiff durch die Pinien. Sam hatte ein großes Feuer im Kamin entfacht, und im Eßzimmer war es warm und behaglich. Mollys Gabel klapperte laut auf ihrem leeren Porzellanteller, als sie ihn zur Seite schob. Sie atmete tief ein und seufzte zufrieden. »Ach, das war gut. Ich wünschte, ich könnte nur halb so gut kochen, wie Lee Chin.«

Sam wischte sich den Mund mit der Serviette aus grobem Leinen und lehnte sich zurück. »Es gibt Dinge, die Lee Chin gut kann, und es gibt Dinge, die du gut kannst. Wenn du mich fragst, würde ich im Zweifelsfall lieber hungrig bleiben.« Er grinste verschmitzt, und Molly brach in schallendes Gelächter aus.

Lee brachte den Kaffee und Molly fingerte an ihrer Tasse herum, unsicher, wo sie ansetzen sollte. »Wie läuft's mit dem neuen Forstabschnitt?« fragte sie.

»Der Damm läuft fast über«, antwortete er. »Übermorgen werden wir den Damm öffnen und das ganze Holz zur Mühle runtertreiben. Die Männer haben sich selbst übertroffen. Wir haben einen anständigen Gewinn gemacht, aber der Wasserspiegel steigt. Wir müssen jetzt voran machen, sonst ist es zu spät. Es wird nicht einfach sein, die Stämme heil den Fluß runterzubringen, aber unsere Flöße könnten nicht besser sein.«

»Brauchst du Hilfe von Jumbo und seiner Mannschaft?«

»Ich glaube nicht, daß das nötig sein wird.« Er legte seine riesige Hand auf ihre. »Aber trotzdem vielen Dank für das Angebot. Es ist schön zu wissen, daß wir zusammenhalten.«

Molly lächelte ihn an. Wenn er sie so anschaute, blieb ihr fast das Herz stehen.

»Wenn wir schon mal beim Thema sind, wann hast du vor, das Holz wegzuschaffen?«

»Jetzt, wo es angefangen hat zu regnen, will ich noch eine Weile warten. Eine Zeitlang geht es auch noch ohne. Im Moment ist der Boden einfach zu weich.«

»Ich glaube, das ist ein weiser Entschluß.«

»Sam?«

»Ja, Mädchen?«

»Da ist noch etwas, worüber ich mit dir reden wollte.« Sie zwang sich, ihm in die Augen zu schauen. »Es geht um Jason Foley.«

Sam setzte sich aufrecht hin. Molly entging nicht, wie seine Halsschlagader kräftig anschwoll und zornig pochte.

»Macht dir Foley etwa schon wieder Ärger? Ich schwöre dir, Molly, diesmal schlage ich ihn bewußtlos.«

»Foley ist nicht mal in meine Nähe gekommen, seit du ihm damals die Lektion erteilt hast. Aber ich traue ihm immer noch nicht. Was ich sagen wollte, war... nun, da... unsere Heirat... jetzt, da unsere Ehe nicht mehr annulliert wird...«

Sam führte ihre Finger an seine Lippen. Sie spürte seinen weichen, kurzgeschorenen Bart. »Ja?«

»Was ich sagen will, ist, daß, falls dein Angebot, Foley auszuzahlen, noch steht, nehme ich es an – aber nur als ein Darlehen. Ich... ich könnte es mir niemals verzeihen, wenn unserem Kind etwas passieren würde.«

Sam erhob sich aus seinem Stuhl und stellte sich hinter sie. Er drückte ihr einen Kuß auf den Kopf. »Ich weiß, wie schwer das gerade für dich war, Molly, und ich möchte, daß du weißt, wie unendlich viel es mir bedeutet. Du und das Baby sind wichtiger als alles andere auf der Welt. Ich werde Peter veranlassen, mit den Verhandlungen zu beginnen. Je früher wir zu einer Einigung kommen, desto besser für uns alle.«

Molly stand auf und sank ihm in die Arme. Die Worte *Ich liebe dich* lagen ihr auf der Zunge, aber sie konnte sie nicht aussprechen. Erinnerungen an einsame Nächte standen dem im

Weg, Worte, die in Lillys Handschrift auf einem elfenbeinfarbenen Stück Papier geschrieben waren. Wenn sie erst einmal verstanden hatte, warum Sam sie damals verstoßen hatte, würde sie ihm sagen, wie wichtig er ihr war. Bis dahin war Molly die einzige, die wußte, was sie für ihn empfand.

Es regnete die ganze Nacht und bis zum nächsten Tag. Sam versuchte sie davon abzubringen, zur Arbeit zu gehen, aber es gab Dinge, die sie erledigen mußte. Auch Sam hatte viel zu tun. Er mußte nach Truckee fahren, um dort letzte Vorbereitungen für das Flößen der Holzstämme zu treffen – sofern durch den Wolkenbruch keine Verschiebung erforderlich wurde. Als er mit dem Wagen in die Stadt fuhr, betete er, daß das schlechte Wetter endlich aufhörte.

Wie gewöhnlich herrschte in Truckee reger Betrieb. Reisende, Bergleute und Holzfäller eilten geschäftig umher. Als Sam den großen Federwagen vor dem Whitehouse General Mercantile-Warenhaus zum Stehen brachte, huschte Richter Egan mit Lilly am Arm über den Bohlenweg, um sich vor dem Regen in Sicherheit zu bringen. Nachdem sie Sam gesehen hatten, blieben sie unter der gestreiften Markise stehen und warteten, daß er zu ihnen stieß.

Sam lüftete seinen Hut, um Lilly zu grüßen und reichte dem Richter eine Hand zum Gruß. »Was treibt euch denn in dieses Wetter hinaus?«

»Daddy hat versprochen, mit mir einkaufen zu gehen«, erklärte sie mit ihrer sanften, kristallklaren Stimme. »Ich wollte eigentlich nach Sacramento City hineinfahren, aber bei diesem Wetter bleibt einem nichts anderes übrig, als nach Truckee zu kommen. Außerdem fällt mir zu Hause fast die Decke auf den Kopf.« Lilly legte ihre behandschuhte, feingliedrige Hand auf seinen Arm. »Du hast mir gefehlt, Sam.«

»Nach dem, was ich so gehört habe, ist Jason Foley doch damit beschäftigt, dir die Zeit zu vertreiben.«

»Der Reverend ist ein anständiger Mensch«, warf der Richter

ein. »Wenigstens sind seine Absichten ehrenhaft.« Egan verlieh dem letzten Wort mehr Nachdruck als nötig. Sam sinnierte darüber, wie ehrenhaft Richter Egan Foley wohl finden würde, könnte er die Narben auf Mollys Rücken sehen. Bei dem Gedanken daran merkte Sam, wie er wieder in Wut geriet.

Da Peter gerade nicht in der Stadt war, hatte er noch kein Angebot für Foleys Anteil an der Lady Jay gemacht. Das war noch eine unerledigte Sache, die Sam so schnell wie möglich zu einem Ende bringen wollte.

»Falls er Lilly heiraten sollte, schlage ich vor, ihn ein wenig im Auge zu behalten«, sagte Sam, »und dafür zu sorgen, daß er sich immer unter Kontrolle hat.«

Richter Egan war sichtlich brüskiert, aber Lilly schien unbeeindruckt. Eine Postkutsche rollte auf der Straße vorbei und spritzte Schlamm in ihre Richtung. Galant trat der Richter vor seine Tochter, um ihren Rock vor Schmutzflecken zu bewahren.

»Haben Sie immer noch vor, die Stämme morgen zu flößen?« fragte der Richter.

»Wenn das Wasser es zuläßt. Es steht hoch, aber noch nicht zu hoch. Was bleibt mir anderes übrig? Der Damm ist kurz davor überzulaufen. Ich kann es mir nicht leisten, das ganze Holz zu verlieren.«

»Zu dumm, daß der Regen nicht ein paar Tage später eingesetzt hat.«

»Schwierig, sich auszurechnen, was die Natur im Schilde führt.« Sam wandte sich Lilly zu. »Paß auf dich auf, Lilly. Und laß dich von deinem Vater nicht in etwas hineindrängen, das du nicht willst.«

Lilly lächelte wissend und berührte mit einer Hand leicht Sams Wange. »Das versucht er schon seit Jahren, hat aber bis heute noch keinen Erfolg gehabt.« Die Frau, die fast so groß wie Sam war, lehnte sich zu ihm hinüber und flüsterte leise in sein Ohr: »Bist du sicher, daß du glücklich verheiratet bist?«

Sam grinste. »Ganz sicher. Schönen Tag noch und guten Appetit beim Mittagessen.« Er machte Anstalten zu gehen, aber

Lilly hielt ihn auf. »Willst du nicht mitkommen? Oder würde deine kleine Frau das etwa nicht erlauben?«

Sam setzte ein breites Grinsen auf. »Du hast ganz recht, Lilly. Meine kleine Frau würde das garantiert nicht erlauben. Und aus Gründen, die ich hier nicht weiter erörtern möchte, bin ich ihrer Meinung. Auf Wiedersehen.« Lilly starrte ihm hinterher und der Richter brummelte etwas in sich hinein, als Sam davonging.

Er ging ins Whitehouse, um einige Gerätschaften zu kaufen. Er brauchte lange Seile, schwere Ketten, Greifhaken und Spieße, damit die Stämme während des Flößens besser zu manövrieren waren.

»Hallo, Sam.« Lester Higgins, ein knochiger Mann mit dichtem Schnurrbart und Leberflecken auf der Stirn, stand hinter der Ladentheke. »Was kann ich für dich tun?«

Sam erklärte ihm, was er brauchte, und zwei Jungen luden die Sachen auf seinen Wagen und bedeckten sie mit einer schweren Baumwollplane, um sie gegen den Regen zu schützen.

»Danke, Lester. Bis zum nächsten Mal.«

»Übrigens, hat deine Frau das Dynamit bekommen?«

»Sie hat sich entschieden, die Arbeit ruhen zu lassen, bis das Wetter wieder besser wird.« Sam drehte sich um und wollte gehen.

»Das ist aber merkwürdig. In der Nachricht, die ich bekommen habe, stand, daß sie es heute braucht. Und zwar unbedingt. Ich hab's zum Frachtbüro rüberbringen lassen. Die wollten es heute nachmittag liefern.«

Sams Herz pochte heftig. »Du hast die Nachricht heute von ihr bekommen?«

»Ja. Ich hab' sie vorgefunden, als ich mittags wieder reinkam. Wenn du Lust hast, kannst du im Frachtbüro nachfragen. Wenn die noch nicht weg sind, kannst du ihnen ja den Weg sparen.«

»Das werde ich tun. Nochmals vielen Dank, Lester.«

»Viel Glück mit dem Flößen.«

Sam nickte bloß. Es schien, als ob fast jeder Mensch in Truckee über sein großes Flößvorhaben Bescheid wußte. Er versuchte, den nagenden Verdacht, daß es vielleicht keinen Transport geben würde, aus seinen Gedanken zu verbannen und steuerte auf das J. W. Irving Frachtbüro zu. Als er über den breiten Bohlenweg schritt, gab er sich alle Mühe, ruhig zu bleiben. Er hatte schon zu oft voreilige Schlüsse gezogen; dieses Mal mußte er Gewißheit haben. Diese Gelegenheit würde er nicht ein zweites Mal haben.

»Hallo, J. W.« Sam durchquerte den Raum und kam ohne Umschweife zum Punkt. »Haben Sie eine Ladung Dynamit für die Lady Jay?«

»Hatte ich«, sagte J. W. Er fuhr durch die säuberlich gekämmten, dünnen, grauen Haare auf seinem immer kahler werdenden Kopf. »Jemand hat es vor gut einer Stunde abgeholt.«

»Wer ist es gewesen?«

»Ich weiß nicht, Sam. Wilbur Jensen hat gearbeitet. Er ist gerade mit einer Fuhre auf dem Weg nach Tahoe City.«

»Danke, J. W.« Sam zog den Hut tiefer in die Stirn und trat hinaus in den Regen. Er kletterte auf den Wagen, warf sich seinen Regenmantel über und machte sich durch die matschigen Straßen von Truckee auf den Heimweg. Er war sich nicht sicher, ob er geradewegs zur Lady Jay reiten oder doch lieber zur Ranch fahren sollte. So oder so würde er sie höchstwahrscheinlich verfehlen. Nach reiflicher Überlegung entschied er, nach Cedar Creek zu fahren, und dort auf sie zu warten. Sie mußte eigentlich kurz nach ihm eintreffen. Falls sie das nicht tat, würde er zum Damm hochreiten.

Die zweistündige Fahrt schien ewig zu dauern. Donner krachte und grollte und die Blitze zuckten und ließen den Himmel von Minute zu Minute bedrohlicher erscheinen. Es goß unablässig. Sam hoffte, daß es nicht noch schlimmer wurde.

Als er in den Hof rollte, kamen ein paar Arbeiter zu seinem Wagen gerannt. Er kletterte herunter und ging müde, durchnäßt und erschöpft ins Haus. Lee Chin öffnete ihm die Tür.

»Mr. Sam, kommen Sie schnell herein. Ich bringe eine schöne Tasse heißen Kaffee, während Sie sich trockene Sachen anziehen.«

»Hast du Molly gesehen?« fragte Sam, obwohl er wußte, daß diese Frage überflüssig war.

»Lee Chin hat nichts gesehen, aber ein Mann hat eine Nachricht gebracht, daß Molly heute länger arbeitet. Sie kommt erst nach Einbruch der Dunkelheit, wenn sie es schafft.«

Die Worte ließen ihn erschauern. »Wie günstig«, war alles, was Sam sagte. »Bring mir den Kaffee, Lee. Und etwas Dörrfleisch. Ich gehe noch mal raus.«

»Nicht, Mr. Sam. Es wird dunkel. Zu gefährlich.«

»Ich glaube, Molly will den Damm in die Luft jagen. Wieder einer dieser ›Unfälle‹. Es könnte jemand verletzt werden, ganz zu schweigen von dem Geld, das wir verlieren.«

»Nein, Mr. Sam. Miss Molly tut so was nicht. Sie haben unrecht.«

»Leider glaube ich das nicht, Lee.«

Kopfschüttelnd ging Lee davon und kam nach einigen Minuten mit dem Kaffee und dem Dörrfleisch wieder. »Diesmal kriegen Sie den Mann. Es ist nicht Miss Molly, Sie werden sehen.«

Sam machte sich nicht die Mühe zu antworten. Den brühendheißen Kaffee in wenigen Schlucken herunterstürzend, schritt er zur Tür und in den strömenden Regen hinaus.

21. Kapitel

Molly kehrte früher als erwartet nach Cedar Creek zurück. Sie war hundemüde. Warmes Licht drang durch die Fenster nach außen, und sie spornte True noch einmal an, weil sie sich darauf freute, Sam zu sehen. Sie ritt den großen Schwarzen in den Stall, als Jack Tucker, einer der Rancharbeiter, vorbeikam. Er bot ihr an, abzusatteln und das Pferd abzureiben, und sie nahm dankend an. Regenwasser lief von ihrer Hutkrempe und ergoß sich über ihren Ölmantel. Noch bevor sie die Veranda erreicht hatte, öffnete Lee Chin die Tür.

»Ist irgend etwas nicht in Ordnung, Lee?«

Der kleine Chinese senkte den Blick. Wie er so die Tür aufhielt, wirkte er älter, als er war. Molly fühlte sich unbehaglich.

»Wo ist Sam?« fragte sie mit steigender Besorgnis. »Ist er noch nicht nach Hause gekommen?« Unter ihren Füßen sammelte sich das Regenwasser zu einer Pfütze.

Als von Lee Chin immer noch keine Antwort kam, mußte Molly die in ihr aufsteigende Wut niederkämpfen. Ihren Gefühlen war jedoch eine gute Portion Angst beigemischt. »Verdammt noch mal, Lee. Ich will wissen, was hier vor sich geht!«

Händeringend versuchte er, ihrem Blick auszuweichen. »Mr. Sam ist zum Damm hochgeritten.«

»Was! Bei dem Wetter? Warum in Gottes Namen sollte er das tun?«

Lee Chin blickte weg. Molly packte ihn am Kragen seiner wattierten Jacke. »Was ist los, Lee? Du mußt es mir sagen.«

Wieder wich er ihrem Blick aus, drehte ihr dann aber entschlossen den Kopf zu. Er atmete tief durch, so als wollte er sich beruhigen und verdrehte die Augen. »Ich bete zu den Vorfahren, daß ich das Richtige tue.«

»Verdammt noch mal, Lee, sag mir endlich, was hier vor sich geht.« Sie ließ seine Jacke los. Ihre Hände zitterten vor Kälte und nun auch vor Angst.

»Mr. Sam denkt, daß Sie den Damm sprengen wollen. Er will Sie aufhalten.«

»Aber warum sollte er das denken?«

»Mr. Emmett. Das war kein Unfall. Die explodierte Wasserleitung. Mr. Sam denkt, Sie haben es getan. Er hat Spuren gefunden. Sie paßten zu Ihrem Pferd. Er hat Ihren Stiefelknopf bei der Sägemühle gefunden. Er denkt, Sie sind heute draußen beim Damm. Ich hab ihm gesagt, daß er sich irrt. Ein Glück, daß ich recht behalten habe.«

»Foley!« schrie Molly auf. »Foley ist der einzige, der Grund hat, Ärger zu machen. Er will, daß ich die Ranch verkaufe. Er ist in der Lage, alles zu tun, um seine Ziele zu erreichen. Ich verstehe zwar nicht ganz, was er vorhat, aber ich werde es schon herausfinden.« Sie beugte sich vor und küßte Lee Chin auf die Wange. »Danke, daß du mir vertraut hast. Du wirst es nicht bereuen, das verspreche ich.« Sie wollte sich gerade umdrehen, als er sie zurückhielt.

»Mr. Sam liebt Sie. Er ist fast gestorben, als Sie ihn verlassen haben, aber er macht sich um die anderen Sorgen. Er fühlt sich verantwortlich, falls ihnen etwas zustößt. Können Sie ihm vergeben?«

Molly war sich nicht sicher, aber wenigstens wußte sie jetzt, was vor sich ging. »Wann hat er sich auf den Weg gemacht?«

»Vor ungefähr einer Stunde.«

»Es wird alles gut werden, Lee.« Sie trat durch die Tür hinaus in den Regen.

»Sattle ihn wieder, Jack«, befahl Molly, während Regen von der Krempe ihres Hutes tropfte.

»Wollen Sie etwa noch einmal hinaus?«

»Ich habe noch etwas zu erledigen.« Sie hätte den Mann eigentlich gern mitgenommen, aber es war ihr lieber, daß bis zu einer völligen Klärung der Angelegenheit sowenig Leute wie möglich über die Sache Bescheid wußten. Sie war sicher, daß Sam diese Meinung teilte.

»Wollen Sie ganz bestimmt kein frisches Pferd?«

»Nicht bei diesem Sturm. Ich brauche ein Pferd, auf das ich mich verlassen kann. Er ist müde, aber er hat schon Schlimmeres mitgemacht.«

Jack Tucker nickte bloß. Voller Zufriedenheit stellte Molly fest, daß die Männer sie langsam als die ›Boss Lady‹ akzeptierten. Behend sattelte Tucker das Pferd und reichte Molly die Zügel.

»Ich denke, es ist besser, wenn ich mit Ihnen komme. Ich glaube nicht, daß Big Sam es gutheißen würde, wenn ich Sie so allein in diesen Sturm hinausließe.«

»Tut mir leid, Jack. Dieses Mal nicht.« Sie schwang sich in den Sattel und zog sich den Hut in die Stirn.

»Sam wird das gar nicht gefallen.«

»Er erwartet mich«, erklärte sie. »Es wird schon alles gutgehen.« Sie wirbelte True auf den Hinterhufen herum und ritt in den Sturm hinaus. Wenigstens hatte jemand in der Zwischenzeit das Pferd gefüttert, und es hatte sich auch etwas ausgeruht. Auch Molly hätte Ruhe bitter nötig gehabt.

Um die Zeit, als Sam den Damm erreichte, goß es wie aus Kübeln. Auf dem Weg mußte er fortwährend an Molly denken, und mit jeder Minute verkrampften sich seine Eingeweide mehr. Sie hatte ihn wieder zum Narren gehalten. Sie hatte ihn wieder dazu gebracht, sie zu lieben, während sie doch die ganze Zeit nur geplant hatte, ihn zu vernichten. Natürlich konnte auch Jason Foley hinter den ganzen Vorfällen stecken, und ein winziger Teil in ihm betete, daß das der Fall war. Aber der rationale Teil seines Geistes begann auch diesen kleinen Hoffnungsschimmer auszulöschen. Sam reckte den Kopf in den Wind und stellte den Kragen seines Regenmantels auf. In ihm tobte eine Wut, die stärker war als jeder Sturm.

Er wußte nicht, wie er sich verhalten sollte, falls er Molly am Damm antreffen würde. Ehefrau hin, Ehefrau her: Molly James Brannigan wollte ihn und seine Familie zerstören. Einmal wäre es ihr beinahe gelungen, seinen Bruder zu töten.

Sam verbrachte eine knappe Stunde damit, die Gegend um den Damm herum abzureiten. Er versuchte, jeden, der sein Vorhaben sabotieren könnte, ausfindig zu machen und aufzuscheuchen. Doch er traf keine Menschenseele. Aber als er in die Senke, in der der See lag, herunterritt, erspähte er ein winziges, flackerndes Licht. In der Dunkelheit war es wie ein schwaches Glühen auf dem Boden. Es gab keinen Zweifel, was es bedeutete.

Schweißperlen bildeten sich auf seiner Stirn, als er Gil vorantrieb. Wenn er die Zündschnur zu spät erreichte, wurde er mitsamt dem ganzen Holz für immer ins Jenseits befördert.

Sein Pferd hatte alle Mühe, sich auf dem nassen, sumpfigen Untergrund vorwärts zu bewegen. Die brennende Lunte war gut unter einem umgeknickten Baumstamm versteckt. Fieberhaft rechnete er sich aus, daß er nur noch wenige Sekunden hatte. Er hechtete aus dem Sattel, stürmte vor und riß im allerletzten Augenblick die Zündschnur aus dem Dynamit. Eine Sekunde länger und die Ladung wäre explodiert.

Trotz der durchdringenden Kälte war Sam schweißgebadet. Das war knapp gewesen. Zu knapp. Und irgendwo hier in der Nähe wartete Molly Brannigan darauf, daß ihre Arbeit tödliche Früchte trug.

Sam lüftete den Hut und tupfte sich mit dem Ellbogen den Schweiß von den Augenbrauen. Er entschied sich, noch eine letzte Runde um den Stausee zu drehen, bevor er wieder heimritt. Er wollte sie kriegen, um auch den geringsten Hauch eines Zweifels an ihrer Schuld zu beseitigen.

Blaue Augen, gefüllt mit Zärtlichkeit, schossen ihm plötzlich durch den Kopf. Kaskaden dicker, roter Locken, die über üppige, cremefarbene Brüste mit köstlichen Knospen fielen. Der Kloß in seinem Hals drohte ihn zu ersticken. Wie hatte sie ihn nur so sehr zum Narren halten können? Wie kam es, daß er sie immer noch so sehr liebte?

Molly war froh, daß ihr Pferd den Weg kannte, weil sie selbst den Pfad vor sich kaum erkennen konnte. Obwohl sie der Sturm am Fortkommen hinderte, hatte sie Zeit gewonnen, weil sie eine gefährliche Abkürzung über den Simmons-Paß gewählt hatte. Durch die Zeitersparnis schrumpfte Sams Vorsprung beträchtlich.

Molly erreichte den Kamm und begann mit der Suche nach ihrem Mann. Es dauerte nicht lange, bis sie sein großes Pferd am anderen Ende des Sees erspähte, aber Sam war nirgends in Sichtweite. Molly hielt ihre Hände an den Mund und rief nach ihm, doch in dem Getöse des Sturms gingen alle anderen Geräusche unter. Sie begann, den See abzureiten. Die stechende Kälte des Windes machte ihr zu schaffen. Sie überließ True die Führung, damit sich das Pferd seinen Weg auf dem schmalen, steil abfallenden Pfad allein suchen konnte. Und dann erkannte sie Sam, der ein gutes Stück entfernt neben einem umgefallenen Baumstamm stand. Als er sich nach ihr umdrehte, winkte sie ihm zu und rief wieder seinen Namen.

An der Art seiner Haltung und seines zornigen Schrittes war nicht zu übersehen, wie wütend er war. Es war ihr gleich. Er war gesund und der Damm war immer noch intakt. Wenn sie erst einmal zu Hause waren, würde er schon auf die Stimme der Vernunft hören. Besser noch, sie würde ihn mit Jason Foley zusammenbringen. Sam würde schon die Wahrheit aus Foley herausquetschen.

Er schritt auf Gil zu und kam ihr entgegen. Der Pfad fiel steil ab, ein Sturz wäre tödlich. Ein großer Teil des Weges war schon vom Regen weggespült. Molly fühlte ein unangenehmes Kribbeln im Rücken.

»Paß auf den Weg auf, Sam!« rief sie ihm zu, aber der Wind schluckte die Worte. Blitze zerrissen den schwarzen Himmel, bedrohlich rollte der Donner heran.

Molly wartete auf Sam, hin und hergerissen zwischen ihrer Wut über sein Mißtrauen und ihrer Angst, daß er ihr immer noch nicht glauben würde. Wenn sie doch nur Foley hier am Damm erwischt hätte, dann müßte Sam ihr Glauben schenken. Sie versuchte vergeblich, Sam zu erspähen, bis ein erneuter Blitzstrahl den Himmel erleuchtete. Schweres Donnergrollen ertönte und Molly blickte genau in dem Augenblick zurück zu Sam, als sich der Boden unter seinen Füßen auflöste und ihn mit einem Schwall schmutzigen, dunklen Schlamms davonspülte.

»Sam!« schrie Molly. Ihre Panik unterdrückend, rannte sie ihm entgegen. Sie war kurz vor einem hysterischen Anfall. Die Tränen in ihren Augen blendeten sie. »Oh, Gott, nein!« Ein gähnendes Loch öffnete sich jetzt da, wo Sam gerade noch gestanden hatte. Sie spähte hinab und suchte in der Dunkelheit nach einem Lebenszeichen von ihm. Sie blinzelte, um aus ihren tränennassen Augen sehen zu können. Dann kletterte sie über die schlammige Böschung zu einer Stelle herab, die einige Fuß unter dem Pfad lag. Panik ergriff sie. Bitte, Gott, nimm ihn nicht von mir. Dann sah sie ihn. Er hing an dem schmalen Ast eines Strauches, der seitlich aus der Felswand herausragte.

»Halt dich fest, Sam!« schrie sie ihm zu und kletterte verzweifelt wieder hoch, um True zu holen. Sie band das Seil los und knüpfte mit zitternden, tauben Fingern eine Schlinge, während sie ihr Pferd den Weg hinunter zu der Stelle führte, an der Sam abgestürzt war. Ein Ende des Seils knotete sie an das Sattelhorn, die Schlinge warf sie in den Abgrund.

»Halt dich an der Schlinge, Sam! Ich ziehe dich hoch.«

»Tun Sie's nicht, Sam«, sprach warnend eine Männerstimme. »Sie versucht, Sie zu töten.« Richter Egan saß auf seinem durchnäßten Pferd und warf ihm sein eigenes Seil über den Klippenrand hinunter. »Das ist nicht das erste Mal, daß sie es versucht hat – jetzt wird es ihr gelingen, wenn Sie es zulassen.« Der Richter saß breitbeinig auf seinem Pferd. Regenwasser tropfte von dem Bowlerhut, den er zu seinem Staubmantel trug.

Molly glaubte, ihren Ohren nicht zu trauen. »Er lügt, Sam!« Warum behauptete er so was? Dann wurde ihr auf einmal alles klar: *Es war gar nicht Jason Foley – es war Richter Egan.* Molly schaute hinab zu Sam. Nun waren schon die Wurzeln des Busches zu sehen. In einigen Minuten würde der Strauch davongeschwemmt werden – und mit ihm seine kostbare Last.

»Sam, vertrau mir doch! Die Zeit läuft ab! Nimm das Seil!«

»Nehmen Sie mein Seil, Sam. Sie werden sterben, wenn Sie es nicht tun.«

Molly blinzelte im Regen. Das Seil des Richters war um das Sattelhorn geschlungen, aber nicht festgebunden. Ein Schrei der Verzweiflung löste sich aus ihrer Kehle. Was konnte sie Sam bloß sagen, damit er ihr glaubte? Erneut krachte ein Blitz und erleuchtete den Himmel.

»Nimm mein Seil, Sam! Er steckt hinter den ganzen Unfällen – nicht ich!« Die Hälfte des Strauches riß aus dem Gestein, er blieb nur noch mit einer einzigen dünnen Wurzel im Felsen hängen. Nur noch Sekunden, und Sam wäre verloren. »In deinem Herzen steht die Wahrheit geschrieben, Sam! Schau in dein Herz!«

Ein Donnerschlag dämpfte ihre letzten Worte: »Ich liebe dich, Sam!«

Der Felsen brach weg und in panischer Angst schrie Molly auf. Sie schloß die Augen und Übelkeit stieg in ihr auf. Er hatte keine Chance. Falls er den Sturz überlebte, würde er unter Tonnen von Geröll begraben werden.

Dann hörte sie True sanft wiehern und spürte, daß das Seil straff gespannt war. Molly unterdrückte ein Schluchzen und machte sich an die Arbeit. Vorsichtig führte sie ihr Pferd rückwärts den Pfad entlang, so daß ihre Last langsam über den Felsrand hochgezogen wurde.

Blutig und zerkratzt, kletterte Sam über den Rand wieder auf sicheren Boden. Molly warf sich in seine Arme.

»Wie rührend.« Die Stimme des Richters drang durch den heulenden Wind. Er war um den Berg herumgeritten und befand sich nun ganz in ihrer Nähe. »Jetzt gehen Sie mal schön auseinander und heben die Hände.«

»Warum, Richter?« fragte Sam, der seine Arme immer noch um Molly gelegt hatte. »Warum?«

»Sie haben meine Tochter entehrt und uns zum Gespött der Leute gemacht. Jeder in der Stadt wußte über Ihre Geschichte Bescheid. Sie hätten wenigstens den Anstand haben sollen, sie zu heiraten.«

»Lilly wollte mich nicht heiraten«, erklärte Sam. »Sie war zufrieden, so wie die Dinge liefen.«

»Sie haben uns beide ruiniert, und das werden Sie bezahlen.« Der Richter spannte den Hahn seines Gewehres.

Sam rückte einen Zentimeter vor und streifte Mollys Hand ab, die ihn am Arm hielt. »Erzählen Sie mir noch, wie alles geschehen ist. Wenn ich schon sterben muß, möchte ich wenigstens Bescheid wissen.«

Der Richter verzog den Mund zu einem dünnen Lächeln. »Alles begann an dem Tag, als Sie an der Bahnstation waren. Molly verlor ihren Stiefelknopf und ich hob ihn auf. Ich habe darüber nachgedacht, wie ich es Ihnen heimzahlen könnte. Durch den

Stiefelknopf kam ich auf die Idee mit dem Unfall in der Sägemühle. An dem Tag, als ich auf die Lady Jay ritt, sah ich zufällig, wie der Vormann Mollys Pferd mit dem neuen Hufeisen beschlug. Also habe ich meines am linken Hinterlauf mit derselben Art beschlagen lassen.«

Sam kam näher, aber der Richter lächelte nur und trat zurück. »Bleiben Sie, wo Sie sind, Sam.«

»Es lohnt sich nicht, Richter. Sie werden hängen.«

»Niemals. Jeder wird denken, daß Molly es getan hat. Sogar Ihr Bruder glaubt es. Wenn man Ihre Leichen findet, wird jeder glauben, Sie hätten sich gegenseitig getötet.«

»Bitte, Richter Egan«, flehte Molly. »Sam wollte niemals jemandem weh tun. Unsere Heirat war rein geschäftlich.«

»Was glauben Sie, wen Sie hier zum Narren halten können? Der Mann liebt Sie. Deswegen habe ich auch den Brief in Ihrem Wagen plaziert. Die Handschrift ist mir besonders gut gelungen, finden Sie nicht auch? Ich dachte mir, falls ich ihn nicht dazu bringe, Sie zu verlassen, so würde ich wenigstens Sie dazu bringen, ihn zu verlassen. Als das nicht klappte, plante ich weitere ›Unfälle‹. Ich wollte Emmet nicht verletzen, aber die rote Perücke sollte gesehen werden.« Er lachte kalt und zielte mit dem Lauf seines Gewehrs auf Sams Brust.

Er hatte den Finger am Abzug, aber Mollys Stimme ließ ihn innehalten. »Es gibt noch etwas, das Sie wissen müssen.«

Der Richter schien amüsiert. »Und das wäre?«

»Am Jahresende lösen Sam und ich unsere Ehe wieder. Er könnte Lilly dann heiraten, falls sie ihn dann noch will.« Sie bemerkte, wie Sam erstarrte und haßte sich für das, was sie gerade gesagt hatte. »Sie liegen falsch, wenn Sie glauben, daß wir uns lieben. Die Ehe war eine reine Zweckheirat. Ohne unsere Eheschließung hätten wir niemals die Holzverträge bekommen. Sam dachte, daß Sie und Lilly das verstehen würden. Bis jetzt ist noch niemand umgekommen. Es ist noch nicht zu spät. Sam liebt Lilly. Und ich liebe Michael Locke. Wir haben uns immer wieder getroffen. Fragen Sie ihn doch!« Zum ersten Mal schien der

Richter unsicher zu werden, und Molly fühlte neue Hoffnung aufkeimen. »Sehen Sie, Richter, alles kann noch so werden, wie Sie es sich vorgestellt haben.«

Einen Moment lang wägte er ihre Worte ab. Dann verhärteten sich seine Gesichtszüge. Selbst durch den Regen hindurch konnte Molly seine boshafte Miene erkennen. »Sind Sie fertig?« sagte er.

Wieder zuckte ein Blitz und ließ ein bizarres Muster am Himmel aufleuchten. Donner rollte, und ihm folgte ein anderer, dröhnender Laut – das Geräusch von knirschendem Holz. Sam hörte es, und auch der Richter nahm es wahr. Molly schrie. Sam warf sie zu Boden, als der Richter den Abzug drückte. Eine Lawine aus Schlamm und Trümmern erstickte seine entsetzten Schreie, als er über den Felsrand hinuntergerissen wurde. Ein schauriges Heulen hallte von den Felsen wider und erstarb im tosenden Regen.

Einen Augenblick lang verharrten sie beide regungslos. Mollys Herz schlug heftig gegen ihre Rippen. Sam zog sie sanft wieder auf die Beine und führte sie vom Felsrand weg.

»Es ist vorbei«, flüsterte er, »aus und vorbei.« Er zog sie an sich, und sie schluchzte in seinen Armen.

»Hier ist es nicht sicher«, sagte er, immer noch angespannt. Beschützend legte er den Arm um sie und führte sie den Pfad hinunter in Sicherheit.

»Hinter der Biegung ist eine Hütte«, sagte er. »Wir beide müssen auf einem Pferd reiten. Gil ist auf der anderen Seite der Schlucht. Er wird schon seinen Weg nach Hause finden.«

Molly nickte. Sam hob sie in den Sattel und sprang hinter ihr auf. Schweigend und zitternd vor Kälte, ritten sie die kurze Strecke. Doch Molly zitterte auch vor Angst, denn sie fürchtete, daß die kleine Notlüge, die sie erzählt hatte, um Sams und ihr Leben zu retten, Konsequenzen haben würde. Sam hatte ihr schon einmal nicht geglaubt. Würde er ihr diesmal vertrauen?

Sie erreichten die Hütte. Daneben war ein Unterstand, wo Sam das Pferd festmachte und absattelte. Derweil machte Molly schon Feuer, dessen warme Flammen im Kamin knisterten, als Sam die alte Holztür aufstieß.

»Zieh die nassen Sachen aus«, befahl er und warf ihr Bettzeug auf den Boden. Wassertropfen fielen von der Decke und landeten zischend auf den heißen Steinen, die den Kamin umsäumten. Er rollte das Bettzeug aus und warf ihr eine trockene Wolldecke zu. »Wickel dich darin ein. Unsere Sachen müßten bis zum Morgen getrocknet sein. Gibt es hier irgend etwas Eßbares?« Sein Tonfall war geschäftsmäßig. Molly befürchtete, daß die Notlüge ihren Preis gekostet hatte.

»Ein paar Dosen Bohnen und Pfirsiche.«

»Zieh dich um«, sagte er. »Ich kümmere mich ums Essen.«

Es war das erste Mal, daß sie sich vor ihm auszog, ohne seine Aufmerksamkeit zu erregen. Die Lage war schlechter, als sie geglaubt hatte. Molly wickelte sich in eine Decke und nahm Sam die Arbeit am Herd ab, so daß auch er seine nassen Kleider loswerden konnte. Während sie die Bohnen auf dem Feuer erhitzte, beobachtete sie, wie er seinen Regenmantel, Stiefel, Hemd und Hose auszog und sich auch in eine Decke wickelte. Abwesend starrte er ins Feuer.

»Sam?« Sie setzte sich neben ihn auf das zusammengerollte Bettzeug. Die Wärme des Feuers taute sie auf und ließ sie wieder neuen Mut schöpfen. Sam schien sie nicht zu hören.

Mit der Hand fuhr sie ihm durch seine dichten, goldenen Lokken. »Was glaubst du, warum ich dir heute abend nachgeritten bin?«

Sam hob den Kopf. »Ich weiß nicht.«

»Weil ich mich zu Tode geängstigt habe um dich, und weil mir Lee Chin von der Sabotage erzählt hat. Er hat mir auch gesagt, daß du glaubst, daß ich dafür verantwortlich bin.«

In seinem Gesichtsausdruck lag Bedauern. »Es tut mir leid.«

»Braucht es dir nicht. Unter diesen Umständen hätte ich genau das gleiche gedacht wie du.« Mit der Hand berührte sie sein Kinn, aber er drehte sich weg. Als sie die Niedergeschlagenheit in seinen Augen sah, krampfte sich ihr Herz zusammen.

»Warum, glaubst du, habe ich vorhin das alles zu Richter Egan gesagt?«

»Weil du ihn davon abbringen wolltest, uns zu töten.«

»Bist du dir da ganz sicher?«

Er zuckte zusammen. »Ziemlich sicher.«

»Aber nicht absolut hundertprozentig sicher?«

Er gab keine Antwort.

Molly hatte ihn nie zuvor so verzagt gesehen. Ein Teil in ihr wollte ihn schütteln, der andere wollte ihn beschützend in die Arme schließen. »Erinnerst du dich daran, als ich Lillys Brief gefunden habe?« fragte sie. Er starrte immer noch ins Feuer. »Du hast mir gesagt, ich sollte in mein Herz schauen. Als ich es tat, wußte ich, daß du die Wahrheit sagtest.« Sie nahm sein Gesicht in die Hand und zwang ihn, sie anzuschauen. »Heute habe ich dieselben Worte zu dir gesagt. Und jetzt bist du noch am Leben, weil du deinen Gefühlen vertraut hast. Und nun sage ich es dir noch einmal. Vertrau deinen Gefühlen, Sam.«

Er musterte sie genau. Mit einem stummen Gebet suchte sie nach den richtigen Worten. »Ich liebe dich, Sam. Ich liebe dich, seit ich dich zum ersten Mal gesehen habe. Ich habe es dir anfangs nicht gesagt, weil ich Angst hatte, meine Unabhängigkeit zu verlieren und weil ich mich schuldig fühlte, einen Brannigan zu lieben. Ich wollte es dir an dem Abend sagen, als Emmet verunglückte, aber du bist nicht nach Hause gekommen. Hinterher war ich froh, daß ich es dir nicht gesagt hatte.« Sie küßte ihn vorsichtig auf die Lippen.

»Ich liebe dich, Sam. Ich habe niemals einen anderen geliebt. Und werde es auch niemals tun.«

Sam merkte, wie herzzerreißender Kummer in ihm aufstieg und seine Brust zusammenschnürte. »Bist du sicher?« fragte er sanft.

»So sicher, wie noch nie zuvor in meinem ganzen Leben.«

»Mein Gott, Molly. Ich liebe dich so sehr.«

Er nahm sie in die Arme und drückte sie an sich. Dann küßte er sie hart auf den Mund. Wie immer sprang der Funke über, und ihr Kuß drückte Verlangen und Leidenschaft aus. Nun gab es keine Geheimnisse mehr. Kein Mißtrauen, keine unausgesprochenen Wahrheiten standen zwischen ihnen. Er liebte sie und sie liebte ihn. Er beabsichtigte, keinen Zweifel daran zu lassen, zu wem sie gehörte.

Um sie vor dem harten Bretterboden zu schützen, rollte er sich herum und setzte sie rittlings auf sich. Zum ersten Mal seit Wochen fühlte er sich leicht ums Herz.

»Heute, Mrs. Brannigan, ist es die Stute, die den Hengst reitet.«

Mit einem lausbübischen Lächeln auf den Lippen und runden Kinderaugen genoß Molly die Macht, die sie über ihn hatte. Langsam und bedächtig rutschte sie an ihm herab, bis sie seine harte Männlichkeit spürte, die sich verlangend an sie drückte. »Und ich dachte, du wärst nicht interessiert«, neckte sie ihn.

»Ich bin mehr als interessiert, jetzt, seit ich sicher bin, daß du mich liebst.«

»Sei dir sicher, Liebling«, flüsterte Molly. »Zweifle niemals wieder daran.« Er stöhnte vor Lust, als sie auf sein Glied glitt. Eine innere Wärme durchströmte sie, während sie ihn küßte, und sie begann, ihn leidenschaftlich zu lieben. Lächelnd bemerkte sie, daß sie eine neue Spielart der Lust entdeckt hatte, die sie sich nicht entgehen lassen wollte. Dann spürte sie, wie langsam die Hitze in ihren Lenden aufstieg und in einer gleißend hellen Flamme explodierte, der sie sich hingab.

Sie liebten sich leidenschaftlich. Ungeachtet des draußen tobenden Sturms ergötzten sie sich an ihrer gegenseitigen Liebe und waren entschlossen, die Vergangenheit hinter sich zu lassen.

22. Kapitel

Nach dem langen, regenreichen Winter stand das Gras hoch auf den Weiden. Molly hatte sich entschlossen, das große Haus auf der Lady Jay Angel und Joaquin zu überlassen. Zusammen mit Sam war sie schon in der Morgendämmerung aufgestanden, um ihre Sachen zusammenzupacken.

Wie üblich hatten sie beide in letzter Zeit hart gearbeitet, so daß der Ritt hinüber zur Lady Jay ihnen seit langem einmal wieder die Möglichkeit bot, etwas Zeit miteinander zu verbringen.

»Ich habe ein richtig gutes Gefühl bei dieser Entscheidung«, gestand Molly. »Das hätte ich gleich nach Foleys Weggang machen sollen.«

»Die Dinge brauchen ihre Zeit, Mädchen.« Nach dem großen Sturm hatte Sam Foleys Anteil erworben und ihn zum Teufel gejagt. Der Priester war nach New York gezogen und hatte dort sofort den Bau seiner Kirche in die Wege geleitet. Ein paar Wochen nach dem Baubeginn erzählte man sich, daß eine Palette Backsteine vom Gerüst gefallen und Foley unter sich begraben hatte. Mollys Onkel war nicht gestorben, hatte sich aber bleibende Verletzungen zugezogen.

»*›Die Rache ist mein‹, spricht der Herr*«, war Mollys Kommentar auf das Telegramm gewesen. Sam stimmte ihr voll und ganz zu.

»*Ola, chica* und Señor Sam!« rief Angel, als die beiden mit der Kutsche auf den Vorhof fuhren. »Schön, euch zu sehen.«

In letzter Zeit hatte Molly immer weniger Zeit auf ihrer Ranch verbracht, obwohl sie hin und wieder immer noch mit Joaquin, den Cowboys und Jumbo zusammenarbeitete.

»Wo ist *mi niño*?« fragte die schwergewichtige Frau und hob das rothaarige Baby, das in eine Decke gewickelt war, vom Wagen. Molly hatte den kleinen Samuel Peter im Frühjahr zur Welt gebracht, und von da an hatten sich ihre Schuldgefühle bezüglich der Ehe mit einem Brannigan gelegt. Wie sollte sie sich für den

Mann schämen, der ihr solch ein wundervolles Kind beschert hatte.

»Ich sehe schon, Angel«, rief Molly mit finsterem Blick. »Du wirst den Jungen schrecklich verwöhnen.«

»Aber nicht mehr als sein Papa, nicht wahr?«

Sam zwinkerte ihr zu, legte die Hände um Mollys Taille, die wieder so schmal war wie vor der Schwangerschaft, und auch Molly mußte grinsen. »Da hast du ganz recht«, erwiderte Molly. »Sam glaubt doch tatsächlich, daß sein Sohn über Wasser gehen kann. Und ich – unvoreingenommen, wie ich nun mal bin – muß ihm zustimmen.« Die drei brachen in schallendes Gelächter aus.

»Padre Fitzsimmons hat vorbeigeschaut«, erzählte Angel. »Er sagt, daß es höchste Zeit wird, daß der Junge getauft wird. Er möchte am kommenden Sonntag mit euch darüber sprechen.« Molly und Sam hatten sich in der Kirche noch einmal das Jawort gegeben, obwohl sie beide das Gefühl hatten, daß ihre richtige Hochzeit an jenem Tag stattgefunden hatte, als sie während des Regensturms in der alten Hütte Zuflucht gesucht hatten.

»Der Kleine kann mein Taufkleid anziehen«, schlug Molly vor. »Ich könnte wetten, daß meine Mutter es aufbewahrt hat. Beim Packen wird es mir höchstwahrscheinlich unter die Finger kommen.«

»Wenn wir schon gerade davon reden«, warf Sam ein, »halte ich es für besser, wenn wir langsam einmal anfangen. Je eher wir die Sachen meiner Frau von hier fortgeschafft haben, desto eher kann ich sie dorthin bringen, wo sie hingehört.«

Offensichtlich wußten sowohl Angel als auch Molly, daß er damit auf das Ehebett anspielte, und beide Frauen liefen rot an. Sam war wild entschlossen, die verlorenen Schäferstündchen wettzumachen, die ihnen gegen Ende der Schwangerschaft entgangen waren. Sein Anliegen kam Molly, die ebenfalls einen Nachholbedarf verspürte, gerade recht.

»Sam hat recht«, stimmte Molly zu. »Außerdem möchte ich voranmachen, damit du und Joaquin so bald als möglich einziehen könnt.«

»Hältst du deine Entscheidung für richtig, *chica*?«

»Aber sicher.« Sie gingen zum Haus hinüber.

»Gut. Aber dann kannst du deinen Mann nie mehr verlassen.«

Molly schüttelte den Kopf. Diesen Satz hatte sie schon ein paarmal zu hören bekommen. »Ich habe Sam sowieso nicht verlassen, Angel, und das weißt du auch.« Als Sam Mollys Einwand hörte, war ihm nicht wohl in seiner Haut.

Angel grunzte nur. Die alte Frau weigerte sich beharrlich zu glauben, daß Sam Molly aus dem Haus werfen könnte. In ihren Augen war er ein Gentleman, und außerdem war sie davon überzeugt, daß es keinen Mann gab, der sich Mollys Charme widersetzen konnte.

»So ist es, Angel«, sagte Sam. »Jetzt wird Molly es für immer und ewig bei mir aushalten müssen.«

»Wie ich schon früher sagte, Sie tun ihr gut. Aber halten Sie die Zügel fest in der Hand.«

»Na, ich bin mir nicht sicher, ob es nicht anders herum ist«, murmelte Sam etwas verlegen.

Nachdem sie das Haus betreten hatten, marschierte Angel schnurstracks ins Wohnzimmer, während Molly sich mit dem Baby auf dem Arm auf den Weg ins Schlafzimmer machte. Joaquin half Sam, die Möbel zu tragen, die Molly auf die Cedar Creek Ranch mitnehmen wollte.

Ihr eigenes Zimmer hatte sie schon vor längerem ausgeräumt und in ihr neues Heim gebracht. Heute wollte sie das Zimmer am Ende des langen, schmalen Flurs ausräumen, jenes Zimmer, das früher das Schlafzimmer ihrer Mutter gewesen war.

Viele Jahre lang hatte sie damit gerungen, sich dieser Aufgabe zu stellen. Zögernd drückte sie die Türklinke hinunter und trat in das Zimmer. Den kleinen Sam legte sie auf das breite Bett und deckte ihn mit einer babyblauen Wolldecke zu.

In den letzten dreizehn Jahren war der Raum nicht verändert worden: Da stand ein wunderschöner Rosenholzschreibtisch und neben dem Bett ein blauer Porzellankrug in einem Gestell. In dem Mahagonischrank hingen immer noch die Seidenkleider ihrer Mutter, die sie so gern getragen hatte. Ihr Vater hatte das Zimmer so gelassen, wie es an ihrem Todestag gewesen war. Für ihn war es eine Art Schrein gewesen. Das Zimmer wurde geputzt, die Möbel abgestaubt, ganz so, als rechnete er damit, daß sie irgendwann einmal zurückkehren würde. Und auch Molly hatte sich nie getraut, in das Zimmer ihrer Mutter zu ziehen, das wesentlich hübscher als ihr eigenes gewesen war.

Mit einer liebevollen Geste strich Molly über den Schreibtisch und ihr wurde ganz schwer ums Herz. Da ihr Vater ihrer Mutter dieses Möbelstück zur Hochzeit geschenkt hatte, wollte Molly es mit auf Sams Ranch nehmen.

Während sie sich an längst vergangene Augenblicke erinnerte, fiel ihr Blick auf den silbernen Handspiegel, der auf dem Schreibtisch lag. Daneben stand eine herzförmige Silberschatulle. Mit zittrigen Fingern hob sie den Deckel hoch, woraufhin die Melodie eines Wiener Walzers zu hören war. Nachdem das Lied verklungen war, drückte Molly den Deckel wieder hinunter. Die Vergangenheit lag jetzt hinter ihr. Niemals mehr wollte sie zulassen, daß sie Einfluß auf ihr Glück hatte.

Und dann machte Molly sich ans Ausräumen. Sie stöberte Schubladen und Schachteln durch, packte einiges weg und entschied, was sie behalten, was Angel bekommen und was auf dem Kirchenbasar verkauft werden sollte. Das Baby war eingeschlafen, so daß die Ruhe, die jetzt im Zimmer herrschte, ihre melancholische Stimmung verstärkte. Ihr fielen all die Dinge ein, die sie gern mit ihrer Mutter geteilt hätte. Die Trauer, die tief in Molly vergraben war, drängte jetzt an die Oberfläche.

»Du möchtest doch die Kommode deiner Mutter mitnehmen, nicht wahr?« rief Sam und steckte den Kopf zur Tür herein. Mollys Gesichtsausdruck entging ihm nicht. »Die Vergangenheit liegt hinter uns, Kleines«, tröstete er sie. Mit großen Schritten marschierte er zu ihr hinüber und nahm sie in die Arme.

»Ich weiß.«

»Du wirst dich besser fühlen, wenn wir erst zu Hause sind.«

Molly nickte.

Sam hätte alles darum gegeben, ihren Schmerz zu lindern. Am besten war ihr damit geholfen, daß der Umzug so schnell als möglich über die Bühne ging, und so schob er die Kommode von der Wand weg. Die Rückwand des Möbels hatte sich im Lauf der Jahre gelöst, und jetzt, wo es bewegt wurde, fielen ein paar vergilbte Seiten zu Boden. Sam bückte sich, um sie aufzuheben, und plötzlich lief ihm ein eiskalter Schauer über den Rücken.

Als Molly sich umdrehte, kniete Sam hinter der Kommode und hielt ein paar vergilbte Briefe in den Händen. Sein Gesichtsausdruck war so erschreckend, daß Molly leichenblaß wurde.

»Sam? Was ist denn?« Schnell lief sie zu ihm hinüber.

»Die sind von meinem Vater. Ich kenne seine Handschrift. Sie waren hinter der Kommode versteckt. Durch das Verrücken sind sie heruntergefallen.« Er reichte ihr die Briefe.

Molly bekam fast keine Luft mehr. Sollte sie diese Briefe lesen? Würde das die frisch verheilten Wunden wieder aufreißen? Ein Teil von ihr wollte die Briefe wegwerfen, bevor sie Schaden anrichten konnten.

»Mach sie auf«, flüsterte Sam.

»Ich... ich weiß nicht, ob wir das tun sollten.«

»Mach sie auf, Molly.« Sams Blick war auf einmal ganz finster. Nervös zog sie ein Blatt Papier aus einem Umschlag.

Mein Liebling Colleen, begann der Brief, und Molly wurde ganz steif, als sie die Worte las. »Das bedeutet gar nichts«, sagte sie und las weiter. Auf einmal wirkte sie ganz anders.

Auch Sam las den Brief. »Lies auch die anderen«, drängte er sie.

»Das will ich nicht, Sam!«

»Mach schon, Molly! Wir müssen es wissen.«

Molly spürte sehr wohl, daß auch er von Dämonen der Vergangenheit heimgesucht wurde. Ihm ging es genau so wie ihr. »Ich möchte es nicht wissen. Ich hab das alles hinter mich gebracht. Du auch. Laß die Dinge ruhen.«

Sam schüttelte den Kopf. »Mach die Briefe auf«, sagte er. Es klang wie ein Befehl.

Widerwillig zog Molly die Seiten aus den Umschlägen. Die Handschrift darauf war immer dieselbe. Wieder gestand Shamus Brannigan Colleen seine Liebe. Er sprach von der Leidenschaft, die in ihm brannte, und der Zukunft. Und er sprach von den Schuldgefühlen, die ihn quälten, weil er die Frau eines anderen Mannes liebte. Er schrieb auch über das Glück, das sie beide finden würden, wenn sie erst einmal zusammen waren. Das Geschriebene verschwamm vor Mollys Augen. Eine Träne tropfte auf das Blatt Papier.

Warum hatte ihre Mutter diese Briefe aufbewahrt – sie mußten ihr wohl etwas bedeutet haben. Ihr Vater hatte gesagt, daß Shamus versucht hatte, Colleen zu vergewaltigen, daß er sie getötet hätte, wenn sie nicht willig gewesen wäre. Hätte Shamus die Frau getötet, die er liebte? Wenn nicht er, wer dann? Es gab nur eine andere Person, die das hätte tun können.

»Jetzt den letzten«, forderte Sam.

Molly schüttelten den Kopf. »Ich kann nicht.« Sie hielt den letzten Brief, der sich von den anderen unterschied, so, als könne sie sich daran verbrennen, als habe sie eine Todesangst vor dem, was darin stand. Das rosafarbene Papier trug die schnörkelige Handschrift ihrer Mutter. Shamus Adresse war auf den Umschlag geschrieben, doch abgeschickt hatte ihre Mutter den Brief nicht.

»Lies ihn, Molly«, sagte Sam mit tonloser Stimme.

»Nein«, flüsterte sie.

»Lies ihn, zum Teufel noch mal!«

Molly wischte sich die Tränen aus den Augen und faltete den Briefbogen auf. Ihre Finger zitterten so sehr, daß sie die Worte kaum entziffern konnte.

Mein liebster Shamus

Ich fürchte mich vor unserem nächsten Rendezvous. Selbst die Tatsache, daß ich einen Brief schreibe, erregt Malcolms Verdacht. Doch obwohl ich mich fürchte, kann mich nichts davon abhalten, dich zu sehen. Allein deine Liebe und die meiner Tochter geben mir Kraft. Unserer Begegnung fiebere ich voller Erwartung entgegen und bin in Gedanken immer bei dir.

Jetzt und für alle Zeit
Deine Colleen

Als sie den Brief zu Ende gelesen hatte, schluchzte Molly leise. Sam nahm ihn ihr aus der Hand. Einen Augenblick stand er regungslos da; dann schloß er die Augen, um nicht ebenfalls loszuheulen. Molly spürte, wie er seine Arme um sie schlang, ihren Kopf an seine Brust drückte und ihr mit der Hand übers Haar strich.

Jetzt brauchte sie seine Fürsorge mehr denn je. »All die Jahre, Sam. In all den Jahren habe ich dir und deiner Familie die Schuld an dem gegeben, obwohl es mein Vater gewesen ist, der meine Mutter getötet hat, und nicht deiner.«

Sam drückte sie fester an sich. »Er ist ein einsamer, verbitterter Mann gewesen, Molly. Aber jetzt kann er nicht mehr das Leben anderer zerstören. Mein Vater und deine Mutter hätten sich darüber gefreut, daß wir jetzt zusammen sind. Sie wären glücklich darüber gewesen, daß wir jetzt das haben, was sie nie leben konnten.«

»Es bricht mir das Herz, Sam. Sie liebte Shamus so, wie ich dich liebe. Ich weiß ganz genau, wie meine Mutter sich gefühlt haben muß.« Eine Zeitlang versiegten ihre Tränen nicht. Sam hoffte, daß damit der letzte Rest Trauer weggespült wurde. Und dann riß das leise Glucksen des Babys sie aus der Vergangenheit.

Schniefend trocknete Molly die Tränen. »Ich bin jetzt wieder in Ordnung«, erklärte sie Sam.

»Du bist immer in Ordnung gewesen.«

Lächelnd fuhr sie ihm mit den Fingern durchs Haar. Als sie dann ans Bett trat und ihren Sohn hochhob, stellte Sam sich hinter sie und nahm die beiden in den Arm.

»Die Vergangenheit liegt endgültig hinter uns«, sagte er. »Sam

Junior – und seine Brüder und Schwestern, die bald folgen werden – sind unsere Zukunft.«

Molly wandte sich um und schaute in das geliebte Gesicht ihres Mannes. »Hier werden wir morgen weitermachen«, schlug sie vor. »Laß uns nach Hause gehen.« Und dann schenkte sie ihm ein Lächeln, in dem all ihre Liebe lag. »Ich halte es für besser, wenn wir anfangen, an unserer Zukunft zu arbeiten.«

Das Funkeln in ihren Augen verriet Sam alles, was er wissen mußte.